新潮文庫

紺碧の果てを見よ

須賀しのぶ著

新潮社版

10963

目次

紺碧の果てを見よ

前略

ご無沙汰《ぶさた》しております。

こうして筆をとるのもずいぶん懐《なつ》かしく思われます。最後に手紙を書いたのは、一年も前でしたでしょうか。

あれからも、さまざまなことがありました。早苗《さなえ》さんや奈津《なつ》さんがお書きになっているでしょうから改めて繰り返すことはいたしませんが、ずっと、長すぎる夏が続いていたような心地がいたします。

今日も、昨日となにひとつ変わらぬ、まぶしい太陽に漂白されかかったような空が広がっております。蟬《せみ》しぐれの中、私は今、庭の百日紅《さるすべり》を見ております。目に映るものは、昨日と何ひとつ変わりません。

ですが、ようやく夏は終わったのです。

この後どうなるか、誰もわかりません。実感もなにもありませんが、兎《と》にも角《かく》にも終わったのです。

兄さんは今、どこにいるのですか。

ひょっとしたら、もうこの世にはいないかもしれませんね。むしろ、そう考えるほうが、現実的なのかもしれません。

それでも私は、兄さんに問うのです。

今、何をしていますか。その目で、何を見ていますか。

どこまでも青い海の彼方《かなた》で。

かしこ

昭和二十年八月十五日

第一章 始まりの夏

1

喧嘩《けんか》は逃げるが、最上の勝ち。

そう言ったのは、父親の正人《まさと》だった。

「いいか鷹志《たかし》、男なら簡単に喧嘩をするもんじゃない。挑発されても耐えろ。その場で喧嘩に勝つよりよほど難しいが、一番貴い勝利になる」

鷹志は、遠い海面を見下ろした。八月の太陽を浴びて、ゆらゆらと虹色《にじいろ》に揺らめくのは、船から漏れでたオイルだ。

「やっちまえ、鷹志！ これぐらい飛べるだろう！」

「無理するなよ、六年生。この高さは、おまえにはまだ無理だ。死んでも知らねえぞ」

囃《はや》し立てる声と嘲笑《あざわら》う声が、足下から湧《わ》き上がり、鷹志を包む。色あせた甲板に並ぶのは、どれも見知った顔のはずなのに、ひどく遠くて誰が誰だかわからない。八月の陽光は、うなじをじりじりと灼《や》いた。ゆうべ母に剃《そ》ってもらったばかりの坊主頭《ぼうずあたま》からは汗が流れおち、視界を翳《かす》ませる。乱暴に手の甲で拭《ぬぐ》うと、すかさず笑い声があがった。

「会沢《あいざわ》のやつ、泣いてやがる！」

「飛べるって大見得切ったのは誰だよ。ほら、さっさと飛び込んでみろ」

これは汗だと言い返してやりたかったが、ますます笑われるのは目に見えている。

鷹志は口を引き結び、顔をあげた。

沖には、高いマストをもつ灰色の船が浮かんでいる。白い航跡を優雅な裾《すそ》のようになびかせて走るのは、帝国海軍の駆逐艦だ。最近よく見る『峯風《みねかぜ》』よりはひとまわりほど小さいので、おそらく前級の『江風《かわかぜ》』型だろう。

沖から港内に視線を転じれば、沖がかりの船がいくつも静かな波に揺れている。船側に書かれた名前は日本語ばかりではなく、アルファベットのものもあった。いずれも船渠《ドック》での修理を待つ商船で、今は外洋の荒波を忘れ、穏やかな港内でまどろんでいる。

この浦賀港は、鰻《うなぎ》の寝床のように縦に長い。浦賀水道から内陸に一・五キロも切れこんでいながら、東西両岸までの幅はわずか二百メートルほどしかなかった。かつては難所として名高く、怒り狂う海神を宥《なだ》めるために弟橘媛《おとたちばなひめ》が身を投げたという浦賀水道の荒波も、細長い港の奥までは届かない。近くに住まう子供たちにとっては、恰好《かっこう》の遊び場である。

鷹志もここで泳ぎを覚えた。隣家の祐介《ゆうすけ》にはじめて浮き橋から突き落とされたのは、小二の夏休みだ。港の両岸付近は海底が見える程度の水深だったが、子供では足が届くはずもなく必死でもがき、海水をずいぶん飲んだことを覚えている。三つ年上の祐介はすぐに助けてくれたが、鷹志が犬かきのまねごとをして泳ぎ出すようになるまで、何度も容赦なく突き落とした。泳ぎを覚えると、今度は港に散らばる船を目指す。今日はあの船、明日はそのむこうの船にと、どんどん距離を伸ばしていき、対岸まで泳ぎきれるようになると、次の目標は「横」ではなく「縦」に変わる。碇泊《ていはく》している船に勝手にあがり、高いマストによじのぼるのだ。そこから海面に飛び込むのが、子供たちにとって最高の遊びであり、より高いマストから飛べばそれだけで尊敬された。

鷹志も今まで、何度もマストから飛んでいる。同学年ではいちばん泳ぎも速く、登るマストもいちばん高い。

しかし、この『望洋丸』のマストは、今まで登ったどの船よりも高い。ゆうに五メートルは超えている。この高さから飛ぶのは中学校の上級生で、まれに小学校高等科の体の大きな者が挑戦する程度だった。尋常科六年生でここに登ったのは、おそらく鷹志が初めてだろう。

軋《きし》む首を動かして視線を左に流すと、塗装の剝《は》げた船がゆらゆらと揺れている。すでに廃棄が決まり、艤装《ぎそう》も剝がされていたため、船内を自由に探検することができ、この夏、子供たちから最も人気を集めている『あずさ丸』だった。鷹志たちも毎日狙《ねら》っていたが、いつも誰かに先を越されていた。

きっかけは、些細《ささい》なことだった。

今日こそはと張り切って朝食もそこそこに家から飛び出し、ようやく占領できたと喜んだ矢先、東岸のほうから十名ほどのグループが近づいてきた。後からやってきたにもかかわらず、彼らは船を譲るように要求した。早い者勝ちは暗黙の了解だった。が、彼らが強気な態度を崩さなかったのは、高等科の児童が三人まじっていたからだ。

「昨日島田たちと約束して、『あずさ丸』は俺たちが使う予定だったんだ。順番を守れよ」

勝手に甲板にあがりこんできたにきび面《づら》は、傲岸《ごうがん》に言い放った。色めき立った少年たちを押しとどめ、鷹志は前に進み出て、自分より十センチ近く高い目を睨《にら》みつけた。

「ここは早い者勝ちと決まっているだろう。島田なんて知らないし、午後にまた出直してくればいいじゃないか」

「下級生が上級生に逆らっていいと思ってんのか！」

相手は目を剝《む》いて凄《すご》んだが、鷹志は怯《ひる》まなかった。

「ここは学校じゃないし、今は夏休みだ。ここにはここのルールがある。ちゃんと守ってくれ」

「うるせえよ、西のガキに説教される覚えはねえ。引っ込んでな」

乱暴に肩を押す手の力は強い。まともにやって勝てる相手ではなかったが、退《ひ》くわけにはいかない。なにしろ相手は、「東」だ。

浦賀の街は、港を境に東と西に分かれている。この東西の対抗意識ははるか昔から培《つちか》われてきたもので、今でもいたるところで対立する。そもそも浦賀小学校が建設されることが決まった時も、すでに独自の学舎をもっていた東と西が激しく争い、双方まったく譲らなかったので、仕方なく東西のちょうど真ん中——つまり、港の付け根にあたる部分に建てられることが決まったほどだった。東西から集まった児童は、校内でも校外でも何かと張り合う。

鷹志も、東相手に一歩も退く気はなかった。しかし、喧嘩となれば、年長者が三人もいる相手のほうが圧倒的に有利だ。

「なら、こうしよう。飛び込み勝負だ」

提案したのは、鷹志だった。まず、『あずさ丸』のマストで勝負したが、どちらも問題なく飛び込んだ。そして次の勝負の場所として決まったのが、『望洋丸』だった。とびぬけて高いマストを指し示されたとき、鷹志は唾《つば》を呑《の》み込んだが、すぐに「やろう」と答えた。競って船から飛び降りて『望洋丸』まで泳ぎ、濡《ぬ》れた体のままマストに登ったが、今や風と陽光ですっかり体は乾いている。

骨まで溶かしそうな熱を放っていた太陽が、ふいに雲間に隠れた。途端に視界が暗くなり、吹きつける風が鋭さを増す。ヤードの端に立つと体が大きくぐらついた。汗が流れる。冷たい汗だった。

思い切り弧を描くように飛ばなければ、甲板にたたきつけられる。改めて海面を見下ろすと、日が翳《かげ》ったせいか、虹色の揺らぎは見えなかった。ただ深く沈んだ碧色《みどりいろ》が、嘲笑うように鷹志を見上げている。このあたりは、港の両岸近くとは違い、水深が急激に深くなっているため、底が全く見えない。

飛び込み勝負は、ただ飛び込むだけでは駄目だ。船の下をぐるりと潜り、反対側から海面に出なければならないという決まりがある。いつもなら難なくできることだが、このときばかりは、誰がこんな決まりをつくったのかと恨めしくなった。

「いつまでそうしているつもりだよ！　西の奴《やつ》らはいつも口だけだなぁ」

「俺知ってるぜ、あいつたしか会津から出てきた奴だ」

ひときわ馬鹿《ばか》にした口調で、一人が言った。水面を見ていた鷹志は、弾《はじ》かれたように顔をあげた。

「威勢ばっか良くてとっとと負けた賊軍だろ？　口だけで弱っちいんだって、無理無理」

「負け犬は山に帰れよ！　賊軍がでかい顔してんじゃねえぞ」

げらげらと笑う声に、熱に炙《あぶ》られていた頭が急激に冷えた。冷静になったわけではない。怒りが膨れあがって、臨界点を超えたのだ。

「負け犬じゃない」

鷹志は吐き捨て、大きく息を吸った。

——喧嘩は逃げるが、最上の勝ち。

ごめん父さん、逃げられなかった。でも、やるからには必ず勝ってみせる。

しっかりと海面を見据え、鷹志は思いきってヤードを蹴《け》った。全身真っ黒に灼けた鷹志の体が、一度大きくたわむ。それはすぐにまっすぐな矢となって、一直線に海面を目指した。

ぐん、と風をきって加速する。虹色の輝きは、一秒とたたぬうちに眼前に迫る。揃《そろ》えた指先が海面に触れるや否《いな》や、全《すべ》てが一変した。炙られた肌にひやりとした感触が心地よかったのは一瞬のことで、ぐんぐんと落ちていく体は重くなり、視界が揺らいだ。とっさに目を閉じ、開いたときには、いま自分がどちらを向いているのか、全くわからなかった。水は鉛のように重く、世界は暗い。仲間たちの声は全く聞こえない。

鷹志は急いであたりを見回した。船。船はどこだ。

目をこらすと、ぼんやりと白いものが見えた。飛び込んだ場所より、気がつけばずいぶん離れている。慌《あわ》てて船を目指したが、重い水が纏《まと》わりついて、なかなか前に進めない。まずい、と思った途端に、猛烈に呼吸が苦しくなった。

これはもたないかもしれない。鷹志はもがいた。学年でも泳ぎはうまいほうなのに、はじめて海に突き落とされたときのように手足をじたばたと動かし、水を掻《か》き分け、必死に進んだ。

伸ばした指にかたい感触があたったときには、ほっとした。このまま浮上すれば、助かる。しかし、反対側に出なければ勝ったことにはならない。勝負に出たからには、勝たなければ意味がない。鷹志は浮かびかけていた体を反転させ、船底めざして沈んだ。浮き上がろうとする体を渾身《こんしん》の力で抑え、なんとか船底に辿《たど》りつくと、慎重にその下をくぐる。肺が破れそうだった。耳鳴りがひどい。ともすれば意識が遠のく。だが後は浮上するだけだ。鷹志は腰をぐるりとまわして体を縦に直すと、最後の力をふりしぼって、脚を動かした。浮力が体を押し上げる。青い空を映してゆらゆらと輝く海面にむかって手を伸ばす。もう少しだ。あともう少し――。

突然、水の膜が剝がれ落ちた。耳が痛い。必死に酸素をとりこむと、ようやく感覚が戻ったのか、嵐《あらし》のような歓声に気がついた。

大きくまばたきをして開けた視界には、見知った顔が並んでいた。皆、口々に快哉《かいさい》を叫び、拍手をしていた。

まだ息が整わないので、声がでない。しかし、どうやら成功したのは間違いないらしい。

鷹志は、声のかわりに右腕を高々と上げた。

にきび面《づら》は、結局、飛べなかった。マストのてっぺんまで登った時点で、膝《ひざ》が笑ってどうにもならなかったらしい。東の少年たちは「おぼえてやがれ」とお定《き》まりの台詞《せりふ》を吐いて、早々に逃げ去った。その様を腹を抱えて見送り、鷹志たちは『あずさ丸』を存分に堪能《たんのう》した。飛び込み勝負は、他の少年たちも遠巻きに見ていたらしく、勝者の誉れを邪魔する不粋な者は現れなかった。

2

遊んでいれば腹は減る。今日はいつもより早く家を出たこともあり、昼休みを告げるドックのサイレンが鳴る前には、全員が船から海に飛び込んだ。浮き橋からあがると、ちょうど渡し船がぽんぽんと音をたてて東からこちらに向かってくるところだった。縦長の港の両岸を行き来するには、港をぐるりと囲む道を辿《たど》る方法もないではないが、時間がかかりすぎるので、皆この渡し船を使う。

陸に戻った少年たちの前には、大きな鳥居が聳《そび》えていた。西浦賀の鎮守、叶《かのう》神社の一の鳥居である。渡し船で東に渡ると、同じく叶神社があるので、正しくはこちらは西叶神社と呼ばねばならないが、西の人間は皆、叶神社と呼んだ。一の鳥居から延びる参道は、社殿へと続く石段の前に聳える二の鳥居まで続いている。家に帰るには、鳥居の前で左に折れ、さらに五分ほど走らねばならなかったが、鷹志は仲間たちに別れを告げ、石段を駆け上った。

参拝客を最初に出迎えるのは堂々たる狛犬《こまいぬ》と、狛犬を風雨から守るように葉をひろげた蘇鉄《そてつ》の木だ。鷹志は浦賀に来るまで蘇鉄というものを知らなかった。表面にびっしりと凹凸が刻まれた太い幹は巨大な松ぼっくりのようで、そのてっぺんから細長い葉が扇のように何本も生えている。異様な風体は、渦を巻く狛犬の鬣《たてがみ》とどこかしら通じるものがあって、はじめて見た時は狛犬そのもののように見えた。

今でも、この蘇鉄は狛犬が従えた眷属《けんぞく》のような気がして、前を通るときには必ず一礼してしまう。今日も習慣通り頭をさげた鷹志は、そこで飛び上がりかけた。狛犬と蘇鉄の間のわずかな隙間《すきま》に、何かがうずくまっている。

地面に四つん這《ば》いになり、大きな目を爛々《らんらん》と光らせて門柱に見入る様は異様で、できれば知らぬふりを通したかったが、妹ともなればそうもいかない。

「雪子《ゆきこ》」

名を呼ぶと、おかっぱ頭が揺れる。ぱっと上を向いた顔は、人形のように整っていた。兄の姿を認め、蘇鉄の葉陰が揺れる頰に朱がのぼる。

「何をやっているんだ？」

雪子はおずおずと門柱の下のほうを指さした。そこには、門柱に前足をかけて立ち、じっとこちらを見上げる狛犬がいる。叶神社には何度も来ているはずなのに、鷹志は今の今まで全く気づかなかった。

「へえ、こんなところに。子供かな？」

しゃがみこんで観察すると、蘇鉄に覆《おお》われた狛犬よりもひとまわり小さく、表情もやや幼い。門柱からちらりと顔を出している姿も、参拝にやってくる人間に興味を惹《ひ》かれ、我慢できずにのぞいてしまったような愛嬌《あいきょう》があった。

「あっちも」

雪子の指が、今度は入り口の反対側の門柱を示す。たしかに同じように立ち上がった狛犬がいる。こちら側の狛犬とはちがい、人間ではなく、奥の社殿のほうを見ていた。

「よく気がついたな。でもどうしてこんな所にいるんだ？」

「お父さんに忘れものを届けに」

雪子は消え入りそうな声で言った。まだ膝をついたままだったので手を貸して立たせると、着物の裾《すそ》がすっかり汚れていた。ここから少し北へと歩けば、ドックの通用口がある。手ぶらのところを見ると、届けた帰りなのだろう。鷹志は胸を撫《な》で下ろした。雪子は何かに夢中になると、用事や時間など頭から飛んでしまうたちだった。

神社は、雪子が夢中になりやすいもののひとつだ。とくにこの叶神社は、一風変わった狛犬だけではなく、社殿の龍《りゅう》の彫刻なども見事で、気に入っているらしい。学校の帰りに、よくひとりで立ち寄っては、延々と眺めている。夕食の時間になっても帰ってこないので、母に言われて探しに来たことが何度もあった。

「ごくろうさん。じゃあ一緒に帰ろう。その前にちょっとご挨拶《あいさつ》だけ」

鷹志は社殿の前に立つと、賽銭《さいせん》の持ち合わせがないことを心で詫《わ》び、大きく礼をした。

「東に勝ちました。ありがとうございます！」

元気いっぱいに報告し、もう一度礼をして振り向くと、雪子が不思議そうな顔をしていた。三つ違いの雪子は、昔は常に鷹志の後をついてまわっていたので、夏には海にもやって来た。しかし兄とはちがい、浮き橋から落とされた時の恐怖が忘れられなかったらしく、二年前からぴたりと来るのをやめた。

兄妹《きょうだい》は連れ立って石段を下り、右に曲がる。愛宕山《あたごやま》公園の前を駆け抜けてしばらくすると、長屋がずらりと並ぶ一画に出た。川間と呼ばれるこのあたりは浦賀ドックに勤める職工の社宅で、六棟の長屋が中央の広場を囲むようにコの字形に並んでいる。鷹志の家は、一番奥の長屋の、右から二番目だった。長屋にはガスは通っているが水道はなく、生活水はすべて長屋の左端にある井戸に頼っている。井戸で顔と手を洗い、ただいまと声を張り上げ自宅の引き戸を開ければ、正面は縦長の四畳間で、その右隣に六畳間と、一段さがった板の間の台所があった。

「お帰り。ああ、雪子も連れて来てくれたかい。まったく、どこ寄り道してたんだか」

母のフキが、台所から顔を出す。鷹志によく似ていると言われる細面に切れ長の目は、しかし息子とは正反対の柔和な印象を与える。

「叶神社にいたよ。狛犬の子供を見ていたんだ」

「またか。雪子、用事済んだらすぐさ帰ってきて手伝えば言ったべ」

母に睨《にら》まれて、雪子は体をすくませた。

「ごめんなさい」

「にしゃぁいつもそれだ。ちっとも悪いと思ってねえべ。したから何度も同じことすんだ」

苛立《いらだ》つと、母はお国言葉に戻る。雪子はずっとうつむいていた。しょんぼりしているように見えて、その実、頭はあの狛犬のことでいっぱいだということは、鷹志にもわかっている。その証拠に、ちゃぶ台を囲んでの昼食が終わると、雪子はさっそく兄の腕を引いた。

「兄ちゃん、彫刻刀を貸して」

食事をしているときは眠そうだった目は、また爛々と輝いている。あの狛犬を見ていた時と同じ目だ。

「駄目だ」

「どうして」

「危ないから」

「兄ちゃんもマストから飛ぶよ」

「……学校で彫刻刀を使うようになったら、いいよ。まだ早い」

「学校が決めるの？　それなら、マストから飛ぶのも、禁止されてる」

「うるさいなあ、屁《へ》理屈言うなよ」

苛立って声を荒らげると、雪子は黙りこんだ。途端に苦いものが胸にひろがった。

屁理屈は、自分のほうだ。ついさきほど、東の連中の理不尽な物言いに怒っていたくせに。

「刀は危ない。俺のクラスでも、指や腕を抉《えぐ》った奴《やつ》が何人もいるんだ。そうだ、狛犬の絵を描いてみたら。雪子、うまいじゃないか」

気をそらそうとしてみたが、雪子の眉間《みけん》の皺《しわ》は消えない。ぷいと顔を逸《そ》らすと、母親のほうに行ってしまった。

「お母さん、お金ちょうだい」

母親は驚いた様子でふりむいた。雪子が、母に金をねだることは滅多にない。

「何？　彫刻刀なら駄目よ」

「ちがう。渡し船に乗りたい」

「東に何かあるのかい」

「あっちの叶神社に行く。狛犬を見る」

母は呆《あき》れた様子でため息をついた。普段は何も言わないぶん、何かを言い出したら雪子はなかなか引き下がらないことは、彼女もよく知っている。

「わかったよ。鷹志、ついていってやんなさい」

「駄目だよ、午後も勝《まさる》たちと泳ぐ約束してるんだから」

「泳いでばっかりいたらふやけるよ。たまには雪子と遊んでやんなさい。一人じゃ行かせられないよ」

母は二人ぶんの小遣いを鷹志に握らせ、家から追い出した。鷹志は仕方なく雪子を連れ、渡し場へと向かう。不機嫌を隠そうともせずに黙々と歩く兄に、雪子は何度も小走りをして必死についてきた。鷹志は同学年の中でも体が大きく、足も速かったが、雪子は小柄だ。ようやく渡し場についたとき、雪子の顔は真っ赤に染まり、全身で息をしていた。

蒸気の音をたてて近づいてきた渡し船が、浮き橋の横に巧みに横付けされると、待っていた人々が次々と乗り込んだ。鷹志は気の進まぬまま列に続いたが、急にシャツの裾を引かれて立ち止まった。

「ここでいい」

裾を摑《つか》んでいたのは、雪子だった。

「え？」

「勝くんたちのところに行って。ゆき、一人で行ける」

「母さんに危ないって言われたろ」

「母さんには黙ってる。だいじょうぶ。神社、近いから」

うつむいたまま、雪子は鷹志の顔を見ようとしない。長い睫毛《まつげ》がふるえ、頰に影を落とす様を見て、鷹志の胸は痛んだ。おかっぱ頭に手を載せると、黒い髪は太陽を浴びてすっかり熱くなっている。坊主頭《ぼうずあたま》を覆っていた帽子をとり、妹の頭に載せてやると、鷹志は小さな手を引いた。

「ほら、乗るぞ」

「……いい」

「俺も東の狛犬を見たいんだよ。帰ったら彫刻刀を貸してやる」

雪子は弾《はじ》けるように顔をあげた。大きくまばたきをした拍子に、たまっていた涙がこぼれ落ちる。朱《あか》い唇には、嬉《うれ》しそうな笑みが浮かんでいた。

3

銭湯『鶴《つる》の湯』は、相変わらず混んでいた。客はほとんど社宅の住人で、脱衣所でも浴室でも、やたらと大きな声が飛び交うのが特徴だ。六年前、父に連れられてはじめてここにやってきたときは、喧嘩《けんか》かと怯《おび》えたものだが、今は声をはりあげているのはリベット打ちの職人たちだと知っている。常に凄《すさ》まじい轟音《ごうおん》に晒《さら》されている彼らは、四十そこそこでも、老人のように耳が遠い。

「聞いたぞ、鷹志。昨日、『望洋丸』から飛んだって?」

体を洗っていると、左隣に座ったずんぐりした男が、やはり大声で話しかけてきた。隣家の祐介だ。尋常科を出てすぐドックに入った彼は、働き出して三年たらずで、耳はまだまともなはずだが、声をはりあげるのはすっかりドックの流儀に馴染《なじ》んだ証拠なのだろう。

「声でかいよ、祐ちゃん」

鷹志が慌《あわ》てて、あたりを見回した。一緒に銭湯にやって来た父は、奥の洗い場にいる。少し距離はあるが、この声は届いているだろう。

「でかくねえよ普通だよ。勝の親父《おやじ》さんから聞いたんだ。尋常科であのクラスの船から飛んだのはおまえぐらいだろ。よくやった！」

祐介は満面の笑みで背中を叩《たた》く。鷹志は諦《あきら》めて、「祐ちゃんの指導の賜《たまもの》だよ」と言った。

「まぁ、まったく泳げなかったおまえをここまで育てたのは俺だからな。感謝しろよ。しかし相手は高等科だろ。尋常科に飛ばせるなんざ、ルール違反だ。どこのどいつだ。後でシメてやる」

「誰かはどうでもいいよ。あのにきび面《づら》も来年からドック入りだろうし、あんなことができるのも今年までだ。だからいいんだ」

早くこの話題を切り上げたくて、鷹志は早口で言った。祐介は面白くなさそうに首をすくめる。

「鷹志、おまえだって来年すぐドックに来るだろ？　高等科なんざやめとけって。東のバカな連中みたいに、ガキ相手に威張るぐらいしかやることないんだから。おまえ頭いいんだからすぐ出世できるよ」

「考えとくよ。お先」

大急ぎで体を洗い終え、鷹志は洗い場を後にした。

川間の社宅の子供が尋常小学校の上に進学する割合は半々である。尋常小学校は無料だが、高等小学校は月に五十銭の学費がかかった。

高等小学校に進めば科目の選択ができるのだ。浦賀小には、英語科、商業科、図画科もある。いずれも造船の街ならではの科目であり、これらを学んでいれば、就職のときに有利になる。浦賀ドックや、難関である横須賀の海軍工廠《こうしょう》で、たとえば設計科の試験を受けるためには高等科以上卒業の条件があった。

この海軍工廠設計科こそ、鷹志の志望先だった。それが祐介は面白くないらしく、ことあるごとに、舎弟の進学を思い止《とど》まらせようとする。祐介と鷹志の家の経済状況は似たり寄ったりで、妹のことも考えれば、鷹志が来年ドック入りするのが一番いい。

しかし両親も、入学以来、全科目優等で通してきた鷹志の進学は認めてくれている。

脱衣所で着替えを済ませて外に出ると、なまぬるい夜風が頬を撫《な》でた。海からの風はすぐに山肌に跳ね返されて、熱気を孕《はら》んで鷹志を包む。

火照《ほて》った体を冷やしていると、暖簾《のれん》がめくれ、父が現れた。

「帰るか」

短い言葉に頷《うなず》き、鷹志は歩き出した。

女湯の暖簾がひらりとめくれ、若い娘二人が並んで姿を現した。近所でも美人と名高い矢田家の姉妹は、湯上がりの肌を清潔な浴衣《ゆかた》に包み、軽やかな下駄《げた》の音を響かせて近づいてくる。

「あら、こんばんは」

二人は笑顔で挨拶《あいさつ》をしたが、風に吹かれた髪をなおす指先の思いがけない白さに、鷹志はとっさに目を逸《そ》らしてしまった。こんばんはの一言が、ひどくぶっきらぼうになってしまったのは、漂ってきた香りがずいぶんと甘かったせいだ。二人が通り過ぎた後も、鷹志は妙にどぎまぎしたまま、早足で歩いた。

「鷹志、『望洋丸』から飛んだというのは本当か」

背後から声が聞こえた。父は、歩くのが遅い。注意して見なければ気づかないが、わずかに左足をひきずっている。日露戦争の時に陸軍に召集され、負った傷だと聞いている。小隊はみな壮烈な戦死を遂げ、正人が助かったのも奇跡に近かったと、祖母はまるで見てきたように語った。父自身は出征していた時の話は絶対にしない。ふりむくと、鋭い目がじっと鷹志を見ていた。やはり、祐介との会話は丸聞こえだったらしい。観念して「事実です」と応《こた》えた。

「なぜそんな無謀なことをした。おまえには早すぎる」

「でも、出来ました。それに無理を言ってきたのはあちらです。退《ひ》いては沽券《こけん》に関わります」

「沽券などなんの意味がある。ならぬことはならぬ」

出た。鷹志は辟易《へきえき》する思いを顔に出さぬよう、下を向いた。ならぬことはならぬ。父がよく口にする言葉だ。

「最初にならぬことをしたのは、東のやつらです。それに、会津は賊軍で負け犬だって……」

「事実だろう」

鷹志は目を剝《む》いた。

「忠義を尽くした結果でしょう。会沢の家は花色だったんですよ。幕府のために命懸けで戦ったんです、馬鹿《ばか》にされるいわれなどありません！」

思わず声を荒らげた。

亡《な》くなった祖母は、曾祖父《そうそふ》は花色の新番組士だったと言っていた。新番組士とは上士の外様《とざま》（武官）で、花色とは羽織の紐《ひも》の色をさす。花色は上から四番目で、家の男子はみな藩校日新館で学んだのだと言っていたから、武家としてはそれなりの家柄だった。戊辰《ぼしん》戦争の直前に会沢家に嫁いできたという祖母は、最期《さいご》の最期まで、幼い鷹志にむかって武家の誇りを忘れるなと繰り返した。

「それはいったいいつの話だ」

激昂《げっこう》する息子を、父は冷ややかに見やった。

「私もそんな時代のことは知らない。おまえは、知らない時代のことでよくそこまで怒れるものだな。今おまえがいるのはどこだ？　ここは会津か？」

「……父さんが会津を捨てて浦賀に出てきたからでしょう」

会津にいたころ、生活は貧しかった。住んでいる家はあばら屋と表現していいものだったし、日々の食事にも事欠いていた。会沢家の復興を夢見ていた祖母が長患《ながわずら》いの末に他界すると、父は祖母が固執していた先祖伝来の土地をあっさりと捨て、浦賀に来ることを選んだ。

「そうだ。おまえはあのまま会津で野垂れ死にしたかったか?」

「そうではありませんが」

鷹志は唇を嚙《か》んだ。

父の行動が悪かったとは思わない。鷹志は浦賀に来るまで、おなかいっぱい食べるということを経験したことがなかったし、雪子もまだ小さかった。職を求めて父が会津を出たのは仕方がないことだったろう。それは理解できる。しかし、父は土地だけではなく、捨ててはいけないものまで捨ててしまったように思えてならなかった。

「では何だ。会津とおまえになんの関係があるのか。賊軍がどうした。言いたい奴《やつ》には好きなだけ言わせておけばよい。侮辱のための言葉など、言ったはしから忘れるものだ。相手にしなければ、それは侮辱にすらならん」

鷹志はうつむいたまま、何も答えなかった。

父は無口で、我慢強い。東北の人間の特徴なのだと母は言うが、鷹志から見れば我慢が過ぎると思うこともしばしばある。やるなら言葉でやれ、と言うくせに、実際に父が誰かに反論するところなど見たことがない。

ドックでは腕のいい製罐工《せいかんこう》として重宝されているとは聞くが、おとなしいのをいいことに、しばしば仕事を押しつけられることもあるらしい。

外では、何も言わないくせに。理不尽もただ耐えていれば、やりすごせると思っているだけじゃないか。

喉《のど》まで出かかった言葉を、鷹志は呑《の》み込んだ。言い返しても、何も変わらない。ならぬことはならぬ。結局そこに戻るだけだということは、経験済みだ。

「わかりました。すみません」

鷹志は短く謝罪するに止《とど》めた。父は黙って頷いた。その横顔は、いつもと同じように冷ややかで、どんな感情もうかがうことはできなかった。

4

盆の時期、浦賀は大きな興奮に包まれていた。

真っ白な軍装に身を包んだ軍楽隊が高らかに軍艦マーチを奏《かな》でる中、巨大な灰色の船が姿を現す。

二等巡洋艦、『五十鈴《いすず》』。帝国海軍『長良《ながら》』型の二番艦である。

最新鋭の高速巡洋艦の堂々たる姿に、港の両岸に群がっていた住民たちは歓声をあげ、めいめい手にした旭日旗《きょくじつき》をちぎれんばかりに振った。今日ばかりは、停泊している修理待ちの船はなく、かわりに『五十鈴』の出港を見送らんとする人々を乗せた船がいくつも出ていた。

朝方は重い雲が垂れ込めていたものの、人々の熱気と歓声に吹き飛ばされたのか、今は明るい太陽が『五十鈴』の門出を祝うように海を照らしている。

舷側《げんそく》には、純白の第二種軍装姿の乗組員が整列し、ゆっくりと帽子を振っている。岸壁に立錐《りっすい》の余地がないほど集まった人々は、いっそう旗を振って応《こた》えた。

「早いなあ。進水式が昨日のことのようなのに」

祐介は赤い目を瞬《また》かせていた。彼は『五十鈴』の建艦には関わっていないはずだが、やはり自分の勤めるドックから真新しい船が生まれる様は、胸に迫るのだろう。

父はめったに、今造っている船のことは話さないが、『五十鈴』には関わっていたはずだ。が、祐介とは対照的に、父はいつもと同じ表情で、大海原に旅立つ娘を眺めていた。それでも全く視線を外さないあたりは、彼なりの感慨があるのだと思いたかった。

「恰好《かっこう》良い艦《ふね》ですね、父さん」

「そうだな」

「長良型はとても速いんですよね。長良より活躍してほしいな」

父は何も言わなかったが、口許《くちもと》がわずかに緩んだように見えた。彼は、軍を嫌っている。昔、日露戦争のころの話をねだった時に、父にしては珍しく感情を高ぶらせて「二度とその話をするな」と怒鳴られた。それ以来、軍や戦争の話は禁句となっているが、自分が造った軍艦ともなるとまた別らしい。

浦賀ドックは商船も扱うが、最近は海軍からの注文で駆逐艦を造ることが多い。海軍は現在、横須賀、呉、佐世保に工廠《こうしょう》をもっており、どの型も一番艦は必ずこのいずれかで建造される。民間会社である浦賀ドックは、その設計図を貰《もら》い受け、二番艦以降を建造するのだ。

ドックの職工たちは、海軍工廠、とくに横須賀工廠には強烈なライバル心を抱いている。まず、浦賀こそが軍艦建造の本場という意識があるからだ。

ペルリの黒船が来航し、軍艦の建造が急務と悟った幕府は、当時の浦賀奉行所与力の中島三郎助に命じて浦賀造船所を設置した。ここで造られた『鳳凰丸《ほうおう》』は、国産では初の洋式軍艦となった。ドライドックが初めて造られたのも、この地である。

しかし横須賀に製鉄所が造られると造船の中心はそちらに移り、浦賀造船所は閉鎖された。明治三十年になって、同じ場所に設立されたのが、今の浦賀ドックである。

かつては海防の担《にな》い手だったのに、今やすっかり横須賀におかぶを奪われ、造れるのは二番艦以降。また、浦賀は港が狭いため、「軍艦」を造れないと言われていた。海軍で「軍艦」と呼ぶのは、戦艦・航空母艦・巡洋艦・潜水母艦・敷設艦《ふせっかん》・砲艦・水上機母艦であり、駆逐艦などの小型艦は「艦艇」と言う。最大の違いは、軍艦は艦首に菊の御紋を戴《いただ》くが、艦艇には許されていないことだ。

艦艇しか造れない造船所だと軽く見られることもあったが、今回の『五十鈴』は駆逐艦ではない。二等とはいえ、巡洋艦である。長さも五十メートル以上大きいし、排水量も駆逐艦はだいたい一二〇〇トンそこそこなのに対し、こちらは五〇〇〇以上ある。もちろん艦首には、小さいながらも、黄金の御紋が燦然《さんぜん》と輝いていた。浦賀の人間として、嬉《うれ》しくないはずがない。

大きな声では言えないが、昨年のワシントン軍縮会議のおかげだと、職工たちは言う。艦艇の保有率は英米の六割と定められ、新たに戦艦や航空母艦などの大型艦を造ることができなくなったこの軍縮会議を、新聞は屈辱だと騒ぎたてたが、もともと大型艦を造れぬ浦賀ドックには関係のない話だった。逆に、条約に抵触しない艦艇などの機能を飛躍的に向上させることとなり、そうなれば「駆逐艦建造所」こと浦賀ドックの独壇場だ。

軽巡を造るのはこれが初めてだが、同じ長良型の六番艦『阿武隈《あぶくま》』は今年の三月に、同じくこの場所で進水式を行っている。俺たちが造る船は、工廠の一番艦より出来がいい。継ぎ目だって断然きれいだ。浦賀ドックの職工たちは常々言っている。きっとこれから、菊の御紋を戴く艦がいくつもここから旅だっていくのだろう。

鷹志は手にした旭日旗を振りながら、目の前をゆっくりと通り過ぎる『五十鈴』を見送った。マストは途方もなく高い。『望洋丸』とは比べものにならなかった。あそこから飛ぶ人間は、果たしているだろうか。だが一等巡洋艦や戦艦などは、遥《はる》かに大きく、高いのだ。

巨大な女王が駆逐艦や巡洋艦を引き連れて、悠々と海原を進む様を思い浮かべる。彼女たちはどこにでも行ける。波濤《はとう》を越えて、どこまでも。その様はどんなにか気高く、美しいことだろう。

父が造りあげた艦が海に出て、世界を回る。浦賀の誇りと日本の心を乗せて行く。そう考えると、胸が震えた。

『五十鈴』が去ると、伴走していた軍楽隊の船も遠くなっていく。花が咲き乱れたかのように翻《ひるがえ》っていた無数の旭日旗も、ひとつ、またひとつと動きを止める。その中で鷹志は、いつまでも旗を振っていた。『五十鈴』が浦賀水道に沿って進み、観音崎のあたりで完全に姿を消すまで、ずっと振り続けていた。

盆を過ぎると、一日の時間の流れが急に加速する。夏休みが残り少なくなるといつも思うが、今年とくに強く感じるのは、尋常科最後の年という意識がどこかにあるからだろうか。少しでも一日を長くしようと、鷹志は朝早く起き、夜はできるだけ遅く寝るように心がけた。が、朝早く起きると、昼には眠くなる。その日も昼食をとりに家に戻り、満腹になった途端にどうしようもない睡魔に襲われ、五分だけと横になった途端、深い眠りにひきずりこまれた。

夢の世界で、鷹志は『五十鈴』に乗っていた。あの日から何度も同じ夢を見る。白い軍服を着て甲板に並び、見送る人々にむかって誇らしげに帽子を振るのだ。岸壁には友人や家族が勢揃《せいぞろ》いしている。祐介や学校の友人たちは、東の奴《やつ》らに負けんなよ、と叫んでいた。母は目を潤《うる》ませ、父も黙って頷《うなず》いていた。

その中でただひとり、両親の間に立つ雪子だけが、醒《さ》めた顔をしていた。旗も振らない。両手をだらりと下げて、じっと鷹志を見ている。大きな、硝子《ガラス》玉のように光る瞳《ひとみ》の中にあるはずの感情は、まったく窺《うかが》い知れない。

雪子はもともと表情が豊かとは言えないが、それでも鷹志はたいていのことはわかっているつもりだった。しかし、視線の先で佇《たたず》む雪子は、まったく見知らぬ人間のように思えた。どれだけ探ろうとしても、硝子玉の中に何があるのか見えない。いつもそれを探ろうとするのに、何もつかめぬまま、『五十鈴』は雪子から離れていく。狭い港を出て、広い蒼海《そうかい》へと飛び出していく。

待ちかねた瞬間のはずが、鷹志は焦燥に駆られ、いてもたってもいられなくなった。今出て行っては、駄目だ。あの中にあるものを確かめてからでなければ、行ってはいけない。誰か、この艦を止めてくれ――。

「へえ、これをゆきちゃんがつくったのか。すごいじゃないか」

急に夢を破ったのは、太い声だった。父の声ではない。もっと低く嗄《か》れているのに、体に響く独特の声。

「正人さんに似たんだな。ゆきちゃんは才能があるぞ。今度おじさんにも狛犬《こまいぬ》を彫ってくれないかな？」

眠りの世界からゆっくり浮上してきた意識は、声の主が誰か理解した途端、ぱっと現実に切り替わった。

「宗二《そうじ》おじさん？」

起き上がると、父よりも大きな背中が動き、日に灼《や》けた顔がこちらを向いた。潮風に晒《さら》されて黒くかわいた肌に、大きくくっきりとした目鼻立ち。一年前に会ったときと、まるで変わっていない。

「やあ、起きたか。よく眠っていたな、鷹志君」

「いつ横須賀に？」

「おととい入港したんだ。しばらく見ないうちに背が伸びたなあ」

グローブのような手が伸びて、鷹志の頭を乱暴に撫《な》でる。もう一方の手には、最近雪子が凝っている狛犬の木彫りがあった。最初に彫ったときも、はじめてにしてはたいした出来に驚いたが、回数を重ねた今では、とても小三の子供が彫ったとは思えない出来になっている。

「ゆきちゃんも大きくなった。こんなものをつくれるようになるんだからたいしたもんだよ。まったく、子供が成長するのは早いもんだ」

永峰《ながみね》宗二は目を細めて笑った。目の端にたくさんの皺《しわ》が寄り、愛嬌《あいきょう》が滲《にじ》む。

鷹志の両親が、先祖伝来の土地を捨てて六年前にはるばる三浦半島までやってきたのは、遠縁にあたる永峰家を頼ってのことだった。彼らの家は横須賀の逸見《へみ》にある。次男にあたる海軍士官の宗二は常に全国を飛び回っているが、横須賀に戻ってくると、たいていこうして浦賀にまで足を延ばしてくれる。妻の奈津との間に子供がいない彼は、甥《おい》や姪《めい》だけではなく、鷹志や雪子のことも可愛《かわい》がっていた。鷹志のほうも、逸見の永峰一族は苦手としていたが、この宗二だけは大好きだった。

「あら、起きたの。ちょうどよかった。おじさんがお土産にもってきてくださったのよ」

台所から、母が盆に塩羊羹《ようかん》と麦茶を載せてやって来た。やあどうも、と宗二はさっそく麦茶をぐいぐい飲んだ。昨年会った時、宗二は海軍の白い制服姿で、それはそれは恰好よかったのに、今日は藍《あい》染めの縞《しま》の着物姿で、まったくの普段着である。

「おじさん、今日は海軍の制服じゃないんですね」

落胆をこめて言うと、宗二は笑って肩をまわした。

「休日に陸《おか》であれを着ると肩が凝るんだ。おまえも海軍に入るといい。鷹志は俺よりずっと似合うぞ。あれを着てると、そりゃあ女にもてていい」

「あらまあ、奈津さんに言いつけますよ。鷹志が本気にして海軍に入るなんて言い出したら困ります」

「いいじゃないですか、フキさん。我々の先祖は、この地で海の防人《さきもり》として働いていたんですから」

「海の防人？」

耳慣れぬ言葉に、鷹志は身を乗り出した。

「浦賀と我々は縁深いんだよ。父さんから聞いていないかな」

そこでようやく鷹志は、父の姿が見えないことに気がついた。今日は休みだったはずだし、昼食の席にはたしかにいたのに。

「いいえ、何も。母さん、父さんはどこ？」

「沖に停泊している船に問題があったみたいでね、さっき祐ちゃんが呼びに来たんだよ」

「また？」

母の言葉に、つい顔をしかめてしまった。休日だろうが夜だろうが、何かあるとすぐ父にお呼びがかかる。

「お仕事なんだから仕方がないでしょう」

「でも祐ちゃんのおじさんとは班が違うじゃないか。おじさんが頼りにならないからって、すぐうちの親父《おやじ》を呼び出すのは困るよ」

「まあまあ、鷹志君。それだけ信頼されているってことだ。すごいじゃないか」

宗二にまで宥《なだ》められて、逆に鷹志はますます拗《す》ねた。

「信頼されているというより、いいように利用されているだけじゃないですか。断れないんですよ」

「腕のいい製罐工《せいかんこう》は、我々にとっても生命線なんだ。罐《かま》がやられれば、艦は動かない。機関科でも手にあまるような事態になると、正人さんたちが呼ばれる。船乗りにとっちゃ神様みたいな存在だよ。だからそういう時に真っ先に呼ばれるのは、それだけ正人さんが信頼されているということだ。すごいことだよ」

宗二が熱心に父を褒めれば褒めるほど、鷹志の視線は下に落ちていく。そうじゃない。父が真面目《まじめ》で腕がいいことは知っている。ただ、それに見合わぬ卑屈な態度が厭《いや》なだけなのだ。そう言いたかったが、宗二にこれ以上大人げないと苦笑されるのは厭だった。

「おじさん、兄ちゃんは、お父さんがすごいって皆に思ってほしいだけだよ」

それまで黙って羊羹を食べていた雪子が、急に口を開いた。

「兄ちゃんは、さむらいだからえらいって言われないと厭なんだよ。だから自分は、せ、い、か、ん、じゃなくて、横須賀に行って設計をやるんだって。褒められたいんだって」

「雪子、いい加減なことを言うな」

たまらず声を荒らげると、雪子は「ちがうの？」と首を傾《かし》げた。

「褒められたいからじゃない。軍艦を造りたいんだよ、俺は」

「浦賀でも造れるようになったって」

「そうだけど、一番艦は工廠だろ。設計からやりたいんだよ」

「ふーん」

雪子は首を傾げると立ち上がり、隣の四畳間に歩いて行った。すぐに戻ってきた彼女の手には、小さな木の人形がある。

「おじさん、見て」

彼女は、宗二にむかって人形を差しだした。本物と見まがう、昼寝をする猫の姿は、去年、十日ほど家にいた子猫を模したものだった。雪子は、自分が拾ってきた瀕死《ひんし》の子猫を必死に看病し、子猫も持ち直してはいたが、突然死んでしまった。食事も喉《のど》を通らないほどふさぎこんでいた雪子のために、父が彫ったのが、この人形だった。以来、雪子はいつもこの人形と一緒に寝ている。

「ほう、これは正人さんが？」

雪子は黙って頷いた。

「うまいもんだ。まるで生きているようじゃないか。本当に正人さんは器用だね。生粋の職人だ」

宗二が感心した通り、たしかに正人は手先が器用だった。戦争で召集される前は、箪笥《たんす》職人だったという。会沢家の三男坊として生まれた彼は、尋常小学校を出るとすぐに工房に入って働いていたが、戦争をきっかけに工房をやめ、兄二人が他界した実家に戻り家督を継いだ。鷹志が生まれたのはその後のことなので、全《すべ》ては祖母から聞いた話である。正人はなんだかんだ運がいい子なんだよ、と彼女はことあるごとに言っていた。

「なるほどなあ、ゆきちゃんはお父さんに似たんだな。顔立ちが似ると、こうしたところも似るものなのかな？」

「ゆきも大きくなったら、彫刻か、せいかんをやる」

「女彫刻師も女工もどちらも恰好いいな。ゆきちゃんみたいな美人で腕がよいとくれば、引く手あまただろう」

宗二は愉快そうに笑い、フキも「また夢みたいなこと言って」と呆《あき》れつつ笑っていた。当の雪子は、まじめにとってもらえなかったと思ったのか猫を取り返し、さっさと縁側のほうへ行ってしまった。途中だった狛犬の製作を再開した小さな後ろ姿を見やり、宗二は頭を掻《か》いた。

「どうやら、お姫様のご機嫌を損ねてしまったようですな。老兵はそろそろ退散しますか」

羊羹をたいらげると、ごちそうさまですと言って宗二は立ち上がるそぶりを見せた。

鷹志は慌《あわ》てて羊羹を飲み込み、宗二を見上げた。

「もう帰ってしまうんですか？　まだ来たばかりなのに」

「また正人さんがいる時に改めて。フキさん、どうぞよろしくお伝えください。突然来て申し訳ありませんでした、次は必ず事前に連絡を」

「まあ、そんな。じきあの人も帰ってくると思いますから、お待ちになってくださいな」

「いやいや、修理で沖に出たなら夜まで戻らんでしょう。夕刻までには逸見に行かねばならんのですが、少々寄りたいところもあるので」

「おじさん、ではご先祖が海の防人という話はまた今度ですか？」

食い下がる鷹志を、宗二は目を細めて見下ろした。

「なら、鷹志君も一緒に来るかい？　これから墓参りに行くんだ」

鷹志は首を捻《ひね》った。永峰家の墓ならば、横須賀にある。遠縁にあたるので、鷹志たちも毎年墓参りに行っている。

「あそこじゃない。東の、鴨居《かもい》のほうにあるやつだ。フキさん、すぐに送り届けますから、どうですか？」

母は当惑した様子で、鷹志を見た。行きたい、と目で訴えると、諦《あきら》めたように吐息をつく。

「遅くならないようにお願いします」

「渡し船で東に渡ってすぐですよ、そう時間はかかりません」

宗二は立ち上がり、帯を締め直すと、さっそく一升瓶をぶらさげて外に出た。母のもの言いたげな様子が気にはなったが、鷹志も草履を履いて後に続いた。

5

社宅の裏側には山が迫る。このあたりはもともと、浦賀奉行所があったという。かつて浦賀は、商人の町だった。江戸に向かう船は全《すべ》て浦賀で船改めを受けねばならず、どの荷もまずはこの地に集まった。ものが集まるところには人が集まる。そして文化が花開く。三浦半島で最も富み栄えたのが、この浦賀だった。

今も盛況ぶりは変わらないが、街はだいぶ様変わりした。もっとも、六年前に浦賀にやってきた鷹志に以前の様子など知るよしもないが、何代もこの地に住む家の年寄りは皆そう言う。子供のころにペルリの黒船が突然現れた時の驚きを、昨日のことのように覚えている者もいた。

あれから国は開かれ、徳川が倒されて明治になると、奉行所はすぐに取り壊されたという。そして明治三十年、かつて幕府の造船所があった場所に浦賀船渠《ドック》が建設され、浦賀は商人の町から造船の町へと変化を遂げた。

裏山の道を駆け上ると、ほどなく簡素な靖国《やすくに》鳥居に通じる石段が現れる。川間の鎮守、大六天榊《だいろくてんさかき》神社である。石段を一段抜かしで登った先にある小さな境内には、近所の老人がひとりいるだけだった。宗二は社殿の前に立つと、大きく柏手《かしわで》をうち、深々と礼をした。鷹志も真似《まね》をしたが、宗二のように乾いたいい音は出なかった。

「もともと奉行所があったあたりに君たちが住むとは、運命を感じるな」

お参りを終えた宗二は、周囲を見回し、しみじみと言った。かつて、江戸幕府の貿易と海防を一手に担《にな》っていた奉行所の敷地には、今、浦賀ドックに勤める職工とその家族が住んでいる。

「僕たちは奉行所と関係があるんですか」

「百年以上前の話だが、このあたりの海防を担っていたのは会津藩だからね」

宗二は下駄《げた》の音を高く鳴らし、石段を下りていく。晩夏の日射《ひざ》しは容赦がなく、ひぐらしの声が雨のように降りしきる。海沿いの道に出て、港の奥にドックの大きな建物がはっきり見えるころには、周囲はさらに賑《にぎ》やかになっていた。

「おじさんのひいじいさんたちは、もともとここに住んでいたそうなんだ」

途中で花や線香を購入しつつ、宗二は感慨深げに路《みち》を行く。

「一旦、会津に戻ったけど、維新の直後に、再びこっちに来てね。刀を捨てて商売を始めてみたはいいが、なんせ武家の商法だ、なかなかうまくいかない。その後じいさんが海軍工廠《こうしょう》の技手《ぎて》になって、結局こっちの店は畳んでみんな横須賀に移ったんだ。あのまま商売がうまくいってれば、このあたりに住んでたんだな。惜しいな」

ドックに面したこの区域は荒巻と呼ばれ、大通りにはずらりと商店が建ち並び、休日の今日も活気に溢《あふ》れている。夕暮れどきになれば、花街も花開く。浦賀でもっとも賑やかな場所だった。

「でも横須賀も相当賑わっているでしょう」

「まあな。でもやっぱり海防は、この浦賀からだよ。日本で初めて洋式軍艦をつくりあげたのは、ここなんだから」

渡し場でぽんぽん船に乗り、東に渡ると、宗二は迷わず右に折れた。ほどなく、雪子と訪れた東叶神社の前に出る。

社殿に至る階段が西より短いため、こちらのほうがずっと海に近い。社殿も装飾的な西とは違い、質実剛健という言葉がふさわしい、どっしりとしたものだった。西は造船の町として名高いが、東はさらに昔から鰯漁《いわしりょう》で有名だ。

奉行所が出来るまで、浦賀はそもそも漁師の町だった。その性格の差が、この神社にも現れている。鳥居の前を通り過ぎ、海沿いの道を進む途中、アイスキャンディ売りを見つけた宗二が呼び止めてくれた時には、雪子も連れてくるべきだったかな、と少し後悔した。礼を述べて道端でアイスキャンディを食べていると、急に大地が鳴り、下から突き上げるような衝撃が来た。

「ん、揺れたな」

宗二も目を細めて、海のほうを見た。はっきりとした地響きのわりには、揺れはすぐに収まった。

「いつものことです。最近多いので」

「去年の四月みたいなのは？」

「あれきりですよ。あとは今みたいな揺れが頻繁にありますが、たいしたことはありません」

近年、関東ではやたらと地震が多く、いつか大地震が来るのではないかと噂《うわさ》されていたが、まさに昨年四月に浦賀水道を震源地とする大きな地震が起きた。ずいぶん揺れて、倒壊した家屋もあり、少なからぬ怪我人《けがにん》も出た。その後の余震のたびに皆震えていたが、一年以上が経過した今では、ちょっとやそっとの揺れでは動じない。

「そうか。しかし、海でも揺られて、陸でも揺れるというのは妙な気分だな」

「軍艦ってそんなに揺れますか。あんなに大きいのに」

「揺れるとも。だが必ず慣れる。陸が揺れるのはどうやっても慣れんな」

津波を警戒しているのか、宗二の目は海の方角に据えられたままだ。なんとはなしに視線を追うと、浦賀港から客船が出ていくところだった。おそらく南房総の金谷港《かなや》に向かうものだろう。鷹志も何度か乗ったことがある。ここから、房総半島ははっきり見える。冬の晴れた日などには、鋸山《のこぎりやま》の特徴的な姿や、房総線の列車までよく見えた。地上をぐるりと巡れば房総半島ははるか彼方《かなた》だが、船ならば二時間とかからないので、浦賀の人間ならば学校の遠足などで必ず一度は行っている。金谷目指してひた走る船を、鷹志はぼんやりと見送った。船は鷹志にとって、常に身近な存在だ。ぽんぽん船は頻繁に乗っているし、海釣りで港の外まで出ることもある。しかし、房総半島のむこう――外洋には出たことはない。

二人は海を横目で眺めながら、鴨居へと足を進めた。その間に、さまざまな話をした。鷹志が、先日の飛び込み勝負の話をすると、宗二は「それは凄《すご》い！」とおおげさに褒めてくれた。

「鷹志君は勇気があるな。マストから飛び降りるなんて、小学生のころのおじさんには到底無理だ」

「でも父は、怒るんですよ。ならぬことはならぬって」

「まあ、逃げるが勝ちとも言うからね」

「おじさんまで。明らかに相手が間違っているのに耐えれば、舐《な》められるだけではないですか。ならぬことはならんのは相手のほうです。矛盾していませんか」

「落ち着け。この先がある」右手の人差し指を鷹志の鼻先につきつけて、宗二は笑いをおさめて続けた。「その通り、どうしても喧嘩《けんか》せにゃならんときもある。そうなったら、命懸けで勝て。喧嘩をするなら、必ず勝たねばならない」

「もちろんそうです」

「必ずだぞ。一パーセントでも不安があるなら、避けるべきだ。どんなに悔しくてもな。いくら自分が正しいからって、負けを覚悟で勝負を挑むのは馬鹿《ばか》のやることだ」

宗二の眼光が、にわかに鋭くなる。

「ひいじいさんとじいさんは、昔のことについてはほとんど語らなかった。かわりに何度も言った。負ければ何もかも失う。決して変わらないと信じていた正義や美徳も、全て奪われ、地べたに叩《たた》きつけられ、唾《つば》を吐かれる。死んだ者も生き延びた者も、未来永劫《えいごう》、尊厳など失われる。それが敗北だ」

宗二の口調は、決して強くはない。しかし、淡々と語るがゆえに、彼の身のうちにある炎を強く感じた。

「やるなら勝て。そのためには、いつも頭を冷やしておくんだ。過去に負けたことがあるなら、なぜ負けたかを徹底的に考えろ」

鷹志は唾を飲み込んだ。

「——と、よく説教されたもんだ。俺も喧嘩っ早くてなぁ。負けて泣いて帰る度に怒られた。負けるより説教が辛《つら》かったよ。そのあと必ず蔵に閉じ込められるからな。一晩、鼠《ねずみ》と攻防戦を繰り広げてみろ。身にしみるぞ」

「それは厳しそうです。おじさんも負けることなんてあるんですね」

「兵学校に入ってからはないぞ。さて、行こうか。早く家に帰さないと、怒られちゃうからな」

立ちどまってしばらく海を眺めていた宗二は、鷹志を促し再び歩きはじめた。歩調はゆっくりだったが、体の大きな宗二は一歩も大きい。鷹志はしばしば、小走りを挟まねばならなかった。

山がせり出した道を進むと、右前方に鴨居港が見えた。そこで道を左に折れ、内陸に進んでいくと、岩山の中央を貫く長い石段が現れる。上はどうやら寺らしい。

「この上だ」

宗二は石段の上を指し示し、下駄の音を響かせて登り始める。傾斜は急で段数も多く、ようやく登りきって寺の境内に出たときには、全身から汗が噴き出していた。

山の中腹に開けた境内は、思いがけず広かった。まっさきに目に入るのは、左右に聳《そび》える柏槙《びゃくしん》と犬槙《いぬまき》の巨木だ。一目見て樹齢数百年とわかる大きさで、鬱蒼《うっそう》と茂った葉は、夏の日射しを遮り、涼やかな木陰をつくっていた。柏槙は幹がねじれ、螺旋《らせん》を描くように天を目指し、その偉容は、もがき苦しみながらも救いを求めずにはいられない人のありようを表しているかのようで、鷹志の背は自然と伸びた。それに比べれば、犬槙はまだすんなりと伸びていたが、根元には大きな虚《うろ》があり、中には地蔵が安置されていた。

宗二は本堂にむかって一礼すると、井戸から水をくみ上げ、持参した器にいれた。柏槙の陰にひっそりと佇《たたず》む鐘楼の奥には、ゆるい坂道が延びている。その傍らには、無縁仏がずらりと並んでいる。どれもずいぶん古いので、おそらく江戸時代のものなのだろう。坂道は延々と続き、そのぶんだけ無縁仏は並んでいた。やがて坂道をのぼりきると、左手は林だった。背の高い木々の落ち葉がすっかり地表を覆《おお》い、湿った土の香りが鼻をくすぐる。斜面は急な上に、人が通った形跡が全くない。宗二は、悪戯《いたずら》小僧のような顔でふりむいた。

「この上なんだ。頑張れ」

彼は迷いなく山林の中に足を踏み入れた。下駄でも全く足取りが乱れない。鷹志は草履ごしに土のひんやりした感触を感じつつ、後に続いた。どれぐらいそうして登ったのか、ようやく宗二の足が止まる。

「着いたぞ。ここだ」

山の頂上は、さらに薄暗く、しんと静まりかえっていた。下よりも気温は低いが、汗だくの体にはあまり関係がなかった。逆に、緑の天蓋《てんがい》が重苦しく感じられる。海からの風はこんな高さまで届くと見えて、枝は揺れ、葉は打ち寄せる波のように絶えず鳴っていた。

汗を拭《ぬぐ》って木を見上げていた鷹志は、視線を下に降ろしてぎょっとした。草がまばらに生える、黒々とした地面には、苔《こけ》むした四角い石がいくつも並んでいる。十以上はあるだろうか。大きさはばらばらで、傾いていたり、欠けたものもあり、明らかにきちんと手入れをされていない墓石ばかりだ。さきほどの無縁仏のほうが、ずっと状態がよい。

「見てみろ、鷹志君。ここになんて書いてある？」

しゃがみこんだ宗二は、近くの墓石の裏側を指し示した。

「會津《あいづ》ノ士」と刻まれている。見て回ると、全ての墓石に會津と刻まれていた。

「ここに眠る人たちが浦賀に来たのは、百十年前。黒船が来る四十年前だ。異国の船が近海に現れるようになって、幕府が会津藩に江戸湾警備を命じたんだよ。三浦半島一帯を領地として与えられて、陣屋を構えたのが久里浜と、この鴨居のあたり。藩校もあったらしい」

「藩校も？」

ならば、ここにはずいぶん多くの会津藩士が、長期にわたって住んでいたことになる。しかし墓はこれほどに荒れ果て、鷹志も会津藩士のことなど一度も聞いたことがない。

「そこが会津藩士の生真面目《きまじめ》なところさ。会津の後は浦賀奉行所や川越藩が担当したんだが、彼らはみんな、担当になった藩士だけがやってきたんだ。任期が終われば、藩に戻れるしな。ところが会津藩だけは、大君のご命令ならば子孫代々海を守らねばならんと、一族郎党引き連れてやって来たわけだ。だから藩校もつくった」

宗二は、墓石に刻まれた子供とおぼしき名前をそっと指で撫《な》でた。

「結局、任務は十年後に解かれ、警備は浦賀奉行所に移った。会津に戻る者もいたし、そのまま残って海上警備につく者もいた。その三十年後、ペルリの黒船を見た者も、きっといただろうな」

百十年前。江戸の後期。ずいぶん昔の話だが、この墓の荒れようを見るかぎり、さらに百年前のことと言われても納得できそうだった。たとえ十年とはいえ三浦半島を治めたはずが、痕跡《こんせき》がほとんど残っておらず、話にすら聞かないとは、どういうことか。

「ペルリが来てから十五年で幕府は倒れ、会津は負けた。戻った藩士の多くは戦いに斃《たお》れ、生き残った者は五稜郭《ごりょうかく》まで幕府軍に付き従った。俺の曾祖父《そうそふ》もそうだ。だが朝敵となった会津にもう未来はない。生きていくすべがない。そこで、六十年前に永峰の一族が一時浦賀にいたことを思い出した。当時浦賀に残った者たちが、きっとまだいる。だから、浦賀に移り住むことに決めたんだ」

「会えたんですか」

宗二は首を横にふった。

「百年前、ここに残ったのは、ひいじいさんの祖父と、その奥方だ。この奥方が、会沢家から出たお人だな。もう年で二人とも病がちで、とても会津までの長旅が耐えられないってことで残ったらしい。ひいじいさんたちが浦賀を発《た》ってからすぐに、二人とも相次いで亡《な》くなった。この墓だ」

宗二は、ひとつの墓石の前に跪《ひざまず》き、竹を切っただけの簡素な花入れを手にとった。中に溜《た》まった淀《よど》んだ水を捨て、井戸で汲《く》んできたばかりの水をいれる。宗二以外にここを訪れる者は、いないのだろう。

宗二は菊と竜胆《りんどう》を花入れに挿し、ひび割れた湯呑《ゆの》みに酒を入れ、懐《ふところ》から出した饅《まん》頭《じゅう》を墓前に供えた。黙々と行われる作業を、鷹志は静かに眺めていた。まだ頭がぐらくらしているのか、この寂れた墓地も宗二も、この世ならぬもののように思える。菊のすがすがしい白さと竜胆の濃い紫が、この光景の中で唯一《ゆいいつ》、はっきりと生を訴えていた。

「鷹志君も線香を」

強い風の中、苦心して火をつけた線香の束を渡され、鷹志は墓前に膝《ひざ》をついた。永峰という姓はかろうじて読み取れたが、腐食が激しく、下のほうはよくわからない。どの墓も似たり寄ったりで、そのくせ裏の「會津ノ士」だけははっきりと読めるのが不思議だった。宗二は周囲の墓全てに酒と線香をあげて回った。鷹志もその後に続き、手を合わせた。最後に永峰家の先祖の前に戻ると、深々とこうべを垂れた。

「父と母も来たことはあるのですか」

「正人さんは何度か。今日も一緒に来ようかと思っていたんだが」

「どうして父は何も話してくれなかったんでしょう。ご先祖様が眠っているなら、僕だってここに来たかったのに。会津にいたころの話も、家では禁句なんです」

宗二は少し黙ってから、「それだけ苦労されたんだろう」とつぶやいた。

改めて、墓石に手を合わせる宗二を見やった。永峰家の中で好感をもてるのは、彼ぐらいだ。宗二は父と年齢が近いこともあって、気軽に浦賀にもやって来る。なまなかのことでは傷がつきそうにない、厚みのある赤銅色《しゃくどういろ》の肌も、がっしりとした骨格も、そして豪放磊落《らいらく》を絵に描いたような性格も、なにもかもが父と正反対だ。

彼は鷹志にとって、日本各地のみならず、世界の風を運んでくれる貴重な存在だ。宗二がやって来ると、どこかひんやりと沈んだ家の空気が明るくなる。宗二の話は面白く、いつまでも耳を傾けていたかったし、鷹志の少々危険な冒険の話も彼はいつも大喜びで聞いてくれた。この行動力の十分の一でも、父が備えていたらと思わずにいられなかった。

「もうちょっとつきあってもらうぞ。奥にいいものがあるんだ」

6

宗二は立ち上がり、墓地のさらに奥へと歩き出した。林の中に道が続いている。ますます暗く翳《かげ》る狭い道は黄泉《よみ》への入り口のようで、鷹志は後に続くのをためらった。

「なんだ、意外に恐《こわ》がりだな。大丈夫だって」

からかわれて、顔が赤くなる。思い切って小走りで背中を追うと突然、行く先を陰《いん》鬱《うつ》に遮っていた枝が消え、視界が明るく開けた。

「ごらん。浦賀水道がよく見える」

宗二は腕を高くあげた。指が示す先には、青い海。下で見るよりも、ずっと遠くまで見とおせた。

「あそこに突然、黒船が四隻《せき》現れた。それまで、国内の小さな船しか見たことがなかった人たちが、いきなりどでかい蒸気船を見たんだ。腰を抜かして立てなかったばあさまもいたそうだ」

「今の浦賀を見たら、腰を抜かすどころじゃないかもしれませんね」

「そうだな。駆逐艦なんて見たら、卒倒してしまうかもしれない」

「今年は巡洋艦も造りましたよ。これからもどんどん造るでしょうね」

「鷹志君はドックじゃなくて、海軍工廠《こうしょう》の設計科に行きたいのかい？」

鷹志は顔をあからめた。

「はい。難関ですが、高等科を出て挑戦するつもりです」

「一番の人気科だなぁ。軍縮のあおりを受けて募集人数もだいぶ絞っているし、厳しいといえば厳しいが、鷹志君なら問題ないだろう」

「おじさんはもちあげるのがお上手ですね」

「本当にそう思っているんだよ。君なら技師までいくかもしれんなぁ。うちは、じいさんと親父《おやじ》と叔父が海軍工廠だが、技師になったのはいないんだ」

「技師は帝大工学部を出ていないと難しいでしょう。高等官ですから」

「工廠の職工から昇進することもできるよ。帝大に行くより難しい、狭き門ではあるが。それより、高等科ではなく中学に進んで帝大を目指してみたらどうだい」

鷹志は力なく笑った。会沢家の経済状態では、五年もかかる中学校など無理に決まっている。しかし、そう口にするのは癪《しゃく》だった。

「おじさんこそ、中学校で首席だったんでしょう？　それこそ帝大に行けば、技師もいけたんじゃないですか」

永峰の家で、軍人の道を選んだのは宗二だけだ。武士、しかも武官である外様の血筋なのに、と少し不思議ではあった。

「大君の儀、一心大切に忠勤を存ずべく、列国の例をもって自ら処《お》るべからず。若《も》し二心を懐《いだ》かば則《すなわ》ち我子孫にあらず、面々決して従うべからず」

突然、宗二は詠《うた》うように言った。試すように、鷹志を見る。

「知っているかい」

「聞いたことがあります。祖母がよく唱えていました。さっぱり意味がわからなかったのですが」

「五歳かそこらじゃそうだろうな。会津松平家の家訓《かきん》にして藩是だね」

「藩是、ですか」

「そう。つまり、会津藩は、他藩がどうであろうとも、将軍家に命懸けで忠誠を誓う藩だと言っている。藩は、重要なことを決めるとき、常にこれに従ったのさ」

宗二は目を眇《すが》め、暗がりに沈む墓地のほうを見やった。

「ここに眠る人々もそうだ。大君の命令ともあれば、領土も捨てて、見も知らぬ土地に一族郎党骨を埋《うず》める覚悟でやって来る。大君を守るためならば、勝ち目のない戦でも最後まで戦いぬく。それを信念と見るか愚と見るかは、人それぞれだろう。だが、ひいじいさんの日記からようやくこの墓を探し当てて、ここから海を見た時にな、思ったのさ。俺はその愚直なまでの藩是を継ごう、ここで眠る人々の遺志を継いで、この海の防人《さきもり》になろうってな」

陽光を吸って紺碧《こんぺき》に輝く海は、美しかった。毎日見ているのに、見飽きるということがない。季節ごとに、一日ごとに、いや一日の中でも刻一刻と表情を変える海。かつての防人たちは、この美しさを守るためにやって来て、海に殉じた。大君の命令に殉じたのだ。

「そう言った時、父や兄には呆《あき》れられたよ。時代遅れもいいところだとね。もう会津だなんだのは古いとさ。それも正しいと思う。負けてあらゆるものを喪《うしな》ったからこそ、彼らはそれまでの信念を捨て去って、この地で這《は》い上がり、成功した。それもひとつの生き方だ。だが、一人ぐらいは、同じように海に出て、戦う防人がいてもいいだろう。ここに眠る人々に恥じない生き方をしたい。そう思ったから、兵学校に行ったんだよ」

宗二の言葉は、鷹志の心に深く染《し》みいった。これこそ、彼が望んでいたものだった。

「ご立派です」

鷹志は心から言った。我知らず声が震えた。

「君は古いとは思わないかい」

「思うわけないじゃないですか。僕だって、本当は……」

強く拳《こぶし》を握る。

船造りも魅力的だ。だが本当は、造るよりも、その船に乗って勇ましく戦いたい。先祖がそうしたように、誇りをもって。逃げるよりも、敵に立ち向かうほうが性に合っているのだ。こんな光景を見てしまったのなら、なおさらだ。

腹の底からこみあげるものがある。ずっとわだかまっていたものが弾《はじ》けて、熱い血潮となって体の中を駆け巡る。爪先《つまさき》までいきいきと、力が通う感覚。

ああ、きっと自分はこの光景を見たかったのだ。ここに立つために、浦賀に呼ばれていたのかもしれない。自分の中に眠る、士魂の記憶に。

「俺たちは生まれる時代を間違ったのかもなあ」

宗二のしみじみとした言葉に、鷹志は「かもしれません」と笑った。

「鷹志君は兵学校に興味はないかい」

鷹志ははっとして彼を仰ぎ見た。太陽のような目が、じっとこちらを見ている。鷹志の知らぬ海の果てを知る目が。

「……兵学校なんて、とても」

「君は士官に向いているよ」

海軍士官を育成する海軍兵学校といえば、一高、陸軍士官学校と並ぶ、難関中の難関である。文武両道にすぐれた、子供のころから神童と呼ばれるような少年たちが、中学五年間でさらに自身を磨いてなお、そのごく一部しか合格を許されない狭き門だ。

しかし、鷹志が無理だというのはそれ以前の問題だ。中学校は、金がかかる。小学校での成績は自慢ではないが全《すべ》て優等で、教師からも中学進学を勧められてはいる。しかしそこまで親に甘えるつもりはない。彼らがまた永峰家に頭を下げることになったら、と思うと、断腸の思いだ。

「ありがとうございます」

ただそれだけ言って、鷹志は口を引き結び、じっと海を見つめた。この向こうに行ってみたい。波濤《はとう》を越えて、世界を見て、そしてその世界のただ中に浮かぶこの秋津島を守るのだ。そんな生き方ができれば、どんなにいいだろう。

「もちろん、防人にはさまざまな形がある。なにも兵科を出る必要はないし、軍人になる必要もないが」

彼の胸中を察したのか、宗二は穏やかな口調で言った。

「どの道を選ぶにせよ、これだけは覚えておいてくれ。君は、誇り高い会津士魂を受け継ぐ男だ。防人の末裔《まつえい》であることを、どうか忘れないでくれ」

鷹志の手に置かれた手は、力強かった。鷹志は頷《うなず》き、再び海を見る。おそらく自分は、生涯この海を忘れることはないだろうと思った。


会沢家の食卓は、いつも静かだ。

両親は寡黙《かもく》、妹もぼんやりしているので、鷹志も食べる以外に口を開くことはない。それでも夕食時には言葉を交わすことがあるが、朝食は手早く済ますため完全に無言である。

しかしこの日は珍しく、父が口を開いた。

「昨日、宗二さんと鴨居に行ったそうだな」

きたな、と鷹志は身構えた。

「はい」

「どうだった」

「寂しい所でした。でも海の眺めは素晴らしかったです。会津藩の防人のことは初めて知りましたので、とても興味深い経験でした」

初めてという箇所を強調したのは皮肉だったが、父は素知らぬ様子で続けた。

「もう行く必要はない」

「なぜですか？　宗二さんのひいおじいさんのおばあさんが、会沢の家の方なのでしょう」

「一度行けば、もう良い。あそこはおまえにはまだ早い」

「早いってどういうことですか。逸見《へみ》のお墓は遠いですが、鴨居なら一人でも行けます」

「そういう意味ではない。もう行くな」

「藩是に従って防人となり、この地に骨を埋めた方々です。きちんと弔いたいのです」

「そして彼らに倣《なら》いたい、か？」

鋭くなった語気に、鷹志は体を強《こわ》ばらせた。

「いいか、鷹志。一度だけ言う」息子の反応に眉尻《まゆじり》を跳ね上げ、父は言った。「おまえが目的をもって、中学に進学したいというのならば、父さんたちも認めるといっている。だがその先にあるのが軍人ならば、話は別だ。兵学校はゆるさん」

予想通りの言葉だった。いつもならば鷹志も引き下がるところだ。父は由《よし》ないことで叱責《しっせき》することはないが、口にしたことを翻《ひるがえ》すことは決してない。知ってはいたが、この時ばかりは鷹志も反論した。

「なぜですか。父さんが、陸軍で苦労されたことは知っています。でも、国を守る仕事は尊いではありませんか。ご先祖様のように立派な防人になりたいのです」

「防人に憧《あこが》れるならば、この家族を守れ。父さんに何かあれば、おまえが家長だ」

「もちろん守ります。士官になるのは、会沢家のためにもなると思います。私が先祖伝来の武士としての生き様を体現し、また武勲を立てれば……」

「家名も武士も、もう存在しない。おまえはいったい何を守り、何に向かって喧嘩《けんか》をしようとしている？」

語気鋭く父は言う。

「中身のない空虚な器はいつも見た目だけは立派だ。だから、中身のない者がたやすく惹《ひ》かれる。今のおまえが軍人など、片腹痛い」

切り捨てるような言葉に、鷹志は唇を噛《か》みしめた。しばらく畳をじっとにらみつけた後、「申し訳ありません」と呻《うめ》くように謝罪する。納得したわけではない。腸《はらわた》は煮えくりかえっている。しかし、家族を守るために家名を捨てた父を納得させる言葉などないことは、知っていた。だから全て飲み込んで、頭を下げた。

父は鷹揚《おうよう》に頷くと、それきり言葉を発することはなく、黙々と食事を続けた。二人の口論を息詰まる顔で眺めていた母はほっと息をつき、鷹志がおかわりにさしだした茶碗《ちゃわん》に、いつもより少し大目に盛ってくれた。正直、今日はまったく味などわからなかったが、鷹志はろくに嚙みもせずに流しこんだ。

その間、雪子はいつものように茫洋《ぼうよう》とした表情で、もぐもぐと口を動かし続けていた。

7

九月一日は、嵐《あらし》で明けた。二学期の始業式だというのに、前日の風雨が残ったひどい天気で、ぬかるんだ道に下駄《げた》が埋まり、傘も何度もとばされかけた。

一緒に家を出た雪子は、西叶神社の前で鷹志と別れた。三年生までは、神社の敷地にある分教室に通うのが決まりである。分校までは、家から浦賀小までのほぼ半分の距離で済むので、こういう時は羨《うらや》ましくてならない。学校に着いたころには、鷹志の着物はすっかり濡《ぬ》れていた。中には道中転んだのか泥だらけの者もいて、大仰に嘆きながら、ふんどし姿で着物を洗っていた。

休み明けに会う顔はみな、記憶にあるよりも灼《や》けている。二学期が始まったとはいえ今日はただ通信簿を提出し、校長や担任の話を聞くだけだったので、まだ夏休みの延長のような、底抜けに明るい空気が学校のそこかしこに漂っていた。

解散となったころには雨もあがり、雲ひとつない日本晴れになったが、海はまだひどく濁ったままだった。風もやみ、息苦しいほどの蒸し暑さに、陸にあがった魚のように半ば喘《あえ》ぎながら帰路につく。

家に着いたのは十一時過ぎで、先に帰っていた雪子と母の三人で早めの昼食をとった。夏の間うんざりするほど食べた素麵《そうめん》と、鷹志の好物の鰯《いわし》の甘露煮、そして雪子の好きならっきょうが椀《わん》いっぱいに盛ってあった。今日から新学期だからなのか、いつもより豪華な昼食で、鷹志は夢中で食べた。

「ちょっと出かけてくる」

最後に麦茶をがぶ飲みして立ち上がると、母が呆《あき》れた顔をした。

「海じゃないでしょうね」

「こんな日に入らないよ」

あまり追及されないうちに、鷹志はそそくさと玄関に向かった。ポケットには、小遣いを残してためた小銭が入っている。草履を履こうとしたら、鼻緒が切れていた。

こんな時についていない。仕方なしにすげかえていると、食事を終えた雪子がやってきた。

「ゆきも行く」

「駄目だ。勝たちと遊ぶんだから」

「嘘《うそ》」雪子はじっと兄の顔を見つめた。「鴨居に行くんでしょ。ゆきも行く」

鷹志は驚いて妹を見返した。雪子の言う通り、会津藩士の眠る寺の墓地に行くつもりだった。思いついたのは、今朝、学校へ行く途中だった。濁って荒れる海を横目で眺めているうちに、ふと、あの墓地からこの海はどんなふうに見えるだろうと思った。一度気になったら、見ずにはいられない。あの日は、ただ穏やかな青が広がっていたが、鷹志は白い牙《きば》を剝《む》く荒々しい海も好きだった。

「ちがうよ」

「隠しても無駄。ゆきにはわかる」

兄相手に一歩も引く気はなさそうだった。鷹志は台所をうかがった。母の鼻歌が聞こえる。鴨居に行くことを母に知られるのはまずい。

父に叱責《しっせき》されて以来、鴨居や宗二の話が茶の間で出たことはない。夏休みの間は、鷹志も忘れたような顔をして過ごした。このまま玄関でぐずぐずしていて気取られるのは困る。鷹志はため息をつき、仕方なく雪子を連れて外に出た。広場では、雪子と同年代の少女たちが固まってままごとをしていたが、雪子は見向きもしない。以前はあの輪の中にいたのを見た気がするが、この夏休みは、ほとんど家で木を彫っていた。

「雪子も仲間に入れてもらえば？」

雪子は無言で首を横にふった。強引に輪の中に押しつけたかったが、後が怖いので、仕方なく手を引いてその場を離れた。

「ゆきの言葉、変だって」

通りに出てしばらく歩いたころ、雪子が消え入りそうな声で言った。

「まさか。もうすっかりカヨちゃんたちと変わらないぞ」

「でも変だって言われる」

雪子の目は、うっすらと涙ぐんでいた。鷹志の手を握る指も、かすかに震えていた。引っ越してきた当初は、鷹志も訛《なま》りが強くて何を言っているかわからないと周囲の子供たちにずいぶん冷やかされた。もっともそのころは、全国から仕事を求めて多くの者が浦賀にやってきたから、社宅でもお国言葉丸出しの者は少なくなかったし、からかわれたのも鷹志たちだけではない。それでも、やはり賊軍というのは何かとからかいの種になり、悔しい思いもした。雪子もこちらに来て以来、もともと多くない口数が人前では無に近くなった。

「気にするな」

うつむいてしまった雪子の頭を撫《な》で、鷹志は少しだけ歩調を緩めた。今日は特別に連れていってやろう。境内までの階段なら、雪子の足でも登れるはずだ。本堂に着いたら、住職に頼んで、仏像でも見せてもらえばいい。雪子ならすぐに時間を忘れるほど夢中になる。その間に上の墓地まで行けばいい。

ついさきほどまで目に涙を浮かべていた雪子は、鷹志と手を繋《つな》いでいるうちに、機嫌をなおしたようだった。表情には出さないし、何か喋《しゃべ》るわけでもないが、はしゃいでいるのは感じる。なるほど、自分も雪子のことならたいていわかるのだから、雪子が兄のことがわかっても不思議でないかもしれない。

鷹志は帽子を目深《まぶか》にかぶりなおし、空を見上げた。朝までの嵐が嘘のような晴天だ。近くの家の軒先には風鈴がさがっていたが、ちりとも鳴らない。じっとしているだけで、汗が滲《にじ》む。あのアイスキャンディ屋は、今日もあのあたりにいるだろうか。帰りの渡し船のことを考えると、二人分は買えないだろうが、一つを二人でわけようか。

そんなことを考えているうちに、船着き場に着いた。

その瞬間、急に肌が粟立《あわだ》った。空気が変わる。ごう、と地面の下が鳴った瞬間、揺れが来た。がくん、と下から押しあげられるような衝撃だった。雪子の体が大きく海のほうへと傾くのを見て、とっさに腕を引き、尻餅《しりもち》をつく。

「なんだ今の」

「地震？」

二人は顔を見合わせ、立ち上がった。途端に、さらに大きな揺れが来た。

さきほどの突き上げるようなものとは違う。地面が海面のように激しく波打ったと思ったら、ぐるぐると回り出した。とてもではないが立っていられない。しゃがみこみながら鷹志はつかまるものを探したが、遠くのほうに槙《まき》の木が一本あるぐらいで、この揺れの中ではどうやってもそこまで行けそうにはなかった。

雪子をしっかり抱きしめ、地に伏せる。激しく揺れる視界の中、立っている人間はひとりもいなかった。みな鷹志のように伏せるか、木や電柱にしがみついていた。

去年の四月の地震も大きかったが、それどころではない。揺れはずいぶん長く続いた。悲鳴と地響きが渦巻く中、鷹志は必死に繰り返していた。落ち着け、落ち着け。大丈夫だ。

しかし、間近で響いた轟音《ごうおん》が、その声を飲み込んだ。

周囲の建物が、土煙をあげて崩れはじめた。民家と共に、かつて鷹志が通い、今は雪子が通う分教室が、地面の下に引き込まれていくように、土埃《つちぼこり》をあげて崩れていく。これは、大事だ。わずかに揺れがおさまった隙《すき》を見て、鷹志は立ち上がった。

「ゆき、家さ戻るべ！」

妹をむりやり立たせると、鷹志は今来た道を戻ろうとした。が、再び、電流が走ったような衝撃が来た。びりびりと肌が震える、この異様な空気のうねり。まちがいない、今度は音が頭上から聞こえる。

空を振り仰いだ鷹志は、息を呑《の》んだ。音は、叶神社の奥、愛宕山のあたりから響いていた。学校の登下校には、いつも山の下を通る。上は眺望もよく、鷹志たちも昔から数えきれぬほど遊んだ場所だ。船着き場に近いこともあり、愛宕山の下には多くの民家や商店が並んでいる。鷹志がよく遊びに行く同級生の家もあった。その慣れ親しんだ山が、消えていた。かわりに、真っ黒な大瀑布《だいばくふ》がごうごうと音をたてて空から流れ落ちていた。耳を塞《ふさ》いでも否応《いやおう》なく体に染《し》みこんでくる凄《すさ》まじい断末魔の声を響かせ、水しぶきならぬ黒い煙をあげながら、全《すべ》てを叩《たた》き潰《つぶ》し、飲みこんでいく。立ち並ぶ家が一瞬にして消え、黒い土砂が降り積もる様に、鷹志はただ茫然《ぼうぜん》としていた。

これはいったいなんだ。夢を見ているのか？　数分前まで、まだ夏休みが続いているような、のんびりした昼下がりの光景がここにあったはずなのに。耳が痛い。目が痛い。鼻が痛い。

「あ……」

傍らで、小さな声があがった。見ると、雪子が大きく目を見開いて震えていた。その姿に、我に返った。もっと遠くに逃げなければ！

鷹志は身を翻《ひるがえ》し、浦賀小本校を目指して走り始めた。急な方向転換についていけずに転んだ雪子を、鷹志はすぐに背負って駆けだした。とにかく広い場所へ。その一心だった。浦賀の港は、陸地の際《きわ》近くまで山が迫っている。坂道だらけで、平らな土地は本当にわずかしかない。海を埋め立てたり、山を強引に切り崩してつくった場所も多かった。小学校まで行けば校庭がある。だが分教室があっというまに倒壊したならば、本校も果たして無事なのか。わからないが、ひとまず行ってみるほかなかった。

8

再び、激しい揺れが来た。が、幸い今度は近くに木があったので、雪子を負ぶったまましがみつく。ここに来てはじめて雪子が重いと感じたが、降ろそうとは毛頭思わなかった。しかし雪子のほうが兄の背から飛び降り、一緒に木にしがみついた。

「ゆき、絶対に俺から離れるな！」

汗と涙と鼻水でぐしゃぐしゃになった蒼白《そうはく》な顔で、雪子は何度も頷《うなず》いた。揺れが収まると、手を取って再び走る。その後も余震は断続的に続いた。揺れは強かったが、最初よりは多少ましになっている。立てないほどではない。

通り過ぎるそばから建物が崩れ、電柱が倒れる。今度はいつ別の山が崩れるか。誰もが建物から飛び出し、少しでも広い場所めざして走っていた。木の根元に蹲《うずくま》って動かない者もいた。木ならば、根を深く張っているから倒れないということだろうか。とっさに探したが、どの木にも、人が鈴なりになっていた。

家の方角に背を向けて、鷹志と雪子は逃げた。心臓がうるさい。母は？　本当は今すぐにでも帰って確かめたい。しかし愛宕山が崩れた以上、川間への道は完全に閉ざされた。

ならば、ドックにいる父は。工場は無事なのか？　横目で海を見ると、あいかわらず水面は濁っていた——が、どういうことだろう、水面が異様にさがっている。

ドックの方角は、大騒ぎだった。おそらくどこか潰《つぶ》れたのだろう、やはり土煙があがっている。そもそも、どこもかしこも潰れていて、視界が遠くまできかない。ごったがえす荒巻を駆けぬけ、港の付け根に出ると、ドックの工場からは土煙とは明らかに違う黒煙があがっていた。小学校は、と急いで向かった二人は、すぐに足を止めた。ある程度、予想はしていたことだった。浦賀小学校は全潰《ぜんかい》していた。天から降ってきた拳《こぶし》に叩《たた》き潰されたように、無残に崩れ落ちている。それでも校庭には人が集まり、校舎の中から一人、また一人と助け出され、そのたびに歓声があがった。助け出されたのはほとんど教師で、みな頭のてっぺんからつま先まで泥に汚れ、中には血を流している者もいたが、ひどい怪我《けが》を負った者はいなそうだった。児童はこの時間、全員帰っていたらしい。

校庭の隅に敷かれた茣蓙《ござ》に負傷者は運ばれ、近所に住まう者たちが総出で手当をした。が、水道から水が出ない。地震で水道管が破裂したらしく、動ける者はすぐに近くの井戸に水汲《みずく》みに走った。鷹志は雪子に待っているよう言いきかせて井戸へと走り、両手にもったバケツを茣蓙に運ぶ。水運びが一段落すると、鷹志は同級生とその親に雪子を任せ学校を飛び出し、工場へと向かった。開け放たれた門からは、次々と人が吐き出されている。

「すみません！　会沢正人はいますか！」

声をはりあげても、相手をしてくれる者は誰もいない。逆に、「火事だ！　工場に近づくな！」と追い払われた。

家を出る時はほぼ無風だったはずだが、今は南風が吹いている。刻一刻と強さを増し、火を煽《あお》る。目を凝らしても、父の姿はなかった。荒巻の近くにも通用口があることを思い出し、鷹志は急いで南に向かう。しかし通用口も似たようなものだった。とてもではないが中に入れそうにはない。せめて海のほうからドックがどうなっているか見えないかとさらに南へ走った鷹志は、塀が途切れる場所に出てぎょっとした。

あらわになった東側の町は、惨憺《さんたん》たる有り様だった。山があちこち崩れ、建物が潰れているのがよくわかる。東叶神社の背後に聳《そび》える明神山も崩れたようだった。あれでは拝殿も潰れたのではなかろうか。もし、船に乗っていたら。玄関で雪子が呼び止めなければ。そう考えた途端、震えが来た。

見あげれば、空の色もおかしい。家を出るころは雲ひとつない晴天だったのに、ひどく濁っている。昼に見た海と同じ色だ。こんな空は見たことがない。太陽も淀《よど》んだ雲に覆《おお》われ、突き刺すような日射《ひざ》しは今や消え入りそうだった。視線を下に転じれば、港の水位がずいぶんと下がっている。目算でも四尺は減っているだろうか。底が見えている場所もある。これならば、干上がった暗礁《あんしょう》を伝って家まで戻れるのではないか。しかし地震の時は津波が怖い。その前に一度水が引くという話も聞くし、どうしたものかと川間の方角を見れば、人の一群がこちらに駆けてくるのが見えた。

「川間の社宅から来た方はいませんか！」

鷹志が声をはりあげると、数名が手を振った。彼らが岸にあがるのを助け、裏山はどうなったかと尋ねると、「崩れていないよ」との答えが返ってきた。

「だがいくつか家は倒れちまった。住民は大半が残ってるよ。あそこはいちおう、広場になってるからさ」

「会沢フキはどうなったかご存じですか？」

その問いには皆、申し訳なさそうに首をふるばかりだった。安否がわからないのは不安だが、ひとまず山が崩れたのではないことがわかっただけでも収穫だ。地震の瞬間に外に出ていてさえくれれば。鷹志は彼らに別れを告げ、大急ぎで浦賀小学校にとって返した。

「ゆき！　川間は大丈夫だ！」

校庭の端でうずくまっている雪子を見つけ、鷹志は大きく両手をふった。立ち上がった雪子は、何も言わずにアルマイトのコップを差し出した。なみなみと水が入っている。見た瞬間に喉《のど》が鳴り、ひったくる勢いで一気に飲み干す。肩で息をしている鷹志を、雪子が手であおいでくれた。小さい手が生み出す風はささやかなものだったが、ひらひら動く指ははっとするほど白く、煮えたぎっていた体も心も、冷えていく気がした。

「お水、足りる？」

心配そうな声に、鷹志は腰を屈《かが》めて妹と視線を合わせ、頭を撫《な》でた。

「ああ。ありがとう。待たせてごめんな」

「お父さんとお母さんいたの？」

「いや。でも、川間は大丈夫だ。海を伝ってきた人たちから聞いた」

「海を伝って？」

怪訝《けげん》な顔をした雪子に、状況を説明すると、彼女は目を見開いた。

「底が見えるの？　すごい。見てみたい」

この場にそぐわぬわくわくとした声に、力が抜ける。膝《ひざ》が笑って、鷹志はそのままその場にしゃがみこんだ。地震が起きてから、まだ三十分も経《た》っていないような気がしていたが、どうやら二時間近く走り回っていたらしい。体力には自信があるとはいえさすがに少し休みたかったが、状況は安息の時間を与えてはくれなかった。血相を変えて校庭に飛び込んできた男が、声をはりあげる。

「荒巻でも火が出たぞ！」

それなりに秩序を保っていた空気が、途端に一変した。折からの南風。ドックの火事ならばともかく、荒巻は目と鼻の先だ。慌《あわ》てて荷物を抱えて飛び出していく人々を見やり、鷹志は唇を噛んだ。ここも駄目なら、どこへ行けばいいのか。

「川間に戻ろう、兄ちゃん」

雪子の手が、鷹志の腕を摑《つか》んでいた。

「たしかにあそこは風上になるけど」

「そうじゃない。お母さんはたぶん、皆が帰ってくるまで逃げないで待ってる」

鷹志は、胸を衝《つ》かれて雪子を見た。そうだ。母はそういう人だ。父がどんな思いで生家を捨ててここまで来たかをよく知っているから、あの社宅をそれは大切にしていた。夫や子供たちが帰ってくる場所を、意地でも守ろうとするはずだ。

「よし。戻るぞ」

荒巻の炎が沿岸に及ばぬうちにと、鷹志は雪子の手を引いて走った。

工場からあがる黒煙が、空を覆っている。まだ日没には間があるのに、あたりはすでに薄暮の明るさだった。目にうつるものも、この重く粘つくような風も、昨日まで知っていた世界のものではない。できることなら夢だと思いたい。このまま目を閉じれば、いつもと同じ朝が来るのではないか。あまりの息苦しさに、足を止めて、なにもかも忘れて眠ってしまいたくなる。

体も心も限界を迎えた今、鷹志を前に走らせたのは、雪子の手の感触だった。小さい、ほそい指が、必死に鷹志の手を握っている。その力強さ。熱さ。それだけは、昨日と変わらぬ、たしかな現実だった。

「ゆき、足は大丈夫か」

ふりむいて尋ねると、雪子は真っ赤な顔で頷いた。

「大丈夫。もっと走れる」

「えらいぞ。でも苦しかったらちゃんと言えよ。絶対に手を離すな」

「うん。絶対に離さない」

人の波を掻《か》き分け、二人は船着き場の階段から下に下りた。いつもは浮いている浮き橋も、暗礁の上で所在なげに転がっていた。こんな状況だというのに、雪子は足下の貝殻や逃げ損ねた貝を、目を輝かせながら見ている。おかげで、後にしろ、と何度も手を引っ張らねばならなかった。

普段は海と呼ぶ部分を歩いているというのが、不思議だった。ここからだと、地表はこんなに高く、脆《もろ》く見えるのか。港で泳ぐ時は一度もそんなふうに思わなかったのに。

叶神社の鳥居を通り過ぎると、崩れた愛宕山が見えた。すでに消防団が救助に来ているが、土砂の量があまりに多く、遅々として進まない。その前を通り過ぎるのは心苦しかったが、心で何度も謝りながら、小走りで駆け抜けた。

幸い、為朝《ためとも》神社は無事だった。地上によじのぼり、せきたてられるまま全力で走る。川間の家も、無事だった。奇跡だ。家の前では母が思い詰めたように蚊帳《かや》を抱えてうろうろしている。

「母さん！」

鷹志の声に、母は弾《はじ》かれたように顔をあげた。途端に、張り詰めていた表情がくしゃくしゃと歪《ゆが》む。

「鷹志、雪子！　よかった！」

雪子はまっさきに母の懐《ふところ》に飛び込んだ。母は涙を流し、右手で雪子を抱きしめ、鷹志を迎え入れるように左手を大きく広げた。気恥ずかしかったが、たとえようもない安堵《あんど》を感じ、素直に飛び込んだ。

「学校にいたんだ。でも、荒巻も火事になったから。校舎はぺしゃんこになってた」

「そう。ここも、いつ壊れるかわからないねえ」

母は、子供たちを家に入れようとはしなかった。広場のほうへ連れていき、莫蓙に座らせると、たたんだ蚊帳を置いた。

「今日はここで寝るからね。そうしようって皆で決めたから」

周囲は同じように茣蓙を敷いている者ばかりだ。こんな状況でも蚊帳は忘れず持ち出してくる母が、妙におかしかった。

「ガスが止まっちまってるから、ここで焚《た》き火をして、ご飯をつくろうってことになったから。水は井戸だから大丈夫。ガスは通したくせに水道をつくらないなんて不便ね、なんてずいぶん文句も言ったけれど、こういう時には井戸で本当によかった。あとで順番で汲みに行きましょう」

子供たちを落ち着けるためか、母はあえて日常的なことばかり口にした。たしかに効果はあった。ずっと張り詰めていた気持ちは徐々に落ち着き、雪子に至っては母の顔を見て疲れがどっと出たのか、母の膝を枕《まくら》にして寝息をたてている。周囲も顔なじみばかりで、互いに安否の声をかけあい、「困ったことがあったらお互い様よ！」と決まり文句のように言い合っているのを見ると、ほっとした。

それだけに、工場勤めの男たちの姿がほとんど見えないのが気になる。ちらほら見かけるのは、川間分工場に勤める面々だ。分工場は近いため、昼休みになると昼食を食べに家に戻ってくる者も少なくない。彼らは地震のとき、たまたま家にいたのだろう。しかし、荒巻のほうの本工場となるとそうはいかない。

「母さん、工場から連絡は？」

雪子を起こさぬよう、鷹志は声をひそめて訊《き》いた。

「まだ何も。でも大丈夫よ、あんたたちが学校から戻ってこられたんだもの。みんな夜までには戻ってくるでしょう」

母は鷹志を元気づけるように笑ったが、不安を隠し切れてはいなかった。北の空を汚す煙は、ますます黒く、大きくなっている。誰もがそちらをちらちらと見やり、怯《おび》えたように目を逸《そ》らしては、また無意識のうちに見るということを繰り返していた。なんとか心だけは日常のままにと思っても、不吉な黒い空と、ところどころ崩れた家屋が目に入っては、どうしようもなかった。

「鷹志！」

突然、銅鑼《どら》のように大きな声が響き、鷹志は反射的に立ち上がった。海の方角から駆けてきたのは、祐介だった。

「大変だ、おじさんが……」

突然、祐介は顔を歪め、激しく咳《せ》き込んだ。全身が土埃《つちぼこり》だか煤《すす》だかわからぬもので黒く汚れ、ズボンやシャツはところどころ濡《ぬ》れており、膝のあたりは破れて血が滲《にじ》んでいた。鷹志と同じように剝《む》き出しになった暗礁の上を無我夢中で走り、何度か転んだのだろう。肩で息をしている彼に水を差し出すと、祐介は勢いよく飲み干し、また咳き込んだ。

「祐ちゃん、無事でよかった。おじさんは？」

「うちの親父《おやじ》は大丈夫だ。今、工場の消火に駆り出されてる。鷹志、いいか。落ち着いて聞いてくれ」祐介は鷹志の腕を掴み、充血した目を向けて言った。「おじさんが、ドライドックの底に落ちた」

母の口から、短い悲鳴が漏れた。異変を察し、雪子がぱっと目を開く。

「ドライドックの底？」

かすれた声は、たしかに自分の口から出たものなのに、ずいぶん遠くに聞こえた。

日本初のレンガ積みのドライドックは、深さ十一メートルもある。一度、上から覗《のぞ》きこんだことがあるが、途方もない高さで、目が回りそうだった。

「地震が来たとき、ちょうどドックからあがろうとしていたんだ。それでそのまま……。今、診療所にいる。行けるか」

鷹志は反射的に頷いたが、全身が冷たくなっていくのを感じていた。

9

浦賀ドックの診療所は、人でごった返していた。鷹志と母、雪子が駆けこむと同時に、怒鳴り声とともに担架が運び込まれる。怪我人《けがにん》だらけで立錐《りっすい》の余地もない待合室をなんとか掻《か》き分け、祐介が看護婦に声をかけると、彼女は青ざめた顔で頷《うなず》き、奥の部屋へと案内した。

「こちらです。先生を呼んでまいりますのでお待ちになってください」

看護婦が示した部屋には寝台がいくつも並び、その全《すべ》てが埋まっていた。一目見て、重傷とわかる者ばかりだった。鷹志の父は、左側の一番手前に横たわっていた。しかし、看護婦に「会沢さんです」と言われるまで、それが父だとは誰もわからなかった。変わり果てた姿に、母は立ちすくみ、雪子は後じさった。

左腕と左足、そして下腹部のあたりががっちりと固定され、包帯が巻きつけられていた。頭部のガーゼには血が滲《にじ》み、包帯の巻かれていない部分にもいたるところに傷がある。朝に見たときよりも急激に老《ふ》けこんだ感のある顔は土気色で、一瞥《いちべつ》しただけでは、死んでいると言われても頷いてしまいそうだった。

やがて、看護婦の案内で医者がやって来た。鷹志は見覚えがないが、母と雪子は相手を知っているらしく「藤井先生」と頭を下げた。四十半ばの小太りの小さな男で、団子鼻の上に丸い眼鏡をのせていた。彼は頭を下げると、見た目に反して低く落ち着いた声で状況を説明した。

「骨折箇所は骨盤、左腕、左足です。運ばれてきた時点で骨盤腔内《こうない》の出血がひどかったので、真っ先に輸血と内腸骨動脈の塞栓術《そくせんじゅつ》を施しました。現場が目と鼻の先で、処置が迅速に出来たのは何よりでしたね。あとは左腕——おそらく転落の際にとっさに頭部を庇《かば》ったのでしょう、こちらの骨折はひどかったのですが、そのおかげというのもなんですが、頭部に今のところ異状が見られないのは幸いでした」

「では、助かるんですね」

「最善は尽くしました。後は、ご本人次第です」

縋《すが》るような母の言葉に、医者は目を伏せて言った。普段は、愛想のよい笑みが浮かんでいるだろう頬は、疲労と焦燥にすっかり血の気をなくしていた。

「最悪の状況は回避できましたが、依然、危険な状況であることに変わりはありません。感染症の心配もあります。今夜から明日にかけてが山でしょう。どうぞ、ついていてさしあげてください。また後ほど参ります」

医者は頭を下げると、奥のベッドの傍らで待つ別の患者の家族のもとへと向かった。白衣は皺《しわ》だらけで、いたるところが泥と血に汚れていた。

もっと詳しい話を聞きたかったが、急を要する患者は大勢いる。母も、医師の背に手を伸ばしかけ、こらえるように指を握りこんだ。雪子が、震える母の拳《こぶし》を、両手でそっと包む。

「母さん、座って」

鷹志は椅子《いす》を見つけだし、震えがとまらぬ母を座らせた。母の手は、氷のようだった。

「大丈夫だよ。呼吸もちゃんとしているんだから。先生も言ってらしただろう、すぐ運ばれたのが幸いだったって」

母は、のろのろと息子を見上げ、青ざめた顔になんとか微笑《ほほえ》みを浮かべた。

「そうね。きっと大丈夫ね」

こうしている間にも、次々と重傷の患者が運ばれてくる。しかしもう、彼らを収容するベッドもない。浦賀には小さな診療所はいくつかあるが、本格的な手術を期待できるような大きな診療所となると、ここだけなのだ。

「鷹志も真っ青だぞ。少し座ってろ。おまえが倒れたら、おばさんもゆきも困るんだから」

祐介に肩を叩《たた》かれ、鷹志はぎこちなく頷いた。

「ありがとう。祐ちゃんたちがすぐ運んでくれたから、父さんは助かったんだ」

「そんなに高さがなかったからよかったんだ。それにドライドックの転落事故っての は前にもあったからさ、藤井先生も慣れたもんだ。だから大丈夫だ。心配すんな。じゃ俺、消火の手伝いがあっから」

そう言われてようやく、工場内からも火の手があがっていたことを思い出した。

「大変な時にありがとう。邪魔してごめん。おじさんたちにもお礼を伝えておいてくれ」

「馬鹿《ばか》、邪魔とか言うな。おまえのおじさんには親父《おやじ》以上に世話になってんだからよ！」

祐介は荒っぽく鷹志の腹を小突き、母に頭を下げて立ち去った。すっかり汚れたその背中に、鷹志も感謝をこめて頭を下げた。

「しっかりして。せっかく会津から出てきたのに、こんなところで」

母は、父の右手をつかみ、泣いていた。その傍らで、雪子はぼんやりと父の顔を見下ろしている。大きな目に、涙の気配はなかった。何が起きているのか完全には把握していないような、夢の中をさまよっているような表情で、母の袖《そで》をつかんでいた。妹の頼りない風情《ふぜい》と、急にひとまわりも小さくなったような母の背中。鷹志は口を引き結んだ。自分がしっかりしなければ。ここで立っている男は、自分しかいないのだ。

父はなかなか目覚めなかった。ときおり眉根《まゆね》を寄せ、瞼《まぶた》を震わせることがあったので、そのつど三人は身を乗り出して呼びかけたが、反応はなかった。開け放たれた窓からは、時折ぬるい風とともに人の怒声や悲鳴が流れこみ、さらに気分を沈ませる。のぞいてみれば、荒巻や工場の火災はいっこうにおさまる気配はなかった。診療所は風上にあたるので今のところは延焼の危険はないだろうが、風向きが変わったらと思うと気が気ではない。

余震は、夜になっても続いた。診療所内は人が密集しているためか耐えがたい暑さで、鷹志は団扇《うちわ》を母に預け、雪子の手を引いて外に出た。夜空は黒煙に覆《おお》われてなお暗く、立ち上る炎がその縁を赤く焦《こ》がしている。見ているだけで、不安で胃が押しつぶされるような、おどろおどろしい色彩だった。しかし雪子は、炎を見上げて「きれい」とつぶやいた。鷹志はぎょっとして、雪子を見た。

「何言ってるんだ」

「他の人の前では言わないよ」

それぐらいの分別は持ち合わせている、とでも言いたげに、雪子は口をとがらせた。

「きれいなもんか。火事なんだぞ。みんな焼けて、なくなってしまうんだ」

「でもそれと、きれいなことは、関係ない。どうやったら、あんな朱色と黒を出せるんだろう」

雪子は大きく目を瞠《みは》って、うごめき、まざりあう黒煙と炎を見つめていた。まばたきすら惜しみ、その光景を網膜に焼き付けようとしているかのようだった。そういえば、荒巻から川間に戻るときも、むき出しになった海の底を見て目を輝かせていた。

雪子の感性はよくわからない。わからないが、あまりいいものではない。

「戻るぞ」

鷹志は雪子の手を引いた。雪子は不満そうに兄を見上げたが、存外素直についてきた。が、診療所のロビーに足を踏み入れる瞬間、立ちすくむ。なんだよ、と強引に引くと、「戻るの、怖い」と肩を震わせた。

「お父さん、怖い。死んじゃうみたいで」

「馬鹿なこと言うな。処置が早くて助かったって、先生が言ってただろ」

「でも全然動かなくて、お父さんじゃないみたい」

「大丈夫だよ。会津の人間はしぶといんだ。そう簡単にくたばらない」

突然、地震とは違う、異様な地響きが起こり、二人は振り向いた。北の方角から隊列を組んだまま、猛然と駆けてくる兵卒の姿があった。このあたりで陸軍といえば、馬堀《まぼり》の陸軍重砲兵学校だろう。火災の報に、駆けつけてきたらしい。その一糸乱れぬ部隊の動きは、この上なく頼もしく映った。彼らは号令のもと、警察と自警団だけではどうにもならぬ大量の瓦礫《がれき》を片付けて道を開け、火元にも迷わず走っていく。その果敢な姿に、道行く人々は歓呼の声をあげ、中には涙を流して拝む者もいた。

鷹志も、自然とこうべを垂れた。自分はただ、幼い妹の手を引いて、ここにこうしていることしかできない。想像したこともない、圧倒的な破壊を前にして、ただ右往左往し、逃げ回ることしかできなかった。しかし彼らは、規律正しい訓練された動きと精神で、この混乱した世界をなんとか元に戻そうとしていた。

突然、雪子が強く腕を引く。右に傾きかけた体で、「なんだよ」と睨《にら》むと、大きな目とぶつかった。

「兄ちゃんは、まだ兵隊さんになりたいの」

「……何だ急に」

「『五十鈴』を見送った時とおんなじ顔。兄ちゃんは宗二おじさんみたいになりたいんでしょう」

「そりゃあ、こういう時に、皆を守れる人になりたいと思うよ。ご先祖様も、この国を守ろうとして浦賀に来たんだってさ」

「だめ！」

悲鳴のような声で、雪子は否定した。間近であがった大きな声に、鷹志は驚いて身を引いた。雪子が声を張り上げることなど、滅多にない。

「だって、それじゃあ、おうちは誰が守るの？」

鷹志を見つめる目には、大きな水の膜が張っていた。

「兄ちゃんまでいなくなったら、どうするの？」

とうとう、雪子の目からは涙が零《こぼ》れ落ちた。鷹志の腕を摑《つか》む手は、小さく震えている。腕を伝ったかすかな震動が心臓に届いた途端、胸が張り裂けそうになった。

「そうだな、ごめん。兄ちゃんがしっかりしないとな」

あいているほうの手で、雪子の頭を撫《な》でる。いつもは絹のような手触りなのに、一日中、埃《ほこり》や煙まみれのところを走り回っていたせいで、べたついた感触があった。顔はさきほど拭《ふ》いてきれいになっていたのに、涙と鼻水でぐしゃぐしゃになっている。

「大丈夫だ、おうちは兄ちゃんがちゃんと守ってやるから」

「どこか行ったら厭《いや》だよ」

「行くもんか」

大丈夫だから、と繰り返し、鷹志は雪子の気が済むまで頭を撫で、手ぬぐいで顔を拭いてやった。そうだ、こんな小さな妹や、必死に看病している母を守れずして、何が防人《さきもり》か。父に万が一のことがあったら、自分が家長となって、会沢家を守り通さねばならない。それ以上に重要なことなど、ありはしない。

病室に戻ると、母は父のベッドに突っ伏すようにして眠っていた。氷嚢《ひょうのう》は取り替えたばかりのようで、重みのために父の額からずり落ちていた。

「父さん、早く目を覚ましてください」

氷嚢を載せなおし、鷹志は眠る父に語りかけた。

「浦賀に出てきたのは、皆で生きるためなんでしょう。ここで寝ている場合じゃないですよ」

普段からものを語らぬ父の顔は、こんな時ですら、静かだった。いつも父に尽くしてきた母は、疲れ果てて眠っている。母はめったに父には逆らわない人だったが、会津を離れることだけは反対した。ご先祖様に申し訳がたたない、と泣いていたことを覚えている。祖母も死ぬまぎわまで、会沢の家を守れと言い続けていた。父は、家族を守るために、家を捨てた。かつては賢《さか》しらに、だから頑《かたく》ななのだろうと憐《あわ》れんですらいた。こうなってみてはじめて、自分は何もわかっていなかったのだと痛感する。守られていたからこそ、憐れむ余裕があったのだ。今、気を抜けば、父の前で足下から崩れてしまいそうではないか。

室内をざっと見渡すと、患者の家族たちがめいめいしゃがみこんでいたり横たわっていたりで、二人が横になれるような場所はない。仕方なく廊下に出て、雪子と並んで腰を下ろす。雪子は、鷹志の肩に頭を載せた。ぴったりくっつかれると暑かったが、おしのけるわけにもいかず、諦《あきら》めて目を閉じた。

頭は冴《さ》えていたが、体はとっくに限界を越えていたらしく、引きずられるように眠りに落ちる。余震のたびに目が覚め、ずっと内臓だけが揺れ続けているような不快感があった。

10

父が目を覚ましたのは、翌日の昼過ぎのことだった。たまたま母が席を外しているときで、鷹志が父の汗を拭《ふ》いていると、土気色の瞼《まぶた》が震え、ゆっくりと開いた。霞《かすみ》がかった目がさまよい、鷹志の顔をとらえる。

「……ま、は？」

父は口を開いたが、ほとんど声になっていなかった。鷹志は手ぬぐいを取り落とし、父に顔を寄せた。

「父さん、僕がわかりますか？」

父はほんのかすかに頷《うなず》くと、大きく顔を歪《ゆが》めて呻《うめ》いた。拭いたばかりの額に、再び汗が吹き出す。鷹志は慌《あわ》てて藤井医師を呼びに行った。さらに、裏庭で洗濯の手伝いをしている母と雪子のもとに飛んでいくと、二人は洗濯物を放りだし、駆けだした。鷹志は残った洗濯を手早く済ませて干すと、籠《かご》を抱えて病室へと走った。

父は、さきほどよりは穏やかな顔をしていた。麻酔を処方されたのだろう。涙を流す母と雪子を黙って見上げる痩《や》せた顔には、どこか世の中から取り残されたような、不安げな子供のような表情が浮かんでいた。

「ごらんのとおり鷹志も雪子も無事で、家のほうも大丈夫です。いつでも帰れますから。安心してください」

母は父の手を握り、何度も繰り返した。父を励ます以上に、自分自身に言い聞かせているように鷹志には感じられた。

「『阿武隈』は、どうなった」

長い沈黙の後、父はひときわ低い声で言った。目には、急《せ》いた色がある。

「申し訳ありません、まだ聞いていません。あとで確認します」

「頼む」

父は大きく息をつくと、目を閉じた。

翌日の午後には、病室に祐介とその両親が揃《そろ》ってやって来た。父は朝方に目覚めたきりで、後はこんこんと眠っていたが、彼らは意識が戻ったと聞いて泣いて喜んでくれた。

「しばらくは工場も瓦礫《がれき》だらけで、仕事どころじゃねえからさ。なんせ、余力のある奴《やつ》は街で救助と片付けしろってんで、俺たちもしばらく追い出されたぐらいでよ。だから正《まさ》さんも、ゆっくり養生しなきゃあ。働きすぎだったしさ、正さんみたいな腕のいい職工がいないと困るんだからよ」

祐介の父・庄介《しょうすけ》は、場違いなほど大きな声で母を励まし、乱暴に鷹志と雪子の頭を撫《な》でた。母は、そういえば、と不安げに尋ねた。

「『阿武隈』は、無事でしょうか。この人、気にしていて」

「ああ、問題ないよ。やっぱり正さんも、自分が手がける艦は気になるもんか。もうすっかり浦賀の男だね」

　庄介は嬉《うれ》しそうに笑った。気はいいが粗暴で女癖が悪く、いつも酒くさい彼が鷹志はあまり好きではなかったが、今日は心から頼もしいと感じた。同時に、庄介から酒のにおいがしないのは、今日が初めてではないかと気がついた。祐介らとともに、寝る間も惜しんで救助に走り回っていたのだろう。大人は立派だ。必死に川間まで戻って知らせてくれた祐介も、やはり大人なのだ。彼らに比べ、自分はどうか。ただ焦《あせ》って走り回り、何もできない自分に歯噛《はが》みしていただけだ。

　庄介たちと話しあった結果、鷹志と雪子は一度、川間に戻ることになった。人でごった返す診療所では居場所がなかったし、知らせを聞いて何ももたずに飛び出してきたために、父や母の着替えや日用品をとりに帰る必要もあった。荷物は明日の朝もってくると母と約束し、鷹志は診療所を後にした。街は相変わらず混乱はしていたものの、道を塞《ふさ》いでいた瓦礫は端に寄せられ、あちこちで修繕も始まっていた。

　二日ぶりに戻った川間の社宅には、変わった様子はなかった。広場では、みな思い思いに茣蓙《ござ》を敷いて過ごしている。

　自宅の鍵《かぎ》をあけ、引き戸を開けると、こもった熱気がどっと押し寄せる。慣れ親しんだにおいに、体から力が抜けた。わずか二日空けただけなのに、何年かぶりに故郷に帰ってきたような気がする。長い、あまりに長い二日だった。窓を開け、風を通すと、家も目を覚まし、いきいきと呼吸をはじめる。

嬉しそうに畳に転がった雪子をせき立てて井戸に向かい、持ち帰った洗濯物を片付ける。二人の姿を見て、近所の者たちが次々と慰めの声をかけてきた。どうやらこの中で入院するほどの怪我《けが》をしたのは、鷹志の父だけだったらしい。皆に怪我がなくてよかったと胸をなで下ろすと同時に、よりによってなぜうちだけが、と恨めしく思う気持ちも止めることはできなかった。

広場は、さまざまな噂《うわさ》でもちきりだった。東京はすでに壊滅したとか、この騒ぎに乗じて朝鮮人が井戸に毒を入れているとか、嘘《うそ》かまことかわからないものばかりだったが、少なくとも広場の井戸は誰もが目を光らせていた。情報が寸断されているため、事実はなにもわからない。日本はもう終わりだと大仰に嘆く者も、たいしたことはないと楽観している者もいたが、その全《すべ》てが、どこか遠い出来事のように思えた。

夕食は、広場で食べた。祐介の一家も一緒で、配給の夕食は量は充分とは言えなかったが、賑《にぎ》やかな空気がありがたかった。が、「こういうときこそ」と庄介が酒をすすめてくるのには参った。祐介は平気で呑《の》んでいたが、鷹志はお屠蘇《とそ》ぐらいしか口にしたことがない。すすめられて断り切れず、ほんの少しだけ酒をなめた。予想に反して、酒は甘くまろやかだった。そのためついつい、コップ一杯飲んでしまったが、しばらくすると目の前が回り出した。

「そうそう、こういうときゃあ酒飲んで寝るのが一番。おい、蚊帳《かや》を吊《つ》ってやれ」

体が揺れ出した鷹志を見て、庄介が呵々《かか》と笑う。まったくこの人は、と祐介の母が腰をあげるのを止め、鷹志はなんとか立ち上がった。

「大丈夫です。家に戻ります。ごちそうさまでした」

「鷹志、今日はうちで寝ようぜ。おじさんもおばさんもいないんだし」

祐介の申し出に、鷹志は首をふった。

「いないから、家は俺が守らなきゃ」

すでに呂律《ろれつ》も頭もまわっていなかったが、言いたいことは伝わったらしい。祐介は、励ますように肩をたたいた。

「怖くなったら、すぐに来いよ。窓、開けておくから」

「うん。おやすみ。ほら、ゆきも」

促すと、雪子も「おやすみなさい」と頭を下げた。足元はおぼつかず、光景は回っていたが、雪子に支えられてなんとか歩く。家は目の前のはずなのに、途方もなく遠く感じられた。ようやく家に辿《たど》りついたものの、いざ居間に二人で座ると、急に心細くなった。当然、電気はつかない。父と母がいないと、この家はこんなにもがらんとして恐ろしいのか。開け放した窓からは、なまあたたかい風に乗って、虫の音にまじり、話し声がかすかに聞こえてきた。少しだけ、ほっとする。

「寝るか」

布団《ふとん》を敷いて、蚊帳をひろげて吊るす。何度か勢いよく捲《まく》り、蚊を追い出すと、二人は素早く蚊帳に入った。青い蚊帳ごしに見る光景は、ぼんやりと霞《かす》んでいる。風に蚊帳が揺れれば、外の光景も揺らめいた。人の声も虫の声も、さざ波のような風にまぎれ、本当に海の中にいるかのように感じられた。蚊帳などいつも使っているのに、今夜はひどく世界が遠く感じるのは、酒が入っているせいか。それとも、今まではずっと四人だったのに、雪子と二人きりだからだろうか。外側の世界が、自分がよく知っていたものとまるで変わってしまったからか。

ふいに、ぎゅっと手を握られた。雪子が、両手で鷹志の左手を握りしめていた。

「なに」

「海の中にいるみたい」

妹も同じことを考えていたのかと思うと、おかしかった。

「怖いか？　やっぱり祐ちゃんのところに行くか」

「怖くはないけど……この世に二人しかいないみたいで変なの」

妹のなにげないつぶやきは、鷹志の胸を抉《えぐ》った。ゆらゆらと、波は揺れる。鷹志の体は水底に沈み、世界は遠ざかっていく。この世に二人きり。いつか本当に、二人だけになってしまうのではないか。父は一命を取り留めた。だがこれからどうなる？　父さんが死んでしまったらどうしよう。父さんがこのまま動けなくなってしまったらどうしよう。母さんはきっと悲しむ。どうやって母さんと雪子を守っていけばいい？

鷹志の目に、涙が盛り上がった。地震が起きてから、とにかく冷静になれと言い聞かせてきた。自分が慌てたら、雪子はどうなる。母はどうなる。瓦礫をおしのけ、黒く焦《こ》げた大地を踏みしめなければと思っていた。しかし、一度力が抜けてしまうと、もう駄目だった。涙は後から後から溢《あふ》れてくる。

「もし二人だけになっても、兄ちゃんはゆきを守ってやるから安心しろ」

明るく励ますつもりが、声はみっともなく揺れて、語尾は崩れてしまった。鷹志はとっさにあいている手で口をおさえた。雪子がいるのに、泣いては駄目だ。

ふと、頬にあたたかいものが触れる。雪子の指だった。顔を向けると、おぼろにかすむ視界の中で、雪子が微笑《ほほえ》んでいた。

「大丈夫」

小さな指が、そっと鷹志の涙を拭《ぬぐ》う。

「ここは水の中だから、誰にも見えないよ」

秘密めいた表情で、雪子は言った。

「ゆきは兄ちゃんの前ではよく泣いちゃうけど、兄ちゃんは誰の前でも泣かない。でもここなら、大丈夫」

ゆきは、誰にも言わないよ。ささやく声が心地よく、鷹志は目を閉じた。

「誰にも言うなよ」

「うん」

「母さんにもだぞ」

「うん」

波の音が聞こえる。さきほどは体が沈んでいくようで怖かったのに、今ははるか上方から海を見下ろしているようだった。海面がゆらめき、光を撒《ま》き散らす。ああ、これはあそこから見た海だ。彼方《かなた》には鋸山も見える。

穏やかな潮騒《しおさい》の中、ゆっくりと遠ざかる意識の中で、最後まで感じていたのは、左手に宿るやわらかい熱だった。

11

翌日から、診療所と川間を往復する日々が始まった。幸いなことに、父の容態は順調に快方に向かっていったが、それは父が正確に自分の状態を把握していくことでもあった。藤井医師によれば骨盤の回復は順調だそうだが、体は全く動かすことができず、何をするにも母の手助けが必要だった。何度も「すまない」と口にする姿が、辛《つら》かった。父はもう、『阿武隈』のことを尋ねはしない。鷹志と雪子がやって来た時は、口元をほんのわずかにほころばせはしたが、落ちくぼんだ目の暗さは、隠しようがなかった。

近所の者たちは皆やさしく、食糧も優先的に回してくれる。病室に行けば、たいてい誰かが見舞いに来ていたし、鷹志はこの時はじめて、父がいかに浦賀ドックの人々に慕われているかを知った。そして今まで父を疎《うと》んじていた自分を大いに恥じた。周囲の人間は皆、父を軽んじていると思っていたが、表面しか見ずに父も周囲の大人も軽んじていたのは、他ならぬ自分なのだと思い知った。

十月になると、小学校も再開された。本校も分教室も壊れたままだったので、馬堀の陸軍重砲兵学校の敷地を間借りしての再開だった。

「やっぱり恰好《かっこう》いいなあ。なあおまえら、荒巻の火事、見たか？　ここの人たちがあっというまに火を消してくれなきゃ、うちも焼けてたんだぜ」

荒巻に住む敏蔵《としぞう》が、学校からの帰り道、練兵場で教練に励む兵たちをきらきらした目で眺めて言った。今や、彼らが間借りしている陸軍重砲兵学校の面々は、子供たちにとって英雄だ。兵士に会うと、喜び勇んで敬礼する者も少なくない。

「隊列組んで行くところは見た。恰好良かったな」

「だろ、うちのばあちゃん助けてくれたんだ。俺、その時の隊長さんに、必ず陸軍に入るって約束したんだよ」

夏休み前には、ドックで恰好良い船をつくるんだと言っていた気がするが、彼の頭からドック行きはすっかり消えているらしかった。

「そっちもいいけどさ、兵学校は？」鷹志と同じ川間に住む勝も、興奮気味に口を挟んだ。「俺ならそっちがいいな。白い制服カッコイイし、地震の時もすごかったじゃないか」

震災時、大連沖で演習中だった連合艦隊は、すぐに救援物資を積んで全速力で駆けつけた。また、浦賀では呉鎮守府から来た海軍第六駆逐艦の艤装員《ぎそういん》が作業中で、彼らは浦賀の人々とともに駆けずり回り、復興に尽力してくれた。

おかげで、夏休みに『五十鈴』の出港で目を輝かせ、自分たちもいつかドックで菊の御紋を戴《いただ》く艦を造ると意気込んでいた子供たちも、半数は陸軍に、半数は海軍に入りたいと熱望するようになった。

「そりゃ海軍のほうがモテそうだけどさ、俺、算数が苦手でよぉ。海は算術がとびきりよくできないと駄目なんだろ。鷹志は得意だからいいけどさ」

「できないの算術だけじゃないだろ。鷹志は兵学校目指すんだろ？」

二人の羨《うらや》ましそうな視線を受けて、鷹志は静かに否定した。

「いや、行かないよ」

「前に行きたいって言ってなかったか？」

「親戚《しんせき》が海軍士官だから憧《あこが》れてはいたけど、やっぱり船が造りたいしさ」

「ふうん、つまんねえな。どうせ鷹志はあと二年学校通って、横須賀のほう行くんだろ？　どっちみち進路分かれるなら兵学校にでも行ってくれりゃ自慢できるのによ──」

鷹志は笑って何も答えなかった。勝が気遣わしげに鷹志を見る。彼の父も、浦賀ドックの職工だ。鷹志の父の容態のことも、耳にしているだろう。

父はさいわい重篤《じゅうとく》な後遺症も見られず、車椅子《くるまいす》に乗れるようになったため、十月半ばにめでたく退院した。このまま療育に励めば年が明けるころには歩けるようになると、藤井医師は言っていた。一時は最悪の事態も覚悟していただけに、奇跡のような幸運だと思う。

しかし裏返せば、それまでは絶対に仕事に戻れないということだった。いや、歩けるようになるのが早くて年明けならば、ドックに通えるようになるにはもっと時間がかかるだろう。こんな時に、勉強なぞと言っていられない。親からは何も言われていないが、鷹志は卒業後すぐにドックへ働きに出ると心を決めていた。

無邪気に軍人に憧れる友人たちを眺め、鷹志はかつての自分を懐《なつ》かしく思った。兵学校。海軍士官。あるいは技師。しかし、憧れはあくまで憧れだ。鷹志は自分に言い未練がないと言えば嘘《うそ》になる。聞かせた。

あの震災から、そろそろ三ヶ月が経《た》とうとしている。その間、鷹志は家族のために何もできなかった。可能なかぎり家の手伝いはしたが、子供ができることにはかぎりがある。父が療養に専念できるよう、また、母の負担を減らすためにも、自分は今すぐにでも大人になる必要があった。

友人と別れ、すっかり暗くなった道をひとり早足で歩く。十一月も半ばとなると、五時近くでもう空は真っ暗だ。

大急ぎで川間の社宅に帰り、引き戸を開けると、玄関に大きな革靴が並んでいた。明らかに、父のものではない。こんな時間に、客？　鷹志は目を瞠《みは》り、急いで下駄《げた》を脱いで、居間に続く襖《ふすま》を開けた。

「やあ鷹志くん。お帰り」

出迎えてくれたのは、日に灼《や》けた笑顔に、濃紺の海軍制服。やはり、宗二だった。

「元気そうでなにより。馬堀まで毎日通ってるんだって？　大変だな」

「はい。でもたいして遠くはありません。おじさんもお元気そうでよかった。おばさんもこちらに？」

地震の日、宗二は連合艦隊の訓練で大連沖にいたと聞いている。妻の奈津は、呉の官舎にいたはずだ。

「家内は年内にはこちらに移ってくるよ。おじさんは横須賀鎮守府へ辞令がおりたのでね、ちょうどこちらに来る輸送船に乗せてもらってやって来た。いやあ、横須賀もひどいと聞いていたが、想像以上だ。何度も物資を運んで来てはいたが、中のほうまでは見られなかったから」

いつも快活な笑みを浮かべている顔にも、さすがに疲労の色が見える。頬もずいぶんこけていた。逸見《へみ》の家は、全壊は免れはしたが、相当な被害が出たと聞いているので、そちらも大わらわだろう。

「鷹志、こちらに座りなさい」

それまで黙って二人のやりとりを眺めていた父が、自分の隣を指し示した。怪我《けが》で畳の上に座れぬ父は、今は椅子の上に腰をおろしている。鷹志は首を傾《かし》げつつ、その隣に腰をおろした。

「宗二さんは今日、おまえに大事な話をしに来たのだ」

「大事な話？」

途端に、空気が強《こわ》ばるのを感じた。母はうつむき、いつもは宗二にまとわりつく雪子は縁側で黙々と木を彫っている。

「いや正人さん、今日はあくまで、あなたたちに相談にうかがっただけで、まだ……」

「こういうことは早いほうがいいでしょう」

宗二を遮る形で、正人はきっぱりと言った。

「私や妻に異存はありません。どうぞ話してください」

宗二はなおも迷うように、フキを見た。フキはうつむいたまま、答えない。彼はさらに縁側で背を向けたままの雪子を見やり、それからようやく鷹志に向き直った。

「驚くかもしれないがね、鷹志君。君をうちで預かれたらという話なんだ」

鷹志はぎょっとして、傍らの父を見上げた。父は、眉《まゆ》ひとつ動かさない。

「君は成績優秀だろう。だから、うちから横須賀中に通ってはどうだろうかと」

「横須賀中……」

「そう、おじさんの母校だ」

知っている。そして横須賀中といえば、海軍兵学校の準備校としても有名だ。

「この家からも通えなくはないが、私はこれから一年は横須賀にいるし、官舎からのほうがずっと通いやすいと思う。再来年はどこにいるかわからないが、横須賀から移るようなら、逸見から通えばよい。そのころには実家も復旧しているだろうし、空き部屋はいくらでもある。父たちも、鷹志君を歓迎するよ。浦賀と横須賀はバスならすぐだし、週末は川間に戻ってくればいい。悪い話じゃないと思うが、どうだい？」

彼の顔にはいつもと同じ笑みがあったが、口調はずいぶん早かった。焦《あせ》っているような、様子をうかがうような視線は、彼らしくはない。鷹志は混乱し、まばたきもせずに宗二の顔を見つめていた。彼が口を閉ざすと、気まずい沈黙が落ちる。その中で、しゃっ、しゃっ、とかすかに音が聞こえた。雪子が木を削る音だった。

「……僕は、来年から働くつもりです」

やっとの思いで答えると、頭上で父のため息が聞こえた。

「おまえなら、そう考えているだろうと思っていた。鷹志、それでは駄目だ」

「なぜですか」

「中学校に行きたいのだろう」

「父さんも知っているはずです。中学校に行きたいと思ったのは、兵学校に行きたかったからです。今はそういう気持ちはありませんから、進学の必要はありません」

「宗二さんには、高等小学校から海軍工廠《こうしょう》の設計科に入りたいと言っていたそうだが」

鷹志は思わず、はす向かいに座る宗二を睨《にら》んだ。宗二は、悪いと言いたげに肩をすくめる。

「そういう願いもありました」

「それもやめて、来年からドックへ？　父さんのかわりにか」

「父さんに何かあった時に家族を守るのは僕だと、父さんは言いました」

「そうだな。たしかに言った」

父は目を伏せ、息をつく。

「だがこんな早い時期にこんな形で託すつもりは毛頭なかった。情けないことに、今は正直言って、高等科に進学させるのも厳しい」

「わかっています、ですから僕は働きます」

正人は首を横にふった。

「鷹志、おまえの本心はどこにある？」

「この家の防人《さきもり》となることです。父さん、僕は我慢しているのではありません、誇りをもって言っているのです」

「今のおまえに立派にその心構えがあるのは、わかった。この二ヶ月半、おまえは本当によく家族を支えてくれた」

父の言葉に、母が大きく頷《うなず》くのが見えた。

「だからこそ、今一度問う。おまえは、どうしたい？」

「ですから僕は」

「いいか。すべきことではない。何を望むかを答えろ」

切りつけるような目に、鷹志は声を失った。今の今まで、自分がすべきことははっきりと見えていた。しかし父は、すべきことではないという。すべきことと望むことはひとつだと思っていたのに、父の深い色の目は、鷹志の心を混乱させた。揃《そろ》えた膝《ひざ》の上で拳《こぶし》を握る姿に、宗二が見かねた様子で口を挟む。

「正人さん、今すぐ決めることでもない。大事なことだし、よく考えたほうが」

「単なる夢憧れではなく真実願うものならば、見誤ることはありません。鷹志、答えなさい」

そう言われても、鷹志は何も答えられなかった。

兵学校に行きたいという願いはあった。だがもう心は、浦賀ドックと決めている。簡単な決断ではなかったし、今はその決断に誇りだってもっている。ならば、そう答えればよい。そのはずだ。

鷹志は視線をさまよわせた。母は再びうつむいており、宗二はじっと鷹志を見つめている。彼が生半可な思いでここに来たわけではないことはすぐに知れた。兵学校に行く、ということは、単に宗二の家に間借りするだけではなく、このまま宗二の養子となるということだろう。おそらくは、父のほうから打診したのだ。だが、何故《なぜ》？ 軍に入ることをあれほど嫌っていたはずなのに。

視界の端に、雪子の背中が映った。頑《かたく》なな、小さな背中。どこにも行かない、守ってやると約束した。万事忘れっぽい雪子だが、あの約束は忘れていないだろう。あの日以来、雪子はよりいっそう鷹志の後をついてまわるようになった。頑なに会話に背を向けているのは、いっさいを認めていないからだ。

その彼女の前で、言うべきことはひとつしかない。わかっているのに、口の中がからからで声がでない。父と宗二の目が、本当にそれでよいのかと斬《き》り込んでくる。

「鷹志、よく聞きなさい。父さんは昔、一度間違えたことがある」

なにも答えぬ息子に焦《じ》れたのか、正人は再び口を開いた。

「間違えた？」

「父さんは五人兄姉《きょうだい》の末っ子だ。家に居場所はなく、尋常小学校を出るとすぐに、簞《たん》笥《す》職人の工房に働きに出た。工房での生活は楽しくて、ようやく自分が生きられる道を見つけたと思ったが、運悪く召集令状が来て、職人としての道も失った。復員後は軍で知り合った知人の家で療養していたが、突然家から、戻ってきて家督を継げと連絡があった。父と兄が流行《はや》り病《やまい》で死んで、姉も嫁に出ていたから、他にいなかったんだ。父さんは、怪我が癒《い》えた暁にはその知人の商売を手伝う予定だったが、家に戻った」

淡々と語る父を、鷹志は驚きをもって見つめた。父は、過去をいっさい口にしない人だった。今父が語った話は、祖母から聞いて知ってはいたが、父の声で紡《つむ》がれるとまるで違う物語に聞こえる。

祖母は、全滅した小隊の中でただひとり生還した上に、上の兄たちが死んだために家督を継ぐことになった父のことを運がよい、とよく言った。父はそれに対して何も言わなかったが、そのたびに腸《はらわた》が煮えくりかえる思いだったのかもしれない。

「あの時私がすべきだったのは、母——おばあさんに何を言われようと土地を整理して売り払い、一刻も早く職につき、おばあさんを引き取ることだった。あの家に未来がないことは明らかだった。それなのに、本家を守らねばと躍起になったのは、長らく顧みられなかった自分が当主となってようやく認められるやもしれぬという思いが、どこかにあったためだろう」

父の表情はほとんど変わらなかったが、肘《ひじ》掛けに置かれた手がかすかに震えたのを、鷹志は視界の端で認めた。ここには家族だけではなく、宗二もいる。彼の前でここまで語るのは、父にとっても大変な勇気がいることに違いなかった。

「見た目だけ立派な器を守ろうとして、父さんはわずかに残っていた実を捨てた。そして、母さんやおまえたちに苦労をかけた。先祖に感銘を受けて、士官になりたい、会沢の家を守り立てたいと願うおまえが、昔の私に重なって反対したが、おまえは私とは違う」

父の目が、ひたと鷹志の面に据えられる。

「おまえはどこにいても、何をしても防人としてあるだろう。だが、この家の防人の座を父さんもそう簡単に譲るつもりはないのだ。鷹志、もう一度問う。おまえが望むことは、なんだ？」

「……僕は」

鷹志の視界が急に歪《ゆが》んだ。風が吹き抜けたような気がした。薄暗い山道を歩き、突然開けた視界にあらわれた海から吹き上げる風。煽《あお》られて、体の奥から熱いものがこみあげる。あの日に生まれた熱、それから長らく封じていたものがせりあがり、とうとう口から溢《あふ》れ出す。

「海に出たい」

声が震えた。同時に、それまでこらえていた涙が、とうとうこぼれ落ちた。

「父さんが造った艦に乗って海に出て、この国の人々を守る防人になりたい。軍人になりたいです！」

それまでずっと険しい表情で鷹志を見ていた父の目が、ふっと和らいだ。口許《くちもと》をわずかにゆるめ、静かに頷く。途端に、鷹志の体から力が抜けた。揃えていた手が膝から落ちて畳につくと、次は母が顔をあげ、まだ涙の残る目で我が子を見て微笑《ほほえ》んだ。

宗二は逆に、真っ赤な顔で眉根を寄せ、口を引き結んでいた。鷹志の視線に気づいたのか、こちらを見ると、充血した目を潤《うる》ませて「ありがとう」と言った。

その中で、ただひとり雪子だけが、最後までこちらを向かなかった。

前略

いよいよ夏も盛りで暑さが体に堪《こた》えますが、南洋はこれが一日中続くのですから、暑い暑いと文句を言っては罰が当たりますね。

むかしは夏休みがずっと続けばよいと願っておりましたが、箱庭で遊ぶに飽きぬ子供とは恐ろしいものです。

三十年も生きて繰り返される四季に慣れますと、暑熱に疲れ、ただただ秋の涼風が慕わしい。それだけに、長らく続く夏の海で戦われている兄さんのお体が、案じられてなりません。

そちらでも夏が終わり、秋が来ればよいのに。あまりに長い夏は、人をなにかと狂わせます。

今までは風邪ひとつひかなかった父さんも、今年の暑さには参り、しばらく寝込んでおりました。少しでも滋養のある食べ物をと思い、畑の作物を渡すのですが、老い先短い老いぼれよりも子供たちに与えるべきだと言って、みな共同炊事に回してしまうのです。

体調を崩したことは書くなときつく言われておりましたが、こうなっては兄さんにおすがりするしかありません。父さんは、自慢の息子のおっしゃることなら耳を傾けると思いますから。迷惑かけどおしの放蕩娘《ほうとうむすめ》の言うことなど、洟《はな》もひっかけませんけれど。

こちらでは先日、サイパン陥落の責任をとって東條《とうじょう》内閣が総辞職となり、小磯《こいそ》内閣が成立いたしました。

なにぶんころころ変わりますので――いえ思い返してみれば、三年というのは近年まれに見る長寿の内閣だったのでございましょうか、兎《と》にも角《かく》にもこの新内閣にも世間はさほど関心を払っていないようにございます。

ご存じの通り、私は政治にとんと疎《うと》く、なにやら日本中が熱狂した近衛《このえ》も東條の組閣時も何の感慨もなかったのですが、今回ばかりはラジオに耳をそばだててしまいました。

というのも先日、夜中にふと目が覚めましたところ、周囲が驚くほど青く、水底に沈んでいるような錯覚を覚えたからにございます。なんということはない、揺れる庭の木ごしに差し込む月の光が、障子越しにゆらゆらと見えていただけなのですが、蚊《か》帳《や》の中におりますと、それが海のように思えたのでございます。その時たまたま、海の夢を見ていたせいもあるでしょう。

じつは最近、海の色に夢中なのです。途方もない夢だと笑われるでしょうが、この新しい趣味に没頭するようになってからというもの、私は海をこの手で再現し、そしてとこしえに封じ込めてしまいたいと願っているのです。

ですからあの晩は、あまりに海のことを考えているものだから、とうとう自分は知らぬうちに身を投げてしまったのかしらと思いました。

それほどに美しい光景でした。そして、ひどく懐《なつ》かしい心地がいたしました。

私は以前、この箱庭の海を見たことがあるのです。あれは、この世の終わりのような日でした。

でも、不思議なことにちっとも恐ろしくなかったのです。

むしろ、このまま沈んで終わればよいとすら願っていたような気がいたします。

くだらぬ話を長々と続けてしまいましたが、そのような次第で、むしょうに兄さんのことが懐かしく、新内閣を機に戦いは終わるのではないか、長らく南洋にいらっしやる兄さんがお戻りになるのではないかと、いてもたってもいられなかったのでございます。

お戻りになったら、海のお話をお聞かせください。

兄さんほど、さまざまな色の海を見た方はいないのですから。

無事息災を心よりお祈り申し上げます。

かしこ

昭和十九年七月二十五日

第二章　江田島

1

軍港・呉は、穏やかな瀬戸内海に面している。浦賀や横須賀と似たようなものだろうと思っていた鷹志は、瀬戸内の海があまりに静かなことにまず驚いた。広島で呉線に乗り換え、窓を見ながら進んでいくと、ときどき民家がとぎれ、海が現れる。三月末の、うららかな日射《ひざ》し降り注ぐ穏やかな日で風もない。海面はほとんど波をたてることなく、ただやわらかく日射しを受けとめ横たわっていた。

これほど穏やかな海はなかなか見られるものではない。なるほど、これならばたしかに、東洋一を自任する工廠《こうしょう》もつくれよう。造船所としての歴史は横須賀のほうが長いが、規模は呉のほうが上である。何かと言えば東洋一を標榜《ひょうぼう》する呉工廠に対し、横須賀寄りの人間としては思うところもないではないが、この美しく静かな海に抱かれた呉には好感をもった。

呉は、海軍兵学校が置かれた江田島とは、目と鼻の先。呉に鎮守府が置かれ、工廠が置かれたからこそ、江田島が海軍将校教育の場として選ばれた。鷹志は魅入られたように、瀬戸内の海を眺めていた。海に目を注いでいたのは彼だけではなく、同じく江田島に向かう新入生たちも同様で、中には感極まって涙ぐんでいる者もいた。

二十倍を超える競争を突破して、兵学校に入校を許された少年たちは、出身地も服装もばらばらだった。さきほどから興奮気味の声がしきりにとびかっているが、鷹志に理解できる言葉がほとんどない。服装も、羅紗《らしゃ》の外套《がいとう》をひっかけている者もいれば、気の早い夏服もいる。本当に全国から集まっているのだな、と胸が高鳴った。

親が同行している生徒も多かった。鷹志は無意識のうちに、懐《ふところ》に手を入れていた。取り出したのは、母に渡された横須賀の諏訪《すわ》大神社のお守りだ。入校式にも同行したいと涙ぐんでいたが、鷹志のほうから断った。

お守りがたしかにあることを確認すると、抱えていた風呂敷《ふろしき》の包みをわずかに緩め、荷物の一番上に鎮座している楕円《だえん》の箱を取り出した。蓋《ふた》を開けると、小さな地蔵菩薩《ぼさつ》が姿を現す。会津藩士の墓所がある鴨居《かもい》の寺の、犬槙《いぬまき》の虚《うろ》に佇《たたず》む地蔵にどことなく似ている。まだ木の香りも鮮やかに残る地蔵菩薩は、ちょうど鷹志の手にすっぽり収まる大きさで、ほんのりと温かかった。

「いとしげな仏さんさらの」

隣から声がした。目を向けると、畳んだ羅紗の外套を腕にかけた少年が、はにかむように笑った。身長は鷹志よりやや低い程度だったが、体つきはずいぶんと華奢《きゃしゃ》で、よく検査に通ったものだと感心した。色白で卵形の顔や細い目は、この仏像に少し似ている。

「ああ、これか。妹が彫ったんだ。お守りにと押しつけられた」

「おんばかね。ばぁかごうぎね」

何を言っているかわからないが、表情を見るに、感心してくれているらしい。

「ありがとう。君はどこから来たんだ？」

「新潟だ」

「俺は横須賀」

「そーらば、海は慣れてるろね。おれ、山奥だっけ、海で泳いだことないだて」

不安そうに細い目を瞬《またた》いた彼は、皆川謙《みながわけん》と名乗った。

「大丈夫だよ。小学校にあがる前までは俺も山奥に住んでいたし」

「そいん？　どこ？」

鷹志は一瞬言葉に詰まったが、声を落として「会津」と答えた。

「会津。そいがぁ」

こころなしか皆川の表情が緩む。おそらく彼の目にも、自分の顔は同じように映っているだろうと感じた。

車両には、明らかに南の出とわかる者も少なくなかった。一番耳に響くのは、薩摩弁や長州弁だ。それに比べれば、皆川の口調は、心地よく感じられた。

ところどころ何を言っているかはわからなかったが、皆川は貧しい農家の出ながら、援助を受けて新潟中に進んだらしい。年齢を聞けば鷹志のひとつ下で、飛び級で兵学校を受験したことになる。ずいぶんと頭の出来がいいらしかった。

「どうして士官学校は受けなかったんだ？」

「とぶがやら」

鷹志がきょとんとしていると、皆川は腕を小さく振って走る真似《まね》をし、眉間《みけん》に皺《しわ》を寄せて首を横に振った。走るのが厭《いや》ということらしい。

「兵学校でも走ると思うぞ」

「陸よりマシらね」

互いに言葉を探りながら話しているうちに、列車は吉浦駅に着いた。てっきり呉駅まで行くのかと思いきや、兵学校新入生はここで降りろと言われた。東洋一の工廠をぜひ見てみたかっただけに、鷹志の落胆は大きかった。

吉浦港からは、浦賀でも慣れ親しんだポンポン船に乗り、江田島に渡る。あまり海を見たことがない皆川は、顔を紅潮させ、じっと海を見つめていた。

輝く水面のむこうには、豊かな緑に覆《おお》われた山が見える。江田島の山々だ。鷹志は大きく目を瞠《みは》り、山の連なりを眺めた。どれが古鷹山だろうか。右の、あの一番高い山か？

「懐《なつ》かしいと言えば古鷹山だ。苦労させられたが、そのぶん懐かしい。おまえも厭というほど、世話になる。卒業するころには、目を瞑《つむ》っても頂上に行けるようになるさ」

宗二は、江田島の話をすると必ず古鷹山のことを懐かしげに語った。兵学校のすぐ近くだというから、兵学校も見えないかと目をこらしたものの、ここからはわからなかった。

船はほどなく、小用《こよう》港に入った。生まれてはじめて江田島の土を踏んだ鷹志は、第二の故郷となる島の空気を肺一杯に吸い込んだ。入校式は、明日である。全国から集まった生徒たちは、今日は江田島中に散らばる「生徒倶楽部《クラブ》」に泊まることになっていた。その名のとおり、兵学校生徒の息抜きのために開放された民家のことで、十以上はあるという。倶楽部といってもごく普通の民家なので、当然、暮らしている家族がいる。たいていは、そこの母親が生徒たちの世話を焼いてくれる。生徒たちは親愛をこめて、彼女たちをオバサンと呼ぶ。

浦賀を遠く離れ、ひとりここまでやって来た鷹志は、出迎えてくれた「オバサン」の笑顔を見た途端、不覚にも目頭が熱くなった。だいぶふくよかではあったが、どことなく母に似ているような気がする。どうやらそう感じたのは鷹志だけではなかったらしく、皆川も「かかに似とる」とつぶやいていた。

生徒たちは、いよいよ明日は入校式ということで興奮してはいたものの、長旅の疲れもあり、早々に眠りについた。翌朝は、門出にふさわしい快晴である。桜はまだほころびはじめたぐらいだったが、高く澄んだ青空はなによりの祝福だった。

倶楽部を出た生徒たちは、胸を高鳴らせながら兵学校の校門をくぐった。入ってすぐ右手に見えるのは、春の日射しを浴びて燦然《さんぜん》と輝く、白亜の大講堂。その堂々たる勇姿に、いよいよ来たのだと胸が熱くなる。大講堂の前で整列して記念写真を撮ると、そのまま引率の生徒に連れられて、生徒館へと向かった。こちらは鮮やかな赤い煉瓦《れんが》の英国風の建物で、英国のダートマス海軍兵学校を模したものだという。生徒館の前に敷き詰められた白砂はいささかの乱れなく整えられ、生徒館を守るように並ぶ松は天を目指し、まっすぐに伸びていた。これほどまっすぐ伸びている松を、鷹志は今まで見たことがなかった。

新入生は全員、大きな浴場に連れて行かれた。

「いいか、娑婆《しゃば》の垢《あか》はここですっかり落とせい！」

案内役の生徒の号令のもと、鷹志たちはいっせいに風呂に飛び込んだ。近所の銭湯よりも大きな風呂だった。体を清めると、真新しい制服に着替えることになっている。名を呼ばれ、憧《あこが》れのネイビーブルーのジャケットを受け取る生徒たちの目は、みな一様に輝いていた。

鷹志も胸を高鳴らせ、まずは真新しい褌《ふんどし》を締めていると、隣にいた男が、親の敵《かたき》でも見るような目で褌を睨《にら》みつけている。自分の目線より少し高い場所にある横顔は、覚えがあった。もともと眉目《びもく》秀麗であるのにくわえ、さきほどの記念撮影のときにも、ひとり洒落《しゃれ》たツイードのジャケットと鳥打ち帽など被《かぶ》ってすましかえっており、妙に目立っていた。

「どうした？」

なかなか褌をつけようとしない彼に、鷹志は思いきって声をかけた。男は眉間に皺を寄せたまま鷹志を見ると、ひそめた声で言った。

「ここは全員、褌なのかな」

「ああ」

「猿股《さるまた》はないのだろうか」

「ないんじゃないかな」

そうか、と男はため息をつき、諦《あきら》めたように褌を締めた。その手つきが、妙にぎこちない。そういえば横須賀にも、褌を嫌って猿股を穿《は》いている者がいたが、たいていは洒落者だった。

「君は東京から？」

「ああ。麻布中、江南栄《えなみさかえ》だ。よろしく」

笑顔も気取った印象がある。鷹志も名乗ろうと口を開いた途端、

「そこの二人、もたもたするな！　早く着替えろ！」

上級生の雷のような怒声が轟《とどろ》き、二人は慌《あわ》てて、シャツに袖《そで》を通した。濃紺の短い上衣と揃《そろ》いのズボン。夢に見た、兵学校の制服である。しかし感慨に耽《ふけ》っている間はなく、寝室へと追い立てられた。

八十人ほど収容できそうな広い寝室には、ずらりと寝台が並んでいる。寝台の脇《わき》には小さな棚があり、そこに衣服を含め生徒の荷物は全《すべ》ておさめられる。ここまで着てきた服も、私物も、全てここで包み、郷里に送り返す決まりになっていた。寝台の上には、金の錨《いかり》輝く制帽と、短剣が置かれていた。新入生たちは上級生に教えられるままに剣帯をつけ、短剣をぶらさげた。すでに七つの海を駆ける偉大な提督になった気分で改めて大講堂に向かい、約百四十名の新入生は晴れて入校式を迎えた。校長閣下——ここでは校長は「閣下」をつける決まりである——の訓示は明瞭《めいりょう》簡潔にして、まるで講談でも聞いているかのような名調子、なおかつ国を守る者としての誇りを燃え立たせるものであった。広い大講堂いっぱいに響く名演説を聞きながら、鷹志はしみじみと喜びを噛《か》みしめた。

入校式が終わると、生徒はそれぞれ分隊に分かれ、上級生の案内で校内をまわった。兵学校の生徒は基本的に分隊単位で生活をする。最上級生を一号生徒と呼び、新入生が四号生徒となるが、分隊は縦割りだ。一学年十名から十五名程度、あわせて六十名近い生徒が、一分隊として一部屋で暮らすことになる。

鷹志たち第五分隊の四号生徒を案内してくれたのは、やや小柄ながら見るからに機敏そうな一号生徒だった。

「五分隊伍長《ごちょう》、佐倉敏夫《さくらとしお》である。これからは俺たち一号を兄貴と思い、なんでも相談するように」

伍長とは一号の先任者、つまり最も成績優秀な者がつく。佐倉伍長は明るく溌剌《はつらつ》とした笑顔で四号生徒を見回すと、兵学校での決まり事をあれこれと教えてくれた。口調同様、動きもきびきびとして無駄がなく、質問にも簡潔的確に答えてくれる。さすがに一番だけはある、と鷹志は感心した。宗二には、四号のうちは地獄と思えとさんざん脅されたが、他の一号も親切そうで、存外楽しい生活になるのではないかと胸が躍った。

しかし甘い期待は、その日の晩にあっさりと破られた。夕食が終わり、自習室に連れて行かれると、一号から三号までがずらりと揃っている。中には、どう見ても自習に関係のない竹刀《しない》や小銃をもっている者までいた。

「四号生は正面に整列！」

声を張り上げた佐倉伍長を筆頭に、さきほどまで彼らの顔に漂っていた笑みは消え、皆、一様に険しい顔をしていた。何か失態があったか、とおののきながら、四号生は横一列に並んだ。

「これより江田島名物、姓名申告を行う！　まずは上級生徒が模範を示す。よく聞いておけい。柔道係、佐倉敏夫！　伍長！」

佐倉伍長の声は、鼓膜ばかりか皮膚までびりびりと震わせるほど迫力があった。続いて、隣で竹刀を携えていた長身の一号生が名乗りをあげる。

「剣道係、最上《もがみ》英之介《えいのすけ》！　伍長補！」

どうやら上級生徒には全て、役職がついているらしい。第五分隊一号から三号、全四十一名の申告が終わると、いよいよ四号の番となった。

「では貴様からだ！　四号生は役職がないから、出身校と姓名を申告せい！」

佐倉が指し示した右端の生徒は、居住まいを正し、大きく口を開けた。

「鹿児島県立――」

そう言いかけた途端に、凄《すさ》まじい勢いで床が鳴った。

「聞こえん！」

鍛え上げられた腹筋から生み出される罵声《ばせい》も凄《すご》いが、上級生徒がいっせいに足を踏みならした音は落雷のごとくで、あまりの音に怯《おび》えて飛び上がる四号生もいた。鷹志はなんとか踏みとどまったが、隣の皆川が一瞬大きく肩を震わせるのを視界の端で認めた。

申告を遮られた四号生は、もともとの赤ら顔をいっそう赤く染めた。体も大柄ならば顔もやたらと大きい男で、目も眉毛《まゆげ》も鼻も口も揃って丸く巨大だった。倶楽部にいたときから薩摩弁丸出しで喋《しゃべ》っていたことと、その容貌《ようぼう》から、鷹志は彼にひそかに西郷どんというあだ名をつけていた。

西郷の声は充分に大きかったが、彼はもう一度大きく息を吸い込み、ほとんど上体を反らして声を張り上げた。

「鹿児島県立、鹿児島二中！」

「聞こえん！　もっと腹の底から声を出せ！」

「鹿児島県立、鹿児島二中、有里貞義《ありさとさだよし》ぃ！」

「やればできるではないか！　次！」

隣は、あの江南だった。彼は「と」と言った時点で、罵倒と足踏みの嵐《あらし》を喰らった。早すぎる。彼は自分の姓名を全て述べるまでに、七回も言い直しをせねばならず、しまいには声が嗄《か》れていた。

なるほどこれが江田島嵐《あらし》か、と鷹志は納得した。いよいよ、自分の番がやってくる。

「神奈川県立、横須賀中学、永峰鷹志！」

足を踏みならされ、もう一度名乗りを繰り返した。

永峰鷹志。五年前までは、会沢鷹志と名乗っていた。以前は永峰と名乗るたびに複雑な気持ちになったものだが、今は着慣れた服のように馴染《なじ》んでいる。

「ふむ、永峰の父も兵学校出だな。結構、次！」

三度目の名乗りの後、佐倉伍長は頷《うなず》き、隣の皆川へと標的を変えた。

四号生全員の申告が終わったときには、すでに全員汗みずくになっていた。八時五十五分にラッパが鳴ると、伍長は軍人勅諭の黙読を命じ、九時ぴったりに再びラッパが鳴るといっせいに解散した。ここから十五分で、自習室を出て歯磨きなどを終え、二階の寝室に駆け上がる。当然、上級生が優先されるので、鷹志たちが歯磨きを済ませてひいひい言いながら寝室に戻ったのは、まさに九時十五分、巡検用意のラッパが鳴り響くのと同時だった。

「こっから就寝の十五分だけが、一日で自由にできる時間らね。よーいでねぇ」

憔悴《しょうすい》しきった様子で、皆川は寝台に腰を下ろした。彼は申告のときに声が裏返り、四回言い直しをさせられていた。

「十五分で何ができるかね」

「なんもできん」

皆川は、めいめい談笑している上級生たちを見やった。たしかに寝台に座って雑談に花を咲かせるのが関の山だ。四号生もこの時間は自由にふるまえるはずだが、皆、姓名申告がよほど堪《こた》えたと見えて、上級生のほうをおどおどとうかがいながら、隣の寝台の生徒と小声で話を交わすだけだった。

巡検のラッパがしめやかに響くと、生徒たちはいっせいに寝台に横たわり、毛布にくるまる。当直将校と週番の巡検が終わると、いよいよ寝室は静寂に包まれる。

鷹志も目を瞑ったものの、なかなか寝付けなかった。疲れているのに、頭が冴《さ》えている。起床は五時半。起きられないことはないだろうが、明日からはさっそく教練が始まると聞いている。しっかり寝ておかなければ、体に障《さわ》る。しかし、そこら中で響くいびきや歯ぎしり、豪快な寝言がうるさくて眠れやしない。これから毎日ここで生活するのかと思うと、気が重くなった。

2

五時三十分。

窓のむこうもまだ暗く、寝室は静まりかえっている。しかし、

「総員起こし！」

週番生徒の声とともに、威勢よく駆けるようなラッパが響き渡った瞬間、生徒たちははばね仕掛けの人形のように、いっせいに飛び起きた。

ここからわずか二分半の間に身支度を調え、毛布を畳み、廊下に出なければならない。しかし四号生は今まで自分の布団《ふとん》のあげおろしもろくにしたことがない者たちがほとんどなので、当然手間取る。三分近くかけてようやく畳んで廊下に飛びだそうとしても、週番生徒に首ねっこをつかまれ引き戻される。

「なんだ、この畳み方は！　毛布は、四隅を寸分たがわずきっちり合わせねば駄目だ！　やりなおーし！」

と、毛布を放り投げられ、泣く泣く畳み直すはめになる。鷹志は幸いにもやり直しは命じられなかったが、隣の皆川はもたもたしているうちに目をつけられ、やり直させられた。待っていても怒られるのでひとり廊下に出ると、すでに洗面所は上級生たちが占領している。佐倉伍長《ごちょう》に至っては、元気に乾布摩擦をしていた。

ようやくあいた洗面所で顔を洗っていると、半泣きの皆川もやってきて、そろって階段を駆け下り、教練場に飛び出した。体操が終わるころには、江田内《えだうち》の対岸のなだらかな山陰から太陽が姿を現す。たしかあれは能美島と聞いた。ああ、新しい人生の夜明けだ。見とれていると、「何をぼうっとしてる！」と怒鳴られた。

その後は自習、七時からは朝食となる。朝食も「かかれ！」の号令のもと、いっせいにとりかかるが、パンと味噌汁《みそしる》という組み合わせには当惑した。やはり朝は米が食べたいが、これが兵学校の流儀らしい。しかも左手はおろしたまま、右手一本で食べなければならず、ずいぶんと難儀した。

食事が終わると生徒たちは速やかに寝室に戻り、事業服と呼ばれる白い服に着替える。靴を磨き、課業の準備を整えた鞄《かばん》をもち、八時の課業開始にそなえて、五分前には生徒館前に整列することになっている。このとき、身支度は完璧《かんぺき》でなければならない、きちんと鏡で確認するようにと、昨日伍長にも念を押された。兵学校では、説明は一度しかしない。懇切丁寧に何度も言い聞かせることはなく、要点のみを最初に説明し、それっきりだ。

この日から約一ヶ月にわたり、四号生徒は入校教育なるものを受けることになる。が、この入校教育が、生徒たちをいたく失望させるものだった。なにしろ午前中は、小銃を渡され、ひたすら不動の姿勢やら敬礼、行進などを繰り返さねばならない。銃はあっても射撃などは行わず、陸戦専門下士官の指導のもと、陸戦の基礎をみっちりとたたきこまれる。走るのが厭《いや》で士官学校は避けたという皆川は、すっかり参っていた。

有里がある日、勇気を出して教官に訊《き》いた。

「なぜ我々が、陸軍のように銃をもって戦闘訓練をせねばならぬのでしょうか！」

対する教官の答えは明瞭《めいりょう》だった。

「君たちは陸戦隊の指揮官として、上陸して戦うこともある。心せよ」

言われてみれば道理だった。鷹志は着剣した銃をしみじみと見つめた。前の大戦や続くシベリア出兵でも、真っ先に敵地に上陸し、居留民の安全をいちはやく確保したのは、陸軍ではなく海軍陸戦隊だった。海は全《すべ》ての大陸と島に繋《つな》がっている。つまりそれらも全て、海軍にとっては戦場となりうるのだ。

一転、午後の科目はいかにも海軍らしいものだった。短艇訓練である。きつさで言えば、こちらのほうが上かもしれない。

教練場の奥、江田内に面した海岸ダビットから全長九メートルの短艇を下ろすところから始まるが、ここからすでに汗だくである。苦労して下ろした短艇に乗り込めば、今度は四メートル五十センチの重いオールを必死に漕《こ》ぐ。オールにぶらさがるように寝て、腹筋を使って起き上がる。漕ぐときに、体が外舷《がいげん》から見えてはならないらしい。それぐらい、のっぺりと寝て起き上がる。その繰り返しだ。三時間の訓練が終わった後には、腹筋はまるで力が入らず、両手と尻《しり》はすりむけていた。おかげで風呂《ふろ》では皆とびあがり、夜は痛みで眠れない。最初のうちこそ、痛みを紛らわすために、猿のように真っ赤な尻を互いに笑いあっていたが、そのうち猿が日常になってきたので、誰も何も言わなくなった。

「いい色だ。そら見ろ、つつじが満開じゃないか。貴様らの尻と同じ色だろう。江田島健児として認められた証《あかし》だ」

毎晩、寝台の上で尻を抱えて悶絶《もんぜつ》している四号生に、佐倉伍長は呵々《かか》と笑いながら言った。生徒館から裏手へと続くつつじはいつしか盛りを迎えており、たしかに伍長の言う通り、燃えるような赤は自分たちの尻の色と同じだった。尻はともかく、つつじは非常に美しい。

そのころになって彼らはようやく、いつしか桜が散り、兵学校の青葉が萌《も》える最も美しい季節が来たのだと知る。それまでは、どんなに詩心のある者でも春を愛《め》でる余裕などもちようがない。訓練と分刻みの生活に慣れるので精一杯だ。

とはいえ、猛烈過酷な日々に馴染《なじ》んでも、耐えがたいものもある。その筆頭は、上級生による絶え間ない鉄拳《てっけん》制裁だった。

とにかく朝から晩まで殴られる。起床時の支度が遅いと一発、体操のために教練場へ走れば姿勢がなっとらんと一発、教練場に出れば建物と平行もしくは直角に走らねばならないのに斜めに走ったからと一発、体操を終えて再び生徒館に戻る際には階段を規則通り二段とばしであがらなかったからと一発。朝食を食べるまでにすでに何発も喰らう。これに比べれば、きつい教練などましなものだ。しかし一日の課業が終われば、また上級生たちが手ぐすねひいて待つ生徒館に戻らねばならない。

「やってられん。ここまで野蛮で硬直化した学校だとは思わなかった。あれのどこが躾《しつけ》だ、ただの憂《う》さ晴らしじゃないか！」

一番文句を言っているのは、江南だった。

昼休み、四号そろって洗濯をしているさなかである。四号はまだ万事にわたって要領が悪く、なかなか洗濯をする時間がとれぬため、やたらと臭《にお》う。ある程度は大目に見てもらえるが、度が過ぎると鉄拳が降ってくる。鷹志たちは今朝「臭い！」と殴られたので、昼休みを潰《つぶ》して一気に洗濯をすることにした。

梅雨に入ってまもない時分、今日は貴重な晴天だった。この季節は四号生だけではなく、上級生も洗濯に困りがちだった。他のものはともかく、褌《ふんどし》は四枚しか支給されないため、雨が続くと苦労をする。今日は無数の褌がはためいていた。

「だいたいだ、人を臭いと言うなら、殴るのをやめろ！　あいつら、どんな口実で殴ろうかと、四六時中はりついてやがる。わずかな時間の隙間《すきま》も全て殴られているんだから、洗濯する余裕などあるはずがないだろう！　俺だって、褌や靴下を二日続けて身につけるなど死ぬほど厭なのに、誰のせいだと思ってやがる！」

まるで親の敵《かたき》か何かのように、洗濯物を力いっぱい擦《こす》りつつ、江南は吼《ほ》えた。彼は入学当初から鉄拳制裁に疑問を呈していたが、臭いと言われたのは洒落者《しゃれもの》の彼にはよほど堪《こた》えたようで、今日の怒りっぷりは凄《すさ》まじい。端整な顔も、両の頬が無残に腫《は》れ上がっている。鷹志たちも皆似たような顔だ。今日の制裁は、四号が一列に並ばされ、端から順番に左頬を殴られ、端までいったと思ったら、今度は右頬を順番に殴られた。目玉がとびでるほど痛かったが、殴った一号のほうも、終わった後に、水道で拳《こぶし》を冷やしていた。

「全員が全員、殴るわけじゃなかろう。佐倉伍長あたりは滅多に手をあげないぞ。伍長からくらったのは、五分前精神を破ったときぐらいじゃなかったか」

あまり慰めにならないなと思いつつ、鷹志は言った。

海軍は、「五分前精神」で動いている。全ては規定の五分前に整えていなければならない。兵学校も同様で、八時に課業開始と言われれば、七時五十五分には準備と整列を完了していなければならなかったが、まだ入学して間もないころ、四号生の一部がもたついて、五分前に遅れた。その晩には、やはり今日のように一列に並ばされ、佐倉伍長みずから拳をふるった。もっとも彼は、往復して殴るようなことはしなかったが、さすがに伍長の拳ともなると、痛みの度合いも違ったのを覚えている。

だが、恨みには思わなかった。自分たちの過失だし、兵学校においては「努力したが間に合わなかった」は許されない。軍人がそれをすれば、戦は負ける。

「ああいうのはいい。いや、よくはないが、佐倉伍長や最上伍長補あたりの制裁は、まだ理解できる。問題は、明らかに出来の悪そうな奴《やつ》にかぎってやたらと難癖つけてくることだ！　しかも、違う分隊の連中にまでだぞ！　とくに六分隊の野中《のなか》！」

江南は吼えに吼えた。六分隊の野中一号生は、ほぼ全ての四号生から嫌われている問題児だった。典型的な野武士タイプで、体を動かすことはめっぽう得意だが、座学のほうは落第ギリギリだという噂《うわさ》だった。そういう生徒にかぎって、下級生をよく殴る。しかも殴るコツを心得ている。

「わい、目をつけられとるんがよ」

笑いながら、有里が言った。彼が鉄拳制裁に対して文句をつけることはほとんどない。野中のような輩《やから》は嫌っていたが、「拳のつきあい」は、これぞ海軍流としてむしろ歓迎しているふしがあった。

「どうして俺が」

むっとして言い返す江南を、有里は鼻で嗤《わら》う。

「生意気《くせらし》だがね。あれだけ屁《へ》理屈をこねてればの」

「屁理屈じゃない、道理が通らんのはあちらのほうだ！」

癇癪《かんしゃく》を起こす江南を、鷹志は同情をこめて見やった。江南は四号の中でも出来がよく、言われたことはそつなくこなすほうだ。しかし生来のものなのかどこか人を喰ったような空気があり、やたらと弁も立つので、生意気と見なされていた。あまりに理不尽なことを要求されると言葉を尽くして反論するので、自然、殴られる回数が多くなる。

「そげんもの黙ってやいすごせばよか。いちいち喰ってかかっから相手も逆上すい。おとなしゅ一発殴られればいっき終わるがね」

「それでは増長するだろうが。ここにいる連中の脳みそときたら、維新前で止まっている。だいたい、昔の大砲の仕組みなんぞ教えられてどうするって言うんだ。そんなもの、今の艦に搭載されているわけがないのになんの役に立つ？」

江南は一気にまくし立てた。よほど鬱憤《うっぷん》がたまっているらしい。褌は抵抗なく締められるようになったようだが、兵学校の流儀はいちいち彼の癇に障《さわ》るようだった。

「授業もつまらんから図書館に行ってみれば、これまた軍事一辺倒。小説がないとはどういうことだ。おかしいだろう。こんなことならば素直に一高に行っておけばよかった！」

「おう、それがよか、よか。外で女が読むような本を読んで喜んでおればいいがね。わいに男の世界は合わん」

「こんなものが男の世界？　有里の脳みそは原始時代から進歩していないな」

「ぎばっかい言って、やぜろしか。この、おなごんけっされが」

でた。鷹志は、隣で黙々と洗濯に励んでいた皆川と顔を見合わせた。女の腐ったような奴。有里がよく使う罵倒《ばとう》の言葉だ。とくに、江南に対してよく使われる。

「またそれか。語彙《ごい》のないやつめ。ま、そんなじゃがいも面《づら》なら、脳など入っていなくても仕方がないか。せいぜい光合成でもしとけ」

「なんだと！」

二人は口だけでは飽き足らず、取っ組み合いを始めたので、鷹志たちは慌《あわ》てて止めた。喧嘩《けんか》がばれれば、連帯責任でまた全員が殴られる。

「貴様らは何とも思わんのか」怒りのおさまらぬ江南は、今度はこちらに矛先を向けた。「あんなものがいずれ士官となって艦を率いるなどぞっとする。このままでは海軍は崩壊するぞ」

「落ち着けよ。四号生のうちは仕方ない。殴られるのが仕事だと言われてるからな」

たしなめた鷹志を、江南は冷ややかに見やる。

「貴様の父は海軍中佐だったか。このくだらん伝統は昔から健在か？」

「そのようだ」

「こんな教育でまともな士官が育つのか？」

「父のことは尊敬に値する士官だと思っている。野中生徒はたしかに問題だが、貴様は木を見て森を見た気になっているのじゃないか」

「貴様の父が野中と同じだとは思わんさ。だが貴様のように事なかれ主義の腰抜けだったのではないか？」

「おい、永峰にまで八つ当たりしてどうする」

見かねた様子で有里が仲裁に入るが、江南はそちらを一瞥《いちべつ》もせずに「一分でいい、黙ってろ」と吐き捨てた。

「八つ当たりではない。永峰のような輩が一番厄介なんだ。野中や有里のような野武士のほうがわかりやすいぶんまだマシだ。永峰、貴様だって腹に据えかねているはずだ。だが何をされても怒りもしないのはどういうわけか」

「何も感じないわけではないが、言っても仕方がないからな」

「貴様はたったいま、尊敬する父を俺に侮辱された。それでも何も感じないか。なぜ反論しない」

「尊敬していると言ったはずだ。それで充分だ」

「ならばその根拠を示せ。そうでなくてどうやって相手を納得させるというのだ。侮辱されたなら怒れ、相手に非があれば正せ。拳なんぞで言うことをきかせようとする輩には反撃せねば、道理は通らん」

「おい一分経《た》ったぞ!」

「嘘《うそ》をつけ、早いだろう!」

「俺の腹時計は正確だ。行くぞ、わいは殴られすぎておかしくなっとる。頭冷やしてやらねばならんのう」

有里は、自分よりずっと背の高い江南の襟首をひっつかむと、そのままずるずると引きずっていった。

遠ざかる二人を見送ってから、洗濯物干しが途中だったことに気がついた。江南と有里のものももちろん残っている。鷹志と皆川はそろってため息をつき、残りを急いで片付ける。

「気にするなよ、永峰」

「気にしていないさ。洗濯物はともかく」

「ならいいが。しかし貴様は本当に怒らないな。水雷志望なのに珍しい」

　駆逐艦などで最前線に突っ込んでいくことが多い水雷屋は、一般的に血の気が多いことで知られている。有里あたりもそうで、実際に彼は数日に一度は喧嘩を繰り広げている。

「水雷をやりたいというより、単に浦賀で育ったから駆逐艦に愛着があるんだ。造るなら軍艦もいいが、乗るなら身軽で速い駆逐艦がいい」

「そういうものか。永峰中佐も駆逐艦乗りか」

「父は砲術だな」

ふと鷹志の口許《くちもと》が緩み、見とがめた皆川が怪訝《けげん》な顔をする。

「なんだ」

「いや、懐《なつ》かしくなってな。俺も昔、江南のように喰ってかかったことがある。昔は喧嘩っ早くて、上級生の横暴なんてのはとくに我慢ならなかったんだ」

「へえ、貴様が。意外だな」

「それで親父《おやじ》によく怒られた。だが当時の俺は、何をされても怒らない親父が腰抜けのように思えたもんだ」

「永峰中佐はよくできた人なのだな」

「父もできた人なのは否定しないが、俺が喰ってかかったのは実の親父のほうだ。浦賀ドックの製罐工《せいかんこう》でな。あの大地震で怪我《けが》をした。あれがなかったら、俺が父の養子になることはなかっただろうし、ここにもいなかっただろう」

皆川は何度かまばたきをした。

「そうか。親父さんは、今はお元気なのか」

「ああ、もうすっかり。雨の時や冬なんかは古傷が痛むようだが支障はない。喧嘩は逃げるが勝ちってのが口癖の人でな。そいつをよくよく実感したから、永峰の家に養子に入る際に、俺の信条になったんだ」

ようやく全ての洗濯を終え、大量の布地を干し終わると、鷹志はごろりと横になった。潮風が、心地よい。

「なるほど。江南にも話したらどうだ？」

「今のあいつは何言っても聞く耳もたないだろう。それより貴様は問題ないのか？」

「俺？」

「正直なところ、俺は貴様が脱落するんじゃないかと思っていたが」

皆川は、座学では文句なしの首席である。しかし訓練では脱落ぎりぎりの劣等生だ。座学はほとんど寝て過ごし、訓練となると水を得た魚のようにいきいきする有里とは正反対のタイプだった。

入校教育の陸戦訓練では過労で熱を出し、最近始まった武道稽古でも毎日痣《あざ》だらけで何度か失神しているらしい。口に出してぼやいたことはないが、いつも体のどこかを痛めているようで動きが鈍く、上級生の指導を受ける回数もいきおい多くなる。分隊の中で江南に次いでよく殴られているのは、皆川だ。佐倉伍長たちも、小柄で最も年若い皆川をよく気に懸けていた。

「まあたしかに厳しいな。だが、脱落はありえんよ」

思いがけず強い口調に目を向けると、皆川は珍しく険しい顔をして空を見上げていた。

「そりゃ感心だ。五分隊はまだ脱落者がいないしな。分隊長も、あるとしたら貴様だろうと思ってるんじゃないか」

入校から二ヶ月で、すでに六名の退学者が出ている。珍しいことではないらしい。最初の一ヶ月が最も脱落者が多く、最終的にはクラスの一割ぐらいが兵学校から去るという。

クラスとは、兵学校では一学年のことを指す。分隊は縦の組織だが、クラスは横の組織であり、いずれも大変強固な繋がりがあった。

「分隊長の心配は杞憂《きゆう》だよ。俺は何があってもやめない」

気迫に圧《お》され、反射的に「どうして」と鷹志は訊いた。

「俺の村は、本当に貧しいんだ。子供はたいてい、尋常小学校までしか行けない。俺が中学まで行けたのは、校長先生や村長さん、そして皆のおかげだからな」

そういえば皆川は、頻繁に手紙を書いている。筆まめなやつだと思っていたが、納得した。

「期待の星か。そりゃあ何がなんでも提督にならないといけないな」

「ああ。だが村のためだけでもない。俺は、この海の果てまで行きたいとずっと願っていたんだ」

「海に果てはないぞ」

「揚げ足をとるな。山奥育ちなんでな、十四の時にはじめて海を見た時には本当に感激したんだ。江田島に来た時にも感動した。思いがけず故郷に似てて、しかも海が見えるなんて」

「似ているのか？」

「うちは山奥で、平地すらろくすっぽないところだから、急峻《きゅうしゅん》な山の斜面を開いて、棚田にしてある。ここもそうだろ」

江田島も山の島だ。開けているのは、小用港から兵学校に至る道ぐらいで、少し離れれば急な坂道だらけだ。まだ入校してまもないころ、休日に意気揚々と島の探索に出かけたはいいが、複雑に入り組んだ坂の迷路に入り込み、あたふたした記憶がある。家々の間を縫うように走る石畳を進んでいくと、ときどき棚田や段々畑が現れ、視界が開ける。そのたびに、ほっとしたものだ。

「俺の故郷は、ひとつひとつの棚田がもっと小さい。そのぶん、数はうんと多い。だから俺は中学に入って、平地のでっかい田んぼを見て驚いたもんさ。貴様は、棚田が斜面いっぱいにいくつも並んでいるところを見たことがあるか」

「江田島で見る以上のものはないな」

「移動は面倒だが、上から見下ろすとなかなかいいもんだぞ。朝靄《あさもや》の中、木々の合間に眠っていた棚田が、夜明けとともに少しずつ色を変えていくんだ。藍色《あいいろ》から紫色に、やわらかい朱色に、そしていよいよ朝日を浴びて金色に光り出す。山の斜面がいっせいに、鏡のように輝くんだ」

皆川は目を細め、懐かしそうに語った。

「江田内の夜明けも美しいが、黄金に輝く棚田も悪くない。冬はうんざりするほど長くて、雪のせいでこの世のどこからも見放されているような気になることすらある。だが、光がいっぱいに溢《あふ》れるあの光景を見るたびに、身も心も解き放たれるような気がするんだよ。自分はどこまでも行けるんだと」

ふと、目の前に穏やかな海が見えるような気がした。友人の言葉に触発されて現れたのは、浦賀の海だ。

毎日飽かず眺め、夏にはオイルの浮かぶ水面に迷わず飛び込んだ。進水式で溢れた海水が、湾の両側の家々を洗っていく光景。地震の日、極端に潮が引き、露呈していた黒々とした海底。いくつもの記憶は、やがてひとつの光景に結びつく。

防人《さきもり》の眠る丘から見下ろした、輝く夏の海。鬱蒼《うっそう》とした墓地を抜けて思いがけず現れたその光景は、幼かった鷹志の胸を震わせた。

あの日から、鷹志はしばしばあの墓地を訪れた。自分の中でうまく消化しきれぬことがあると、足を運んだ。ひとり海を見下ろしていると、重荷が少しずつほどけていくような気がした。

「だからこそ、思うんだ。必ずこの光景を守らねばならない。俺が兵学校に来るとき、村総出で送ってくれた。明日の飯にも事欠くのに、一日じゃ食い切れないぐらいの握り飯をもたせてくれた。早く立派になって、何十倍もの米を運んでやらなきゃ。それまでは、やめないよ」

「……貴様はいい提督になるだろうよ」

今はまだ多少ひよわだとは言え、身体《からだ》が追いつけば彼は文句なしの首席《クラスヘッド》となるだろう。海軍は、兵学校卒業時の席次《ハンモックナンバー》が絶大な効力をもつ世界だ。とびきりの頭脳と覚悟をもつ皆川は、きっと誰より早く出世し、自由に海を駆け回るだろう。

「光栄だ。努力するよ」

「その暁には野中なんぞは顎《あご》でこき使ってやってくれ」

鷹志の言葉に皆川は笑ったが、ふいに真面目《まじめ》な顔になった。

「しかし江南のほうはそろそろ限界かもしれん。それこそ佐倉伍長あたりに相談したほうがいいと思うんだが」

「あいつが上級生に相談するわけないだろう。伍長たちの前じゃ平然としているぐらいだし」

「俺たちが言ってもいいものかな」

「ばれたら余計荒れるぞ。あのプライドの高さもどうにかならんもんか」

このままでは江南は夏期休暇前に兵学校から去りかねない。

せっかく出会ったクラスの仲間なのだ、できれば全員揃《そろ》って晴れの日を迎えたい。鷹志は、江南の忍耐力と野中の飽きっぽさに望みを賭《か》けつつ、逃げるが勝ちという教えの深さをしみじみと嚙《か》みしめていた。

3

剣道場は朝から活気に満ちている。

五時半の起床の後は体操と決まっていたが、入校教育が終わると同時に四号生は、武道の有志稽古に半強制的に参加させられるようになった。

武道で剣道を選択していた鷹志は、同じく剣道を選んだ江南や他の分隊四号生とともに毎朝剣道場に赴き、容赦なく上級生に打ち据えられている。

中学から剣道を始めた鷹志はそれなりの腕前だったが、上級生にはまるで歯が立たない。とくに一号生は揃《そろ》いも揃って鬼のように強かった。剣道が三段だという江南などは、同じ三段だという最上伍長補に意気揚々と挑んで瞬時に一本をとられ、茫然《ぼうぜん》としていた。兵学校では、娑婆《しゃば》での段位を二つさげて申請するのがちょうどいいという事実を知ったのは、その後のことだ。

多くの四号生は、有志稽古ではできるだけ一号生の目にとまらぬよう稽古をすることに神経を使う。一号生の稽古に付き合うと、その日一日は体が使い物にならないからだ。とくに、兵学校の中でも随一の使い手だという最上伍長補からは、鷹志も逃げ回っていた。

が、その中で果敢に彼に挑み続ける者がいる。江南だ。

彼は自分から最上伍長補に稽古を乞《こ》い、そのたびに容赦なく打ち据えられている。最初のうちは最上も感心したように稽古をつけていたが、途中で異状に気がついたらしく、「もうやめておけ」とやんわり制止した。しかし江南はいよいよ鬼気迫り、食い下がる。

こいつはまずいな、と鷹志は今更になって危機感を覚えた。友人たちに愚痴をこぼして鬱憤《うっぷん》を晴らせる段階はとうに過ぎていたらしい。

「おい永峰」

案の定、稽古の後で最上に声をかけられた。

四号生が揃いも揃って息も絶え絶えなのに、涼しい顔をしているところが憎らしい。

「江南の奴《やつ》はどうした？　尋ねても何でもないの一点張りなんだが」

「……わかりません」

鷹志はそう答えるのが精一杯だった。最上に打ち明けたいのは山々だったが、江南は望まぬだろうと思うと、やはり自分の口からは言えなかった。

不自然に目を逸《そ》らす四号生に、最上はぴんときたらしかった。

「ふむ。ところで貴様、六分隊の野中という男は知っているか？」

鷹志の肩が、思わず大きく揺れてしまった。しまった、と思った時には、もう遅い。

最上は心得顔で頷《うなず》いた。

「なるほどな。あいつも、素直に相談できるようなかわいげがあればいいのだが」

「……伍長補、私が伝えたとは……」

「貴様は何も言っていないではないか。江南のあれを見れば、誰だっておかしいと気づく」

最上は人の悪い笑みを浮かべ、鷹志の肩をたたいた。

「週末まで待て。きっと、解決するはずだ」

土曜は午前のみ授業、その後は大掃除と決まっている。

そして午後には、「別科用意！」の号令がかかる。途端に生徒たちは、目を輝かせ、意気揚々と教練場に飛び出していく。

別科は三種。綱引き、総短艇、そして棒倒しである。いずれも分隊対抗の真剣勝負だ。綱引きは字のごとく、総短艇は総員による短艇競走。

だがなんといっても江田島の華と言えるのは、棒倒しだろう。

「本日の別科は棒倒し！」

週番生徒の号令に、生徒たちはすぐさま棒倒し用の服に着替え、素足で教練場へと走る。

教練場には、二本の丸太が用意されており、それぞれ白旗と赤旗が立っている。奇数分隊は白旗、偶数分隊は赤旗の丸太を守ることになる。鷹志たちは奇数なので、白組だ。

「三号四号、でかい奴は前に出ろ！」

司令役の声に、体に自信がある者たちが躍り出る。有里もいた。彼らが棒の根元を肩に支えてやぐらを組むと、周囲を中腰の一団が、さらにその外側を、立った一群が取り囲む。幾重にもスクラムを組んで棒を守るのだ。鷹志と皆川は一番外側の防御壁だった。すると一号が人壁をよじのぼり、棒の上部をしっかり支える。彼らの体重が肩にかかって非常に辛《つら》い。しかし鷹志たちはまだましなほうで、一番下で棒の根元を支えている有里には、何倍もの重量がかかっているはずだった。

組は防御班と攻撃班にわかれ、後者にふりわけられた生徒たちは、突撃ラッパの音を今か今かと待っている。

やがて、高らかにラッパが響き渡った。ラッパの音をかき消す喊声《かんせい》があがり、大地が鳴動する。両軍の攻撃班がまず激突し、突破した者たちが防御班へと殺到してきた。彼らはスクラムを崩そうと、殴る蹴《け》るにくわえ、投げとばして踏みつけるなど、ありとあらゆる攻撃を仕掛けてくる。棒上部を守る一号生は、よじのぼってきた敵を蹴落とすこともできるが、スクラムを組んでいる下級生たちはそうもいかない。ただただ黙って殴られ、スクラムを崩さぬよう必死に耐えねばならなかった。

攻撃は次第に激しくなっていき、鷹志もだんだん気が遠くなっていく。なんとか踏みとどまっていられたのは、怒号の中でも耳に届く、足下からのうめき声のためだった。まるで地獄の底から響いてくるような激しい苦悶《くもん》の声は、一番下で棒を支えている有里たちの声だ。おそらく、誇張ではなく地獄にいる気分だろう。彼らが耐えているのだから、崩れるわけにはいかない。歯を食いしばり、必死に足をふんばったが、味方の一号生が繰り出した蹴りが、敵を蹴落とすついでに頭にぶつかったときには、もう本気で駄目だと思った。

しかし意識がとぶ直前に、ラッパが鳴った。

「待てー！」

いっせいに動きが止まる。翳《かす》む目で見上げれば、棒は大きく傾いている。振り向くと、赤組の棒は、先端が地面についていた。

「ただいまの勝負、奇数分隊の勝ち！」

歓声が爆発する。急いでスクラムを解くと、下の四人組が伸びていた。

「有里、よくやったぞ！　おい有里！」

鷹志たちは力をあわせて有里を起こしたが、ぐったりしている。頬をはたいても反応がない。

「こりゃ気絶してるな。看護兵！」

佐倉の呼びかけに、看護兵が担架をもって駆けつける。有里のほかにもう一人、二号生が運ばれていった。

「二回戦用意！」

号令がかかると、再び周囲は活気づく。今度は、さきほど攻撃班だった者たちがスクラムを組んだ。防御班だった鷹志たちは攻撃班となり、地上で突撃命令を待つ。攻撃は、防御よりよほど楽だ。気分も高揚する。

待ちかねた突撃ラッパが、軽快に鳴り響く。

「そら行け！　にっくき一号は、棒の上部にいるぞ！」

佐倉の声に、鷹志たちは喊声をあげて駆けだした。

「野中ぁ、てめえこのやろう！」

「首洗って待ってろや！」

「この恨み晴らさでおくべきかー！」

口々に叫びながら、四号生は赤組へと殺到した。兵学校において、年功序列は絶対である。四号生が一号生に反抗することなど、ありえない。

しかし、棒倒しだけは別だ。この時は一号も四号もない。つまり、合法的に一号生をぶちのめす唯一《ゆいいつ》の機会だった。

まずは中央で、赤組攻撃班と激突する。しかし、目を血走らせた白組四号生の敵ではなかった。とくに江南の獅子《しし》奮迅《ふんじん》ぶりはすばらしく、迫り来る敵をぶん殴り、蹴り飛ばし、千切っては投げ、あっというまに敵陣を突破した。

「野中、そこか！」

野中はスクラムの上で、いつも通りふてぶてしい顔で待ち構えていた。江南は猿のように素早く人垣をかけあがる。もはや棒など、全く目に入っていない。

スクラムの上には野中だけではなく、なぜか問題のある一号が揃っていた。おかげで四号たちは棒そっちのけで憎き上級生をぶん殴ることに夢中になった。中でもやはり野中は大人気だった。数名の集中攻撃を受けていたが、さすがに一号生、顔をボコボコにされて鼻血を出しても簡単には落ちない。

「永峰、手伝え！　こいつを引きずり下ろせ！」

ただひとり棒に飛びつこうとしていた鷹志は、上着を江南につかまれ、強引にタコ殴りに参加させられた。鷹志も野中には多少恨みがあるので、つい存分に殴ってしまった。

そうこうしているうちに、ラッパが響く。途端に、それまでふんばっていた野中が地面に落ちた。

はっとして見上げれば、赤組の棒はたいして傾いてはいない。一方、振り向いた先にある白組の棒は——完全に倒れていた。

「馬鹿《ばか》め。目先の餌《えさ》につられやがって」

足下で、野中がにやりと笑う。白組四号たちは蒼白《そうはく》になった顔を見合わせ、頭を抱えた。

一時の興奮はどこへやら、片付けの後、四号生は悄然《しょうぜん》と伍長に謝りに行った。しかし、佐倉たちはにやにやと笑うばかりだった。

「どうだ、存分にぶん殴ってすっきりしたか?」

「申し訳ありません。怒りに目がくらんで、大事を見失いました」

心底悔しそうに、江南は言った。拳《こぶし》は破れ、血が滲《にじ》んでいる。整った顔は、入学以来、一番ひどい状態になっていた。

「いい教訓になったろう。戦場でやったら命とりだ。自分ひとりじゃない、ここにいる全員が死ぬ」

「……はい」

「だが今回は、これでいい。憎まれ役の一号を囮《おとり》に配置するのは、基本の戦法だ。野中たちも承知でやっている。ま、これで痛み分けだな」

佐倉に続いて、最上が笑いながら一同を見回した。

「あれは相当痛いそうだぞ。貴様らも一号になった時に囮役にされんよう、くれぐれも気をつけるんだな」

一号生たちは声をあげて笑い、去って行った。

「何だ、結局は一号生の掌《てのひら》の上か」

江南は渋い顔でつぶやいたが、毒気を抜かれた様子だった。

一号にはまだまだかなわん。それが、四号全員に共通する思いだった。

4

翌日、鷹志は皆川、有里、江南の三人と連れ立って外出した。棒倒しの激闘の名残で、四人とも顔を無残に腫《は》れ上がらせていたが、足取りは軽い。昨日潰《つぶ》されて気絶し、医務室に運ばれたまま朝まで帰ってこなかった有里も、今は元気に江南と言い争っている。よく口論の種が尽きないものだと感心するが、結局こうして二人一緒にいることが多いのだから、これはこれで息は合っているのだろう。

兵学校の敷地を出て、江田内ぞいにぐるりと歩く。地図上の江田島の形を見て、ザリガニのはさみと言ったのは、たしか雪子だった。兵学校は、右のはさみの内側、ちょうど真ん中あたりの位置となる。そこからはさみの上部をめざし、少し左に突き出したところまで行けば目的地だ。こちらのほうに来るのは初めてだが、津久茂《つくも》と呼ばれる土地だと皆川が言った。兵学校の裏山から見ると、ちょうど正面に見える形のよい山が、この津久茂だ。

漁船や漁業組合の建物が目につく海沿いから一歩内陸へと踏み込めば、果てなき坂が続く。これは島のどこも同じである。坂沿いに石塀と家屋が並び、やがて段々畑が目立つようになってきた。あちこちに橙色《だいだいいろ》の枇杷《びわ》がたわわに実っており、目を楽しませるが、隙《すき》あらばもぎとろうとする有里を抑えるのに骨が折れた。江田島は昔から、蜜柑《みかん》に並び、枇杷も名産であるらしい。冬に蜜柑狩りができるだろうかなどと騒ぎながら坂道を上り、四十分ほどかけて辿《たど》りついたのは、由緒《ゆいしょ》のありそうな寺だった。寺号は品覚寺《ほんかくじ》とある。

「おお、絶景かな」

境内から背後を顧みた有里が、歓声をあげた。

「観海山という山号は伊達《だて》ではないね」

皆川も目を輝かせて海を見下ろす。江田内が一望できた。対岸に見えるは兵学校の敷地だ。鷹志もしばし、美しい光景に見入っていた。古鷹山からの景色も良いものだが、いつも一気に駆けのぼり疲れきっているので、のんびりと見る余裕はなかった。賑《にぎ》やかに友人たちと語らいながらのどかな段々畑を抜けて、こうして見下ろす海は、実に穏やかで美しい。初夏の陽光を浴びて、海面はゆるやかにさざめき、光の粒子をまきちらす。

「よく知っていたな、皆川」

感心する鷹志に、「佐倉伍長《ごちょう》に教えて頂いた。授業でも事故の話は出ただろう」と答えが返ってきたが、記憶にはない。江南と有里も同様のようだった。

「揃《そろ》いも揃って授業で寝過ぎじゃないか」

皆川が呆《あき》れつつ説明してくれたところによると、明治末期に瀬戸内海で海軍艦艇の事故があり、兵学校の生徒も犠牲になったという。その追悼法要が営まれたのを機に、生徒たちはしばしばここに通うようになったのだそうだ。

「そういえばそんな話もあったような。うむ、寺はいいな。気分が落ち着く」

目を細めて境内を見回す江南に、有里がすかさず言った。

「それならとっとと頭まるめて出家しとけ。海軍よりよほど向いとるぞ。説教くさいところも」

二人がいつもの口論を始めたところで、本堂の陰から白いものがひょっこりと現れた。

「あら兵学校の生徒さんね。四号さんかしら？」

割烹着《かっぽうぎ》を着た女性だった。柔和な顔は若くはないが、品がある。住職の妻だろうかと、四人は居住まいを正した。

「は、はい。騒いで申し訳ありません。参拝にうかがったのですがよろしいでしょうか」

「もちろんですとも。あいにく主人は法要に呼ばれて不在なのですけれど、どうぞこちらに」

案内された本堂には、金色に輝くみごとな阿弥陀如来像《あみだにょらい》が鎮座している。お参りを済ませると、家屋のほうに案内された。玄関をあがってすぐ右手に、細い階段が伸びている。よく磨かれた黒い板を軋《きし》ませながら上にあがると、ぱっと視界が開けた。広縁の窓は開け放たれ、眼下には燃え上がるような緑、そして紺碧《こんぺき》の海が広がっている。季節がらか、水面はいつもよりやや緑がかって見えた。

案内されたのは階段のすぐ右の部屋で、黒い砂壁の重厚な造りだが、広縁ごしに降り注ぐ陽光のために、暗い印象はない。床の間の掛け軸やら、書棚に並ぶいかにも歴史がありそうな書物に、めいめい興味深げな視線を投げかける。

その中で鷹志の目を惹《ひ》いたのは、床の間の前に置かれた小さな文机《ふづくえ》だった。硯《すずり》と筆、そして濃い藍色《あいいろ》の和帳が置いてある。表紙には『津久茂帖《ちょう》』と書かれていた。なにげなく開いてみると、「海に生き海に死ぬ」と頁《ページ》いっぱいに書いてある。その隣の頁には、流れるような字で俳句がしたためられていた。梵鐘《ぼんしょう》という言葉がまっさきに目についたので、この寺のことを詠《よ》んでいるのだろう。どちらの頁にも、クラスと名前が添えられている。

「訪れた記念に、皆さん一筆書いていってくださるのです。よろしければぜひ」

ちょうど盆に麦茶と菓子を載せて戻ってきた夫人が、微笑《ほほえ》んで言った。

「ほう、面白い。歌を詠んでいる者もいますね」

江南はさっそく筆をとり、唸《うな》りだしたが、なかなかうまい具合に言葉が出てこないらしい。すると横から有里が筆を奪い、さらさらとしたためた。

『七生報国』

いかにも有里らしい、豪快な筆遣いで書かれた四字に、江南は「なんだこれは」と鼻を鳴らした。

「軍神・広瀬中佐のお言葉だろうが！」

「元は楠木正成《くすのきまさしげ》だろ。仰々しい。今から閉塞《へいそく》作戦にでも赴くつもりか」

「兵学校に入った時から常に決死の覚悟よ。七度生まれ変わっても国に報いる。その覚悟をもって士官への道を志したのだ！」

「暑苦しい。皆川はどうだ」

静かに筆を走らせていた皆川は、はにかんで顔をあげた。

『紺碧の果てを見よ』

一瞬、鷹志は息を忘れた。流麗な水茎は、美しい絵にも通じる。夫人も、まあ、と小さく感嘆の声をあげた。有里は、やや白けた様子で言った。

「皆川らしいが、士官の卵としては覇気がたらんな」

「ざっと見たが、有里のように暑苦しいのはあまりいないぞ」

江南はひととおり頁をめくって、見せつけるように有里に差しだした。たしかに、卵とはいえ軍人なのだから皆さぞかし勇ましいことをしたためているのだろうと思いきや、軍とは関係のないことを書いている者も多かった。望郷の念や両親への感謝、クラスへの愛情を綴《つづ》ったものもある。こうして見ると、皆ごくあたりまえの、十代の青少年だ。中学校時代の友人たちとまるで変わらない。

「むう、たるんどるな。情けない。日本海海戦の時ならば、もっと愛国に燃えた言葉が並んでいたに違いない。ワシントン軍縮会議なんぞのせいで、海軍は冬の時代だ。こげん時こそ志を高く持つ必要が――」

「よし、書けたぞ」

有里を無視して、江南はしたためたばかりの和帳を誇らしげに差しだした。

『枇杷熟れて黐《かじ》れば黒き種ばかり』

一瞬、沈黙が落ちた。のぞきこんだ夫人が「あら」と相好を崩したのを合図に、爆笑が沸き起こる。

「なんぞこれ？」

「ただの感想じゃないか。まさか、来る途中で食ったのか？」

文句にも江南は涼しい顔で「貴様らが有里を止めている隙にひとつ」と言った。全く気づかなかった。海軍士官はスマートたれというが、まさか盗み食いまでそつなくこなすとは。

「枇杷ってのは、うまいはうまいが食うところが少なすぎると思わないか。効率が悪い。改良が必要だな」

「人を囮《おとり》ばつこって何ば言っとるか⁉　そもそもただの感想だろうが、日記にでも書いておれ！」

「暗喩《あんゆ》というものを知らんのか」

「なんの暗喩だ」

「それぐらい考えろ」

馬鹿《ばか》にしたような口調はいつも通りだが、ここのところ江南を覆《おお》っていた見えざる棘《とげ》は消えている。昨日の棒倒しで一区切りついたらしい。

「そういえばここは、佐倉伍長に教えていただいたんだったか」

鷹志が尋ねると、皆川は笑って頷《うなず》いた。江南の様子を見て、同じことを考えていたのだろう。

「ああ。ゆうべ、たまには倶楽部《クラブ》以外で静かに過ごすのもいいからと勧められた」

「ふん、いらん忠告を」

江南が面白くなさそうにつぶやいた。すると、有里が珍しく真面目《まじめ》な表情で諭す。

「江南よ、ここまで残っとる一号生は、わいよりどっさい修羅場ばくぐってきとるが よ。わいは上級生を見下しとるが、一号はわいの頭ン中全部《すっぺ》お見通しやど。わいが高尚ばおもちょい考えなんぞその程度だ。経験ば何より貴い」

江南は、ふん、と言ったきりそっぽを向いた。いつもならば倍にして反論するところだから、彼なりに恥じる思いはあるのだろう。

「おい永峰、何をにやにやしている。貴様、まだ書いていないじゃないか」

苛立《いらだ》った江南に促され、鷹志は筆を手にとった。しばらく考えこんだ後、ためらいがちに筆を走らせる。

『ならぬものはならぬ』

三人は、ううむと唸った。

「……これは、枇杷を食ったことへか？」

「うむ、ならんことはならんよな」

「ああ、会津藩の什《じゅう》の掟《おきて》だね」

鷹志は頷いた。

「皆川が正解だ。他はもう少し勉強するように。あと盗み食いはやめるように」

厳《おごそ》かに言うと、江南と有里は神妙に頷き、次いでこらえきれぬといった様子で爆笑が沸き起こった。

「見ろ江南、永峰も言うときゃ言うぞ！」

「普段から、そいつを言えというんだ。ならぬことはならぬ、結構じゃないか！」

腹を抱える江南は、もうすっかり入校当初の彼に戻っていた。鷹志は皆川と顔を見合わせ、ほっとして頷き合った。

その日の夜に、手紙や荷物の分配があった。鷹志が受け取ったのは、現在佐世保の官舎にいる永峰宗二の妻・奈津からの手紙、それから浦賀の母フキからの手紙だった。奈津からは頻繁に手紙が来るが、フキからは初めてだ。

鷹志が永峰家の養子に入ってからというもの、フキは我が子との接触を最低限に抑えるよう心がけていた。盆や正月などで横須賀に来る時以外は顔を合わせることはなかったし、鷹志のほうも、浦賀へ行くことはなかった。ただ、兵学校行きが決まった時だけはフキも祝いに駆けつけ、叶《かのう》神社のお守りを差しだし、鷹志の手を握ってしばらく離さなかった。

母から手紙を寄越すとは、何かあったのか。緊張しつつ封を開けると、写真が一葉ひらりと落ちた。拾ってみれば、雪子が見知らぬ者たちと写っている。

「家族か？」

めざとく皆川がのぞき込んでくる。

「いや、妹だけだ。あとは知らん」

「妹って、この右端の？」

「そうだ」

「へえ。きれいな子だなあ」

素直な賞賛の声に興味を惹かれたのか、皆川の隣に座っていた江南も写真をのぞきこむ。江南は、雪子ではなく写真の中央にいる壮年の男に目を留めて、「なんだ、藤《とう》堂《どう》嵐《らん》山《ざん》じゃないか」と言った。

「知っているのか」

「そこそこ有名な彫刻師だ。うちの糞親父《くそおやじ》が贔屓《ひいき》にしているから知っている。隣の婦人は細君だな。なんで貴様の妹が一緒にいる？」

鷹志が手紙を掲げてみせると、江南は目を見開いた。皆川が、ああ、と納得顔で頷いた。

「どうも弟子入りしたらしい」

「そういえばあの仏像。妹さんが彫ったんだっけな」

「仏像？」

「入校祝いに、妹が地蔵菩薩《ぼさつ》を彫って持たせてくれたんだ。もっとも、即送り返すはめになったが、皆川とは呉行きの汽車で会ったから見せたんだ」

兵学校では私物をもつことは許されていない。入校式までに着ていた服も何もかも、全《すべ》てその場で郷里へ送り返さねばならない。仏像は、鷹志の服と一緒に、佐世保の官舎のほうへと送られた。浦賀に送るのが筋かと思ったが、せっかく心をこめて彫ってくれたものをそのまま送り返すのは忍びなく、夏休みには佐世保に「帰る」ので、せめてその時に改めて仏像を鑑賞し、手紙を添えて送ろうと決めていた。

「あれはいい出来だった。妹が彫ったと聞いて驚いたもんだよ。やっぱり、単なる趣味じゃなかったんだね」

「昔から彫刻か製罐《せいかん》をやると言っていたんだ。どっちも無理だろうと思っていたが、より実現の可能性が低そうなほうに行くとはな。雪子らしいと言えば雪子らしいが」

江南は、製罐とは、と苦笑した。

「親がよく許したな」

「妹は、小学生の時から何度も作品をもって嵐山の展覧会に押しかけていたそうだからな。粘り勝ちってところじゃないか」

鷹志は写真をしみじみと見つめた。雪子は口を真一文字に引き結び、こちらを睨《にら》みつけるようにして写っている。たしかに顔立ちは悪くはないが、あいもかわらず愛想の欠片《かけら》もない。しかし、これが雪子だ。普段は茫洋《ぼうよう》としていても、その目はいつでも自分が進む道だけを見ている。不要なものには目もくれない。

「俺は中学に行くために養子に出たんだが、妹はそれからずっと、顔を合わせてもろくに口をきいてくれなかったんだ。でも、兵学校に行く前日に会いに来て、黙って仏像を渡してくれた。嬉《うれ》しかったな」

あの日、フキとともに逸見《へみ》までやってきた雪子は、無言で地蔵を差しだした。

「雪子が鷹志のために彫ったのよ。うまくいかなくて、何度も何度も彫り直したの。鷹志がよく行く、あの鴨居の寺のお地蔵さんを見に何度も通ったのよ」

涙まじりに話す母の袖《そで》を、雪子はむっとしたように引っ張っていた。十四歳となった雪子は同年代より頭ひとつぶん背が高く、大人びた美貌《びぼう》もあいまって、年齢よりずっと年上に見える。容貌にそぐわぬ、幼い仕草だった。そのアンバランスさが妙に可《か》愛《わい》らしく、鷹志は安堵《あんど》した。外見は変わろうと、雪子の中身は変わっていない。頑固で、一途《いちず》で、自分の後をついてきたころのままだ。

「永峰の人たちをぎゃふんと言わせるような士官になってください」

頑《かたく》なに口を引き結んでいた雪子は、母に何度もせっつかれ、最後にしぶしぶ口を開いた。母は慌《あわ》ててたしなめたが、妹らしい物言いに、鷹志は破顔した。

「なるとも。ゆきは、彫刻師になるんだな?」

「必ず。兄さんには負けない」

そう言って、ぎらりと光った目を、今でも覚えている。女がする目ではなかった。

もし雪子が男ならば、いいさむらいになったのではないかと思う。

おまえは迷わず進んでいるんだな。鷹志は口許《くちもと》をわずかに綻《ほころ》ばせ、写真を封筒にしまった。

自分が艦長になるころには、雪子はいっぱしの彫刻師として名を馳《は》せているかもしれない。いや、そうなるにちがいない。なにしろ、雪子なのだから。

5

兵学校は、八月一日から三十一日まで夏期休暇となる。待ちかねた休暇だったが、この一ヶ月が、鷹志には途方もなく長かった。

永峰夫妻の待つ佐世保の官舎に帰ったはいいが、奈津の歓待ぶりに二日にして辟易《へきえき》した。もともと息子にやたらとかまいたがる女性ではあったが、兵学校の分刻みでの過酷な生活を経た上では、申し訳ないが鬱陶《うっとう》しいとしかいいようがなかった。ある程度、予感はあったので、帰省先が同じ方向の有里や、旅費を正月の帰省に回すから夏は故郷には戻らないという皆川を強引に連れていったのは正解だった。

ようやく江田島に戻ってくると、兵学校はにわかに騒がしくなる。

十一月には、二学期最大のイベント、弥山《みせん》競技があるからだ。その名の通り、宮島の弥山の登山競技で、生徒の係の中に「弥山係」がわざわざ存在するほど、弥山競技は重視されていた。

故郷に帰ってすっかりたるんだ体と心を鍛え直すべく、各分隊の弥山係は竹刀《しない》持参で、生徒たちを古鷹山に追い立てる。鷹志たちは連日、ひいひい言いながら山を駆け登った。普通に登るならばどうということのない山だが、ずっと駆けて登るとなるとさすがに厳しい。頂上では弥山係と伍長《ごちょう》が、鬼の形相で時計を構え、生徒たちを待ち構える。

「皆川、遅いぞ！　それでは四分隊にはとうてい勝てん！」

「申し訳ありません！」

汗だくになって皆川は謝罪した。彼はもともと、あまり足が速くはない。努力はしているものの、後半の岩場で極端に速度が落ちるのはいかんともしがたかった。

一番歯がゆい思いをしているのは、皆川自身だろう。この弥山競技が終わると、一号生は卒業し、遠洋航海に出る。これが、分隊総員での最後の試合なのだ。なんとしても勝ちたいのは、皆に共通する思いだ。

「岩場、俺が下から押します。それでどうでしょうか」

鷹志の提案に、弥山係は満足そうに頷《うなず》いた。

「うむ、それがいい。いいな、皆川」

「……はい」

皆川は申し訳なさそうに、鷹志をちらりと見た。鷹志が「次の試験もよろしくな」と笑うと、皆川は呆《あき》れと安堵《あんど》がいりまじった表情で頷いた。

翌日から、鷹志はさっそく岩場で皆川の体を押し上げることとなった。ぐっ、と力をこめて尻《しり》を押した時、違和感を覚えた。春先にもこんなふうに、皆川を押し上げたことがあるが、あのころのほうが重く感じた。

「貴様、瘦《や》せたんじゃないか？」

「これでもずいぶん増えたぞ。永峰によほど筋肉がついたんだろう、まったく腹立たしい」

皆川に睨《にら》みつけられ、鷹志もそれ以上追及することはできなかった。

やがて皆川はどんどんゴールまでの時間を短縮していき、これならば優勝まちがいない、と弥山係が自信をもって断言するほどになった。そして万全の態勢で迎えた弥山競技本番は、美しい秋晴れの日だった。

弥山は海抜五百三十メートル。古鷹山より百五十メートルほど高い。これを二十分で駆け上がるのが理想的で、どんなに遅い者でも四十分以内には登るとされている。五分隊の士気は高かった。スタートは紅葉谷で、一分隊から順番に、五分おきに出発する。いよいよ五分隊の番がやってきて、鷹志たちは元気よく駆けだした。

最初は順調だった。石段を駆け上ると多少腿《もも》が重くなったが、この程度はどうということはない。鷹志は分隊の先頭近くを走っていたため、五分前に出発した四分隊の最後尾が視認できた。

「ようし、あいつらを追い越してやれ！」

かけ声とともに、足に自信のある者が速度をあげる。四号生の中では、江南と有里が先を競って駆けだした。鷹志も足には自信があるが、途中で皆川を押し上げる任務があるので、あえて速度は抑えておいた。

弥山での難関は最後の岩場。それ以外は、それほど問題はない。――はずだった。

三百メートルを過ぎたあたりで、徐々に皆川の速度が落ち始めた。最初は気軽に励ましていたが、みるみるうちに顔色が悪くなり、脂汗《あぶらあせ》が滲《にじ》みはじめたことにぎょっとする。

「どうした、具合が悪いのか」

皆川はむりやり笑みを浮かべた。

「いや、たいしたことはない。ちょっとばかり腹具合がな」

「ちょっとじゃないだろう。少し休もう」

「駄目だ、これ以上抜かれるわけにはいかん」

首をふる皆川の傍らを、六分隊の生徒がすいすいと追い抜いていった。振り向けば、他にも六分隊の生徒が迫ってきている。

「すまないな、さあ行こう」

皆川は速度をあげた。しばらくはそのまま軽快に進んだが、今度は突然、足を縺《もつ》れさせ、倒れこんだ。

「皆川！」

助け起こすと、顔色は土気色になっていた。汗が顔中にはりつき、唇は紫に変色している。この短時間でのあまりの変貌《へんぼう》に、鷹志は絶句した。

「……すまん。ちょっと躓《つまず》いた。大丈夫」

「何が大丈夫だ、ばかやろう！　貴様、今にも死にそうな顔色してるんだぞ！」

鷹志は急いで水筒を外し、皆川に与えた。皆川は、すまん、と言いながら、一口飲んだ。

彼らの傍らを、また六分隊が追い越していく。

――いや、ちがう。あれは七分隊だ。

鷹志のこわばった顔に気づき、皆川も自分を追い抜いた者の背中を目で追った。そして事態に気づいたらしい。汗をぬぐうと、立ち上がった。

「これ以上遅れたらまずい。あと百ちょっとだ、頑張ろう」

「無理だ。看護兵を呼ぶ」

「何を言っているんだ」

「貴様こそ何を言ってるんだ。その状態で続けるつもりか？」

「落伍者が出たら一人につき二分追加されてしまう。五分隊の恥になる」

「それより命のほうが大事だろう」

「今は分隊の名誉のほうが大事だ！」

皆川は怒鳴った。決死の表情だった。こいつは本当に、ここで担架に乗るぐらいなら腹を切って死ぬだろう。そう思わせる気迫があった。

いきなり怒鳴ったためか、皆川は顔を歪《ゆが》めて咳《せ》き込んだ。なかなか止まらぬ咳に、鷹志は慌《あわ》てて背嚢《はいのう》を下ろそうとしたが、皆川の手が止めた。

「……貴様にはいつも迷惑をかけて、申し訳なく思っている」

ようやく咳がおさまると、皆川は震える声で言った。

「先に行ってくれ、永峰。おまえのタイムまで悪くなる」

鷹志はため息をつき、首をふった。

「馬鹿《ばか》言え。それじゃ貴様、落伍は確実じゃないか。最後の急勾配《きゅうこうばい》、そんな状態じゃ一人では絶対に上れない」

「しかし……」

「落伍は厭《いや》なんだろ。なら立て。俺が絶対に押し上げてやるから」

手を貸すと、皆川はよろよろと立ち上がった。弱々しい動きだったが、どういうわけか、立った途端に彼の体には見えざる力がみなぎり、勢いよく走り出した。スタートの頃よりも速いぐらいで、鷹志は慌てふためいて後を追った。

最後の急な勾配も、皆川は勢いのまま駆け上がろうとしたが、さすがに無理があったと見え、途中でつんのめった。

「そら、押すぞ皆川。もうひとふんばりだ！」

鷹志は必死に、皆川の体を支えた。皆川は震える足に力をこめ、真っ黒に汚れた指で大地をつかみ、這《は》い上がる。鷹志から彼の表情は見えないが、鬼気迫るものは痛いほど伝わってくる。もし上から皆川を見る者がいたら、地獄から逃れようともがく亡者のように見えるのではないかと思った。

「おお、皆川、永峰！　ようやく来たか！」

急勾配を突破すると、嬉《うれ》しそうな佐倉伍長の声が聞こえた。

顔をあげると、先にゴールしていた分隊の生徒たちが待ち構えていた。

鷹志と皆川は、縺れるようにして頂上に辿《たど》りつき、そのまま倒れ込んだ。

「なんだなんだ、えらい時間がかかったじゃないか。寄り道していたんじゃな……」

笑いながらのぞきこんだ佐倉の顔色が変わった。

「……おい、皆川？ どうした？」

異変を察し、周囲にも人が集まってくる。遅いじゃないか、と文句を垂れながらやってきた江南も、死人のような皆川の顔色を見て、息を止める。

「おい、しっかりしろ！ 看護兵！」

佐倉の声が響き渡る。美しい弥山の頂上は、にわかに騒がしくなった。

弥山競技は、分隊生徒のタイムの合計で競われる。優勝候補だった五分隊は、四位に終わった。やはり皆川と鷹志の遅れが響いたが、責める者は誰もいなかった。

優勝も大事だが、弥山競技で何より重要なのは、落伍者を出さないことだ。そこは伍長の器量にかかっていると言われている。

実際、今回も三つの分隊で落伍者が出た。五分隊は全員が完走した。それだけでも、充分な成果だった。

皆川は、翌日から「入室」になった。

兵学校の病人の扱いには段階がある。訓練などの外業に出ても参加せずに見学する状態を「外見」といい、外業に出ずに室内で安静にしているものを「外休」という。

さらに重症になると生徒館を離れ、御殿山の麓《ふもと》に近い病院に入り、療養する。これを「入室」と呼んだ。

皆川の体温は軍医のもとに運ばれた時点ですでに四十度を超えており、即座に入室が決まった。鷹志たちは生徒館からブランケットや日用品などを運んだが、寝台で眠る皆川は全く目を覚まさなかった。

もともと風邪ぎみだったのを弥山競技のために無理をして、こじらせたのだろう。十日も休めば戻る。最初は皆、そう考えていた。

しかし、半月経《た》っても、一月経っても、皆川はいっこうによくならなかった。鷹志は週末ごとに、授業の課題や、倶楽部《クラブ》で購入したラムネなどをもって病室を訪れたが、そのたびに皆川がやせ衰えていくのを見て、胸を痛めた。

「まいったなあ、風邪ってこじらせると厄介なんだな。もっと早く治ると思ったんだが」

しかし当人は、ことさら元気にふるまった。それがよけいに痛々しい。

「万病のもとって言うだろ。甘く見るからこうなるんだ」

「反省してるよ。試験までには戻りたいんだが。もうだいぶ進んだだろう?」

鷹志がまとめたノートをめくり、皆川は不安そうに眉《まゆ》を曇らせた。

「貴様は天才なんだから、一月ぐらいいなくたって問題ないだろ。俺だったら死活問題だけどな」

「よく言うよ。なんだかんだ言って、貴様は飄々《ひょうひょう》とこなしていくからな。一番たちが悪い」

「たちが悪いってなんだよ。人を悪人みたいに」

「ある意味、そうだよ」

鷹志が病室を訪れた時はいつも、軽口の応酬になる。以前と全く変わらない。皆川は、分隊の様子を聞きたがった。とくに、卒業が迫る一号生のことを知りたがっていた。

「伍長たちもいよいよ卒業か。本当に世話になったから、礼をしたいのに、こんな体じゃ見送りの総短艇もできない」

「一人ぐらい漕《こ》ぐフリしていてもバレないさ。艇長として特別に許可してやるよ」

鷹志はできるだけ、未来の話をするようにしていた。遠くない未来、皆川が簡単に戻ってこられる未来。

鷹志につられ機嫌よく話していた皆川は、ふと入り口のほうに目をやり、動きを止めた。視線を追ってふりむいた鷹志は、慌てて立ち上がった。

「佐倉伍長」

「おう、来てたのか」

佐倉は軽く右手をあげて笑った。その笑顔のまま、皆川を見る。

「具合はどうだ、皆川。見舞いに来てやったぞ」

「はい、だいぶいいです。卒業間近のお忙しい時に申し訳ありません」

「いやあ、意外に暇なんだ、これが。どうだ、今、少し話せるか？」

佐倉は遠慮がちに鷹志に目配せをした。

「俺はこれで。また来週もくるからな。伍長、失礼します」

鷹志は明るく言って、佐倉に敬礼すると足早に病室を後にした。

皆川の見舞いの後は、いつもどっと疲れが出る。病室を出たところで、大きいため息をつくと、「でかいため息だな」と笑いを含んだ声が降ってきた。ぎょっとして顔をあげると、最上伍長補が壁によりかかり、こちらを見ていた。

「最上生徒まで。どうしたのですか、こんなところに」

「そりゃあこんなところまで来てるんだから、皆川の見舞いだろうがよ」

「ではどうして入らないのですか」

鷹志の問いには答えず、最上は帽子をかぶり、「少し歩かんか」と促した。

外に出ると、冷たい風が吹きつけ、鷹志は反射的に身を竦《すく》ませた。もう冬が近い。江田島で初めて迎える冬だ。温暖な気候だと聞いていたし、夏の暑さは厳しかったが、やはり島だけあって、風は鋭く冷たい。

「俺のクラスにも、皆川のような奴《やつ》がいた」病院が遠くなったところで、最上はようやく口を開いた。「努力家でとびきり頭がよく、人望厚く上級生の受けもいい。成績はいつも一等、あいつがあのまま残っていれば伍長は確実——いや、クラスヘッドにもなっただろう」

海軍では、兵学校卒業時の席次がその後の生活において絶大な影響力をもつ。首席《クラスヘッド》となれば、よほどのことがなければ将官までは約束されたようなものだ。

「ただ、少しばかり体がひ弱だった。もっともひ弱と言っても、世間じゃ充分に壮健な部類だ。だが、猛烈苛酷《かこく》な兵学校の訓練に耐えきれるほどじゃなかった。無理がたたって、二号の冬に体を壊した。厳冬訓練のさなかでな、あのころは面白いぐらいバタバタ倒れたもんさ」

「厳冬訓練は苛酷だと聞いています」

「おう、思っている三倍はきついと思っておけ。そいつは、最初はただの風邪だと思ったんだが長引いてな。人一倍真面目《まじめ》で責任感が強いやつだったから、二ヶ月もするころには焦《あせ》りのあまり、だんだん言動がおかしくなっていった。しまいにゃ完全に気が触れて、退校になった。その後、肋膜炎《ろくまくえん》になって死んだと聞いた」

鷹志は息を呑《の》んだ。いつしか、二人の足は停まっていた。

「珍しいことじゃない。クラスの一割は、体か心、あるいは両方を病んでやめていく。どうしても軍人に向かない人間はいるんだ。皆川もそうだ。取り返しがつかなくなる前に、帰してやるべきだ。皆川ほど優秀な奴ならば、なおさらに」

最上はゆっくりと振り返り、鷹志を見た。その瞳《ひとみ》に、皆川に何も言わなかった鷹志を責める色はなかった。あるとしたら、それは哀れみだったろう。

「佐倉伍長が説得してくださるということでしょうか」

「勧めはするだろう。だが、やはり最後は貴様が説得すべきだ」

「……俺は、どうしても帰れとは言えません」

「気持ちはわかるがな」

「ただ、頑張れ、一緒に進級しようとしか……」

「わかっている。泣くな」

最上の手が、乱暴に鷹志の頭を撫《な》でた。鷹志はなかなか顔をあげることができなかった。いつしか頭に載せられたまま動きを止めていた手がかすかに震えていることにも、気づいていた。

6

皆川は転地療養が決まった。故郷はすでに雪深く、療養に向いていないということで、軍医の紹介で広島の病院に移ることになった。

「治して、春には戻るよ。たぶん、四号生やり直しだろうなあ」

おそるおそる見舞いに行った鷹志を出迎えた皆川は、ずいぶんさっぱりとした顔をしていた。以前のような空元気も消えており、鷹志は胸を撫《な》で下ろし、すかさず軽口を返した。

「そりゃあいい。三号生として鍛えなおしてやれる」

「加減してくれよ」

「するもんか。一番かわいがってやるから楽しみにしていろ」

皆川は困ったように笑ったが、ふと表情を改める。

「永峰。ひとつ、頼みがあるんだが」

「なんだ」

「あの仏像、貸してくれないか？」

鷹志は目を丸くした。

「そんなに気に入っていたのか」

そういえば、佐世保の官舎に遊びに来た時、皆川は雪子が作った仏像を改めて絶賛していた。

「あれを見ていると、力が湧《わ》いてくるような気がするのだ。雪子さんは、心の底から貴様の無事を祈って彫ったのだろう。あやかりたいんだ」

「なるほど、たしかに俺は兵学校に来てから風邪一つひかん。あれのおかげか。そういえば雪子自身、昔からやたら丈夫だ。うむ、病魔など吹き飛ばすにちがいない。喜んで貸そう」

熱をこめて勧めると、皆川は弱々しく鷹志を見上げた。目が赤い。

「本当に、いいのか？」

「もちろんだ。雪子も喜んでくれるだろう。療養先の住所を教えてくれ。母に頼んですぐに送ってもらう」

「ありがとう。必ず、返すから」

「来年、貴様が直接俺に返してくれよ。約束だ」

直接、という箇所に力をこめると、皆川は頷《うなず》いた。

「もちろんだ。ありがとう、大切にする」

数日後には、はるばる故郷から母親と兄が皆川を迎えに来たが、鷹志たちは課業中で会うことはかなわなかった。皆川も見送られることは望んでいなかった。前夜に見舞いに行った時、どうせ戻ってくるのに見送られるのは恥ずかしいからな、と明るく笑っていた。

課業を終えて寝室に戻ってくると、すでに鷹志の隣の寝台はきれいに片付けられていた。皆川謙という個人がここに存在していた痕跡《こんせき》は、もうどこにもない。あまりのあっけなさに実感も湧かず、鷹志は寂しいと感じることすらできなかった。夕食をとる時も、今度の週末の見舞いには何かうまいものをもっていってやろうとごく普通に考えてしまい、慌《あわ》ててもう江田島にはいないのだと自分に言い聞かせる始末だった。

その翌週には、一号生もとうとう兵学校から去って行った。卒業式、昼食会を経て、一号生は表桟橋から連絡船に乗り、陸《おか》を離れていく。在校生たちは号令とともにダビットに走り、短艇を下ろすと力いっぱい漕《こ》いだ。

櫂《かい》立ての号令に、生徒たちはいっせいに櫂を立て、一号生を見送った。佐倉伍長《ごちょう》も、最上伍長補の姿も見える。彼らは晴れやかな顔をして、帽子を振っていた。この晴れ姿を、皆川はどんなにか見たかっただろう。いつか自分もこのように出ていくことを誰よりも夢見ていたはずだ。

普段、兵学校の正門として使われているのは、実は裏門である。本当の正門は、この表桟橋。世界に繋《つな》がる海へと出るこの場所こそが、兵学校の玄関口だ。貴賓を迎えるのも、必ずこの正門である。

卒業生は卒業式の後、ここから直接、遠洋航海に出る。しばらく国内で実習を積み、半年以上にわたる海外への旅に出るのだ。実地で、海軍士官候補生としての最後の仕上げをたたきこまれることになる。

生徒たちは、入学時は裏門から入り、卒業時にはじめてこの正門をくぐることができる。皆川は裏門から出て行った。彼こそが一番、ここから出たかっただろうに。そして世界の海を経て、故郷に錦《にしき》を飾りたかっただろうに。

重い櫂を垂直に掲げ、卒業生を見送りながら、鷹志は唇を嚙《か》みしめた。いいや、きっと皆川は戻ってくる。一緒に卒業することはできずとも、必ず彼はまた兵学校にやって来て、ここから出ていくだろう。

皆川が去ってから、鷹志は毎日、時間を見つけては八方園神社に詣《もう》でていた。昭和三年の伊勢神宮の遷《せん》座《ざ》祭《さい》に合わせ、生徒館の東の小高い丘に創《つく》られた神社である。兵学校生徒たちは毎朝社前に詣で、一日の決意を新たにし、神域を清めた。兵学校生徒の目的は、いずれ祖国のため、天皇陛下の御ために粉骨砕身することである。天照《あまてらす》大神《おおみかみ》の前に立つつど、この命は忠義のためにのみ存在することを誓うのだ。鷹志も海の防人《さきもり》となるという幼いころからの誓いを、社を前に毎朝確認していた。

毎朝の参拝に加え、鷹志は夜のわずかな自由時間に八方園へと走り、祈った。木立に囲まれ、朝日を浴びて佇《たたず》む神社はただただ清浄で身が引き締まる思いだったが、ほのかな月光の中で見る神社は全く別の顔をもっていた。

鬱蒼《うっそう》と茂る木々は、生徒をやさしく迎え入れるものではなく、この神域にふさわしい者かどうか厳しく見下ろしているようだった。月のない夜や風雨吹き荒れる時などは、恐怖を覚えることもある。それでも鷹志は、毎晩のように通った。祈るのは、皆川の帰還である。時には、江南や有里もついてくることもあった。いつもは顔をつきあわせれば言い争っている彼らも、神社ではそろって神妙に頭を下げた。これほどに望まれている人間なのだ、必ず海軍に戻してくださる。鷹志はかたく信じていた。冬期休暇に入ったら、家に戻る前に、皆で見舞いに行こうと計画もしていた。

いよいよ明日から冬期休暇という日の夜、課業の後で鷹志は分隊監事に呼ばれた。兵学校の各分隊には、生徒を指導監督すべく、少佐か大尉《たいい》の武官が分隊監事として配置されている。生徒たちは彼らを「オヤジ」と呼び、その名のとおり父のように慕った。第五分隊のオヤジ飯島《いいじま》少佐は非常に厳格な人物で、公正で頼りがいはあったものの、近寄りがたい空気があった。

緊張しつつ監事室に赴くと、飯島少佐は珍しく、強面《こわもて》に微笑《ほほえ》みを浮かべていた。

「呼び出してすまんな。荷物を預かっている」

いつになくやさしげな様子で、彼は小さな小包を差し出した。裏返すと、差出人は、皆川トミとあった。皆川の母だろう。そしてこの小包の大きさは——そう、ちょうど、あの仏像が入るぐらいではないか。鷹志は胸騒ぎを覚えた。相手がオヤジでさえなければ、このまま回れ右をして部屋を出ていきたかった。

「皆川生徒は亡《な》くなった」

青ざめた鷹志を見て、少佐も察したのだろう。痛ましげに眉《まゆ》を寄せ、しかしきっぱりとした口調で言った。目はまっすぐ鷹志を見据えていた。

「肋膜炎《ろくまくえん》を起こしてな。ちょうど卒業式の翌日だ。だが、休暇に入るまでは伝えないでほしいとご家族から伝言があったため、今日まで伏せていた」

「……どうしてですか」

「友人の勉学の妨げになってはならんからだそうだ。彼らしい気遣いじゃないか。皆川は、最後まで兵学校に戻りたいと言っていたそうだ」

鷹志は、口を動かした。しかし喉《のど》に何かがはりついて、どうしても声が出なかった。飯島少佐は頷き、小包を手にしたまま茫然《ぼうぜん》と立ち尽くす鷹志の肩を叩《たた》いた。

「他の生徒には私から伝える。辛《つら》いだろうが、気を落とさぬように」

声が、ひどく遠く聞こえた。その後、どうやって部屋を辞したのか、よくわからない。気がつけば鷹志は、八方園神社の境内に立ち尽くしていた。

すでに空は深い藍色《あいいろ》に沈み、東の空には真円にはわずかに欠けた月が皓々《こうこう》と輝いている。一礼の後、震える手で小包の封を開けた。果たして、中から出てきたのは、雪子の仏像だった。添えられていた手紙は二通。差出人はそれぞれ皆川トミと、皆川謙。まずは、母のほうから読んだ。おおむねは飯島少佐が言っていたようなことと、鷹志への礼が長々としたためてあった。彼女の手紙によると、兵学校を去った後、皆川はあっというまに病状が悪化したらしい。気力を失ったのだろう、と書かれていた。病状を鑑《かんが》みれば転地療法しかなかったが、彼の心のためにはしてはならなかったのかもしれない、どちらにしろ息子の命運は尽きていたのでしょう、最期《さいご》の日々を素晴らしい友人と過ごせたのは何よりの幸運でした――ややたどたどしい筆跡は、鷹志の中をただ流れ、去っていく。字面《じづら》を追うことはできるものの、頭が、心が、受け止めるのを拒否していた。

鷹志はひとつ大きく息をつき、手紙を封筒に戻した。顔をあげ、月光の下で鬱蒼と茂る黒い葉を見つめた。いつもはただ、さわさわと鳴る葉が、何かを語りかけているように感じた。それともこれは、啜《すす》り泣きだろうか。

次に取り出したのは、皆川本人の手紙だった。性格そのものの、端正だが固すぎない字が行儀よく並んでいる。ところどころ妙に崩れるのは、死期を悟ってから書かれたものだからなのだろう。鷹志は食い入るように読んだ。しかし、母親のものよりよほど短いにもかかわらず、やはり内容が頭に入ってこない。気がつけば、同じ行を繰り返し読んでいた。これを最後まで読んでしまえば、皆川という存在は、今度こそ本当に消えてしまう。

はじめて親友と呼べる友を得た。こんなに早く失うなど、考えられなかった。そうだ、これさえ読まなければ。皆川はまだ生きているのだ、大人たちがこぞって自分を騙《だま》しているのだ。そう思っては、いけないか。

ふいに、葉が大きくざわめいた。鷹志ははっとして目をあげた。月にうっすらと黒い雲がかかっている。北の空から凄《すさ》まじい速さで流れてきた雲は、瞬《また》く間に月を覆《おお》い隠した。あたりは闇《やみ》に覆われ、葉はますます激しく空気を揺らす。ただならぬ空気に血の気が引き、反射的に逃げ出しかけたものの、日々、防人たらんと誓いをたてながらなんという心の弱さかと木々に詰《なじ》られているようで、丹田に力をこめ、ぐっと玉砂利を踏みしめた。

風は強く、雲は速い。いっときは月を覆い隠した雲もすぐに流れ、再びあたりに光が戻る。青白い光を浴び、鷹志は一度大きく息を吸い込むと、意を決して手紙に視線を戻した。一行一行、丁寧に文字を追った。

皆川の手紙に、無念は感じられなかった。こらえているのでもなく、おそらくは苦《く》悶《もん》を経て至った水鏡のごとき心にて、これをしたためたのだろう。

手紙は、こう結ばれていた。

「仏像を直接返しに行けず、申し訳ない。何ひとつ果たせず去らねばならぬのは慙愧《ざんき》に堪えないが、護国の鬼となりて、海に溶け、風となり、守り通す所存。この仏像の加護もいや増したことだろう。貴様は決して、目的を果たすまで死ぬことはない、安心せよ。

では先に表門より出《い》でて、海にて待つ。

再び相まみえる時まで、いざさらば。

友よ、紺碧《こんぺき》の果てを見よ。
愛するものの防人たれ。」

最後の文字を認めた途端、ぐにゃりと書面が歪《ゆが》んだ。紙の白と墨の黒が曖昧《あいまい》になり、まじりあい、何も見えなくなった。

遠く、ラッパの音が聞こえる。鷹志は反射的に背筋を正した。じき就寝だ。すぐに戻らなければならなかったが、鷹志は逆に社殿に向き直り、深々と礼をした。言葉を紡《つむ》ぐかわりに、顔からこぼれ落ちた雫《しずく》が、月光に清められた玉砂利を静かに濡《ぬ》らしていた。

7

軒先から見上げる空は、高く澄んでいる。

夏の太陽が落ち着きを取り戻し、日一日と空気から熱が消え去るこの季節を、鷹志は昔からあまり好きではなかった。夏の終わりはいつでも寂しい。

しかしはっきり苦手だと意識するようになったのは、ここ数年のことだ。とくに弥山競技の訓練が始まるころになると、憂鬱《ゆううつ》の虫が鷹志の心を食い荒らす。親友を失った悲しみは、感傷に浸る間もないほどめまぐるしい日々を送っているうちに次第に薄らいではきたものの、この時期はどうしようもない。あれから二年が経過しても、訓練に励む四号生を見ていると、自分があの時もっと早く気づいていればという後悔に苛《さいな》まれる。

九月最後の週末であるこの日も、下級生の特訓が終わると、逃げ出すようにして兵学校を後にし、生徒倶楽部《クラブ》へとやって来た。縁側で寝転がり、無花果《いちじく》を齧《かじ》りながら、ぼんやりと空を見上げる。室内ではやたらと陽気なデキシーランドがかかっていた。このレコードをもちこんだのは江南だ。彼は休暇で実家に戻るたびに、小説やらレコードなどを倶楽部に持ちこんだ。おかげで、週末の倶楽部はいつも音楽がかかっている。とくに最近はジャズが多い。この夏、江南は帰省中に帝都のカフェーの女給といい仲になったらしいので、その影響かもしれない。

鷹志の心境に明るいジャズは似つかわしくなかったが、この跳ねるようなリズムは悪くはない。憂鬱に塗りつぶされそうな心をぎりぎりのところで救ってくれる。

「おなごんけっされが!」

突然、場違いな怒声が響き渡った。鷹志は思わず背後を顧みた。畳の上に寝転がり、小説を読んでいた江南が、いまいましそうに顔をしかめたのと、有里が部屋に飛び込んでくるのがほぼ同時だった。

「またこんな堕落したもんを聴いとるんか！　精神が汚《けが》れると言っとるだろう！」

「ジャズのどこが堕落しとるんだ」

江南はろくに有里を見もせずに言った。

「カフェーなど堕落の象徴ではないか。色気づきおって、急にこんな軟弱なもんを聞くようになって気味が悪い」

「カフェーもいろいろあるだろうが。短絡的だ。それに永峰だってジャズは好きだぞ、俺よりよっぽど詳しい」

江南の返答に、有里はぎょろりと目を剝《む》いて縁側の鷹志を睨《にら》みつけた。

「なにぃ、永峰見損なったぞ、貴様までカフェー通いか！」

「行ったことはないよ。子供のころから軍楽隊の演奏でよく聴いていただけだ」

浦賀にいたころ、年に一度の海軍軍楽隊の演奏会は、住民にとっても大きな楽しみだった。軍歌や日本の曲だけではなく、プログラムには海のむこうの曲も多く取り入れられ、最先端だったニューオリンズ・ジャズもよく演奏してくれた。子供心にも、あのうきうきと跳ねてしまいそうな音楽は心地よく、帰り道には雪子が珍しくはしゃぎ、鼻歌を歌いながら飛び跳ねていたことを覚えている。

「なんだ、そうか。いや、だからってな、この国家危急存亡の秋《とき》にこんな女々しい曲をかけるとはなにごとだ！　こういうときこそ軍艦行進曲じゃろうが！」

有里はさっさと棚から海軍軍歌集を取り出したが、蓄音機の前に立つ前に、江南にあっさり取り上げられた。

「何が危急存亡の秋だ。関東軍が勝手にやっとるだけだろうが」

先週、九月十八日。中華民国奉天郊外の柳条湖にて、満鉄の線路が何者かに爆破された。関東軍はこれを中国軍の犯行と発表し、近くの中国軍の北大営を攻撃した。さらに奉天を始め南満洲の主要都市を攻撃、占領したという。三年前の張作霖《ちょうさくりん》爆殺事件により、導火線に火がつけられた日中関係は、とうとう爆発したのだった。

「何を言う。これでいよいよ日支開戦だ、あの恩知らずの支那《シナ》に今度こそ思い知らせる良い機会じゃないか。今こそ国家一丸となって——」

「一丸も何も、海はどうせ蚊帳《かや》の外だ。シベリア派兵の時のように、せっせと陸の連中を運んでやるだけさ。沿岸部ならともかく、内陸部でドンパチやられたって、こっちにはどうしようもない」

「これからは航空機の時代だ。内陸部だろうとどこだろうと関係ない」

江南と有里は侃々諤々《かんかんがくがく》の議論を始めた。いつものことなので、鷹志は彼らの声とジャズを背中に聞きつつ、窓辺へと避難した。

関東軍が南満洲を制圧したという知らせは、もたらされた当日こそ生徒たちを興奮させはしたが、それはすぐに白けた空気に変わった。江南の言うとおり、どうせ陸が勝手にやったこと、海におはちがまわってくることはないという諦《あきら》めがあるからだ。

帝国海軍の頂点といえば、やはり日露戦争、日本海海戦である。東郷元帥《げんすい》は軍神と持ち上げられ、その威光は二十六年が経過した今も健在だが、日本海海戦の後で海軍が脚光を浴びる機会は全くといっていいほどなかった。むしろシーメンス事件などで槍玉《やりだま》にあげられることが多く、肩身の狭い思いをしたまま迎えた世界大戦では、多少は活躍して友軍から感謝されることはあっても、やはり国の存亡を賭《か》けての大勝負にはほど遠かった。続くシベリア出兵でも兵員の輸送が主で、ろくに出番がなかった。長く冷遇されてきたため、今回の事変に対しても斜に構える者が多い。

毎朝八方園神社に詣《もう》でて身を捧《ささ》ぐ誓いを新たにし、国の防人《さきもり》となるべく過酷な訓練に耐えているのに、果たして本当にこれが役立つ日が来るのだろうか。無為の日々を過ごし、気がつけば退官の日を迎えるようなことになりはしまいか。不安に思ったことがない者など、おそらくいないだろう。

「喧嘩《けんか》は逃げるが最上の勝ち」

窓枠に頰杖《ほおづえ》をつき、鷹志はつぶやいた。賑《にぎ》やかな『ベイズン・ストリート・ブルース』と青年たちの論争にかき消され、声は誰の耳にも届かなかった。


兵学校の白けた空気は、冬期休暇が明けると一変する。

昭和七年一月十八日。激しい抗日運動が繰り広げられる上海で日本人僧侶《そうりょ》が殺されたのをきっかけに居留民と中国人の間で大規模な衝突が起き、次いで居留民保護のために派遣された海軍陸戦隊と中国軍が激突した。第一次上海事変である。

誰もが嫌っていた陸戦訓練への人気がにわかに高まり、錆《さ》びついた銃剣を取り出して丁寧に磨きあげる生徒の姿があちこちで見られた。さらに大規模な増援部隊が派遣された際に航空母艦『加賀《かが》』と『鳳翔《ほうしょう》』も加わったと聞いた時には、生徒たちは狂喜した。なにしろ空母の海外派遣は、これが初めてだ。しかもこの『加賀』から飛び立った艦上戦闘機が、アメリカ人義勇兵の操縦する中国軍戦闘機をみごと撃墜したとのニュースは、棒倒し以上に生徒たちを興奮させた。

いよいよ、海軍の時代が来る。長い雌伏の時がようやく終わり、自分たちは戦うことができるという熱気が、兵学校を支配していた。

が、そこに冷や水を浴びせるように、国内では五・一五事件が起きた。もとより昭和七年は、年明けから血盟団を名乗る右翼集団による要人暗殺事件が続いていたものの、この五・一五事件で犬養毅《いぬかいつよし》首相を暗殺したのは若手の将校たちであり、中心人物は海軍将校である。生徒たちは寄ると触るとこの事件について語り合った。海軍将校を、腐りきった政党政治に引導を渡し、国民の目を覚まさせた英雄と称《たた》える者。安易なテロリズムに手を染めるとは嘆かわしい、事態はよけいに悪化したと憤激する者とさまざまだった。

しかし、その一月前に一号生に進み伍長補《ごちょうほ》となった鷹志は暗殺の是非よりも、四号生の指導や、分隊対抗の遠泳の結果のほうがよほど気に懸かっており、激論からは常に一歩身を引いていた。伍長の江南からはまた争いを避けている腰抜けと罵《のの》られたが、日に日に過激になっていく議論を見るにつけ、父の言葉が思い出されてならず、それよりも目の前の任務に集中したかった。

懸念《けねん》の遠泳もそこそこの成績をおさめて無事終わってみると、夏期休暇である。これが兵学校最後の休暇となるので、この機に全国各地を回る予定だった。

永峰夫妻は今年の春に鎌倉に家を建てたのでそちらに帰還してから、東京へと向かう。そこでしばらく江南の家に厄介になり帝都を味わいつくし、そのままあちこち立ち寄りながら北上し、皆川の墓参りも済ませ、最後は札幌に住む友人のところまで行くことになっていた。

休みの出だしは上々、鎌倉の新居も快適だった。新居の場所を聞いた時は、毎日飽きるほど海を見ているのに、家までまた海が見える場所とは酔狂な、と思ったが、丘から見下ろす相模湾はまた格別だった。宗二に言わせると、戦艦や重巡の艦橋から見下ろした感覚と似ているのだそうだ。

これは今後家に帰るのが楽しみになったなと思いつつ東京に向かった鷹志は、江南の家を見て度肝を抜かれた。話に聞いてはいたが、江南の家は瀟洒《しょうしゃ》な西洋建築で、玄関ホールから廊下、そして通された居間に至るまで、数多くの油絵や彫刻で埋め尽くされている。趣味はともかくとして、ちょっとした美術館だ。来る者を威圧するような内装や、執念を感じさせるほどの美術品の数に、鷹志は息苦しさを覚えたが、さすがに江南はこの光景に馴染《なじ》んでいた。父親はあいにく商談で大陸に出張中だそうだが、江南によく似た美しい母親が歓待してくれた。

「栄さんは、兵学校でのことをあまり話してくださいませんの。永峰さんが来てくださって嬉《うれ》しいわ」

そう言って、熱心にあれこれ尋ねてくれるので、ついつい鷹志も長話をしてしまった。業《ごう》を煮やした江南が強引に切り上げてくれなければ、朝まで話が続きそうだった。

「なんだって女ってのは、ああお喋《しゃべ》りなんだ。三時間も、愚にもつかんことをべらべらと。悪かったな、永峰」

自室に引き揚げてから、江南は怒りを爆発させた。それまではいっそ冷淡と言っていい態度で、鷹志と母親のやりとりを眺めていたが、相当鬱憤《うっぷん》が溜《た》まっていたようだった。

「貴様が来ることが母の耳に入ったことは失敗だった。本当はこの時期、どっちも不在のはずだったんだ。ヨシ江さんさえいれば充分なのに、誰かが母親の耳に入れやがったせいで、とんで帰ってきやがって」

さきほど家政婦が運んできた珈琲《コーヒー》を水のようにがぶ飲みして、江南は憎々しげに吐き捨てた。ヨシ江というのは、あの家政婦だろう。

「それはご母堂に悪いことをしたな」

「ふん、茶の師匠という名の愛人のところに行っていただけだ。全く悪くない」

鷹志は返す言葉を失った。江南はすぐに自分の失言に気づき、しまったという顔をしてカップを口に運んだが、あいにくすでに空だった。舌打ちしてソーサーに戻し、カーテンの揺れるフランス窓へと目を向ける。流れこんでくる風は、生ぬるい。

「貴様、ここに来る前は鎌倉だったか。ご両親は息災か」

「ああ、元気だよ。おかげさまで」

「浦賀のほうは？」

「まだ行っていない。帰る前に一度顔を見せようとは思っているが」

「……妹は？」

「雪子？ たしか、おふくろの手紙では、今年は展覧会の準備だとかで、盆も戻れないと言っていたが」

するとと江南は、神妙な顔でカップをテーブルに置いた。

「じつは、貴様の耳に入れるかどうか迷ったんだが。親父《おやじ》が嵐山を贔屓《ひいき》にしているという話はしたな？」

「ああ」

「みずから嵐山の工房に出向くこともあるし、嵐山がここに来ることもあった。両親ともに、嵐山とはそれなりに親しい。それでだな、貴様の妹のことを思い出して、母に嵐山が珍しく女弟子をとったそうだがと話をふってみたんだが」

もちろん貴様の妹だとは言っていない、と江南は真剣な顔で念をおした。

「はっきり言うぞ。女弟子はもういないそうだ。嵐山と関係をもち、工房をめちゃくちゃにしたあげく、追い出されたと」

鷹志は唖然《あぜん》とした。言葉がでない彼を憐《あわ》れむように見やり、江南は続けた。

「嵐山の細君から聞いたらしい。当時は嵐山が相当、取り乱していたそうだ。本気だったんだろう」

鷹志はしばらく呼吸も忘れ、凍りついていた。にわかに信じがたい話だった。

「それは、いつの話だ」

「先月だそうだ」

では、つい最近のことだ。鷹志は頭を振った。雪子は彫刻にしか興味がない。彼女がどういう人間か、幼いころから見てきた自分がよく知っている。

それに嵐山など、父より年上ではないか。そう思った途端、総毛立った。鷹志はかたく目を瞑《つむ》り、悪寒《おかん》をやり過ごすと、やっとの思いで声を絞り出した。

「……信じられないが……では雪子は、浦賀に戻っているのか」

「いや、まだ東京にいる。カフェーだ」

ぎょっとして、鷹志は江南を見た。

「カフェー？　雪子が？　まさか」

「若くてきれいな女なら、身元の保証もなく簡単に女給ができるからな。貴様の妹、相当な美人だそうじゃないか。昔の写真も美人だったしな」

江南の言葉は、ほとんど耳に入っていなかった。カフェーと言ってもいろいろあるが、おおかたは大阪風のサービス——つまり過激な接待を含むものをさす。しかし、あの雪子が？　信じられなかった。

「驚くのはわかるが、気を確かにもて。で、どうする？」

「どうするとは？」

「店に行ってみるか？」

鷹志は思わず腰を浮かした。

「知っているのか⁉」

身を乗り出した拍子に、テーブル上でカップが倒れた。わずかに残っていた珈琲が流れ出すが、かまってはいられない。

「誤解するなよ。俺は行ったことはない。新宿のカフェーらしくてな、そっちは守備範囲外なんだ。調べ上げたのは、嵐山の細君だ」

「……どういうことだ」

「嵐山が万が一にでも接触しないようにだろ。俺のお袋の口の軽さに感謝してくれ」

苦いものを飲み込むような顔をして、江南は唇の端をつり上げた。

「まあ、俺が聞いたのは、あくまで細君の言い分だ。事実はどうかわからん」

「ああ、わかっている」

鷹志は震える拳《こぶし》を握り締め、江南を見据えた。

「もちろん、直接訊《き》きに行くさ。場所を教えてくれ」

8

ごったがえす新宿東口を抜けてしばらく歩くと、歓楽街に出る。まだ日が高いが、闇《やみ》が覆《おお》えば、この品のない看板のほとんどがネオンに輝き、悪名高い帝都の夜を生み出すのだろう。

雪子がつとめる店は、すぐ見つかった。『カフェー・パリ』は、パリとはかけらも関係がなさそうな、灰色のモルタルの建物だった。それでも西洋風を意識したとおぼしき柱や植物のレリーフが刻まれたファサードに、緑に紫という強烈な配色の看板がかかっている。

こんなところに、あの雪子がいるとはとうてい信じられない。勢いこんで来たはいいものの、明らかな異世界を前に、鷹志の足は竦《すく》んでいた。もしこの場に江南がいなかったら、回れ右をしていたかもしれない。

「入らないのか」

にやにや笑う江南をひと睨《にら》みして、鷹志は思いきって巨大な観音開きの扉を押し開けた。

「いらっしゃいませ」

すぐさま、やわらかい女の声が出迎える。オレンジ色のあたたかい照明の中、小柄な女が微笑《ほほえ》んでいた。流行の庇髪《ひさしがみ》に、大胆に斜線が入った着物。その上につけた前掛けの白さがまぶしい。

「カフェー・パリへようこそ。お客様、はじめていらっしゃいますか」

女は小首を傾《かし》げて鷹志を見上げた。可憐《かれん》な容姿によく似合う仕草だったが、こちらはそれどころではなかった。

「雪子はどこにおりますか」

単刀直入に鷹志は尋ねた。女は一瞬怪訝《けげん》そうな顔をしたが、こうした手合いには慣れているのだろう、すぐに鉄壁の微笑に戻った。

「申し訳ありません、当店にはそのような名前の者はおりません。どなたかとお間違えかもしれ——」

「ここでの名前は知りません」

余裕のない鷹志は、荒々しく女の言葉を遮った。

「雪子です。会沢雪子はたしかにここにいるはずです。私は兄です。呼んできてください」

たたみかける鷹志に気圧《けお》されたように、女は一歩後じさると、「お待ちください」と身を翻《ひるがえ》した。

「おい、なにをやっている。怯《おび》えさせてどうするんだ。らしくないな」

斜め後ろに立っていた江南が、呆《あき》れた様子で言った。

「いつも通りだ」

「どこがだ。普段は、いくら喧嘩《けんか》を売られても逃げるくせに。家族のこととなると我を忘れるんだな」

「うるさい。貴様だって、妹がこんなところにいると聞いたら黙ってはいられまい」

「男兄弟しかいないからわからんな。だいたい、女の身で彫刻師なんぞに弟子入りするんだ。こうなることぐらい、ある程度は予想してしかるべきだろう。何も考えていなかったとしたら、貴様も両親もあまりに考えなしだ」

「貴様は雪子を知らんからそう言えるのだ。あいつは彫刻以外まったく興味がない女なんだ」

「だが、貴様は何年も妹に会っていないんだろ？」

「一昨年の夏に会ったぞ」

「たかだか半日とかその程度だろ？　それで何がわかる。人は変わるぞ。女はとくに」

もっともらしいことを口にする江南など無視したかったが、そうしなかったのは、黙っていると、シャンソンの合間に聞こえる男の下卑た笑い声や女の媚《こ》びた声が耳に入り、周囲にあるものを全《すべ》てなぎ倒したくなるからだった。

嬌声《きょうせい》じみた笑い声が雪子のものだったら。男のふざけた声が、雪子に向けられたものだったら。そう考えただけで、頭がおかしくなりそうだ。

右足の爪先《つまさき》をいらいらと上下させつつ待っていると、やがて店の奥から人相の悪い男が肩で風を切るようにして現れた。

「お客様、店をお間違えではありませんか。雪子なる女給はここにはおりません。お引き取りください」

「いいや、たしかにここだ」

「知らんね。いいかい、怪我《けが》したくなきゃ、とっと失《う》せな」

男は声を低く落とし、目を剝《む》いて凄《すご》んだ。しかし鷹志もだてに兵学校で修練を積んではいない。剣道を選択したとはいえ、授業では柔道もやっている。さらに今年からは合気道も導入された。兵学校では、剣道も柔道も、他流派との試合は禁じられている。いずれも、あまりに実戦的であるために、勝負にならないからだ。たいていは一瞬で勝負がついてしまう。

「一目会えば、嘘《うそ》ではないとわかる。何も連れて帰ろうと言うんじゃない。話があるから来ただけだ」

「くどい！」

男の拳《こぶし》が唸《うな》る。鷹志は、あっさり手で受け止めると横に流し、男が体勢を崩したところで腕を摑《つか》み、そのまま投げ飛ばした。男の体が床にたたきつけられる。あいたスペースを狙《ねら》ったが、それでも近くに立っていたスタンドが倒れてしまい、電球が派手に割れた。

そこここで悲鳴があがる。奥から、用心棒の男たちがわらわらと現れた。

「まずいぞ。引き上げたほうがいいんじゃないか」

それまで完全に傍観を決め込んでいた江南が、まずいという言葉とは裏腹に、しごく愉快そうに言った。

「貴様は帰っていいぞ」

「こんな面白そうな機会、逃してたまるか」

ざっと見て、これはさすがにまずいな、と思った。さてどうやってこいつらを崩していこうか、と身構えた時だった。

「やめてください」

店の奥から、凛《りん》とした声が響いた。今まさに殴りかからんとしていた男たちが、動きを止める。

客も女給も用心棒も、誰ひとり声をたてる者はいなかった。シャンソンが流れる中、白い影が暗がりから進み出る。

モダンな柄の着物に白い前掛け。背の高い女だった。まっすぐな黒髪が、やや尖《とが》りぎみの顎《あご》のあたりできれいに切りそろえられている。卵形の顔はうっすらと日に灼《や》けているが、冴《さ》え冴《ざ》えとした美貌《びぼう》をいささかも損なうものではなかった。ふっくらとした朱《あか》い唇は強く引き結ばれているにもかかわらず、今にも綻《ほころ》ぶ花のようなあやうさがある。決して折れぬ意志をあらわすような、やや高すぎるきらいがあるものの品のある鼻。その両脇《りょうわき》に光る切れ長の目は、矢のような鋭さで鷹志を見た。

鷹志は瞬《まばた》きも忘れて、彼女を見た。これは、誰だろう。知らない女だ。鷹志の知り合いに、断髪の女はいないはずだ。

だから、彼女の次の言葉には心の底から驚いた。

「たしかに、私の兄です」

思わず、まさか、と掠《かす》れた声が出た。

雪子とは二年前の夏に、逸見《へみ》の永峰本家で一度顔を合わせた。たしかによくよく見れば同じ顔だが、あのころは髪が長かったし、なにより表情がまるで違う。

鷹志が茫然《ぼうぜん》としている間に、雪子は兄の前に立ち、男たちに向き直った。

「ご迷惑をおかけして申し訳ありません。兄はこういうところの流儀になれていないんです。後で弁償させますので、ここはお任せください」

「ユリ、しかし……」

「お願いします」

雪子は頭を下げると、鷹志の腕に触れた。

「兄さんたら、来るなら事前に連絡してって言ったじゃない。おっちょこちょいで、すぐ忘れるんだから。こっちに来て頂戴《ちょうだい》」

甘えるような口調、大輪の薔薇《ばら》が花開いたような笑顔。いずれも、鷹志の知らないものだった。美しく、いかにもそらぞらしい。

腕を引かれるまま、鷹志は奥の席についた。江南も神妙な様子でついてくる。店の座席はほとんどがボックス席になっており、隣からは様子をうかがえないようになっていた。雪子は勝手に飲み物を頼むと、鷹志の横に腰を下ろし、二人におしぼりを差し出した。

「何やっているのよ、馬鹿《ばか》。こちらは兵学校の人？」

席におさまった途端、雪子は笑顔をひっこめて、冷ややかに言った。愛想のかけらもない態度にも動じず、江南は居住まいを正し、頭を下げる。

「兵学校一号生、江南と申します。お騒がせして申し訳ありません」

「兵学校の生徒さんがカフェーなんて来ていいんですか？」

「奨励はされていませんね」江南は微笑んだ。「単刀直入に申し上げます。私の両親が嵐山夫妻と懇意にしておりましてね」

「なるほど。世間て狭いんですね。意地が悪いほどに」

雪子はため息をついた。

「奥様がこの店まで突き止めてらっしゃるなら、変えないといけませんね。できるだけ遠くを選んだつもりだったのですが」

「いっそ大阪あたりに行かれたほうが？」

「おい、何を言ってるんだ」

鷹志が声を荒らげたところで、ちょうど飲み物が運ばれてきた。背の高い、細いグラスに、黄金色の液体が揺れている。その中には無数の泡が弾《はじ》けていた。見たことのない飲み物に困惑していると、「喉渇《のど》いたでしょう？」と微笑まれたので、口に運んだ。すっきりとした辛口の味が、舌の上で弾ける感覚が心地よい。いいシャンパンですね、と江南が言った。

「ここ、食べ物はともかく、お酒は結構いいんですよ。私の奢《おご》りだから安心して。あ、でも入り口のスタンドは弁償してね、永峰さん」

鷹志はもう少しで酒を噴きそうになった。ステンドグラスの、いかにも値がはりそうな形を思い出し、青ざめる。

「いくらだ」

「さあね。で、何しに来たの？」

「こっちの台詞《せりふ》だ。こんなところで何をしている」

「江南さんから聞いたでしょ？」

雪子はちらりと江南を見た。江南は申し訳なさそうに眉尻《まゆじり》を下げ、シャンパンを口に運ぶ。

「江南、すまんが席を外してくれんか」

呻《うめ》くように懇願すると、江南はとくに気分を害した様子もなくグラスを手に立ち上がる。抗議をしたのは、雪子だった。

「ちょっと、ここまで連れて来ておいて失礼じゃないの？」

「いいんですよ、雪子さん。永峰は一人で来るつもりだったのに、好奇心が疼《うず》いて私が強引についてきたのですから。だが永峰」

江南は口許《くちもと》に笑みを浮かべていたが、鋭い目で鷹志を見ていた。

「冷静に話せよ。店の中にはいるからな」

「……わかった」

江南がボックス席を出ると、すぐに他の女給がつき、離れた席へと案内した。鷹志はほっと息をつき、からからになっていた口の中をシャンパンで湿らせると、雪子に向き直った。

「噂《うわさ》は事実なのか」

「ええ。追い出されちゃったから、ひとまず当面の生活費と旅費を稼ごうと思ってね」

あっけらかんと雪子は肯定した。

「旅費？　浦賀に帰れないほど逼迫《ひっぱく》していたのか？」

「浦賀に帰れると思う？　私は何年もかけて父さんを説得して、弟子入りを許してもらったのよ。なんとしても彫刻師にならないと、帰れないわ」

「ならどうするつもりだ」

雪子は懐《ふところ》から煙草《たばこ》を出し、慣れた様子で火をつける。雪子が煙草を吸うところなど初めて見た。

「奈良か京都の工房に直談判《じかだんぱん》に行くの。よく知らないけれど、あちらにもとてもいい彫刻師がいるそうね」

「奈良……」

「ええ。あと一月ぐらい勤めれば、充分なお金が貯《た》まるわ」

「馬鹿もん。今すぐ帰るんだ」

「帰れるわけがないでしょ」

「帰れ。厭《いや》だと言うならこのまま連れ帰る」

「馬鹿言わないでよ！」

雪子は軽く唇を突き出し、煙を吐き出した。鷹志は無言で彼女の手から煙草を奪い、灰皿に押しつける。雪子は非難がましい目を向けてきたが、抗議を封じるように鷹志は言った。

「なぜ、そんなことをした」

「面倒だったからよ」

「面倒？」

「かわし続けるのが。一日のうち数時間、適当につきあえば済むことでしょ。私は彫刻ができればそれでいいの」

ひとごとのような口調だった。そんなことでいいのかと呆れたが、同時にこの上なく雪子らしい気もした。面倒くさいという言葉は、事実だろう。彫刻のことだけを考えている彼女は、それ以外は全て面倒くさいのだ。

「だがおまえは、親父《おやじ》たちの信頼を最悪の形で裏切ったんだぞ」

雪子の眉がぴくりと動いた。

「おまえが今すべきことは、即刻帰宅して洗いざらい喋《しゃべ》って謝罪することだ。奈良の工房に移りたいなら、また一から説得するんだな」

「無理よ。私、弟子入りする時に父さんと約束したの。途中でやめて帰ってきた時には、二度と彫刻刀を握らないって」

「当然だな。俺でもそうする」鷹志は険しい顔で言った。「すぐ荷物をまとめろ、浦賀に送っていってやる」

「ねえ、それじゃ訊《き》くけど、私はどうすればよかったの？」

雪子は鷹志に向き直り、ぐっと距離を縮めてきた。

「最後まで抵抗すればよかったの？　そうすれば嵐山が諦《あきら》めて以前と変わらず一弟子として遇してくれるとでも思ってる？　彼は腕は一流だけど、自尊心も超一流の俗物よ。自分を拒否した女なんて、追い出すだけ。男女に限らず、こういう世界の師弟関係なんてそんなものよ。一歩足をつっこめば、世間以上に生臭い。軍人みたいに規律と暴力でなんでも割り切れるわけじゃないのよ」

切れ長の目が、鷹志を見上げる。挑発する目だった。

「逃げるが勝ちでしょ。私は勝ち目のない勝負はしない。抵抗すれば、腹の足しにもならない純潔は守れるかもしれないけど、それが何？　結局、早々に追い出されるだけ。嵐山は天才よ。私はまだまだ彼から学びたかった。何年かけて、弟子入りを許してもらったと思っているのよ」

「気持ちはわからんでもないが」

「いいえ、わかるもんですか」

ぴしゃりと雪子は言った。

「兄さんが宗二おじさんの家に移ってから、ずっと一人でやってきたわ。父さんも母さんも馬鹿げたことを言うなと一蹴《いっしゅう》したし、私には宗二おじさんみたいな味方はいなかった。一度、親に黙って横浜の彫刻展に行ったことがあって、怒られて彫刻刀を取り上げられたこともある。家出だって考えた。でも、それはお父さんもお母さんも悲しむ。もう兄さんはいないから」

口調は淡々としていたが、頬はうっすらと紅潮している。兄を見据える目も、かすかに潤《うる》んでいるようだった。

「兄さんだって兵学校へ行きたいという願いが叶《かな》ったんだもの。だから私も、私が私であるために、彫刻がどうしても必要だってことを、何年かけてもわかってもらおうと努力したわ。大嫌いな勉強も頑張って成績をあげたし、学校の図画工作でも褒められて市で金賞を貰《もら》った。そして何年も何年も、嵐山に手紙を書き続けたの」

それは鷹志も知っている。もっとも、本人から聞いたわけではない。全て、フキからの伝聞だ。その時には、雪子は相変わらず強情だと笑い、かわらぬ妹の姿を嬉《うれ》しく思った程度だった。

今、語る雪子の手は震えている。その感情の激しさに、鷹志は圧倒された。これほど感情をあらわにする妹は、何年ぶりに見るだろう。

小学校卒業と同時に横須賀に移った鷹志は、ほとんど浦賀に帰らなかった。養子となった手前、頻繁に生家と行き来してはならぬと、実父から釘《くぎ》をさされていたからだ。中学時代は盆と正月に逸見の本家を訪れた実父たちと一日か二日をともに過ごす程度で、兵学校に入ってからは、二年前の夏に顔を合わせたきりだ。遠い親戚《しんせき》と変わらない。

鷹志は愕然《がくぜん》とした。離れていようとも、妹のことは自分が一番理解できると思いこんでいた。父もなんだかんだと甘いから、自分にもそうだったように、雪子の強情の前にあっさりと折れたのだろうと思っていた。

甘かった。目の前にいるのは、自分の知らない女だ。彼女の情熱は、ここまでのものだったのか。そしてそれほどに、親や世間の壁は大きかったのか。

「わかるでしょう兄さん、私は世間の親が望むような娘にはなれないのよ。そんなの、子供のころから知ってたわ。兄さんだって知っているでしょう？　私は、彫刻のために全てを捧《ささ》げる道を選んだ。そうしなければ死んでしまう。だから何年もかけて、それを掴みとった。こんなことで捨てるわけにはいかないのよ。だからお願い、黙っていて」

ほとんど懇願するように、雪子は言った。その姿に心はだいぶ揺れ動いたが、鷹志は一度目を瞑《つむ》り、しかつめらしい顔で口を開いた。

「熱意はわかった。だが、それならいっそう解《げ》せない。なぜそんな売笑婦のようなことをする必要がある」

途端に、雪子の口許に冷笑が浮かんだ。この切り口では、雪子を納得させることなどとうていできないと悟った鷹志は、攻め方を変えた。

「嵐山の細君には、ずいぶん世話になったのではなかったか。彼女のことは考えなかったのか」

「工房は向島にあるのよ。そして奥様は、前の奥様を追い出して妻の座に居座った元向島芸者。そのへんはわりきってらっしゃるわ。むしろ、恋をしている時のほうが嵐山はいい作品をつくるからって、黙認してらしたぐらい」

鷹志は頭を振った。

「理解しがたい世界だ」

「そう？　あそこで何より重要なのは才能と結果だもの。体験してみたら？」

「一生体験などしたくない。ではなぜ追い出された」

「嵐山が私を妻に迎えると言い出したせいよ。本当に迷惑な話」

心底いまいましそうに唇を歪《ゆが》める雪子が、鷹志の目には化け物のように映った。

これは本当に雪子だろうか。鷹志の中にいる雪子は、兄ちゃん兄ちゃんと呼びながら、必死に後をついてくる少女だった。風変わりで、他の者には見えないものを見て、恐ろしいものを美しいと言う。そして自分が美しいと思うもの以外は、一顧だにしない。幼い子供特有の一途《いちず》さ。

そうだ、雪子はやはりあのころのままなのだ。ただ器だけが異様に美しく成長してしまった。

「嵐山にいくらか情はなかったのか」

尋ねると、雪子は呆れた顔をした。

「くだらないこと訊くのね。関係あるの？」

鷹志は、腿《もも》の上で両の拳を握った。たしかに、関係ない。しかし、せめて情があって欲しかった。彫刻師を目指して弟子入りしていながら恋に落ちたというのも三文芝居のようだし、雪子には似合わない。しかし、いっさいの情もなく、平然と自分の体を差しだしたというよりも、いくらかは理解しやすい。自分は、目の前のこの美しい異形を、どうにか自分の理解の範疇《はんちゅう》におさめたいのだろう。

「とにかく、私は帰らない。関東の工房は嵐山の息がかかっているから、奈良に行くしかないの。わかってくれるでしょう」

「おまえのやりかたは、間違っている。親父たちに事実を話せ。そこからもう一度やり直すべきだ」

雪子は、話にならないと言いたげに頭をふった。彼女が言い出したらきかないことは、鷹志もよく知っている。しかし雪子のほうも、兄が自分以上に頑固であることは承知しているはずだった。

「兄さんは、ここまで来て急に兵学校をやめろと言われたらどうする？」

突然の質問に、鷹志は言葉に詰まった。当惑しているうちに、雪子は鋭い語調でたみかけてくる。

「自分にはどうしようもないことでやめろって言われたら？ 士官になるために養子にまでなったのに、簡単に諦められる？」

「それは……」

脳裏に、懐《なつ》かしい顔が浮かぶ。皆川謙。クラスヘッドにもなろうという逸材だったのに、病を得て半年あまりで兵学校から——鷹志の人生から永遠に去ってしまった親友。

彼がどれほど、士官になりたがっていたか。兵学校を愛していたか。故郷を愛していたか。病に倒れた時も、療養をなかなか受け入れなかった。そして鷹志も、彼にはどうしても帰るべきだとは言えなかった。

「厭でしょう？　私も、こんなつまらないことで道を断たれるの厭なの。家に戻るのは、自分でできることを全て試しても駄目だった時」

　つい納得しかけたが、鷹志は首をふった。

「そう思うならなおさら、話すべきだ。言いたくないということは、おまえもこんなやり方が間違っていると知っているからだろう」

「私は思っていないけど、親の立場なら反対するという予測ぐらいつく」

「おまえは、会沢家の一人娘なんだぞ。父さんたちを悲しませるようなことはするな」

「いい加減にしてよ」雪子の声が、急に低くなった。

「そんなに家が大事なら、養子に出る話は何がなんでも断るべきだったのよ。なのに結局、渡りに船とばかりに出て行ったじゃない」

　鷹志は息を呑《の》んだ。

「自分が家を捨てた負い目があるから、私に理想の娘であることを強要しているだけ。私を使っていまさら親孝行しようとしないで！」

乾いた音が響いた。

雪子は頬を押さえもせずに、鷹志を睨みつける。驚いた様子はなかった。その反応に、工房で殴られることに慣れてしまったのだろうと気づき、心が重くなった。浦賀の両親は、決して手はあげない人たちだった。

「すまん。殴ったことは、謝罪する」

鷹志は、あげたままだった右手を下ろした。下級生のことも滅多に殴らないのに、女に手をあげる日が来るとは思わなかった。

「ゆき、おまえが言うことは、正しいのかもしれん。たしかに俺が親父たちにできなかったことをおまえにやれと求めているところはあるのだろう」

雪子は何も言わず、赤くなった頬をようやく押さえた。鷹志から決して視線を外さない。

「だが、それ以上に、俺はおまえを同志のように思っていた。遠く離れはしたが、同じように望む道をひた走る存在だと。だからこそ、こんな店にいるところを見過ごすわけにはいかない」

「ただの手段よ。ずっとじゃない。必要なことなの。わかって」

「無理だ。妹が見ず知らずの男に媚びて、平気でいられる兄貴なんているわけがないだろう」

「こういう時だけ兄貴面《づら》しないでよ。もう家族じゃないって言ってるでしょう」

突き放す口調が、胸に痛かった。彼女が険しい顔をすればするほど、涙をこらえている少女が透けて見える。

「ゆきの言いたいことはわかる。身勝手と言われれば、そうなのだろう」

鷹志は言った。妹の強い視線から、いっそ目を逸らしてしまいたい。しかし、それはしてはならないと思った。

「だがどう言われようと、ゆきは俺の大切な妹だ。それは一生変わらない。ゆきなら大丈夫だと、勝手に思いこんでいてすまなかった。もっと、助けるべきだったのに」

「……必要ないわ」

雪子の声は掠れていた。

「話を聞いてから心配で何も手に着かなかったし、店に入った途端、逆上した。こんなことは、他の人間ではない」

雪子は何かをこらえるように眉をきつく寄せ、グラスを口に運んだ。

「俺は、ゆきが心配だ。ただ心配なんだ。それだけでは、駄目か」

「駄目よ」

「頼む」

鷹志はたまらず、雪子の手を摑む。その瞬間、目に熱いものがこみあげる。

幼いころ、どこかにでかける時は手を繋《つな》いだ。小さな手を握り、いつも鷹志は先を歩いた。あの時、鷹志の手にすっぽり覆われていた小さくふわふわした手は思いがけず骨張っていて、冷たかった。記憶よりはるかに長く、細く伸びた指は、悲しいほど荒れていた。

「この通りだ。俺も、説得する。この店のことは黙っているし、嵐山とのことも何も言わなくてもいい。だが頼むから、一緒に浦賀に戻ってくれ。ここにゆきを置いてはいけない」

全く柔らかみのない、かたい左手を両手で握りこみ、鷹志は頭を下げた。そうしなければ、嗚咽《おえつ》がこみ上げてきそうだった。

最後にこうして手を繋いだのは、いつだっただろう。遡《さかのぼ》る記憶は、青い海に辿《たど》り着く。

あの時、約束した。二人きりになっても、雪子を守ってやると。

だが、自分は手を離してしまった。繋ぐものを失った妹は、ひとりでがむしゃらにもがき続けたのだ。自分よりも遥《はる》かに厳しい荒海の中を。

「……どんな理由があろうと」

　縋《すが》るように雪子の手を握っていた鷹志の両手を、ふと、やわらかいものが包んだ。

　雪子の右手が、そっと重ねられていた。さきほどはあれほど堅く感じたのに、その動きはとてもやさしかった。

「途中で帰れば、父さんはもう絶対に彫刻を許してくれない。それでも帰れって言うのね？」

「俺も一緒に説得する。必要なら、俺が兵学校をやめたっていい」

「馬鹿なことを言わないで」雪子はため息をついた。「兄さんはもう宗二おじさんの息子なの。そんなことできるわけがない。……でも、気持ちには、ありがとうと言っておく」

　やさしい手が、鷹志の指をゆっくりとほどいていく。強く握りすぎたせいか、あらわれた雪子の左手は赤くなっていた。

「馬鹿力ね」

「……すまん」

「今だから言うけど、昔から兄さんと手を繋ぐとね、結構痛かった」

　目をあげると、雪子は微笑んでいた。うっすらと赤く染まった目を細めて、諦めたように。

「悪かった。気づかなかったよ」

「でも、引っ張られるの嫌いじゃなかったんだ。ちょっと、懐かしかった」

雪子はすっと笑いをおさめると、音もなく立ち上がる。

「店長に話してくるわ。兄さんも、来てくれるわね？」

鷹志は力強く頷《うなず》き、立ち上がった。

もう、この手を離してはならない。とびきり意志が強く、だが目を離すとどこに行くかわからない、小さな妹のかなしい手を。

前略

ずいぶんご無沙汰《ぶさた》してしまいました。

さぞご立腹のことと思います。

おまえは昔から父さんと母さんに心配ばかりかけて、と怒る姿が目に見えるようでございます。

昨年のうちに、川間のほうには葉書を出しました。住所は記せませんが、無事は伝えましたので、きっと呆《あき》れているでしょうが、もはや性分と諦《あきら》めていただくほかございません。

だって住所を書いてしまえば、またきっと誰かさんが血相を変えてとんできてしまいますもの。

なんて、もちろん冗談です。そんなことが有り得ぬことは承知しておりますので、ご安心を。

でも、カフェー・パリに突然現れた時には、それはもう、身が竦《すく》み上がる思いでした。後にも先にも、あの時ほど怖かったことはありません。十年も経《た》つというのに、忘れられないぐらいですもの。

それでもあの後、手を繋《つな》いで一緒に帰ってくださいましたね。あの時は捻《ひね》くれていて言えませんでしたが、とても心強かったのです。ありがとうございました。こんな妹でごめんなさい。


近況ぐらいは記せと怒られそうですので、簡単に記しておきます。

半年ほど前に陶芸に興味をもちまして、現在は縁あってある工房にお世話になっております。粘土をこねるだけでも奥が深く、毎日が新鮮な驚きに溢《あふ》れております。

私はまだ窯《かま》は使えないのですが、窯変《ようへん》というものはじつに興味深いものです。窯に入れた時とまるで違う、灼熱《しゃくねつ》に灼《や》かれたとは思えぬほど凛《りん》とした姿で現れる様は、死と誕生をたやすく連想させるものです。ここで、世界は完結しているのです。

そのためでしょうか、袖《そで》振り合うも多生の縁と申しますが、最近ふとした折りに、前世の縁というものを考えてしまいます。

とくに強い縁があった者とは、どの世でもやはり強い縁があるのだとか。夫婦であったものが今世は親子や兄弟であったり、その逆もまたしかり。

兄さんと義姉《ねえ》さんは、きっととても仲の良い親子か姉弟だったのでしょう。おそらく義姉さんがお母様かお姉様だったのではありませんか？　お会いしたことはありませんが、とてもよくできたお方だと聞いております。兄さんは幸せものですね。

やくたいもないことを綴《つづ》ってしまいました。

どうやら、思ったよりも私は、参っているようです。お恥ずかしいことに。

兄さんのように、常に強く前を向いていたいものです。

かしこ

昭和十八年一月七日

追伸　兄さんと私は、前世ではどんな縁があったのでしょうね。

第三章　リメンバー・パネー

1

　呉の象徴、灰ヶ峰から吹き下ろす風は、凄《すさ》まじく冷たい。二月もじきに終わるこの季節、風にはちらほらと雪がまじっていた。

身も凍りそうな灰ヶ峰颪《おろし》も、今の鷹志には心地よい。なにしろ久しぶりの上陸である。内火艇が第一桟橋に着き、待ちかねた上陸組が次々と地上に降り立った。

仲間は賑《にぎ》やかな中通《なかどおり》へと向かい、まずは入浴と昼食を済ませ、いざ料亭へというところだったが、鷹志だけは途中の曲がり角で「俺はこっちで」と道をそれたため、同期の武藤《むとう》は厭《いや》な顔をした。

「おい、どこ行くんだ。今日はロックだろう」

呉に上陸したときは料亭「岩越」、通称ロックに行くのが通例だったが、鷹志はその前にどうしてもしたいことがあった。

「悪い、衆楽館に寄らせてくれ。アン・ハーディングの新作なんだ。終わったらすぐ行くから」

「また映画か。本当に好きだな。小梅《こうめ》が拗《す》ねるぞ」

呆《あき》れた様子で言ったのは、コレスの木内《きうち》だった。海軍兵学校、海軍機関学校、海軍経理学校をあわせて海軍三校と呼び、クラスはそれぞれの学校の同期をさすが、コレス、すなわちコレスポンドは学校違いの同期をさす。

これ以上文句を言われる前に、鷹志は足早に歩き出した。海軍士官のたしなみといっていい芸者遊び《エスプレイ》が、鷹志はどうにも苦手である。人並みに欲はあるし、士官次室《ガンルーム》でヘル談で盛り上がるのはおおいに結構だが、玄人《くろうと》女性を前にすると、妙な罪の意識に駆られることがある。雪子のことを思い出してしまうのだ。

カフェーで働いている雪子を強引に浦賀に連れ帰ったのは、兵学校最後の夏――もう四年も前のことだ。あの後、雪子は両親の激しい怒りに晒《さら》された。カフェーでは鷹志も激昂《げっこう》し、思わず手をあげてしまったが、その鷹志が困惑するほど、親の怒りと嘆きは深かった。それは雪子にというよりも、嵐山やその妻、そして自分たち自身へ向けられているように見えたが、結局雪子は彫刻師への道を断たれてしまった。

鷹志はできるだけ擁護をしたが、両親は奈良行きを許さず、雪子も拍子抜けするほどあっさりと受け入れた。あの時の、全《すべ》てを諦《あきら》めたような雪子の白い顔は、今も目に焼きついている。

衆楽館は、松本町にある映画館で、先週からゲイリー・クーパーとアン・ハーディング主演の映画を上映している。館内はほぼ満員で、鷹志が乗艦している軽巡『天《てん》龍《りゅう》』の上陸組もちらほら見かけた。艦内では上官に会えばすかさず敬礼の下士官や水兵も、ここでは砕けた敬礼だ。

映画の内容は、幼くしてパリで別れた幼なじみどうしが、長じて後、それぞれイギリスの若き建築家、フランスの公爵《こうしゃく》夫人として再会するというものだった。彼らの間で燃え上がる愛情は、しかし公爵夫人が結婚しているがゆえに悲劇を生む。内容は、正直言って陳腐である。だが、そんなことはどうでもいい。観客の目当ての大半は、アン・ハーディングの貴族的な美貌《びぼう》なのだから。

いよいよクライマックスにさしかかった時、突然、映画の音声が途切れた。ざぁ、と耳障《みみざわ》りな音が響き、緊迫した声が続く。

「『天龍』乗組員は、直ちにご帰艦ください」

鷹志は弾《はじ》かれたように立ち上がった。『天龍』だけではなく、他の艦名のアナウンスも何度か繰り返され、館内は騒然となる。乗組員たちは、すわなにごとかと飛び出し、明らかに海軍とは関係のない観客まで飛び出した。

「なにごとでしょうか」

中通に走り出ると、すぐ後をついてきた下士官が声をかけてきた。

「わからん。だがこんなことは初めてだ」

混雑する道を掻《か》き分けて進むと、他の店からも次々と上陸組が飛び出してきた。港の第一桟橋に辿《たど》りつくと、すでに内火艇が迎えに来ている。これはただごとではない、と悟った。真っ先に頭によぎったのは、小学生のときに経験した関東大震災だった。またあのような天災がどこかで起きたのではないか。あの時も、連合艦隊は即座に召集され、救援に向かった。

ロックで楽しんでいたであろう武藤と木内も、緊張した面持ちでやって来て、共に内火艇に乗り込んだ。

「いったいどうしたんです」

艇長に尋ねると、皆が彼に注目していた。艇長は深刻な表情で一同を見渡すと、重々しく口を開いた。

「クーデターだ」

内火艇にひしめいていた男たちは、一様に息を呑《の》んだ。

「陸軍の将校どもらしい。帝都はすでに戒厳令が布《し》かれているそうだ」

昭和十一年二月二十六日。五十四年ぶりの大雪に見舞われた東京で、「昭和維新・尊皇討奸《とうかん》」を掲げた若き将校たちが大規模なクーデターを引き起こしたという。

艇長も現時点ではそれ以上のことはわからないらしかったが、大海令が発せられたとのことで、緊張が走った。軍令部総長を通じて各指揮官に伝達される、奉勅命令である。それは連合艦隊が出動するほどの事態、戦闘状態であることを示すも同じなのだ。

ここ数年、国内外ではテロ行為が頻発していた。とくに鷹志の記憶に残っているのは、四年前の五・一五事件。海軍将校を中心に行われた犬養首相暗殺事件だ。今度は陸軍将校だというが、おそらくこれは五・一五とも、今までのテロとも違う。本当に大規模なクーデターなのだ。

乗艦するとすぐに出港準備に取りかかり、『天龍』は深夜のうちに出港した。暗闇《くらやみ》の中での出港は鷹志も経験がない。雲に覆《おお》われた空には月もなく、ただ両舷灯《りょうげんとう》が投げかける光だけを頼りに大麗女島《おおうるめ》を過ぎ、東へと針路をとる。

深夜とあって、陸地にもほとんど灯りはない。クーデターの報は、まだこちらには届いていないのだろう。あまりの静けさに、本当にそんな大事件が起きたのか疑わしい気持ちになる。

舞い込んだ情報では、政界の重鎮がずいぶんやられたそうだが、その中に海軍大将の岡田啓介《けいすけ》首相、同じく海軍大将の鈴木貫太郎侍従長が含まれていたことは、海軍側の怒りの火に油を注いだ。

夜明けと共に『天龍』は大阪港に入り、待機を命じられた。朝になると、九州・有明湾に停泊していた第二艦隊の主力が続々と集まり、港外で投錨《とうびょう》、同じく待機命令が下り、通信と内火艇が忙《せわ》しく港内を行き交う。

艦上から見たところ、大阪は今のところ平穏のようだ。クーデターは東京のみらしい。帝都に家族をもつ乗員たちは、皆ひどく不安がっていた。すでに横須賀鎮守府の海軍特別陸戦隊は芝浦より上陸して現地に急行、戦艦を中心とする第一艦隊も東京に向かっているという。

大阪港で出撃命令を待ち続けた『天龍』乗組員は、午後になっていよいよ第一艦隊も東京湾に到着し、『長門《ながと》』はじめ錚々《そうそう》たる軍艦が、艦砲を陸地に向けたと知って、安堵《あんど》とも落胆ともとれるため息を零《こぼ》した。当直も第一哨戒《しょうかい》から第二哨戒に落ち着き、夜からずっと緊張状態が続き疲労が溜《た》まっていた者たちも、順番に休憩をとることが許された。

非番になった鷹志が若手士官の集まるガンルームに向かうと、同じように休憩に入った同僚たちがくつろいでいる。さっそく寝ている者もいた。

「どうだ、そっちは」

真っ先に声をかけてきたのは、コレスの木内機関士だった。真冬だというのにすでに汗にまみれている。機関室はただでさえ暑い。

「分隊長が元気だ。まあ水雷の出番はないと思うが」

「魚雷じゃどうしようもないが、『天龍』には『長門』にもひけをとらん艦砲がある」

近くにいた砲術士官の武藤が吼《ほ》えた。

「俺の家族は東京なんだ。こんなところでのんびりしている場合じゃない。全速で帝都に駆けつけて、早く陸の馬鹿《ばか》どもをぶちのめしてやらんと気が済まん。木内、『天龍』はもっと速く走れんのか」

ガンルームの空気はクーデターに批判的ではあったが、そこには妙な焦《あせ》りが混じっていた。

陸への激しい罵詈《ばり》雑言《ぞうごん》の陰には、拭《ぬぐ》いきれない不安がある。

なにしろいまや汚職と失策続きで頻繁に代わる内閣に指導力はなく、東北の凄まじい貧困は変わらず、大恐慌《だいきょうこう》以来続く不景気は出口が見えない。八方塞《ふさ》がりのこの状況での、若い力による政変である。仮にも部隊を動かすならば、上層部にもある程度は支援者がいるのだろう。

「なあ、だが案外、賛同者が出るのではないか?」

声をひそめて言ったのは、木内だった。武藤が渋い顔で同調する。

「新聞がどう書くかにもよるな。国民が連中を支持すればどうなる? そしてもし陛下がお認めになったら……」

ガンルームの空気が急に重くなる。皆の頭の中にありながら、誰も口にしなかった言葉だった。

「お認めになっていないからこそ、我々はここにいるんだろう」

鷹志は慎重に言ったが、案の定、すぐに否定された。

「しかし、あの満洲での事変も、あれだけ批判されながらも、結局は陸軍の一人勝ちだったではないか」

「たしかにな。要はやったもの勝ちなのだ。いつもこれで陸には先を越されている」

満洲事変は国際連盟からは非難されたものの、翌年から陸軍の予算は二倍近くにふくれあがった。さらに臨時軍事費も利用し、陸軍は着々と軍備拡張を続けている。一方海軍は、三年前に伏見宮博恭《ひろやす》王を軍令部総長に据え、軍令部の権限強化を図ってはいたが、まだ陸軍には及ばない。ここで陸軍主導で昭和維新が成功してしまったら、その差は絶望的となる。

この差を一気に埋めるには、実績しかない。数年前の上海事変程度ではなく、もっと大々的な実績が。

「横須賀の特陸（特別陸戦隊）はすでに東京にいるのだろう。派手に暴徒どもを制圧してくれないものか」

「生ぬるい。この機に、連合艦隊が海から叩《たた》き潰《つぶ》してしまえばよい。せっかく、あの糞《くそ》のような軍縮会議から脱《ぬ》けたのだ。これからいよいよ海軍の時代が来るのだから」

ガンルームの士官たちは皆、若い。血気盛んな者が多かった。海軍には元々、長らく中核に居座り、ワシントン軍縮条約、ロンドン軍縮条約を締結した通称「条約派」と、大海軍主義を掲げる「艦隊派」の二派が存在する。かつての大海軍を復活させたい艦隊派は、伏見宮を抱き込んで条約派の追い落としにかかっており、中心人物である加藤寛治《ひろはる》海軍大将もしきりに演説を行っていた。そのため最近は、若手将校や、政府の弱腰外交を罵《ののし》る自称愛国者たちの支持を集めている。ここ数年で勢力を増大させた艦隊派は、とうとう軍縮会議からの脱退を果たし、鷹志が小学生の時に始まった軍縮時代は終わりを告げた。

残るは、戦闘による実績だ。国内の陸軍相手など役不足もいいところだが、きっかけにはなるかもしれない。そんな期待がガンルームに漂っていたものの、結局、出撃命令は下らなかった。

二十九日には任務も解除され、翌日第二艦隊はそれぞれの作業地に帰投した。クーデターは支持されず、陛下は将校たちを認めなかった。出動せずに済んだのはいいことには違いないが、落胆している者も少なくなかった。

しかしこのころから、海軍の風向きは明らかに変わった。

大陸では排日運動が激化し、九月には上海で第三艦隊旗艦『出雲《いずも》』の水兵が襲われ死傷する事件が起きた。それ以前にも、海軍の担当区域である街で邦人が襲われていたこともあり、いっこうに交渉に応じようとしない中国政府に激怒した海軍は、中国各地の居留民の引き揚げと、武力行使も辞さぬ旨《むね》を申し入れ、閣議決定を求めた。

しかし、この時は陸軍が同調しなかった。陸軍が反対すれば閣議も動かない。海軍は三度閣議を要求したがやはり事態は動かず、結局は外交交渉に移った。誰もが予想した通り、遅々として進まぬ交渉は、翌年に持ち越される。

永峰鷹志が第三艦隊第十一戦隊着任——通称「支那勤務」の辞令を受けたのは、そのさなかのことだった。

2

昭和十二年八月一日、宜昌《ぎしょう》の港は夜明け前から異様な空気が張り詰めていた。揚子江中流に開けた港町は、名高い三峡の入り口にあたり、三方を山に囲まれているという地の利を備え、いにしえより軍事の要地でもあった。奥地の大都市、重慶ののども言われ、現在も中華民国は多くの兵を警備に割いている。

この日もまた、白々と夜が明ける中、兵士は続々と港に集まりつつあった。その中で、揚子江に浮かぶ日本海軍砲艦『保津《ほづ》』は、六時半の総員起床後すぐに、日課の訓練に入った。かぎりなく実戦を意識した内容は、日が高くなるにつれ不穏な空気を増す港湾で、すぐ近くに投錨《とうびょう》した日本船『長陽丸《ちょうようまる》』を守るためのものだ。

桟橋につけた『長陽丸』には、大きな荷物を抱えた民間人が次々と乗り込んでいる。全員、日本人だ。中国兵は彼らの警備のために集められたものだったが、逆に威圧しているようにしか見えない。

宜昌の地に残っていた日本人は、官民あわせて五十七名。その全《すべ》てが今日、この『長陽丸』に乗って街を去る。揚子江を巡回している『保津』は、数日前に第三艦隊司令部より電報を受け、宜昌に入港した。同型艦の『勢多《せた》』は、同じ目的でさらに内陸の長沙、『比良《ひら》』は重慶へと向かっている。

先月七日、北京の西南、盧溝橋《ろこうきょう》にて日中両軍が衝突した。当初、日本側は不拡大方針を決め、すみやかに停戦協定が結ばれたものの、中国側はその後も協定を無視し、各地で日本軍を攻撃し、死傷者も出ていた。同時に各地で急激に排日運動が激化したため、居留民の引き揚げ命令が下されたのだった。

『保津』は、宜昌と沙市の居留民を担当していた。長沙担当の『勢多』からの報告によると、長沙の中国人から石炭や重油の運搬を拒否されたり、居留民を乗せる貨客船が入港できない事態に陥ったりとさんざんな目に遭ったという。それに比べれば宜昌はまだ平穏だったが、入港してからは艦内哨戒《しょうかい》第二配備で、夜通し岸を照射したりと、常にぴりぴりしていた。

居留民の『長陽丸』への乗船が無事完了すると、『保津』の訓練も終わった。今度は慌《あわ》ただしく出港準備に入る。

その中で、鷹志はひとり大礼服に仁丹帽、長剣という正装で内火艇に乗り込んだ。

艦首に長旗を掲げた内火艇は、出港準備で大わらわの『保津』を離れ、上流へと向かう。

揚子江は泥の河である。昨年十二月に『保津』に着任して以来、毎日飽きるほどこの高名な大河を見ているが、水が澄んでいるところを一度も見ていない。対岸が見えぬほどの広大な川幅すべてが泥水で埋め尽くされた様は、河というより、泥の海だ。

太陽がじりじりと項《うなじ》を灼《や》き、全身から汗が噴き出すこの季節、これが海ならばいっそ飛び込みたいと思うところだが、いやな臭《にお》いを放つ泥の中に飛び込みたいと思う者はいまい。そもそも揚子江は、河の上層と下層の流速が違うため、一度落ちれば二度と浮かび上がれぬという。鷹志は恨めしげに、雲ひとつない空を見上げた。せめて風があればいいものを、それもない。揚子江流域のこの暑熱の中、大礼服を着るのは拷《ごう》問《もん》に等しかった。

視線の先に、英国旗をたなびかせた砲艦が現れる。インセクト級砲艦『エイフィズ』である。鷹志の姿を認めると、高らかにラッパが鳴り響き、甲板の乗組員たちはいっせいに敬礼をした。国際江である揚子江には、各国の艦船が頻繁に行き交っているため、訪問使の交換が慣例になっている。入港した泊地にすでに他国の艦が在泊しているときには、訪問使が互いに行き交う。駆り出されるのは、たいていは若い下級士官だ。

中尉《ちゅうい》である鷹志は、『保津』に着任してすでに五度目である。他の将校たちにも順番にまわってはいるものの、そもそも『保津』は艦長を合わせて士官が六名しかいない。

艦長を行かせるわけにはいかないので、普段は訪問使とは縁のない機関長まで駆り出される始末だった。だとしても、どうも自分が押しつけられる回数が多い、とは鷹志も薄々気づいていた。

『エイフィズ』に乗艦すると、すぐに艦長のもとに通される。『エイフィズ』も、『保津』同様、乗員六十名ほどの小さな艦である。が、こうした砲艦の常として、艦長室の内装は重厚だ。少なくとも駆逐艦あたりよりははるかに立派である。訪問使の交換が頻繁にある等の外交上の理由で、砲艦は駆逐艦の半分ほどの大きさしかないにもかかわらず、分類は格上の「軍艦」であり、『保津』の艦首にも菊花紋章が飾られていた。

「訪問使を送っていただき感謝いたします。本艦艦長より、貴艦の航海の安全を祈るとのことです。あいにくすぐ出港しなければなりませんので、ゆっくりご挨拶《あいさつ》できず申し訳ございません」

鷹志は定型通りの挨拶を述べた。『エイフィズ』艦長と、『保津』の上本《うえもと》艦長は同じ中佐だが、上本のほうが先任であるため、さきほど『エイフィズ』は訪問使を寄越してきた。鷹志はその答礼の使いである。

「ありがとう。貴艦も大変なようだ。安全を祈る」

艦長も『保津』の状況はよく理解しているため、手短に答えた。

「はい。慌ただしい挨拶で失礼いたしました」

「現状は我々も憂《うれ》えている。痛ましい事件の犠牲になった居留民の方々には、心より哀悼の意を捧《ささ》げる」

「ありがとうございます」

丁重に礼を述べ、鷹志は『エイフィズ』を後にした。他の士官からも、いたわりの言葉をかけられたのは、少し嬉《うれ》しかった。

支那勤務は、海軍将兵にとって一度はやってみたいもののひとつだ。大連や上海などの大都市は刺激が多い。昨年冬、第三艦隊隷下《れいか》第十一戦隊への辞令を受けた時は、鷹志も胸を躍らせた。排日の気運激しい土地への赴任に、奈津などはいたく心配していたが、危険は若い士官にとってはむしろ意気に感じるものだ。実際に来てみれば、国内の新聞が騒ぎ立てるほど激しい排日の気運は感じられなかった。もっとも、揚子江警備を担当する第十一戦隊の中でも、激しく水位が変動する河に合わせて極端に吃水《きっすい》が浅く、下駄《げた》をひっくり返したような形態から「下駄ぶね」と呼ばれるこの勢多型の河用砲艦は、ひたすら揚子江を回航し、めったに陸にあがれないため、とくに抗日運動の激しいと言われる上海の騒ぎとも無縁だったから、暢気《のんき》に構えていられたところもある。

しかし、盧溝橋の一件から、事態は一変した。数日前、七月二十九日には北支で中国軍の一斉攻撃があり、ラジオが中国軍大勝を知らせたために、各地では祝いの爆竹が鳴り響き、興奮した民衆が日本人居留民や、その家屋や商店を襲う事件も相次いだ。

中国軍大勝は虚偽の情報だったが、日本側は、国民党のラジオが知らせぬもうひとつの情報を翌日に知ることとなり、今度はこれが日本世論を憤激させた。一斉攻撃の日、北京の東、通州にて日本人居留民が大量虐殺《ぎゃくさつ》される事件が起きたのである。通州には日本軍の部隊、特務機関のほかに多くの居留民が住んでいたが、突然襲撃してきた保安隊にことごとく殺害されたらしい。その方法が酸鼻をきわめるもので、シベリア出兵時に日本国民を激怒させ反ソの基盤をつくった尼港《にこう》事件の再来とも言われる、残虐な事件だった。

これが、揚子江流域居留民引き揚げの決定打となった。

もはや、日中の衝突は避けられまい。ここにいると、空気の変化をひしひしと感じる。政府は不拡大方針に沿って、今なお和平工作を続けているとの噂《うわさ》だったが、それもいつまでもつか。

『保津』に戻り、帰着の報告と『エイフィズ』の艦長の言葉を伝えると、上本艦長は複雑そうな表情で頷《うなず》いた。何か言いたげに思えたが、出港が迫っているため、結局「ただちに配置に戻れ」と口にしたのみだった。鷹志は大急ぎで作業服に着替え、配置へとつく。

錨《いかり》があげられ、陸地から中国人たちの罵声《ばせい》に送られながら、『保津』は『長陽丸』を護衛しつつ宜昌を離れた。同日夕刻には下流の街・沙市に入り、再び居留民を収容し、下江する。夜中に沿岸の砲台から照射を受けることはあったものの、大きなトラブルもなく、二日後には漢口に到着した。

護衛とはいっても、『保津』の武装はきわめて貧弱である。燃料は石炭と重油の混焼型で、補給がなくとも長距離を移動できるが、艦船相手の本格的な戦闘にはまず参加できない。

休む間もなく、翌日には港を離れ、次は南京を目指す。

このあたりになると、艦船とすれ違う回数も跳ね上がり、とくに上流のほうではあまり見なかった中国軍艦船を多く見るようになった。沿岸の砲台も増え、必然的に配置につく回数も増えた。そのたびに仕事が増える。

砲艦の兵科将校は、ただでさえ寿命がすり減ると言われている。他の艦のように、航海、砲術、水雷といったようにわかれてはおらず、兵科将校は一人か二人。つまり航海長も砲術長も全て兼任しているようなものだからだ。

揚子江は、水位の変動が激しい。今は増水期で、どこまでが本来の河で、どこからが岸かがわかりにくく、座礁《ざしょう》転覆の恐れが増す。水路が頻繁に変わるため少し前の海図は役に立たず、港につくたびに鷹志は最新の情報を得るために港務部に走った。仮に座礁すれば、減水期の時にそのまま船は陸地に取り残されることになる。「船、山にのぼる」が、この揚子江では容易に実現してしまうのだ。着任してからずっと緊張のし通しで、ようやく慣れてきたかと思った時に、この騒ぎである。下駄ぶね勤務は途中から暇で暇でしょうがなくなるぞ、と先達から聞いていたが、とんでもなかった。

気を張りつつ南京に到着した時には、宜昌を出てから一週間が経過していた。揚子江の長大さ、ひいてはこの国の巨大さを改めて思う。南京は居留民も多いため、用意された貨客船『洛陽丸《らくよう》』はずいぶんと大きかった。今度はこれを護衛し、上海へと向かう。南京から上海は近い。夕刻に出て、翌朝には揚子江の支流・黄浦江に入った。

黄浦江を少し遡《さかのぼ》れば、上海である。『洛陽丸』や『長陽丸』から次々と吐き出される居留民の顔は、苦しい長旅と緊張から解放された喜びにあふれていた。通州事件の知らせを耳にした居留民にとっては、明日は我が身という恐怖が大きかったことだろう。上海の租界地には、中国の保安隊は立ち入れない。他国の居留民も多く住んでいるし、彼らもそうそう馬鹿《ばか》なことはしないはずだった。

『保津』に続き、上海港には、二等駆逐艦の『栂《つが》』や『栗《くり》』、そして『保津』と同型の『勢多』や『比良』も相次いで入港してきた。いずれも貨客船の護衛として揚子江各地を回ってきた艦艇で、この日、上海港は各地から引き揚げてきた日本人でごった返すこととなった。

居留民の上陸を全て見届け、第十一戦隊の大仕事は、この日に全て終了した。この二週間近く、緊張状態のまま、揚子江を駆けずりまわっていた『保津』の乗組員も、肩の荷を下ろし、艦内の酒保は久しぶりに賑《にぎ》わった。

『保津』は乗員六十二名の小さな艦なので、ガンルームは存在せず、士官はひとつの士官室に集まる。みな若いので、それほど気詰まりな空気もなく、上海上陸への計画を熱心に練っていた。

「この不穏な時期だからこそ、各国士官の連携を図らねばならん。さて諸君、友好を深めるには？」

主計大尉の質問に、「料亭に芸妓《げいぎ》を呼んで大宴会」「上海ならダンスホールがよかろう」と意気込んだ声がとぶ。

「うむ、やはり我が軍主催となると、料亭だな！　よし決まりだ。艦長には話しておくから、永峰、そのへんの艦に声かけてこい」

また俺かよ、とうんざりしたが、鷹志は顔に出さずに承諾した。『保津』に乗ってからというもの、訪問使はもとより、雑用もよく申しつけられる。士官の中では鷹志が最年少なので仕方がないが、何を頼んでも厭《いや》な顔をしない男と認識されているようだった。今に始まったことではない。去年乗艦していた『天龍』は、若い士官の数もはるかに多かったが、その中でも鷹志は、よく言えばおとなしい、悪く言えば臆病者《おくびょうもの》と見なされていた。

心外だが、反論するのも面倒なので、言われるがままにしていた。昨年秋の小演習では短艇訓練を担当し、『天龍』をみごと優勝させたりもしたし、剣術競技でもかなり上位まで食いこみ、艦隊解散の時期になってようやく上官に「貴様、結構やるな」と気がついたように言われたものだが、いつもそんなものだ。

雑用は面倒だが、宴会は正直楽しみなので、鷹志は上陸時にさっそく他艦の士官に伝えることにした。しかし緊急事態が発生した。

「上陸《シャンりく》の中隊長が保安隊に殺された？」

短艇で急ぎ『保津』に戻ってきた鷹志は、啞然《あぜん》として通信士に訊《き》き返した。

報告によれば、上海特別陸戦隊――通称「上陸」の大山勇夫《いさお》海軍中尉と、運転手の斎藤一等水兵が、視察中に中国軍の機関銃弾を受けて惨殺《ざんさつ》されたらしい。死体には何十発も弾が撃ち込まれ、頭は青竜刀でたたき割られていたという。

「この状況で、何を考えているんだ。奴《やつ》ら、どうあっても戦争をするつもりなのか？」

「知りませんよ。ですがまあ、居留民の引き揚げが全て完了した後で、幸いでした」

通信士の顔は青を通り越して土気色だった。

事態を重く見た第三艦隊は警戒態勢に入り、『保津』も重油の補給を済ますと、ただちに上海北部・呉淞《ウースン》方面へと向かった。上海の中央を南北に流れる黄浦江は、下流の呉淞口で揚子江と合流する。そのため呉淞には中国軍の堅牢《けんろう》な陣地が築かれており、監視の必要があった。

事態は一触即発。あとは、どちらが先に引き金を引くか。それだけだった。

大山事件の四日後、八月十三日朝。引き金を引いたのは、中国側だった。一万を超す中国側の保安隊が、停戦協定を破り、突如、国際租界の境界線内に雪崩《なだ》れこむ。さらに精鋭の第八七師団、第八八師団などが続々加わり、同日夜には中国側の兵力は三万にふくれあがった。

『保津』は、中国の軍用機が二機、上海方面に飛来するのを確認した。おそらくは偵察機で、その日はなにごともなく帰っていったが、第三艦隊は全て警戒態勢に入り、『保津』もその夜から灯火警戒管制を布《し》いた。

「租界のほうはどうなっているんだ。上陸は二千五百人かそこらしかおらんのだぞ。陸軍は一兵もおらん。数万の大軍から攻撃を受ければひとたまりもないじゃないか」

「『出雲』や『川内《せんだい》』からも陸戦隊を出すらしいが、それでもせいぜい五百そこそこの加勢にしかならん。近々、うちにも出せと命令が来そうだ」

「佐世保や呉の特陸（特別陸戦隊）も来ると聞いた。そうなれば、四千ぐらいはいくだろう」

「それより陸軍の派兵が先じゃないのか。政府は何をやっとるんだ。居留民の保護はたしかに海軍陸戦隊の役目だが、相手は精鋭師団をつっこんできやがったのだぞ。これからもっと増える。あきらかに陸戦隊の任務の範疇《はんちゅう》を超えているではないか！」

士官室では侃々諤々《かんかんがくがく》の議論が飛び交っていた。士官だけではなく、乗組員全てが、中国軍の行動に怒りをあらわにしていたが、同時に期待に胸躍らせていたのも否定できない。

もはや中国軍の意図は明白である。戦争は避けようがない。

揚子江沿岸、ひいては東シナ海も戦場になる。つまり、海軍の長い雌伏の時代が終わるのだ。

鷹志もいつしか、自分が高揚していることに気づいていた。つい先日までは、正直言って、海軍内に漲《みなぎ》る好戦的な空気に疑問を感じていた。陸軍のように実績を。海軍士官たちの思考の底には、必ずといっていいほど陸がある。昨年、『出雲』の水兵が殺され、海軍が居留民引き揚げと武力行使を閣議に求め果たせなかった時も、その怒りは同調しなかった陸軍に向かった。おまえたちは満洲で好き勝手やったくせに、こちらが行動しようとすると邪魔するとは何事か。姑息《こそく》で腰抜けの陸軍を罵倒し、我が海軍はやる時はやる、自分たちに任せれば支那などすぐに陥《お》ちると嘯《うそぶ》く士官も多かった。それが鷹志には、国を守るためというよりも、とにかく陸軍を打ち負かし、海軍の名誉を回復するためだけのように思えてならなかった。

とはいえ、中国側が本気でことを構えるならば、話は別だ。喧嘩《けんか》は逃げるが勝ち。しかし、どれほど逃げても追ってくるなら、やらねばならぬ。やるからには、勝たねばならぬ。

ひとつの国が戦いに向かう時というのは、こういうものなのだろうか。日本の世論は、もとより連中を懲《こ》らしめろの一言である。現時点でなおも戦いをためらうのは、おそらく政府ぐらいなものなのだ。騒乱への疑問は熱に溶かされ、ひとつの方向に皆がいっせいに駆け出す。そうなると、もはや誰にも止められない。それ自体が巨大な生き物のように、あらゆるものを巻きこんで進んでいく。鷹志もまた例外ではなかった。逆らうすべをもたぬまま、気がつけばその渦に飲み込まれていた。

3

翌日、黄浦江入り口へと移った『保津』は、昼過ぎにコルセアV93が上海へと向かうのを確認した。中国国民党が愛用する偵察機だ。

租界に進入してから保安隊は動きを見せなかったが、これはいよいよ来るか、と固《かた》唾《ず》を呑《の》んで待ち構えていたところ、五時過ぎに市街地から火の手があがるのを確認した。ほぼ同時に無線より、中国軍が日本軍陣地に猛烈な機銃射撃を開始したとの報告が入る。

十倍もの兵力の差がある敵を相手に、日本海軍陸戦隊は、不拡大方針に従い、反撃をせず交戦回避につとめたが、中国側の攻撃は激しさを増すばかりだった。とうとう援軍を依頼したものの、陸軍の派兵は時間がかかる。彼らの到着までは、陸戦隊と揚子江及び黄浦江の艦船による援護射撃だけで持ちこたえるしかなかった。

「合戦準備！」

艦長の号令とともに、『保津』もいよいよ夜戦準備に入る。昼すぎからぐずついていた天気は、夜に入って一気に崩れ、激しさを増す風雨の中、鷹志たちは艦橋にマントレットを施した。予報によれば、台風が近づいているという。

灯火は昨夜の警戒管制から戦闘管制に移り、おのおの戦闘配置についたが、夜が更《ふ》けるにつれ嵐《あらし》の様相を呈してきたので、今宵《こよい》はまず爆撃はないだろうと判断された。錨泊《びょうはく》中の『保津』も波に激しく揺れる。監視に出ても、ろくに視界がきかない状態だった。これでは、航空機は飛べないだろう。

ふと、同期の江南のことを思い出す。彼は航空隊を熱烈志望し、現在はたしか木更津航空隊にいるはずだ。兵学校では恩賜《おんし》の短剣組であった彼が、航空隊でなければ海軍を辞めるとまで言った時には、意外なようにも、逆にいかにも彼らしいような気もしたものだった。

これからの時代は、航空機だ。大艦巨砲主義など古い、制空権を握ったほうが勝つ。熱弁を振るっていた江南の言葉には頷《うなず》くことも多かったが、航空機は開発途上で、とにかく死亡事故が多かった。未熟者は訓練初期の段階でもたやすく命を落とすし、熟練者でも機体が変わればちょっとしたことで墜落した。連合艦隊の演習中、航空隊の機体どうしが衝突して、火を噴いて海に落ちていくところを鷹志も見たことがある。とくに、夏のこの嵐の季節、そして霧が多く出る季節には、頻繁に事故が起きる。

兵学校在学中、上海事変で空母『加賀』とその艦載機が活躍したこともあり、航空隊に憧《あこが》れる者は少なくなかったが、あまりの死亡率の高さに二の足を踏む者も多かった。とくに成績優秀な者たちは、おのれの将来が志半ばで潰《つい》えることを恐れ、回避する傾向があった。

「俺はえらくなりたいんだ、永峰。こんな時代錯誤な組織は駄目だ、変えるにはえらくならなければ」

在校中、江南はよくそう言っていた。航空隊熱烈志望とは矛盾しているようでもあるが、海軍の戦法を変えるにはみずから危険を冒して先頭に立たねばという主張もわかる。兵学校生徒は全員、航空訓練も受けることになっており、鷹志も適性ありと判断されたため、江南に「ともに開拓者たらん」とずいぶんと誘われた。航空機も悪くはなかったが、鷹志はやはり、艦が好きだった。子供のころから、ずっと浦賀で艦船を見てきた。寡黙《かもく》な父が自分が手がけた艦船の進水式にはこころなし誇らしげに見えたこと、真新しい船が大海原に解き放たれていくさまに無限の自由を見たことが、深く心に刻まれている。

しかし今は、泥の河の上で、木の葉のように儚《はかな》く揺れるのが精一杯だ。

この艦は、どうなるのだろう。普段は穏やかな揚子江が猛《たけ》り狂い、激流に変わった時、いったいどこへ流されてしまうのか。荒波に揉《も》まれ、なすすべなく呑み込まれていく箱船は、果たして空からはどう見えるのだろう。

激しい雨のために双眼鏡をのぞいても市街地のほうまではよく見えなかった。しかし砲声がいくども聞こえ、陸戦隊が砲撃に晒《さら》されていることは容易に知れた。

ここからでは手出しも出来ず、歯嚙《はが》みしていると、通信士が緊迫した声で告げた。

「『勢多』より入電！　北七十度西、敵機発見！　こちらに向かっております！」

下駄《げた》ぶねは小さく、武装も貧弱だが、その任務の性格上、通信機だけは戦艦クラスにも負けぬ強力なものを備えている。長大な揚子江の距離など、ものともしない。南京付近を回航する『勢多』の入電により、爆撃機五、偵察機二の編隊であることがわかった。

ただちに、航空機防御の号令がかかる。全機射撃の命令の直後、前甲板の高角砲が火を噴いた。左右の機銃も雨あられと撃ち込むが、航空機は見向きもせずに去っていく。

「狙《ねら》いは『出雲』か」

艦長はつぶやいた。黄浦江口には、長谷川《はせがわ》長官が乗艦する旗艦『出雲』と第三艦隊の軽巡や駆逐艦がずらりと揃《そろ》っている。

その数分後、再び爆撃編隊が飛来した。と同時に、無線が入る。

「『出雲』より入電！　敵機、爆弾投下するも当たらず！　一機撃墜せり！」

歓声があがった。

どうやら迫りくる編隊はその帰りらしい。

投下した爆弾は五発。黄浦江には『出雲』や護衛の駆逐艦が停泊中だったが、いずれにも当たらず、派手な水柱をたてただけで、逆に猛烈な高角砲撃と機銃の餌食《えじき》となったという。

「へたくそが！　ざまあねえ」

誰かが声をはりあげ、どっと笑いが漏れたが、空気が和んだのもほんの一瞬、打ち方はじめの号令が下された。

嵐のごとき攻撃は二十分間続いた。新手の編隊も現れ、鷹志は高角砲につき、声が嗄《か》れるほど「撃て！」を連呼した。

編隊が遠く去ってからも、まだ轟音《ごうおん》が耳に残っていた。曇天の中から再び機体が現れるのではないかと目をこらしたが、空は沈黙したままだった。

素早く状況を確認すべく後方に回ると、幸い被害はなく、負傷者も甲板で滑った水兵が額を軽く切った程度だった。

「中尉《ちゅうい》、やっぱこいつはいけませんや」

上部構造物上にしつらえられた十五センチ臼砲《きゅうほう》についていた下士官が、鷹志の顔を見て苦々しげに言った。

「臼砲か？」

「はい。航空防御に不向きもいいとこです。照準定める前に、もう空の彼方《かなた》ですよ。こいつを機銃に替えてもらうことはできないもんですかねえ」

十五センチ臼砲は、陸軍の曲射砲である。『保津』は海戦用ではなく、武装は対陸攻撃に特化されているため、この旧式の臼砲が鎮座ましましているが、たしかに航空機相手には動きが鈍い臼砲より、機銃のほうがはるかに使えるだろう。

「あんなのにしょっちゅう来られちゃ、うちの兵装じゃどうにもなりません。『加賀』の艦載機あたりが、景気よく墜《お》としてくれりゃいいんですがね」

「そうだな」

鷹志は空を見上げた。これからは航空機の時代。江南の言葉が、頭の中で谺《こだま》する。

編隊がようやく去ったと思ったのもつかの間、第二波がやって来た。再び猛烈に攻撃する中、雨にけぶる市街地のほうで轟音があがる。

通信士は血相を変えて無線を打ち、やがて返ってきた報告に、一同慄然《りつぜん》となった。

海軍陸戦隊の陣地は無事だったが、着弾したのは共同租界とフランス租界のど真ん中だった。被害情報はまだ詳《つまび》らかになってはいないが、無辜《むこ》の市民が多数犠牲になったのは間違いない。

突然、右舷側に水柱が上がり、船体が激しく揺れた。轟音が続き、慌《あわ》てて双眼鏡を構えると、近くの軍用道路に次々と車が集まるところだった。

「総員戦闘準備！」

左岸を警戒しつつ、『保津』は素早く出港する。両舷《りょうげん》前進半速で進み、左に回頭すると、艦長は一斉砲撃を命じた。

立て続けに放たれる砲弾に、敵の機銃も次第に沈黙する。さらに『保津』は呉淞《ウースン》の岸壁ぞいを移動し、敵の土嚢《どのう》陣地に猛烈な機銃射撃を加えた。土嚢が破裂し、水しぶきのように土が吹き上がる。

指示を出しつつ目を皿のようにして確認をしていた鷹志は、視界の端にちらりと光がかすめるのを認めた。

慌てて双眼鏡を構えて確認すると、左奥で再び敵が集結しつつある。

「艦長！ 西方の水電公司付近にも敵が集結しております」

距離を告げると、艦長は『保津』を移動させ、臼砲砲撃の命を下した。

「主砲、打ち方用意！ 臼砲、打ち方用意！」

鷹志は命令を伝えるや否《いな》や、臼砲のもとに走り出た。臼砲は、『保津』の上部構造物の上にある。つまり、マストをのぞいて最も高い場所にあると言っていい。

艦橋を出てここに立つのは、危険だった。しかし、砲手はここにいるし、なによりこの暗闇《くらやみ》の中、次々とわいてくる敵を探るには、ここが最もふさわしい。

弾丸は、必ず風に流されるものだ。着弾点は、弾丸の方向と風の方向との交角、風速、射距離の三つの変数によって規定される。その計算結果を一覧表にした数表があって、それによって所要の修正値を読みとる。この数表を射表という。射表を引くには数々の計算が必要で、これが砲術士官の仕事となる。さらに弾丸は、大気密度による空気抵抗、地球の自転によって飛距離や位置が変化するため、これも修正が必要となる。

これらの作業を当日修正と呼び、砲術士はいかに迅速かつ正確にこれができるかで優劣が決まった。水雷を志す鷹志は砲術士として勤務したことはないが、砲艦は分隊ごとに士官がいるわけではないので全《すべ》てをこなさねばならない。嵐の中、鷹志は急いで射表を引き、指示を出す。

「さあ、臼砲の本領発揮だ。当ててくれよ！」

号令とともに臼砲は勢いよく弾を吐き出した。指示通りの場所に着弾し、激しい土《つち》埃《ぼこり》があがるのを見て、鷹志は拳《こぶし》を握った。雨風と波、銃声に砲声、怒号、悲鳴、ありとあらゆる音が乱舞し、破裂した。その中に呑み込まれぬよう、鷹志は甲板で命令を出し、索敵を続けた。敵の機銃は『保津』には届かなかったが、野砲でも持ち出されれば終わりだ。ならばその前に叩《たた》きつぶすまで。こちらは、高角砲に鈍重な臼砲、そして機銃。これが兵力の全て。これだけで『保津』を守る。その気迫が、鷹志を危険な場所に立たせ続けた。

「打ち方やめ！」

気がつけば、敵の攻撃は止《や》んでいた。時計を見ると、攻撃開始から二時間近くが経《た》っている。そんなに経っていたとは思わなかったが、近くの水兵は「二時間しか経っていないのか」と驚いていた。

台風に晒され、全身びしょ濡《ぬ》れだったが、少しも冷たいとは感じなかった。息は弾み、明らかに雨ではないものが背中を伝っている。完全に沈黙している陸地を見て、ようやく大きな息が漏れた。

猛威を振るう風雨の下、破壊された陣地、横たわったまま動かぬ兵士の群れ。この無残な光景が、まぎれもない成果だった。彼らは倒れ伏し、自分は立っている。陣地は消え、『保津』は濁った黄浦江の上に、王者のように君臨していた。

これが鷹志にとって、初めての戦闘となった。

4

「くそ、何も見えん」

江南は舌打ちした。

八月十五日午前九時十分、長崎県の大村飛行場を飛びたったときも雨は降ってはいたが、さして問題のない程度ではあった。

しかし東シナ海を渡り、馬鞍《ばあん》群島に近づいたあたりから、天候は急激に悪化した。天気予報では、正午現在、台風は上海の北方九十浬《カイリ》に移動、そのまま北西に移行中とのことだった。暴風雨区域は二百キロ。

最悪だ。目的地は、上海のさらにむこう、南京である。今からまさに、暴風雨の中に飛び込み、突っ切らねばならない。

風は南西、すでに風速十五メートルは超えている。雲はますます低く密集し、視界が極端に狭くなってきた。これでは編隊を維持して飛行するのも一苦労だ——と目をこらしていたところ、まるではかったように、前方を行く隊長機がバンクした。散開の合図だ。

大村飛行場を飛び立ったのは、林田《はやしだ》少佐の指揮する木更津航空隊の大隊二十機である。が、視界狭窄《きょうさく》のため大隊飛行は危険と判断、四機で構成される各中隊に分かれて飛行することになった。

どだい、こんな天候のときに爆撃を強行するのが無茶なのだ。そもそも編隊飛行では雨は極力避けるのが鉄則である。しかし、無茶でもやらねばならない。不安がないと言えば嘘《うそ》になるが、江南の胸はそれを上回る高揚感に溢《あふ》れていた。

上海では、我らが同胞が、十倍以上の敵を相手に孤立無援の状態で奮戦している。敵は宣戦布告もなしに爆撃を行い、日本軍に被害はなかったものの、不幸なことに、租界内で無辜《むこ》の市民が三千人以上も死傷した。

ことここに至っては、政府も不拡大方針を放棄し、陸軍派兵を決定するだろうが、それを待っていては時間がかかりすぎる。

「今、海軍陸戦隊、第三艦隊、なにより上海の市民を守ることができるのは、もはや我々しかいない」

出撃前の隊員を集めて、司令は熱をこめて語った。

「この天候にあって、危険は重々承知である。だが、熟練搭乗員たる君たちならば、必ずや成功させると信じている」

――当然だ、成功させる。

司令の言うとおり、助けられるのは航空隊しかいない。台風ごとき突破できなくて、数万の敵と戦う味方に顔向けできようか。

昨夜、この台風の中を、台湾の飛行場から飛び立った鹿屋《かのや》航空隊の空襲部隊が、杭州を爆撃した。大変な苦労をしたらしいが、鹿空に先んじられたのは悔しい。今日はなんとしても、成功させたかった。

渡洋爆撃といえば、かつての大戦で、ドイツ軍の航空機がドーヴァーを越えてロンドンを襲撃したことがある。江南に言わせれば、兵学校の遠泳訓練で鍛えた身なればドーヴァーなど泳いで渡れる距離だ。誇れるものではない。

しかし今日は正真正銘、海を渡るのだ。未《いま》だかつて、軍用機で成し遂げた国はいない。

大隊の機体はすべて、最新の九六式陸上攻撃機。全金属製、双発高速、引き込み脚という世界に先駆けた数々の機能をもつ上、空気抵抗と燃費の低減に成功し、画期的な航続距離を可能とした、すぐれた機体だった。

列強の猿まねではない、日本が独自に開発したこの機体が、みごと渡洋爆撃を成功させる。その瞬間に自分が関われることが、誇らしい。

今こそ、帝国海軍の歴史に、輝かしい一頁《ページ》を加えるのだ。いや、帝国海軍だけではない。この九六式陸攻(中攻)の性能、そして搭乗員たちの練度は、世界を驚倒させるだろう。

昨日の中国機はひどい誤爆をしたそうだが、そんな愚かな真似《まね》はしない。彼らは制空権を取れば勝ちだと思っているだろうが、そうはさせるものか。飛行基地さえ叩《たた》いてしまえば、こちらのものだ。

高揚しつつも、江南の頭は冷静だった。上海を越えたあたりから、視界はますますきかなくなってくる。こうなってくると、計器が全《すべ》てだ。江南は頭を下げ、計器に集中しつつ操縦した。

しかし、計器操縦に入ってからまもなくのことだった。

「敵機発見!」

副操縦員の叫びにぎょっとして目を向けると、雲の切れ間に機影が見えた。五機、六機――十機。

カーチス・ホークⅢ。単座複葉の戦闘機だ。

陸攻が編隊を組む際には戦闘機が護衛につくこともあるが、最近は戦闘機不要論が海軍では幅をきかせていた。

九六式は陸上攻撃機も艦上爆撃機も優秀で、航続距離も長い。一方戦闘機は身軽だが長距離は飛べず、速いといっても九六式に圧倒的に勝るわけでもなく、ならば戦闘機はいらないのではないか、という話になった。

しかし、こうして実際に相対してみれば、やはり戦闘機との差は歴然としている。身軽さがまるで違い、勝負にならない。

なにしろこちらは、五人も乗っているし爆弾もぶら下げている。江南はもてる技術の全てをもって応戦したが、かわすのが精一杯だった。

ましてこの九六式陸攻には、この手の双発機には必ずある機首銃座が存在しない。偵察席および銃座は操縦席の後方にある。空戦での攻撃となると、視界の狭さは致命的だ。

江南の操縦する機体の後方射撃手兼電信員は、佐山《さやま》という若い二空曹である。霧中飛行で編隊からはぐれても、冷静に単機不時着を果たした胆力ある若者で、江南も目をかけていた。江南は全力で操縦に集中し、後は佐山の射撃の技量に賭《か》けるほかなかった。

佐山は、期待によく応《こた》えた。ほとんど曲芸飛行のような江南の操縦にも負けず、果敢に敵機を攻撃した。

やがて、エンジンに直撃したとおぼしきカーチスが、火を噴きながら地上に落ちていく様を見たときは、機内は快哉《かいさい》の叫びに満たされた。

薄墨を流したような無彩色の世界の中、あかあかと燃えながら落ちていくカーチスは、美しくさえあった。

どうにかかわして離脱し、急いで列機を確認するよう命じると、偵察員の栄村《さかえむら》一空曹は、全機確認を告げた。

安堵《あんど》の息が漏れる。

「まったく、まだ南京についちゃいないってのに、先が思いやられる」

これが単座ならばよい。何があっても、死ぬのは一人だ。しかし自分は、四人の命を預かっている。中攻では小隊――すなわち一機の搭乗員はペアと呼ばれ、家族同然である。この日のために、この五名で訓練を繰り返し、時には飲み歩き、羽目を外して騒ぐこともあった。階級の差など、ペアの中では意味がない。彼らは中隊長である江南を信用しているし、自分もまた彼らに安心して背中を預けていられる。これは、地上の友人とはまた違う絆《きずな》であり、まして江南にとっては血の繋《つな》がった家族など問題にならなかった。

目的地である南京が近づき、江南は高度を下げた。すると今度は、地上からの猛烈な対空砲火に晒《さら》される。首都を直接狙《ねら》うのだから予測していたこととはいえ、攻撃の凄《すさ》まじさは予想をはるかに越えていた。

烏合《うごう》の衆かと思い込んでいたが、彼らの対空砲火はなかなかどうして正確である。しかも向こうはこちらがよく見えるが、空からは目標がほとんど見えない。空からだとさぞ視界がいいだろうと思われがちだが、初心者がいざ飛んでみると、ろくに地上が見えないことにまず驚く。

江南は一昨年、訓練で空母の艦載機に乗っていたが、一度飛び立つと、あの巨大な空母ですら、大海原で見つけるのは容易ではない。とくに荒天のもとでは、帰るべき母艦を見失い、そのまま海原に不時着水して大破、操縦士も死亡という事故をいくつも見てきた。

「栄村！　目標位置！」

江南は振りかえって怒鳴った。

偵察員の栄村一空曹はベテラン中のベテランである。航法と水平爆撃を司《つかさど》る偵察員は、司令塔としての役割があるため、士官がつくことが多い。江南も最近は偵察員として搭乗することが多かったが、今回は大変な荒天ということもあり、林田大隊長の命令で、江南が操縦で、栄村が偵察員を担当していた。

隊長機は、決して迷ってはならない。列機はみな、隊長機についてくるからだ。針路直進、と自信に満ちた答えに、波立つ胸が落ち着き、言われるままに直進する。

砲撃は激しさを増し、数度、衝撃が来た。機体がぐらりと揺れ、頭を打ちつけたが、必死に水平に戻す。栄村の指示に従い、さらに高度を下げる。いよいよ基地が見えた。

時計は、一五〇一をさしていた。

予定通りならば、すでに第一中隊、第三中隊は爆撃を終えているはず。

さらに高度を下げると、飛行場のあちこちから黒い煙があがっているのが見えた。

格納庫らしき建物と、ずらりと並ぶ機体を視認する。

「用意！」

目標が近づく。垂下筒射手もベテランの一空だ。彼は外さない。

「用意！　撃て！」

ぶら下げた陸用爆弾が投下される。江南機の投下を見て、続く三機もいっせいに投下した。

合計、八発。

急上昇する際に、格納庫と近くの機体が炎を噴き上げるのを確認する。成功を無線で大隊長機に告げ、再び激しい砲撃に晒されながら、江南中隊は離脱した。

5

すでに、満身創痍《そうい》である。バランスがとれない。右翼と尾翼がやられているようだった。エンジンに異常がないのは不幸中の幸いだったが、どうにか砲撃の届かぬ高度まで逃れたと思った途端、再び戦闘機編隊に遭遇した。

さすがに一瞬、頭が真っ白になりかけた。これが単座ならば、あるいは覚悟を決めたかもしれない。一対一の巴戦《ともえせん》、相打ちを狙《ねら》っただろう。

しかし、自分は今、五人家族の長である。彼らをなんとしても生きて連れ帰らねばならない。

海軍航空隊の歴史はまだ浅いが、それは数多《あまた》の同胞の血で彩《いろど》られている。あたら若い、才能ある若者たちが、自身の未熟さだけではなく、容赦のない天候や、開発途上の機体に翻弄《ほんろう》されて、命を散らしていった。

だからこそ、ここに残った者たちは、何がなんでも生かさねばならぬ。ここにいるのは、航空隊の宝だ。

今自分がやるべきは、パイロットの誇りにかけて戦うことではない。

「逃げるが勝ち、が信条の奴《やつ》がいたっけな」

江南は歯を食いしばり、操縦桿《かん》を握った。素早い敵の機銃から身をかわすものの、完全には避《よ》けきれず、機体左側面に衝撃が走る。

背後の射撃手の悲鳴が聞こえたような気がしたが、振り返る余裕はなく、江南は攻撃をかわし続け、列機を追い詰める敵機の背後に出て、逆に機銃を食らわせ、撃墜した。

その際にこちらも再びくらったが、なんとか三機をつれて離脱に成功する。そういえば栄村の指示が途絶えている、と振り向いた江南は、目を剝《む》いた。栄村は血まみれで、ぐったりと側壁によりかかっていた。

「栄村！」

呼びかけると、彼はわずかに右手をあげた。こちらには背を向けている形なので、表情は見えない。しかし、重傷なのは間違いなかった。

急がなければ。が、隣の副操縦員が深刻な様子で計器を指し示す。左三、五番タンクからガソリンが漏れている。もはや、一刻を争う。江南はぐっと丹田に力をこめた。

「生きて戻るぞ！」

自身を鼓舞するために、声を張り上げた。そこからは、無我夢中だった。人生において、これほど無心だったことはない。

だがどういうわけか、大陸をようやく離れ、激しい風雨の中をがむしゃらに進み、ようやく視界が開けた時、そうだ結婚しよう、と思った。

それは天啓のように閃《ひらめ》き、次の瞬間には、もはや確定事項として江南の頭にすり込まれた。

自分は、帰る場所を持つ必要がある。何があっても戻りたいと思う場所を。

それは家族だ。しかし、東京のあの家ではない。あそこはひどく空虚で、いつわりに満ちている。それがたまらなく厭《いや》で、遠い江田島に逃げ出した。

全《すべ》てはこの手で、ひとつずつつかもうと決めた。だから、帰る場所もこの手でつくる。そうでなければ、きっといつか、自分は空に呑《の》み込まれてしまうだろう。

空は無限と人は言う。しかし航空士にとっては出口のない落とし穴でもある。地上への帰り道を見失えば、落とし穴に落ちるだけ。なにより恐ろしいのは——いつかそうなっても仕方がない、いやそうなってもいいと、どこかで諦《あきら》めることだ。

それでは駄目だ。どんな瞬間も、諦めてはならない。

——だから、あの人に結婚を申し込もう。きっと断られるだろうが、必ずそうしよう。そうすれば俺はいつも必ず、帰ろうと思うだろう。

済州島基地が見えたとき、江南は不覚にも嗚咽《おえつ》を漏らしかけた。もう、燃料は限界だった。一人ならばきっと泣いていた。

何度も振り返り、栄村の状態を確認する。応急手当を済ませ、血はなんとか止まったようだったが、意識は朦朧《もうろう》としている。体にさわらぬよう操縦したかったが、この荒天ではそれも難しかった。

そしていざ着陸しようというときに、右車輪もパンクしていることに気がついた。

機体を擦《こす》りつけながらもどうにか着陸すると、すぐに整備兵が飛んでくる。

「栄村を頼む！　肩を撃たれた、大至急だ！」

操縦席から怒鳴った途端、めまいがした。この一日で、十キロは痩《や》せた気がする。

地上に降り立つと膝《ひざ》が笑い、機体に手をついていなければ崩れ落ちそうだった。そして、いざ外から見て、機体の惨憺《さんたん》たる有様に絶句した。

だいぶ被弾したとは思っていたが、これはひどい。片側だけで、二十近い銃痕《じゅうこん》がある。貫通したのが一つだけだったのは、奇跡かもしれない。

栄村はすぐに担架に乗せられ、運ばれていった。地上に降りたことで安堵《あんど》したのか、運ばれるまぎわ、江南を見てわずかに微笑《ほほえ》んだ。青ざめた顔は痛々しかったが、間に合ってくれたことに江南は心の底から安堵した。

「すまん、せっかくの機体をずいぶん傷《いた》めつけちまった」

いたましく破壊された機体を目にして、顔をくもらせた整備員に、江南は頭をさげた。

「いえ、生きて帰ってきてくださったのが何よりです。それに、これはまだいいほうですよ」

整備員は眉《まゆ》を寄せ、先に着陸した機体を目で示した。遠目でも声を失うほどの惨状だった。

「第七小隊機はタンクが三つ、フラップとモーターがやられてました。でもあれもまだ帰ってきただけいいでしょう。第八小隊機は、南京付近で墜落したそうです」

江南は瞑目《めいもく》した。覚悟の上での出撃とはいえ、惨《むご》い。爆撃の成果はあげたものの、あまりに犠牲が大きかった。

「こいつは素晴らしい機体だ。ガソリン漏れしても、あの距離を帰ってこられたんだ。たいしたもんだよ」

「中尉《ちゅうい》の技量でしょう」

「こんな時に持ち上げんでもいい。素晴らしい機体だが、こんな真っ昼間に低空飛行していいもんじゃないな」

「まあそれは、どの機体でも無謀でしょうが」

整備員も暗澹《あんたん》たる面持ちで頷《うなず》いた。この中攻は、防御があまりに薄すぎる。軽さを優先すれば必然的にそうなるのだろうが、これではどんなにすぐれた技量の持ち主でも無傷で生還するのは難しい。

「たしかに、とんでもない無謀だ。全滅でもおかしくなかった」

傷だらけの愛機を見て、江南は嗤《わら》った。そうだ、最大の問題は、機体ではない。中国軍を侮《あなど》り、強行した自分たちの奢《おご》りかもしれない。

この機体を世界に示したい、この成果を誇りたい。日本海軍の名を、知らしめたい。単に功名心と呼ぶには切実な願い。それ自体は間違いであったとは思わないが、膨れあがった願望のせいでいらぬ油断を生みはしなかったか。冷静さを、欠いてはいなかったか。

世界初の渡洋爆撃は、結果としては、成功した。長崎より南京に飛んだ木更津航空隊は、ふたつの飛行場を爆撃し、格納庫や庫外機体を爆破。さらに蘇州および南京上空で敵戦闘機数十機と交戦の上、九機を撃墜した。

台湾から南昌に飛んだ鹿屋航空隊もやはりふたつの飛行場を爆撃し、格納庫、指揮所、研究所、火薬庫を燃やし、航空機を破壊した。

敵にはかなりの打撃を与えたものの、南京の熾烈《しれつ》な砲火に晒《さら》され、空戦に巻き込まれた木空は、出撃した二十機のうち、撃墜された機体が四機、要修理として実働部隊から外されたのが六機という惨憺たる有様だった。

あんな荒天で強行しなければ。もっと冷静に行っていれば、一日で宝の半分を失うようなことはなかったのではないか。自分たちはもっとうまくやれたはずだ。この日のために、どれだけ厳しい鍛錬を重ねてきたか。

江南は、成功させたという喜びよりも、恥じる思いが強かった。

しかし翌日の新聞に描かれているのは、赫々《かくかく》たる戦果、世界初の快挙。世界に冠たる航空隊の華々しい姿。英雄たち。

多大な犠牲を払い、かろうじて帰ってきたことなど、どこにも書かれてはいなかった。

6

鷹《たか》を見た。

重苦しい灰色の空を、切り裂くように飛んでゆく、一羽の鷹。

垂れ込める雲からは大粒の雨が落ちているというのに、鷹はかまわず西を目指す。雨だろうと、飛ぶしかないのだ。なぜなら下は、大海原。羽根を休めるところなどない。風に荒れ狂う波を眼下に見下ろし、悠々と鷹は飛ぶ。

これは夢だ、と雪子はすぐにわかった。刻一刻と激しくなっていくこの雨の中、これほど悠々と鷹が飛べるはずがない。そもそも自分は、海原のどこから鷹など見ているのか。

夢は多少の理不尽も現実だと思いこむものなのに、これが夢だと雪子が認識しているのには、もうひとつ理由があった。

どれほど翼が濡《ぬ》れていようが、重たげなそぶりも見せぬその鷹は、何年も前に雪子が彫り上げた彫刻だったからだ。

弟子に入って三年目、練習用に与えられた木材から彫り上げたものだ。工房の弟子に、自由になる時間などほとんどない。雑用と工房の仕事、そして夜は嵐山が寝入った後のわずかな時間を使って、鷹を彫った。

題材に鷹を選んだのは、直感だった。木を見た瞬間、それしかないと感じた。

一日、また一日と過ぎ、なんの変哲もない木から少しずつ鷹が姿を現してくると、雪子は夢中になった。重かった体も心も、ひと彫りごとに軽くなっていく。どうしようもなく溜《た》まっていく汚れた澱《おり》が、飛んでいくような気がした。

完成した鷹を、嵐山は絶賛した。嵐山は俗物だったが、創作には非常に厳しい。門下に入ってわずか三年目の弟子の作品を品評会に出そうというのだから、鷹には何か見るべきものがあったのだろう。実際、品評会でも鷹は好評だった。今にも大空に羽ばたかんとする鷹の羽音、わずかな筋肉の動きまでもがいきいきと再現されているようで、鷹の気高さと生命力がいかんなく表現されている。くわえて、荒々しさの中に潜む細やかな情感も見え、鷹に向ける強い憧《あこが》れと眼差《まなざ》しは、女性ならではのものだ――等々、時に過剰とも思える言葉は、嵐山のお気に入りの女弟子という肩書きゆえに付加されたものだっただろうが、雪子の彫刻師としてのキャリアの最初を飾るにしては、理想的なものだった。

しかし雪子は、この鷹を嫌った。彫っている間はあれほど雪子を夢中にさせ、苦しみを肩代わりしてくれた鷹は、いざ完成してしまうと、ひどく恐ろしい、冷たいものに見えた。つい先日まで雪子の手の中にあったそれは、出来た途端に、雪子には決して見えぬ紺碧《こんぺき》の彼方《かなた》に向かって飛び立ってしまった。人々が褒め称《たた》えるのは、その抜け殻にすぎない。

あの時飛び立った鷹は、まだこうして飛んでいる。

雪子のことなど一顧だにせずに、ただまっしぐらに飛んでいく。その果てに、何があるのか。目指す場所へと、辿《たど》りつけるのか。わからない。

雪子はただ、ちっぽけな地上から見上げることしかできないのだから。

今日の夢見は、最悪だった。

雪子は頭を押さえ、とぼとぼと道を歩く。昨夜飲み過ぎたせいか、頭も痛い。

待合宿が並ぶこの通りは、昨夜はそれなりに賑《にぎ》わいを見せ、おぼろな街灯が風情《ふぜい》らしきものを添えていたが、日の光のもとではしんと静まり返り、何もかもがしらじらしい。

足早に通りを抜け、大通りに出ると、今度は何やら騒がしい。なにごとかと思って目をやれば、新聞売りが号外と叫んでいる。

「号外！　南京陥落目前だよ！」

たいして興味もなかったが、人混みに押されるようにして雪子は前に進み、結局一部貰《もら》った。

広げるまでもなく、一面には大きな字が躍っている。

『我が海空軍の威力』

『世界航空史に輝く偉勲』

雪子は欠伸《あくび》をかみ殺し、人を掻《か》き分けて通りを進む。じき昼時なので、飲食店の並ぶこのあたりは人が多い。さっきの場所とはえらい違いだ。

行きつけの支那《シナ》そば屋の引き戸を開けると、「おや、ゆきちゃん、いらっしゃい」と声をかけられた。カウンターのむこうの大男に「いつもの」と声をかけ、奥のテーブルへと腰を落ち着けた。

改めて号外を広げると、渡洋爆撃成功の記事だった。よくわからないが、成功したことによって戦争終結が早まるならば、それに越したことはない。

支那には今、兄の鷹志が赴任している。月に二度の割合で来る手紙では、そう危険はないと書いてあるが、新聞では毎日のように支那の緊迫具合や頻発する戦闘を伝えてくる。そのほとんどが日本軍の勝利を示すものだったが、そのわりに戦争はちっとも終わらなかった。

「辛気くさい顔してるじゃないのさ」

頭上から声が降ってきたと思ったら、隣の席に勢いよく誰かが座った。年の頃は雪子より二、三ほど上の美しい女だが、間近で見ると微妙に頬の線がたるんで隈《くま》も浮き、三十を過ぎているようにも見える。

「澄江《すみえ》さん、お久しぶり」

昼の光のもとでは疲労が目立つ顔も、常に薄暗いカフェーや、夜の照明の中ではとびきり美しく浮かび上がることを雪子は知っている。澄江はかつての女給仲間で、ちょうど一年前に初めてこの店にやってきた時にばったり会った。年も年なので女給はとうにやめており、近くの料亭旅館で仲居として働いているという。

「本当に久しぶりだこと。ひとり？ ゆうべの相手には逃げられたわけ？」

「単に会食があるからって先に出ただけよ。私はぎりぎりまで寝かせてもらったわ」

「いいご身分だこと。あんた未《いま》だに、生麦で工場勤めなんてしているわけ？」

澄江はさっそく煙草《たばこ》をくわえ、けだるげに煙を吐き出した。雪子は薬罐《やかん》から湯呑《ゆの》みに茶を注ぎ、ひとつを澄江の前に置く。

「なんだかんだもう四年ね」

「馬鹿馬鹿《ばかばか》しい。戻ってきなさいよ。あんたならもっと稼げるのに」

雪子は黙って茶を啜《すす》った。運ばれてきた支那そばは、もうもうと湯気をたてている。猫舌の雪子は、箸《はし》で麺《めん》をとり、何度か息を吹きかけた。

五年前、雪子は兄に手を引かれ、新宿のカフェーから浦賀へと戻った。道すがら、兄妹《きょうだい》はどうやって両親に話すべきか相談を重ねたが、その必要はなかった。雪子がカフェーをやめたその日のうちに、嵐山の妻から両親のもとに連絡が行っていたからだ。

彫刻刀は取り上げられ、雪子は父の紹介で浦賀ドックへ勤めることとなった。しかしそれも一年ももたなかった。嵐山との醜聞や女給をしていたことがどこかから漏れ、地元にいられなくなったためだ。

見かねた永峰の本家が、生麦の町工場を紹介してくれて、ほとぼりが冷めるまでそちらに住むことになった。しかし、もうあの浦賀の家に戻れないであろうことはわかっていた。そのままもう四年だ。

　こみあげてきたものを飲み込むように、雪子は乱暴にそばを啜った。思いがけない熱さに息苦しくなり、慌《あわ》ててお茶を流しこむ。

「カフェーはもういいわ。私、接客向いてないもの」

「その顔なら問題ないでしょ。そっけないのもいいなんて言われてたくせに」

　澄江は充血した目を雪子の顔にひたとあてた。

「なんならうちに来ない？　今より何倍も稼げるわよ。結構おえらいさんが来るから、気に入られれば甘い汁も吸えるわ。あんたなら大丈夫」

　澄江は、音をたてて汁を飲み干した。白い喉《のど》が大きく上下するのを横目で見やり、雪子もそばを啜った。

「ありがたいけど、自分が生活できるお金はどうにか稼げているから。こうやって東京にも出てこられるしね」

　言葉通り、雪子は月に一、二度東京に出る。一人でふらふらすることがほとんどだが、時には、女給時代にとくに贔屓《ひいき》にしてくれた客や、レコード喫茶で知り合ったシャンソン好きの青年と会うこともある。彼らとの時間は、嫌いではない。毎日、油にまみれて働き、下宿先に帰って死んだように眠ることを繰り返しているうちに、ふと人恋しくなることもある。

工場に近い横浜あたりでは誰が見ているかわからないので、時々こうして東京に来ては、日々の鬱憤《うっぷん》を晴らすのだ。

彫刻に邁進《まいしん》していたころは、嵐山や弟子たちのいう「気晴らし」が、雪子には理解できなかった。彫刻こそが最高の気晴らしであり、ほかに何かをしたいという欲求がなかったからだ。

今になって、彼らの言葉が身にしみる。人生には気晴らしは必要だ。

「ふうん。本当によくわからない女ねえ」

澄江は茶を啜り、だらしなく頰杖《ほおづえ》をついた。

「四年もやればそれなりにお金もたまったでしょ。ならとっとと、西でもどこでも逃げればいいのに馬鹿正直に工場勤めを続けるなんて」

「約束したもの。仕方ないわ」

「つまらないわねえ。昔のあんたはぎらぎらしていたのに、なんだか小さくまとまっちゃって」

澄江は、吸いさしの煙草に再び火をつける。まるで、口が少しでも空くのが耐えられないかのようなせわしなさだった。

「もう若くないですから」

「それ厭味《いやみ》？」

澄江は鼻を鳴らした。雪子はただ黙って茶を啜った。

7

七月に始まった日支事変——両国とも宣戦布告をしていないため戦争ではなくこう呼ばれる——は、渡洋爆撃の成功を機にすぐに決着がつくと思われたが、そうたやすくはいかなかった。

日本軍の一ヶ月以上にわたる渡洋爆撃によって、中国軍は上海、南京他重要都市の航空部隊が多大な損害を被《こうむ》り、続けて日本軍が航空隊と第三艦隊の砲撃の援護のもと陸軍二個師団を上陸させると各地で激戦が繰り広げられ、十一月中旬にはとうとう中国軍が上海から撤退した。

すぐに日本軍を制圧できると信じていた国民政府にとっても、間断ない爆撃と陸軍上陸によって一ヶ月も経《た》たぬうちに勝敗は決せられると信じていた日本軍にとっても、ここまで長引くことは予想外だった。

十一月二十日、南京の国民政府はとうとう重慶遷都《せんと》を内外に発表する。その一方で、司令部および軍事諸機関は南京に残り防御を強化し、揚子江の航行を遮断した。上海と南京を結ぶ揚子江のちょうど中頃にあたる江陰砲台を強化し、付近に多くの船を沈めた上、機雷を敷設《ふせつ》したのである。

しかし日本側も負けじと、十二月一日、南京攻略の大号令を下す。

南京さえ陥《お》ちれば、この戦争は終わるはずだった。陸軍の展開に合わせ、海軍は江陰閉塞線《へいそくせん》を突破し、揚子江を遡江《そこう》して南京を目指すこととなり、八月以来、入り組んだ上海の水路に入り込んでは陣地を攻撃し、味方陸軍の上陸援護にあたっていた『保津』も、掃海に参加した。小さく吃水《きっすい》の浅い砲艦は、機雷や沈船の合間を縫って、航行可能な水路を啓開するにはうってつけだった。しかし同時に、それだけ機雷に触れる可能性が高いということでもある。『保津』は慎重に機雷を探りつつ進み、沿岸を進む陸軍を援護して砲撃を行った。

南京が近づくにつれ機雷の数は増え、沿岸の砲台からの攻撃も激しさを増し、『保津』も一度左舷をぶち抜かれたが、十二月十三日一五四〇、先頭きって南京港に突入した。しかし、そのまま掃海部隊とともに作業に入った矢先、第三艦隊司令部より新たな指令が来た。

艦橋にいた鷹志は、指令を受けた上本艦長の顔がやにわに曇ったのを認め、厭《いや》な予感がした。

「これより離脱、馬鞍山に向かう」

艦長は重々しい口調で言った。

「馬鞍山？」

「どうやら、航空隊が中国艦と間違えて、アメリカの砲艦『パネー』を誤爆したらしい」

鷹志をはじめ、艦橋に詰めていた全員の顔色がさっと変わった。

「『パネー』は沈んだ。生存者の救助に当たれとのことだ。急行するぞ」

艦長は苦虫を噛《か》みつぶした顔で、こいつはえらいことだ、とつけたした。鷹志の頭に真っ先に浮かんだのも、航空隊はなんてことをしてくれたんだ、という怒りに似た思いだった。しかし、誤爆はどうしようもない。そもそも航空隊には、上海以来、言葉に尽くせぬほど世話になった。声高に非難できる権利は自分にはない。

あの台風の中、世界初の渡洋爆撃を成功させたと知った時の喜び。その翌日、大編隊を組んで上海に飛来した日本軍機を見たときの頼もしさ。さきごろの江陰閉塞線でも、中国の巡洋艦をいくつも破壊してくれた。

今日の午前には、艦隊参謀長杉山少将が、アメリカ艦隊旗艦に陳謝に赴いたという。後は現場が、行動で誠意を示すほかはない。

目的地には、午後八時半に到着した。

同地には、イギリス砲艦『ビー』が在泊していた。航空隊が誤爆したのは『パネー』号だけだったが、この『ビー』と、同型の『レディバード』も、陸軍からの砲撃を受けたらしい。

頭が痛かった。航空隊は誤爆だとしても、陸軍の砲撃は明らかに故意だ。どうやら指揮官は、国家主義者の陸軍大佐らしい。鷹志は生まれて初めて、会ったこともない人物を殴りたいと心から思った。

『ビー』に救助のために訪問使と軍医長が送られると知るや、鷹志はすすんで艦長に志願した。

「君は負傷しているではないか。救助に行くのに途中で倒れられては困る」

包帯に覆《おお》われた鷹志の頭部を見やり、艦長は苦い顔をした。左舷をやられた時に、その衝撃でふっとんだ鷹志は側頭部をしたたか打ちつけて、一時は耳がまったく聞こえないほどだった。

「皆、多かれ少なかれ負傷しております。『ビー』には一度行ったことがありますし、どうか私に行かせてください」

鷹志は熱心に言いつのった。皆が戦闘続きで疲れきっている中、士官の中で一番若いのは自分だ。この事件は下手をすれば、国際問題になりかねない。最も動ける者が、率先して救助に走り、精一杯の誠意を見せねばならない。何が何でも、喧嘩《けんか》は避けねばならぬ場面だ。

熱意に押されて艦長が承諾すると、鷹志はすみやかに着替え、軍医長とともに内火艇に乗り込んだ。が、暗闇《くらやみ》の中に浮かぶ『ビー』の姿を認めた途端、鎮痛剤を飲んだばかりだというのに、急に頭が痛みだした。全身が心臓になったかのようで、自分の脈動に吐き気がした。

『ビー』は、砲撃を受けたと聞いていたもののほぼ無傷だった。岸からの弾丸は『ビー』の上を通り過ぎたため、直撃弾は受けなかったらしい。ただし、『レディバード』のほうは四発も砲弾をくらい、死傷者も出ている。

険しい顔をした艦長以下士官たちの前で、鷹志は深々と頭を下げ、この度の過失を詫《わ》びた。そして生存者救出に力を尽くしたい、と申し出ると、『ビー』艦長のしかつめらしい顔がほんのわずかに緩んだ。

「君にはなんの罪もないことはわかっている、ナガミネ中尉《ちゅうい》。だが、『パネー』の者たちは、君を見て激昂《げっこう》するかもしれない。それは覚悟しておいてくれたまえ」

「はい」

鷹志と軍医長は、英国の救助隊とともに内火艇に乗り、生存者が避難しているという北岸へと渡った。

野砲陣地内の建物で治療を受けていた『パネー』の乗組員たちは、日本海軍の制服を見た途端に、色めき立った。何しに来た、帰れ人殺し、と罵声《ばせい》を浴びせる彼らの前で、鷹志は誠心誠意、謝罪した。

「誤爆だと？　嗤《わら》わせる！」

鷹志の言葉に、頭と腕に包帯を巻いた若い将校が叫んだ。

「今更言い訳はよすんだな。あれは明らかに我々をアメリカ砲艦と知っての攻撃だった」

「誤爆です。中国人の水夫が多く乗っているため、勘違いをしたのでしょう。もっともそれで許されるはずはありませんが、故意ではありえません」

「いいや、故意だ。我々は位置も知らせていたし、甲板にあれほど大きく星条旗を描いていたのだ。見えないはずはない。それに英砲艦も陸軍から砲撃を受けたというじゃないか。これは計画的な攻撃だ！」

いくら言っても、相手は納得しようとはしなかった。

たしかに、甲板の星条旗を見逃して誤爆したというのは、不思議な話ではあった。しかし、空からは本当にびっくりするぐらい視界がきかないのだと江南が話していたことがあるので、まだわからないでもない。情報も、完全とは言えないものだ。

わからないのは、『レディバード』と『ビー』を攻撃した陸軍である。これがなければ、アメリカもここまで頑《かたく》なではなかっただろう。状況を見れば、彼らが陸海軍共同の陰謀だと主張するのも、仕方のないことだった。

「そもそも君たちの南京攻略からして意味がわからない！　戦争はしていないと言いながら、内陸都市も次々空襲しているではないか」

「軍事施設を攻撃していると聞いております。時には標的を外すこともあるかもしれません」

「いいや、無差別だ。君は南京の惨状を知らないのか？　どれだけ多くの市民が死んだと思っている。八月の、中国軍の上海盲爆どころの騒ぎではない！」

若い将校は唾《つば》を吐き捨てた。

「君たちの行為がどれほど国際社会から非難を浴びているのか知らんのか。渡洋爆撃などと得意になっている状況かね？　あげく、とうとうアメリカにまで手を出しやがった！　いいか、おまえたちはもうおしまいだ！」

「おい、落ち着け。彼は無関係だ」

近くにいた、年かさの男が、宥《なだ》めるように肩を叩《たた》いた。しかし若い男はいっそう目を血走らせ、その手を振り払う。

「無関係なものか、こいつもジャップの海軍だ！　あの卑劣なクソどもの仲間なんだ。俺たちは絶対にパネーを忘れんぞ！」

リメンバー・パネー。

血を吐くような叫びが、鼓膜に突き刺さる。

鷹志は再び頭を下げた。もはや、何を言うこともできなかった。ただ痛感したのは、上海事変のころはむしろ日本は同情され、非難は中国側へ偏《かたよ》っていたのが、いつしか逆転しているということだった。

罵倒され、警戒されながらも、鷹志は黙々と救助を手伝った。軍医長も夜を徹して手当をした。

今朝までは、いよいよ南京だと胸を高鳴らせていた。この四ヶ月にわたる苦労が報われる、困難な任務をやり遂げたのだという喜びは、今や見る影もなくしぼんでいた。

救助と治療が一段落つき、鷹志と軍医長が『保津』に帰還したのは、翌朝五時のことだった。

「ご苦労だった。休んでよし」

艦長にねぎらわれ、言葉に甘え、おぼつかない足取りで士官室に戻る。途端に、ふっと気が遠くなった。

丸一日、一睡もしていない。ずっと気を張っていたために、一度糸がきれると、指一本動かすのも難しかった。頭痛も耐え難いほどひどくなっている。

鷹志はおとなしく床に転がったまま、つぶやいた。

「リメンバー・パネー、か」

自分は、できるかぎりのことはやった。犠牲者には申し訳ないと思っているし、その心の通りに行動した。

しかしたかだか一介の中尉が救助を手伝ったところで、全米の巨大な声に一石を投じることなどできるはずがない。

「また戦争になるかもしれんなぁ」

今ごろ南京では、陸海軍が晴れて入城し、一息ついているところだろう。だが、まだ終わらない。だいたい、なぜ南京を陥とせば終わると無邪気に信じていたのだろう。国民政府はすでに重慶に移ったではないか。

そもそも、この戦争のきっかけはなんだった？　いや、戦争ではないのだったか。では自分たちが今までやってきたことはなんなのだろう。国を守るための戦いではなかったのだろうか。

考えるのも面倒になり、鷹志は目を閉じた。この目を開けたときには、アメリカが宣戦布告をしているかもしれない。そう考えたのを最後に、鷹志の意識はたちまち闇に呑《の》み込まれていった。

8

外に出た途端、湿った熱気が押し寄せる。

たちまちのうちに滲《にじ》んだ汗を拭《ぬぐ》い、鷹志は足早に門へと向かった。海軍省の敷地を出て、日比谷公園に踏み込むと、今日は長梅雨の中で珍しく雨が降らなかったためだろう、ずいぶんと人出が多い。

街灯の灯りが映し出す人々の顔が明るいせいか、たまたま前を歩く婦人の着物の色が明るいからか、祭りのように空気が華やいでいた。

初夏の明るい、平和な光景だった。この時間にはさすがに子供の姿はほとんど見かけないが、装《よそお》った婦人の姿はちらほらと見える。灰色の雨の中、花火のように咲く紫陽花《あじさい》に似ていた。

休日になれば公園はもっと多くの人々でにぎわい、ステージでは勇ましい演説やら演劇、演奏会などが催される。公園を出て有楽町に出れば、省線ガード下には飲み屋が軒を連ね、会社帰りの男たちの賑《にぎ》やかな声が聞こえてくる。

四月に国家総動員法が公布されたものの、東京にいるかぎり、生活が圧迫されているとはまったく感じない。むしろ、鷹志が大陸に出征する前よりも豊かになったように見える。

昨年十二月、南京は陥落したが、日支事変は終わらなかった。早期解決を模索していたはずの近衛《このえ》内閣は、年が改まると「国民政府を対手《あいて》とせず」と声明を出し、和平の道は完全に断たれてしまった。

大陸では今も多くの兵士が戦っている。犠牲もすでに数万に及んでいるが、東京にいると全《すべ》てが異世界のことのように感じられてならない。

実際、海軍省勤務の発令を受け、はるばる揚子江から引き揚げて、東京に赴任してきた時には、あまりの落差に頭がついていかなかった。銀座に出れば、最先端の洋装に身を包んだ女性たちが堂々と闊歩《かっぽ》している。デパートにはものが溢《あふ》れ、休日ともなれば家族連れが押し寄せる。新聞は連日、勇ましい言葉を並べて戦意高揚と生活の節制を呼びかけていたが、色とネオンの洪水の中では、それらは簡単に流され、消えてしまう。

ずらりと並ぶ飲み屋の看板を横目に見やり、そのうちのひとつの暖簾《のれん》をくぐる。引き戸を開くと、女将《おかみ》がいつもの笑顔で出迎えてくれたが、店の空気が妙に重い。女将が少し困ったように目配せした先には、同期の江南がつまらなそうに一人で飲んでいた。卓上にはお猪口《ちょこ》がもうひとつ、所在なげに転がっている。箸《はし》も三膳《ぜん》そろっている。

「有里はどうした」

今日ここに来るはずのもう一人の同期の名を口にすると、江南は渋い顔をした。

「帰ったよ」

「帰った？」

江南は、鷹志が座布団《ざぶとん》の上にあぐらをかくのを待って、声をひそめて言った。

「そこのブン屋と喧嘩《けんか》したんだ。女将が半泣きになったもんだから、この場ではよそ者は自分のほうだからって撤退した。貴様には謝っといてくれとさ」

「なるほど」

鷹志は苦笑し、わざとらしいほどの大声で女将と話している二人の男を見やった。

このあたりは新聞社が多いため、常連の記者も多い。

「有里らしいが、あいつが来るのにこの店にしたのは失敗だったな。だがそれだけ元気ってことは、傷はすっかりいいのか」

「銃弾二発程度じゃ死なんだろう、あいつは」

「不死身っぷりじゃ貴様といい勝負だ。兵学校時代から足並みが揃《そろ》っているな」

昨年、鷹志が揚子江にいたころ、江南もまた何度も渡洋爆撃で大陸にやって来た。渡洋爆撃は大きな成果をあげたものの犠牲も大きかったことは知っているから、五体満足で江南がここにいることは、彼が技量だけではなく運にも恵まれていることを示すのだろう。

一方有里もまた、大陸にいた。呉の特陸（特別陸戦隊）に配属されていた彼は、第二次上海事変の際に青島《チンタオ》に向かう予定で旅順にて待機していたが、陸軍派兵が決定し、彼らの呉淞《ウースン》上陸を助けるべく、急遽《きゅうきょ》上海へと向かったらしい。

日本における上陸訓練は、基本的に砂浜を想定して行われる。しかし呉淞はコンクリートの防御壁に覆《おお》われており、水上からはまったく敵の様子が見えない。海軍陸戦隊は、陸軍に先んじて上陸地点を確保せねばならず、銃弾が降り注ぐ中を命懸けでよじ登り、有里は多くの部下を失った。有里自身、腹部と腕に銃弾を受けた状態で指揮を続け、一時は生死の境をさまよったという。彼らに続いて上陸し、堅牢《けんろう》な陣地に突撃した陸軍部隊にも、地獄が待っていた。

当時、『保津』に乗艦していた鷹志も、陸軍の上陸を助けるべく援護射撃を繰り返していたものの、なにぶん水上からなので、陸の状況はわからないことが多く、後日、兵士の損耗率を聞いて仰天した。

「まあ、有里が怒るのもわかるがね。南京の城壁で、こっちが防衛軍相手に死闘を繰り広げている真っ最中に、新聞社に南京陥落の誤報がまいこんで、裏もとらずに全ての新聞が南京陥落と報じたおかげで、全土でお祭り騒ぎだったそうだからな。信じがたい」

江南は声をひそめていたが、冷ややかな目で記者たちを見やった。

「あいつらはいつも、威勢のいいことしか書かずに責任はいっさいとらん。さっきも、こっちが海と知るや、持ち上げるつもりだったんだろうが、支那だけじゃつまらんだろうから米英をやっつけろ、さすれば満洲の平和も手に入ると調子がよくてな。流せばいいものを、有里が爆発しやがった」

呆《あき》れた口調を装ってはいたが、口元は緩んでいる。おおかた、面白がって有里の好きなようにさせていたのだろう。

「昔の有里なら、喜んで同調しそうなところだが」

「連中におだてられて米英の相手なんぞ冗談ではないだろう」

「そういえば、航空隊が『パネー』を撃沈したときには肝が冷えたよ。目が覚めたら日米開戦なんじゃないかと冷や冷やしていた」

「それを言われると辛《つら》い」

肩をすくめる江南に、鷹志は真顔で続けた。

「ひとつ、訊《き》きたい。同じ航空士として、あれは本当に誤爆だったと思うか」

思い切って尋ねると、江南は顔をしかめた。

「アメリカのように陰謀だと言うつもりか」

「違うと信じたいが、陸軍がイギリス砲艦に砲撃したのは明らかに故意だろう。航空隊が同調していたとは思わんが、『パネー』の将校が言うには、甲板に星条旗を描いていたそうだ。上空からは思いのほか視界がきかないとは聞いたが、砲艦の甲板に描いていても、撃沈するまで見えないものなのか。俺自身、砲艦に乗っていたから、そのへんがどうも信じきれないところはある」

「そうか。貴様は訪問使で『ビー』に行ったんだったな」江南は感慨深げに鷹志の顔を見た。「戦争回避の功労者に訊かれたなら、まじめに答えるほかないか。編隊の全員が、甲板に描かれたものが見えないということは、まずないだろう」

「ならば故意か」

「故意にやる意味はなかろう。だが、見えていても、認識しないことはある。久しぶりの艦船攻撃で、逸《はや》りすぎたというところじゃないか」

「連日攻撃に出ていても、やはり艦船攻撃は特別なものか」

「そりゃあそうさ。中攻だって艦船攻撃のための機体だ。航続距離が長いから渡洋爆撃をやらされて地上攻撃をやっているだけだ。正直、つまらんぞ。司令からもよく言われたもんだ。大陸で死ぬな、命は広い太平洋で米艦隊と雌雄を決する時までとっておけとな」

「つまり、艦船攻撃をしたいと願うあまり中国艦だと思い込んじまって、星条旗は見えなかったということか？　全員揃って？　そんなことがありうるのか」

「俺たちの場合なら一機に五人いるし、編隊組んでりゃ誰かは気づいて言うかもしれん。が、連中はどうかね。艦爆は二人乗り、戦闘機にいたっては一人。まして連中は気性が荒いからなぁ。人間、見たいものしか見ないものさ」

　自分が荒くないようなことを言う。

「ありそうな話だが、士官がそれでは話にならん。そんなことで開戦になったら、南京陥落の誤報どころの騒ぎではないぞ」

「いっそあれで開戦になってくれればと願っていた奴《やつ》も少なからずいたかもしれん」

江南は笑い、今や全く関係のない話題で盛り上がっている記者の背中をちらりと見やった。

ルーズベルト大統領の演説を聴くかぎりは、あちらもやる気だったとしか思えない。しかし米国の有力紙の多くが、日本を非難しながらも戦争回避を説いた社説を載せ、世論に押される形でホワイトハウスは矛を収めたと言われている。満洲事変以来、中華民国を完全に下に見て、一度目にものを見せてやれと連日ひたすら開戦を煽《あお》り立てた日本の新聞よりは一見理性的に見えるが、おそらくアメリカ伝統の孤立主義に拠《よ》るところが大きいのだろう。

「盧溝橋《ろこうきょう》の正体不明の発砲が事変の引き金になるぐらいだから、誤爆及び明白な陸上攻撃のほうがよっぽど開戦の理由になる。今回は回避できたが、次に同じようなことがあればわからんな」

鷹志が前々から感じていた漠然とした不安は、『パネー』号の一件で確信に変わった。

江南の言うとおり、中国にいるかぎり、海軍の仕事はかぎられている。戦闘の主体はあくまで陸軍だ。ならばいつか、もっと大きな戦場を求めるのではないか。国を守り通すためではなく、ただ海軍のために、海軍自身が戦場を求めるのではないか。馬鹿《ばか》げた不安が、頭から去ることなく居着いている。

「今はともかく、数年後には立派にアメリカに喧嘩を売れるようになっているだろう。アメリカにはとうてい造れんような艦や空母をせっせと造っているらしいから。おまえだって第一号艦の噂《うわさ》は聞いただろう」

江南は声を潜めたが、その目は子供のように輝いている。

軍縮から解放された日本海軍は、現在、来《きた》るべき決戦に備え、世界最大・最強の戦艦を建造中である。

極秘のうちに建造が進められている戦艦の仮称は、『大和《やまと》』。噂になっている時点で極秘でもなんでもないが、『大和』の名を口にするたびに、海軍の将兵はみな、少年のように目を輝かせる。それは、鷹志も例外ではない。秘密の大戦艦と聞けば、胸が高鳴るのはどうしようもない。

「噂はな」

「赤レンガ（海軍省）にいるんだから、少しは詳しい話を聞いているんじゃないか」

「俺のような下《した》っ端《ぱ》の耳に入ってくるものなんざ、たかが知れているさ」

「残念。いろいろ聞きだそうと思っていたんだが」

江南はにやりと笑い、酒を注いだ。

「そいつができれば、アメリカとも殴り合いができる。日本の生命線は満蒙《まんもう》と南洋だ。大陸のほうが難航している以上、いずれは我々が南洋に出ることになるだろう。そうすりゃ厭《いや》でも連中とぶつかる。俺個人として言えば、どでかい太平洋で、派手に米艦を攻撃したいってのはあるね。空母を初めて実戦に参加させたのも、航空機であれだけの距離を飛んで渡洋爆撃を行ったのも、我が日本だ。貴様だって、砲艦で陸軍の援護なんぞするのではなく、堂々と艦同士で雌雄を決したいと思わないか」

「まあ陸上攻撃よりはな。しかしハコが立派でも、動かすものが足りるかと思うとなぁ」

「だから南洋で石油だろ。まあ、なるようになるさ」

鷹志は意外な思いで江南を見た。クラスの中でも理屈屋で通っていた彼が、なるようになる、とは。

「貴様は有里以上に変わったかもしれんな」

「そうでもない。だが細かいところで頭を使うのは、もう少し昇進してからにしたいってことさ。今は、どうやって紙のような機体で成果をあげるかで精一杯なんだよ」

苦笑する江南は、自分よりもずっと先を行っているように見えた。航空隊は過酷だと知っているつもりだったが、常に死と隣り合わせの状況は、人を何倍もの速さで老成させるのだろうか。

一抹の寂しさを感じ、鷹志はため息を押し殺し、女将が運んできてくれた里芋の煮物に箸をつけた。鷹志の好みからすると、やや味が薄い。醤油《しょうゆ》を足して口に運ぶと、唐突に江南が切り出した。

「話は変わるが、貴様、結婚の予定は？」

鷹志はもう少しで、里芋を噴き出すところだった。むりやり飲み込み、咳《せ》き込んでいると、酒を注がれた。

「結婚？　なんだ、急に」

「ないのか」

「あるわけないだろ。まだ早い」

「早くもなかろう。俺も大尉《たいい》になったことだし、結婚を申し込んでいる」

鷹志はまじまじと江南を見つめた。士官の結婚は、大尉進級時がひとつの目安となっている。鷹志はまだ中尉のままだが、江南は恩賜《おんし》の短剣組だし死亡率が異様に高い航空隊なので一足早い。とはいえ、これほど早く結婚の二文字を聞くとは。鷹志はさっそく江南の杯に酒を注ぎ、自分もまた口に運んだ。

「それはめでたいな。どこのご令嬢だ」

「雪子さんだ」

口許《くちもと》まで杯を寄せたまま、鷹志は動きを止めた。

「なんだって？　冗談だろ」

「冗談で言えるか」

酒が入っているはずなのに、江南の顔は緊張のあまり青ざめている。

「ちょっと待ってくれ。経緯がわからん、説明しろ」

兵学校一号生の時には、たしかに江南に雪子がらみで世話になった。しかしその後、彼の口から雪子の名が出てきたことはなかったはずだ。

「士官になってまもないころ、雪子さんに手紙を書いた。一ヶ月後に返事が来た。嬉《うれ》しかったよ。そこから時々、手紙のやりとりをしたり」

「……手紙？」

「あんなことがあったから、元気にやってるか心配にもなるだろ。というのは建前で、カフェーで会った時、一目《ひとめ》惚《ぼ》れしたんだ」

鷹志はぽかんと口を開けた。

「全くそんなそぶりを見せなかったじゃないか」

「あの時の貴様は雪子さんのことしか見えてなかっただろ。単に気づかなかっただけさ」

人の悪い顔で笑う友人を見て、鷹志は口をへの字に曲げた。

「だが、それから一言の相談もなしにさっそく口説くとはどういうことだ」

「しばらくは手紙だけだったんだ。惚れたとは言っても、相手は素人《しろうと》、しかも貴様の妹だ。へたに手なんぞ出せん。自分でも笑えるが、文通で充分だと思っていたのだ」

海軍士官は基本的に、素人女性との色恋は御法度《ごはっと》である。海軍の港にいくつも専用の料亭があるのも、遊ぶのは玄人《くろうと》のみと定められているからだ。江南は容姿に恵まれ、家柄も悪くはないのでそこそこ粋《いき》に遊ぶらしく、芸者からも人気は高い。それが今、顔を強《こわ》ばらせ、額に汗を滲ませながら、雪子のことを語っている。しかも結婚したいと言う。

「だが去年の夏、渡洋爆撃で死にかけた時に、気が変わった。帰ったら必ず雪子さんに結婚を申し込もうと決めて、日本に戻ってすぐ、生麦を訪ねた。それから時々、雪子さんに会っている。言っておくが手は出していないぞ！」

「初耳だ」

「嘘《うそ》は言っていない！」

「いや手を出していないところじゃなくて、雪子から何も聞いてないってことだ。海軍省に配属になってから、俺も何度か様子を見に行っているんだが」

するとと江南は、いくぶん落胆したようだった。

「たしかに言いそうにはないか。それでだな、雪子さんはいっこうに首を縦に振ってくれんのだ」

「そうか、あいつも多少はまともなところが残っていてよかった」

江南の目が剣呑《けんのん》な光を帯びる。

「どういう意味だ。俺では不足か。エスとは全員手を切る」

「いや、現実的に考えて、雪子との結婚は無理だろう。貴様が海軍士官であるかぎり」

士官の結婚は事前に上へ報告しなければならない。その上で、士官の妻にふさわしい人物かどうか、調査が入る。不在の多い海軍士官の家庭をしっかり守れる人物でなければならないし、夫が出世すれば、夫婦揃って海外の高官のパーティに招かれることもある。

水商売に一度でも関わったことがある女は、まず許可がおりない。まして江南は、良家の息子で恩賜の短剣組。雪子との結婚は不可能に等しい。不許可が出ても押し切った者はまれに存在するが、それはそのまま、自身の成績に反映されることになる。新婚だろうと離れればなれにさせるため、夫のほうは何年も続けて海外勤務になり、泣く泣く離婚したという話も聞く。

「俺の背景は関係がない。雪子さんでなければ、俺が駄目なのだ」

「そこまで気に入ってくれたのは、兄としてありがたいが、雪子は妻に全く向いていない女だぞ。問題はカフェーだけじゃない。言いにくいが、今もあまり品行方正とは……」

「なぜ雪子さんを否定することばかり口にする？」

「否定するつもりはないが、少なくとも貴様よりは雪子という人間を知っている。あいつがこの世で一番向いてないのが、士官の細君だ。貴様にとっては、帰りの燃料を積まずに空に飛び立つようなもんだぞ」

「望むところだ」江南は語気荒く言い切った。「雪子さんは、決して嘘いつわりを口にしない人だ。率直であることが必ずしもいいとは思わんし、実際あれでは生きにくいだろう。だが俺は、嘘がなによりも嫌いだ。最も信頼しなければならない伴侶《はんりょ》との間に、嘘があってはならないと考えている。雪子さんは、願ってもない人なんだ」

鷹志の脳裏に、一度だけ訪れた江南家の様子が甦《よみがえ》った。裕福で、母親も感じのよい人だった。しかし、江南にとってはそうではないことも知っている。彼は胸の裡《うち》を他人に明かすことはなかったし、こちらから訊いたこともないが、鬱屈《うっくつ》は深い。

「そこまで言うなら、俺が許すも許さないもないじゃないか」

鷹志がため息まじりに言うと、身を乗りださんばかりだった江南もいくぶん冷静さを取り戻したらしく、姿勢を正した。

「だから、雪子さんが全く承知してくれんのだ。貴様にこんなことを頼むのも何だが、その、ちょっと口添えしてくれんか……」

「ほう」

思わずにやつくと、江南はむっとした。

「気味の悪い笑顔はやめろ。もう八方塞《ふさ》がりなのだ。頼む」

江南は頭を下げた。朱《あか》くなっている耳を見て、鷹志は少なからず驚いた。誇り高い江南が、こんなことで自分に頭を下げてくるとは。

「かまわんが、期待はするなよ。あいつが俺の言うことを聞くとも思えん」

途端に江南は顔をあげた。

「だがあの時、説得して浦賀に連れ戻したのは貴様だろう」

「あれは特例だ」

「雪子さんと話していても、よくわかる。彼女にとって、貴様は今も大きな存在だ」

「どうだかなぁ」

自信はなかったが請け合うと、江南はほっとした顔で何度も「恩に着る」と言った。

9

肝心の雪子と連絡がとれたのは、翌週のことだった。

江南のことで話を聞きたいからそちらに行く、と連絡すると、「それじゃ銀座を案内して頂戴《ちょうだい》。評判のホットドッグを食べたいの」とさっさと予定を入れられた。春先に日本初のホットドッグの屋台が銀座に登場してたちまち話題をさらい、鷹志も一度すさまじい行列に耐えて買ったことがある。が、雪子が、そうした流行に興味を示したのは意外だった。

当日は、あいにくの雨だった。

待ち合わせの三越前に、時間きっかりに現れた雪子は、柳鼠《やなぎねずみ》の市松匹田《ひった》に大きな薔薇《ばら》を散らしたお召を纏《まと》っていた。最先端の洋装に身をつつんだ女性が闊歩《かっぽ》する中にあってはとくに目立ちはしなかったが、地元ではさぞ目立つのではないかと心配になった。

「世間じゃ節制せよと言われているだろう。戦地では今も兵士が戦っているんだぞ」

「それなら、まずは慰問袋でも見に行きましょうか」

叱責《しっせき》もどこ吹く風で、雪子はさっさとデパートの中に入った。

入ってすぐに、慰問品コーナーなるものが目に入った。その名の通り、戦地へ送る慰問品を取り扱っている。一番の売りである「慰問袋セット」が、価格ごとに松竹梅にわかれているのを見て、鷹志はあっけにとられた。戦地の兵士にとって最も嬉《うれ》しいもの、それは内地から送られる慰問袋だ。銃後の女性たちが手紙をしたため、日用品や食料などを詰め込んで、前線へと送る。品々はもとより、女性らしい筆跡の手紙や写真は、とくに兵士たちの心を奮い立たせた。

誰もが、内地も苦しい生活を強いられ、その中で精一杯の真心を詰め込んでくれたのだと思っていた。しかし、事変が長引くにつれ、慰問袋の中身は妙に豪華に、しかもいずれも似たような内容に変わっていった。手紙も同様で、美文ではあるが定型文でもあるのかと思うほどの内容も似通っていた。からくりがわかったのは、引き揚げてきてからだ。

「松は五円もするのか」

やたらと大きい松セットを見て、鷹志は呆《あき》れた。どうりで、時々ずいぶんと高価な嗜好品《しこうひん》が送られてきたわけだ。

「すごいわね。やっぱり雑賀屋《さいかや》とは、ずいぶん違う。高級石鹸《せっけん》なんて、戦地で役に立つの？　こっちでもそうそう使えないわよ」

興味深そうに雪子はセットをのぞきこんだ。雑賀屋は、横須賀で一番大きな百貨店である。やはり同じようなコーナーはあるらしい。

「雑賀屋から慰問袋を送ったのか」

「いいえ。去年は母さんと一緒に詰めたわ。でも今年はデパートで済ませるつもり。せっかくだからここで送ろうかしら」

「将兵は、こういうお仕着せのものじゃなくて、真心がほしいんだ。俺たちはかまわないが、徴兵された兵士は、待っていてくれる家族がいるからこそ戦える。それなのに、彼らへの感謝すら手間を惜しみ金で買うとは情けないじゃないか」

「でも内地にいて、いつも前線と心をひとつにするなんて無理な話でしょ。国を挙げて戦うと言ったって、こっちの生活は何も変わらないし、むしろ戦争が始まってから雑賀屋なんかは大売り出しだらけで景気がよくなったように感じるぐらい。お祭りは非日常だからこそ、盛り上がる。日常になった途端、興味をなくすのよ」

祭りという言葉に一瞬怒りが湧《わ》いたが、ややあって納得した。

「ゆきは本当に正直だな。怖くなるよ」

「人を選んで喋《しゃべ》っているから心配しないで」

「江南相手にもこうなのか？」

名を出した途端、雪子の横顔がわずかに強《こわ》ばった。

「だって、いきなりやって来て、結婚しようなんて言うんだもの。適当にあしらおうとしても食い下がるし。だからずいぶんいろいろ言ったわ。でもちっとも懲《こ》りないの。おかしな人ね」

「だが、悪い話ではないだろう」

「私と結婚なんてしたら、大変なことになるわ」

「承知の上で言っているんだ。江南はいいやつだぞ。おまえにとってもいい縁じゃないかと思う」

それまで慰問袋を吟味していた雪子が、鷹志のほうへと顔を向けた。

「本当にそう思う？」

「これほど望まれているのなら、おまえも幸せになるだろう。親父《おやじ》とおふくろも安心する」

雪子は顔をゆがめ、唇を開きかけた。しかし結局は何も言わずに踵《きびす》を返し、足早に店の出口へと向かう。慌《あわ》ててその後を追いながら、慰問品コーナーをちらりと顧みる。

いつのまにか、多くの女性客で賑《にぎ》わっていた。

きらびやかな装《よそお》いの婦人たちが集まる、きらびやかな「慰問品コーナー」。違和感が拭《ぬぐ》えない。

「慰問袋はいいのか」

「家で心をこめて詰めるべきなんでしょ？　それより、おなかが空《す》いたわ。ホットドッグ食べにいきましょう」

雪子は人混みを掻《か》き分けるように、屋台に向かった。長い行列に鷹志はうんざりしたが、雪子はためらわず最後尾につく。江南の件についてもう少し説得したかったが、さすがに戸外の行列でするわけにもいかず、黙ったまま人数が減るのを待った。気まずい。何と切り出すべきだろうか。

昔、雪子を浦賀に連れ帰ったことは、間違いだったとは思わない。それでも、雪子から炎を奪ってしまったという負い目は消えなかった。もし雪子が、家庭という新たなよすがを手にいれられるなら。誰に白い目を向けられることもない幸せを得られるのなら。江南ならば、信頼できる。雪子の性格も知った上であれだけ言うのだから、きっと幸せにしてくれるだろう。

ようやく屋台の順番が来て手に入れたホットドッグの味は、ほとんどわからなかった。雪子はひどく生真面目《きまじめ》な顔で口に運び「同じ屋台なら、寿司《すし》のほうがずっといいわね」と言った。途中で飽きたらしく、残りを押しつけられた。たしかに寿司のほうがましなように思えたが、言うほど悪くはない味じゃないか、と言うと、鼻で笑われた。

ホットドッグを片付けると、雪子に懇願されて路面電車に乗り、今度はレコード喫茶に向かった。「女ひとりだとなかなか入りにくいから」と目を輝かせたのを見て、最初からこれが目的だったのかと悟って力が抜ける。

昔カフェーで女給をしていたころ、毎日ジャズやシャンソンを聴いていたせいか、そういう音楽が好きらしい。今の生活に苦はないが、下宿先が狭くて蓄音機も買えず、自由に音楽が聴けないのが少し辛《つら》いと零《こぼ》していた。

銀座にはレコード喫茶が山のようにある。女給もいるが、カフェーとは違い、過剰なサービスはしない。その名の通り、あくまでレコードを聴くための店だ。ジャンルはジャズを筆頭に、シャンソン、ブルース、タンゴとあらゆる曲を聴かせてくれる。

雪子にねだられて入ったのは、スペインふうの洒落《しゃれ》た外観をもち、いざ中に入ると和洋折衷という、なんとも奇妙な店だった。やわらかい灯りに照らされた店内は思ったよりも広く、席はほとんど埋まっていた。

客は学生や若者が多く、女性はあまり見かけなかった。皆、珈琲《コーヒー》と煙草《たばこ》の香りを纏いつかせたシャンソンの音に聴き入っている。

垢《あか》抜けた女給の案内で奥まった席に座り、珈琲を注文すると、雪子は鞄から手巾《ハンカチ》を取り出し、額に滲《にじ》む汗を押さえた。

「この店が一番、レコードが充実しているの。席が空いていてよかった」

「来たことがあるのか」

誰と、と訊《き》きたかったが、雪子はすでに頬杖《ほおづえ》をつき、音楽を聴いていた。おそらく尋ねたところで、友人としか答えないだろう。

珈琲が運ばれてくると、一度目を開き、カップに口をつけたが、それからまたすぐ目を閉じてしまう。眉間《みけん》には、うっすらと皺《しわ》が寄っていた。そのまま、一言も口をきかない。珈琲がさめるのもかまわず、微動だにせず音に溺《おぼ》れていた。

こういう時の彼女の集中力は、昔からずば抜けている。以前、彫刻に熱中していたときも同じ表情をしていた。

再び雪子のこうした顔を見られたことに、鷹志は安堵《あんど》を覚えた。あれほど情熱を傾けていた彫刻をきっぱりとやめたのは潔《いさぎよ》いといえば潔いものの、そのせいで雪子の内面は崩れてしまわないかと案じていた。彼女のもつ炎は激しい。何もなければ、雪子自身を焼いて溶かしかねなかった。しかしどうやら、炎をいくぶんなりとも宥《なだ》めるすべを手に入れたらしい。

鷹志も珈琲を啜《すす》りつつ、耳を傾けていたが、次第に飽きてきた。ジャズは好きだが、シャンソンはよくわからないし、ブルースはどちらかというと苦手だ。眠くなる。江南はジャズが好きだったと記憶しているが、果たしてこういう音楽は合うだろうか。やがて曲は、ブルースに変わった。この手の店でかけられるレコードはほとんどが外国のものだったが、これは日本語だった。

雨よ降れ降れ　悩みをながすまで
どうせ涙に濡《ぬ》れつつ
夜ごと嘆く身は
ああ　かえり来ぬ心の青空
すすり泣く夜の雨よ

淡谷《あわや》のり子の『雨のブルース』。

昨年、『別れのブルース』で大ヒットをとばした彼女の、新曲だ。本来は類《たぐ》いまれなソプラノを煙草で嗄《か》らし、妖艶《ようえん》な声で歌い上げる声は、思いがけぬほどすんなりと深く鷹志の中にしみこんだ。

外で今も続いているであろう雨が、店の中にも静かに降っているように思えてならなかった。

ふと小さな声が聞こえ、目をやると、雪子が目を閉じたまま、歌っている。無意識なのだろう。ゆらゆらと体が揺れている。

ブルースは、当局からはあまりに退廃的だとして禁じられているという。日支事変が起きてからは、愛国心を守り立てる勇壮な軍歌調の曲が次々つくられ、ヒットをとばしていた。

その中で、淡谷のり子のブルースは、異色も異色。発禁寸前だったという。『別れのブルース』は、発売当初は国内では全く売れなかったと知って、驚いたものだった。鷹志が大陸にいたころは、頻繁にこの歌を聴いたからだ。なんでも大連のダンスホールあたりから火がつき、満洲や大陸に出征している兵士たちの間で人気を集め、そこから内地でも爆発的に売れ出したという。あまりのヒットに、当局も二曲目の発売をしぶしぶ許しはしたものの、戦況次第では、どう転ぶかはわからない。今は外来のものが規制される傾向にあるし、いずれブルースだけではなく、ジャズやシャンソンも禁じられる日が来るかもしれない。

そうなった時に、雪子はどうなってしまうだろう。せっかく、彫刻のかわりになるものを見つけられたというのに。

ならばいっそう、これからの雪子を受け止めてやれる人物が必要ではないのだろうか。

「ねえ、去年、『軍国の母』ってヒットしたでしょう」

いつしか考えに沈んでいた鷹志は、急に話しかけられて、慌てて顔をあげた。

雪子はいつしか目を開き、じっとこちらを見ていた。

「ああ。なんだ、聴きたいのか？」

「そんなわけないでしょ。そもそもここにないわよ。兄さんはあの曲、どう思う？」

昨年八月、記念すべき世界初の渡洋爆撃で戦死した若い航空士。その母が、息子の死を立派だったと毅然《きぜん》と称《たた》えたという記事をもとにつくられたこの曲は、元・浅草芸《げい》妓《ぎ》の歌手、美《み》ち奴《やっこ》が切々と歌い、ヒットをとばした。

「どう思うって言ってもな……まあ、軍人の母らしいんじゃないか」

「江南さん、ちょうどこのころ渡洋爆撃に参加していたのよね。この歌、どう思ったかしら」

「さあ。聞いたことはないが」

雪子は再び目を閉じた。

「私は無理だわ」

10

相模湾は、灰色に煙っていた。真夏には海水浴客でごった返す砂浜も、今日は人の姿もまばらである。

雨はしめやかに世界を濡《ぬ》らす。もう暦は七月だというのに、雨粒はずいぶんと冷たかった。江南は傘もささずに砂浜を歩いていたが、一歩ごとに、自分の体が重くなっていくように感じた。傍らには、傘を傾けた雪子がいる。彼女は何度か江南に傘を勧めてくれたが、一緒に入るのは断った。

振り向くと、濡れた砂浜に、二人の足跡が点々と続いている。その光景に妙に胸をつかれ、思わず足を止めると、つられたように雪子も立ち止まって振り向いた。大きさの違う足跡が黒々と刻まれた砂浜を、雪子はしばらく黙って見ていた。その白い横顔からは、感情をうかがうことはできなかった。

「兄と話しました」

雨に溶けるような声で、彼女は言った。姿も声も常に凜《りん》としている雪子にしては、珍しかった。

「江南さん、私、前にも言いましたけれど、誰とも結婚する気がありませんの」

「ならば待ちます。あなたが許してくださるまで」

「江南さんは万事スマートな方だと聞きましたのに、しつこいんですね」

「命が懸かってますから」

雪子は白けたように、「おおげさです」とつぶやいた。

「事実ですよ。空に出ると、自分が本当に欲しいものしか見えなくなるんですよ」

「あら。わざわざ空に出なければわからないなんて、殿方は不自由ですのね」

雪子はくるりと傘を回すと、江南の視線から自分の顔を巧みに隠した。

「ひとつ、お話を聞いてくださいます？」

「喜んで」

「私、一度、子供を堕《お》ろしています」

ごくさりげない口調だった。江南は足を止めた。雪子はそのまま先を行く。傘が揺れ、表情は見えない。江南はすぐに足を踏み出したが、雪子には並ばず、半歩遅れて歩くことにした。

「……それは……嵐山の？」

雪子は何も答えない。だが、それしかないだろう。

「永峰は……」

「知りません」今度は間髪いれずに答えが返ってきた。「親も知りません。いえ、母は薄々察していたとは思いますが」

「そうでしたか。ですが、過去のことです」

「そうでしょうか」

雪子の後ろ姿を覆《おお》い隠していた傘が、不自然に揺れた。

「男は、産んでほしいと言いました。でも私は、奥さまに言われるままに、なんの迷いもなくすぐに堕ろしました。自分の人生に邪魔でしかないと思い、ひとつの命をあっさり殺しました」

かすかに震える声に、江南は悟った。嵐山のもとを出た真の理由は、これか。そしておそらく、雪子があれほど頑強に浦賀に帰るのを拒んだ理由も。

「今後、子を産めるかわかりません。産めたとしても、私は鬼のような女です。自分が母となったところが到底想像がつきません。私がお断りしているのは、故《ゆえ》なきことではないんです」

濡れた砂が重いのか、雪子の足取りはどことなく頼りない。黒い砂が白い足に纏《まと》わりついているのを見た途端、江南はめまいのような情欲を覚えた。

「……謝らなければ」

足下から目を逸《そ》らし、江南は言った。

「謝る？　なぜ？」

「私を諦《あきら》めさせるつもりで、秘密を打ち明けてくださったのでしょう。ですがご期待に添えそうにありません。まず子供の件ですが、前線に行けば私には子供が大勢います」

「あら」

「ペアは皆、子供のようなもんですよ。比較するようなものではないでしょうが、人数が限られているぶん、船乗りよりもずっと絆《きずな》は深いのでね」

荒れる灰色の海を見る。今まで、飽きるほど海を見てきた。これからも見るだろう。

澄んだ青から、逆巻いては全《すべ》てを呑《の》み込む真っ黒な海まで、あらゆるものを。江南はそれを、人と同じ高さではなく、いつもはるか高みから見下ろしていた。そして、途方もなく広い海の中で、灰色の海の中でもがく者を見つけた。それはまったく、奇跡のような確率だった。

「雪子さんは自分が身勝手だとおっしゃりたいのでしょうが、私も同じです。私は、ただあなたが私と共にいてくれればそれでいい。ひょっとしたら、あなたの心もどうでもいいのかもしれません。あなたが私のもとにいてくれるなら、それだけで……。帰る所があるから、飛行機乗りは飛び立って行けるのですから」

「私の心もどうでもいいですか」

「ひどい言いぐさだとは思いますよ」

雪子は傘を傾けると、ふりむいた。

「江南さん、彫刻をされたことは？」

白い顔には、うっすらと微笑《ほほえ》みが浮かんでいる。江南は目を瞠《みは》った。雪子が笑うところを、初めて見た。

「彫刻ですか？　中学のころに授業でやった程度ですが」

「彫刻は……いえ、何かを造るということは皆そうなのでしょうけど、不思議なもので、造っている時は全てが私の内にあるのですけれど、完成した途端に私が触れられない存在となるのです」

雪子は微笑みを浮かべたまま、囁《ささや》くような声音で続けた。

「時に理不尽な怒りに駆られることもあります。造っている時の一体感が深ければ深いほど、完成した途端に私の手を離れて、ひとつの独立した生物となってしまうのが憎らしくなるのです。その中でも最も私が憎んだのが、鷹《たか》でした」

「……鷹」

「ええ。完成した瞬間に、私の手から飛び立っていきました。私は、手元に置いておきたくて彼を造ったのに。その時に、知ったんです。人は、何かを手に入れたと思った時には、同時にもう喪失しているのだと」

それまで雪子の顔の上にさざ波のように漂っていた微笑みが、ふっとかき消えた。

「江南さん。あなたは、戻ってきますか？」

射抜くような視線だった。江南は唾《つば》を飲み込んだ。

これは、重要な問いだ。ここで自分の人生は決まる。どう答えればいいかはわかるが、口先だけであれば、雪子はすぐに気づくだろう。

「はい」

だが江南は、わずかな逡巡《しゅんじゅん》もなしに即答した。

「どこに飛び立っても、戻ってきてくれますか。死なないと約束できますか」

「はい」

「どこに行ってもかまいませんが、必ず帰ってきてくださいますか」

切実な響きだった。江南の耳から、雨音が消えた。

「約束します。必ず、戻ってきます」

鷹はもう帰ってこない、と雪子は言った。手元に置いておきたかったのに、どこかへ飛び立ってしまったと。

それが何を指すのかは、明白だ。言葉はきついが韜晦《とうかい》に長《た》けている雪子にしては珍しく、わかりやすい比喩《ひゆ》だった。

雪子の想《おも》いは届かない。飛び立たせてはいけないものだ。雪子はいつまで経《た》っても、地上でひとり空を見上げていなくてはならない。鷹が顧みるようなことがあってはならない。

（そうか、これだったのか）

江南は、雪子を一目見ただけで恋に落ちた。今まで、一目惚《ひとめぼ》れなど経験がなかっただけに、自分でも驚いた。

カフェーで彼らの前に立ちはだかった雪子は凜としており、黒々とした双眸《そうぼう》は苛烈《かれつ》に燃えていた。その一方で、ふとした拍子に見せた表情には、触れればたちまち崩れ落ちそうな弱々しさがあり、江南は混乱した。このアンバランスさは、いったいどこから来るのだろう。そう思った時にはたぶん、恋に落ちていたのだ。

もしあの時、あの場に鷹志がいなければ、雪子の印象は全く違ったものとなっただろう。とびきり美しい、生意気な女。それだけで終わったはずだ。

あの時の雪子の心境を思うと、胸が痛い。兄が迎えに来てくれた時、どんなに忌々《いまいま》しく、また嬉《うれ》しかったことだろう。そして贖罪《しょくざい》のように、妹を案じ便りを送るようになった兄に、何を思っていたのか。

「私は必ず帰ってきます。いつでも。誓いましょう」

江南は、雪子の目をまっすぐ見つめて言った。

彼女にとっては、自分もまた飛び立つ存在かもしれない。だが、自分は地上を忘れない。何があっても戻ってくるのだと、伝えたかった。

雪子は目を細めると、静かに傘を差しだした。再度断ろうとすると、雪子は有無を言わせぬ口調で言った。

「もってくださる？」

江南は一瞬虚を突かれたような顔をしたが、しごく真面目《まじめ》な顔で頷《うなず》き、傘の柄を手にとった。雪子はするりと江南の傍らに寄り添うと、彼を見上げてもう一度笑った。

11

翌年、新年が明けてまもなく江南と雪子は祝言《しゅうげん》を挙げた。

猛烈な反対があったようだが、江南は周囲を説得してまわり、実家からは勘当同然の状態で籍を入れたらしい。彼らの祝言のころ、あいにく鷹志は出張中だったので詳細は知らないが、フキの「吹雪の中で遭難したような一日だった」という言葉が全《すべ》てを物語っているだろう。鷹志は正直言って、雪子が承諾すると思わなかったので、江南から知らせを聞いた時には驚いたが、心から喜んだ。

やがて周囲でも結婚する者が増え始め、江南と雪子に遅れること二年半、鷹志もそれまでのらりくらりとかわしてきた見合い話を受けることとなった。

が、覚悟をもって臨んだ見合いの場で、早くも鷹志の心は折れかけていた。

見合いに指定された貸座敷の庭は、五月の今が最も緑鮮やかな時であったろうが、あいにくの雨で煙っている上、すでに散り果てたしだれ桜が風に力なく揺れているのがわびしい。もっとも快晴だったところで、鷹志がその美しさを堪能《たんのう》することはできなかっただろう。

「まあでも本当に海軍さんというのはおうちにいらっしゃらないんですのねえ。支那だなんだと飛び回られて。支那勤務となるとまるまる一年帰ってこないなんてこともあるとうかがいましたけれども、本当ですの？　そうなると早苗さん新婚早々一年ほったらかしなんてことになってしまってあんまりにも気の毒ですわ、そのあたりは人事で考慮していただけるのでしょうかねえ」

さきほどからひっきりなしに続く甲高い声のおかげで、風流な光景もぶちこわしだ。座敷の中はほどよく暖まっているが、鷹志の服の下は冷や汗にまみれていた。

「支那は三年前に参りましたので、当分はないかと思うのですが」

「まァそれはよかった。でもなんですの、最近じゃあいよいよアメリカとの決戦も近いなんて言われておりますけれども、今度はアメリカに一年なんてこともありますの」

一言返すと、その数倍の言葉が機関銃のような勢いで返ってくる。この世話人を砲艦に設置したら、あの臼砲よりはるかに強力な武器になるのではなかろうか。今度提案してみようか、という考えが頭をよぎるあたり、鷹志もたいがいこの攻撃に参っていた。

「そりゃあね早苗さんも身内に海軍さんがいらっしゃるから心構えはできているとは思うんですよ。でもほら、なにしろ早苗さんはこちらの大事なお嬢さんでいらっしゃいますでしょう、早苗さんはねえ、もう良妻賢母の鑑《かがみ》となるべく生まれてきたようなお方でしてね。今時珍しいほど淑《しと》やかでいらして、女学校の成績も優等で、昔から本当に評判で――」

ああ、早く帰りたい。やはり見合い話なんぞ受けるのではなかった。鷹志は途中から呪文《じゅもん》にしか聞こえなくなった世話人の繰り言に、ひたすら頷《うなず》いていた。

望月早苗、二十三歳、横須賀高女の出身。住まいは皆ヶ作《かいがさく》。早苗の大伯父が海軍工廠造船部にいたらしく、宗二の父と知己だったそうだ。

肝心の本人は最初に名乗ったきりうつむいており、世話人に話をふられると、蚊の鳴くような声で「はい」か「いいえ」を口にするだけだ。とにかく、印象の薄い女性だった。纏《まと》う友禅は美しいが、なにしろうつむいているので着物しか褒めようがない。あまりじろじろ見るのもどうかと思い、最初に一瞥《いちべつ》したぐらいだが、婦人の化粧には疎《うと》い鷹志でもやりすぎではないかと首を傾《かし》げたくなるほど、顔が白粉《おしろい》で真っ白だった。

一時間程度の短い見合いの間、結局、鷹志は一度も早苗と言葉を交わさなかった。それどころか、目も合わなかった。まあ見合いはこういうものなのだろうと思ったが、帰宅後の宗二と奈津の反応は芳《かんば》しくなかった。

「化粧をしすぎだろう。なんだあれは」

「頬の痣《あざ》を隠すためでしょうが、あそこまで白粉はたかれては恥ずかしいですわねえ」

二人の会話に疑問を覚え、鷹志は口を挟んだ。

「痣? 頬にあるのですか?」

「ああ。そんなに目立たないものだそうだが、そのせいで見合いを何度か断られているそうだ。気立てはいいと聞いていたし、それで引き受けたんだがね……」

「最初はもともと妹さんのほうをという話だったのに、あちらがどうしてもというから早苗さんと一度お会いすることになったんですよ。なのに、失礼じゃありませんか」

奈津は顔を真っ赤にして怒っている。

「とはいえ、じゃあ今から改めて妹のほうをというのもな。やはり、他をあたるか」

両親の話を聞いて、鷹志はようやく納得した。あの早苗の頑《かたく》なな態度の理由は、このあたりにあるのだろう。今後の見合いについて計画を練り始めた彼らに向かって、鷹志は言った。

「父さん母さん、先方がよいのであれば、このまま話を進めてください」

　宗二と奈津はそろって仰天した。

「鷹志さん、何言ってるの？　私はあんなお嫁さんごめんですよ！」

「今までさんざん渋ってきたんだ、ここで熟考せずにどうする」

「渋っていたわけではなく忙しくて考えられなかっただけです。家を空けることが多いので、安心して任せられる方がよいでしょう。お話では、早苗さんはうってつけではありませんか」

「そりゃ世話人はいいことしか言わんよ。あの痣で二十三歳だ、先方も必死だ」

「痣は見えませんでしたが、しょせん痣でしょう？　私ももう三十になるのですから、年齢はちょうどいい。妹さんでは離れすぎてしまいますよ」

「でもねえ、あの態度はあんまりじゃありません？　愛嬌《あいきょう》があれば容姿に多少難があっても問題ありませんけれど、喋《しゃべ》らないどころか、ろくにこちらを見ませんでしたもの。いくらなんでも失礼じゃありませんか」

　たしかに全く会話ができないので困りはしたが、不思議なことに、鷹志は厭《いや》な感じはしなかった。

むしろ、世話人が褒めれば褒めるほど、早苗はますます固い殻に閉じこもっていくようで、痛々しかった。しかし、単に恥じ入っているという様子でもない。頑なな中に、何か強烈な抵抗の意志のようなものが見えて、なぜか懐《なつ》かしくなった。

「そうでしょうか、私はあまり悪い印象はないのですが」

鷹志が正直に述べると、両親はますます困惑したようだった。

「参考までに訊《き》くが、どこが気に入ったんだね？ 振り袖《そで》か？ あれはたしかにいいものだ」

「父さん、さっきからひどいですね。気に入ったところは、まず名前です」

「……名前？」

「『早苗』には中尉《ちゅうい》時代に乗りました。それにあれは浦賀ドックで建造された駆逐艦ですし」

見合いの席でも、話のきっかけに口にしようと思っていたが、世話人が強烈すぎて結局言えなかった。

「そんなことで？」

奈津は呆《あき》れた顔をしたが、鷹志は微笑《ほほえ》んで続けた。

「これは縁ではありませんか」

「駆逐艦なんてそもそも、料亭の名前ばっかりじゃありませんか。そんなことで縁を感じていたら、皆さん縁だらけですよ。そうでしょう、あなた」

「え、ああ。うむ、そうかもしれんな」

「そうですとも。あなたのおかげで全国の海軍御用達料亭は知り尽くしておりますから」

ぴしゃりとやられて、宗二はやぶ蛇とばかりに渋い顔をした。咳払《せき》いをし、「まあ何だ、とにかく、鷹志は本当に早苗さんでいいのか？」と聞き直す。

「はい。父さんと母さんさえ承諾してくださるのなら、話を進めてください」

宗二と奈津はまだ不満そうだったが、結局は承諾した。また先方が快く承諾したことで、話は進み、九月頭に仮祝言をあげることとなった。このわずかな時間の間にも、同盟国のドイツがソ連と開戦し、米英中蘭による日本に対する経済封鎖など怒濤《どとう》の勢いで情勢は悪化していき、いきおい鷹志も多忙をきわめ、一度も早苗と会えないという不義理ぶりだったが、先方は文句ひとつ言わなかった。しかも祝言直前に第二艦隊第八戦隊、重巡『利根《とね》』への異動が決まり、祝言翌日には舞鶴へ飛ばねばならないという、じつに慌ただしい結婚となってしまった。

「せわしなくて申し訳ない。できれば熱海にでも行きたかったのですが、さっそく苦労をかけます。訓練が一段落ついたら、改めて」

本当に身内だけを集めた祝言が終わり、押し込められた寝所で鷹志が頭をさげると、早苗はかすかに首をふった。

「海軍ではよくあることとうかがいました。どうぞ、立派におつとめを果たすことだけを考えてくださいまし」

少し掠《かす》れた、可憐《かれん》な声だった。鷹志はここに至ってはじめて新妻の顔をまじまじと見ることが許された。月のように丸い顔の真ん中には、やや上向きの、低めの鼻がちょこんとおさまっていた。細い目の上には肉厚の瞼《まぶた》が覆《おお》い被《かぶ》さり、眠たげに見える。その右目のすぐ下から耳にかけて、うっすらと青黒い痣がひろがっていた。か細い灯りの中ではそれほど目立たないが、昼の光のもとではだいぶ白粉を重ねねばならないのかもしれない。

滑稽なほど白く顔を塗りたくり、世界全てから自分を隠すようにうつむいていた姿を思い出し、胸が痛んだ。男ならばこの程度の薄い痣は気にはならないだろうが、女性ならばきっと苦労も多かっただろう。

小作りで厚い唇はかたく引き結ばれ、容易なことでは開きそうにない。夜の灯火の中でも青ざめて見えるほど色が白く、うかつに触れてはならぬような、かたい空気が彼女の小柄な体を覆っている。あまりにじっと見ていたからか、早苗は突然泣きそうな顔になると、ぱっとうつむいてしまった。

「す、すみません、不躾《ぶしつけ》に」

鷹志は逡巡《しゅんじゅん》した。こういう時になんと言っていいか皆目わからないが必死にひねり出す。

「仕事がら、長い間家をあけることもあるとは思いますが、大切にいたします。よい家庭を築きましょう」

我ながら、小学校の教室に貼《は》られている標語のようだなと情けなくなったが、早苗は勢いよくその場に平伏した。

「もったいないお言葉でございます。この身を賭《と》して、旦那《だんな》様にお仕え申し上げます。いかようなことでも、どうぞなんなりとお申し付けくださいませ」

鷹志はあっけにとられた。健気《けなげ》を通り越して悲壮感溢《あふ》れるこの態度はなんなのか。

「早苗さん、我々は夫婦なのです」

「はい、申し訳ございません」

「なぜ謝るのですか。あなたの物言いは女中のようというか、古風すぎるのではないですか」

「旦那さまは命を賭してお国に仕えていらっしゃるのですから、私は命を賭して旦那さまにお仕えせよと申しつけられました。それが軍人の妻たるつとめだと」

「はぁ、それはご立派です……」

鷹志は途方にくれた。今、非常に同期の面々に会いたかった。最近は同期から新婚ののろけ話を聞く機会も増えたが、初夜にいきなり戦国時代の嫁入りのような気合いを見せる妻の話はあっただろうか。

「お気持ちは大変ありがたいのですが、そう構えず、しばらく気楽にやってみましょう。あなたも急な話で少し混乱していらっしゃると思いますが。どうぞ顔をあげてくださいませんか」

「いえ、旦那さまにお見せするものではありません」

「夫婦なのに何を言っているんですか」

「顔を伏せてもお話できます。じっと見るものではないと言われております」

彼女は頑なに顔をあげようとしなかった。これでは、夫婦らしいことが何もできぬまま夜が明けてしまう。

その後も何かと話しかけてはみたものの、ぽつぽつと短い答えが返ってくるだけで、強《こわ》ばった空気は変わらない。正直困り果てたが、明日は早い。舞鶴への長旅が待っている。ええいままよと強引に手を伸ばした。肩に触れた途端、早苗はいっそう体を固くしたが、何も言わなかった。つとめて力を抜こうと試みているのがわかり、鷹志の胸にはじめて、花嫁をいとおしく思う気持ちが湧《わ》いた。

翌日、親族たちに見送られ、夫婦は揃《そろ》って舞鶴へと発《た》ったが、それまでただ静かに鷹志の後をついて歩いていた早苗が官舎につくなり豹変《ひょうへん》した。彼女は、とにかく座っていることがない。まだ女中を手配する前から、忙《せわ》しく家中を駆けずり回り、よそよそしかった新居を瞬《また》く間に快適に整えた。鷹志が鎮守府から戻ってくると、すぐさま着替えが差し出され、着替えてくれれば驚くほど美味な茶が縁側に用意され、ほっと一息ついているうちに風呂《ふろ》がたてられ、さっぱりしてあがってみればまた縁側に酒とつまみが運ばれる。独り身が長かった鷹志は、少なからず感動した。なるほど、友人たちの言うとおり、結婚はよいものらしい。しかもその後の夕餉《ゆうげ》が、久しく食べたことがないと思うほど美味《うま》かった。

浦賀の母も家をよく切り盛りしていたし、奈津も家事は苦手ながら家政婦をうまく使い、家をいつも綺麗《きれい》に整えていた。しかし、おそらく早苗の家事能力は、彼女たちをはるかに凌駕《りょうが》している。とくに料理の腕は相当なもので、口には出さなかったがやや味が薄いなと感じたものを、微妙な表情の変化から察したのかすぐに鷹志の好みを把握し、味付けを変えてきたのには驚いた。見合いの席での世話人の持ち上げは、世辞ではなかったらしい。あの時の直感を信じてよかった、と鷹志は我が身の幸運に感じ入っていたが、日が経《た》つにつれ、違和感を覚えはじめた。

早苗の献身が、さすがに過ぎる。料理の時にかぎらず、彼女は細かい表情の変化から心境を察するのに非常に長《た》けていると見え、一瞬たりとも鷹志を不快にさせまいと必死だった。いつも完璧《かんぺき》に整えられ、何があっても対応できるよう待機されているのはかえってくつろげない。妻というより、大変気の利《き》く有能な部下をもったような気分だ。仕事では結構だが、家では困る。

「早苗さんももう少しゆっくり過ごしてください」

鷹志は何度か口にしたが、早苗はいつものようにうつむきがちに「はい」と答えたきりで、態度を改める気がないようだった。いまだに、彼女はまっすぐ鷹志の顔を見ることはない。そして明るいところで近づくことを極端に厭がった。

どうにかせねばと思いつつも、九月下旬には、『利根』も母港を離れて訓練に入り、それどころではなくなった。艦隊内では、近々大きな作戦があるらしいともっぱらの噂《うわさ》で、どの艦も競って精度をあげている。

そしていよいよ十一月中旬、呉の第二艦隊に出撃命令が下る。

「写真を一葉いただけませんか」

出発を間近に控えて一度舞鶴の官舎に戻った鷹志は、賓客のようにもてなす妻に意を決して頼みこんだ。それまでかいがいしく夫の世話をしていた早苗の動きが、途端に止まる。

「写真……ですか」

「外洋に持参したいのです。今回は長くなるかもしれませんので。最近のものでなくてもいいのですが、ありませんか?」

訓練の合間に早苗に手紙を書こうとした時、妻の顔が思い出せず、鷹志は愕然《がくぜん》とした。早苗と過ごしたのは半月にも満たないとはいえ、あんまりだ。しかし、自分のせいばかりでもないと思う。とにかく早苗は、顔を見せてくれないのだから。

これから外洋に出るのに、新妻の顔を忘れるのはあまりに辛《つら》い。乗組員たちは皆、家族の写真を心のよりどころとしている。鷹志もせめて写真の一葉もあればと思ったが、祝言以来とにかく慌ただしかったこともあり、家にあるのは婚礼写真だけだ。それをもっていくわけにもいかない。

「申し訳ありません、ひとつもありません」

相変わらずうつむいたままの妻の返答は、予想通りではあった。顔を見られるのを嫌う彼女が、写真を残しているとは考えにくい。

「そうですか。いや、いいんです。帰ってきたら、撮りに行きましょう」

「……はい」

夫の要望には常に全身全霊で応《こた》えようとする早苗も、この時ばかりは歯切れが悪かった。

急《せ》いてもいいことはない。今回は諦《あきら》めることにして、鷹志は落胆を隠し、久しぶりの食事を楽しむことに専念した。

どうすれば、彼女の憂鬱《ゆううつ》を取り除けるのか。何をすれば彼女は笑ってくれるのか。

鷹志には皆目わからなかった。


出発当日、鷹志は早々に家を出た。

「今回は少し長くなるかもしれません。家のことは任せます」

「はい。どうぞご武運を」

鞄《かばん》を渡し、切り火をする時のみ、早苗は顔をあげた。久しぶりに、真正面から妻の顔を見て、鷹志はついまじまじと見てしまった。すると早苗はまた眉《まゆ》を寄せ、さっと顔を伏せる。ああ、またやってしまった。

「……早苗さん、くれぐれも体は大事に」

「はい。お気をつけて」

早苗は深々と頭を下げた。

顔よりよほど見慣れたつむじに「行ってきます」と告げて、鷹志は今度こそ歩き出した。


出港した『利根』は、僚艦『筑摩《ちくま》』とともに東へと針路を取った。次に北を目指して大海原を進み、同月二十二日、択捉《エトロフ》島単冠《ヒトカップ》湾に到達する。

湾内には、第一航空艦隊が勢揃いしていた。中でも、司令長官・南雲《なぐも》中将の旗艦『赤城《あかぎ》』と『加賀』の第一航空戦隊、第二航空戦隊『飛龍《ひりゅう》』『蒼龍《そうりゅう》』、そして『瑞鶴《ずいかく》』と共に第五航空戦隊を構成する『翔鶴《しょうかく》』――日本の誇る空母がずらりと揃う様は壮観の一言であった。

単冠湾という目的地は聞いていたものの、任務の内容を知らされていなかった第二艦隊の面々に、ここではじめて、南雲中将より今作戦の通達があった。

「現在、米国と我が国との間に外交交渉が行われている。最後まで戦争は避ける努力を続けるが、最悪の場合、十二月八日黎明《れいめい》を期して攻撃する」

北の海は冬の嵐《あらし》に揉《も》まれていたが、機動部隊は一気に真夏のような熱気に包まれた。どの顔にも、怯懦《きょうだ》の色はない。いずれも興奮に紅潮していた。

かねてより噂《うわさ》になっていた巨大戦艦『大和』は間に合わなかったが、就役は間近だ。世界一の空母と航空機、そして世界一の戦艦が揃えば、勝てる。とうとう海軍が中心に躍り出る日がやって来た。長く厳しい訓練が、ようやく報われるのだ。

アメリカとの戦争に懐疑的だった鷹志ですら、機動部隊の勇姿をまのあたりにして、心が動いた。これだけの戦力があれば、充分にアメリカとも戦える。

十一月二十六日、軍艦マーチが鳴り響く中、機動部隊は次々と単冠湾を出港した。荒れ狂う北の海を、大艦隊は訓練を繰り返しながら東進する。かなうことならば、この光景を空から見てみたいものだと鷹志は思った。


翌月二日、大本営より部隊宛《あて》に、暗号電報が届く。

「ニイタカヤマノボレ一二〇八」

真珠湾奇襲攻撃の決行命令であった。

奇襲は完全ではないながらも成功し、四年前全米で叫ばれた「リメンバー・パネー」の反日の怒号は、名前を変えて再び嵐を引き起こす。
リメンバー・パールハーバー。
日本海軍はいよいよ、最大の敵を求めて広い海洋に躍り出た。

拝啓

秋涼の候、鷹志様には、このたびおめでたくご結婚なされた由《よし》、心よりお慶《よろこ》び申し上げます。ご両親様のお喜びもいかばかりかと拝察いたします。

ご両家のみの仮祝言《かりしゅうげん》とのことにて、ささやかながらお祝いをお送りさせていただきます。ご受納いただけますと幸甚《こうじん》に存じます。

末筆ながらますますの御多幸のほどお祈り申し上げます。

敬具

昭和十六年九月　江南雪子

永峰鷹志様

第四章 空 墓

1

四月十八日は、春の日射《ひざ》し降り注ぐ、穏やかな日だった。

しかし、荷物を手に京浜電気鉄道・湘南田浦駅への道を急ぐ早苗には、うららかな春の一日を楽しんでいる余裕はない。

「どいてください、道をあけてくださいな」

真昼の仲通りは、人でごった返している。声をかけてもかけても、なかなか通れない。住み慣れた皆ケ作《かいがさく》の街ではあるが、ここまで人出が多いのは祭りの日ぐらいだ。いや、実際に今日は祭りと言っても差し支えないかもしれない。

真珠湾の奇襲以来、米英蘭豪といった強国相手に連戦連勝。真珠湾の攻撃を成功させると、そのわずか二日後には、渡洋爆撃で活躍した中攻部隊がイギリス海軍の誇る戦艦『プリンス・オブ・ウェールズ』『レパルス』を沈め、今年に入りシンガポールを筆頭に南洋の重要地を次々占領、インド洋でもイギリスの東洋艦隊を粉砕した。新聞は連日海軍を褒め称《たた》え、国民は熱狂した。出征以来の凱旋《がいせん》とあって、ゆうべは皆ヶ作も大変なお祭り騒ぎで、今日もまだ人でごった返している。

（なんて間が悪いの）

早苗は心の裡《うち》で嘆息する。久方ぶりに皆ヶ作に戻ってきたのは、祖父の葬儀のためだった。葬儀自体は昨日終わったが、まさかその日に、艦隊が横須賀に帰還するとは思わなかった。

もともとこの皆ヶ作は、近くに海軍工廠《こうしょう》造船部がある関係で、将校や職工とその家族が多く住み、商店や花街も抱えた賑《にぎ》やかな街だったが、昨年の十二月に「大東亜戦争」が始まってから、一気に人が増えた。なにしろ全国から人が集まってくるので、常に混み合っている。旅館も連日満員らしい。日支事変のころも多少は人が増えはしたが、当時の比ではない。今度の相手はアメリカにイギリスで、主役は海軍である。住民からすれば、戦争様々だった。

真珠湾攻撃の翌日は、舞鶴のほうも大変な騒ぎだった。皆、寄ると触ると興奮気味に快挙を褒め称えたが、お祭り騒ぎというよりも、日支事変以来長く続いた息詰まるような緊張感が、開戦という明確な答えを出したことで、ようやく安堵《あんど》に変わったといった側面が強かったように思う。

それに比べると、ゆうべからのこの騒ぎは狂乱といってよい。普段ならば、これはこれでよいと思えるかもしれないが、駅へと向かう早苗の歩みは遅々として進まず、気が急《せ》くばかりだ。とにかく一刻も早く舞鶴へと戻りたい。シンガポール方面に出向いていた艦隊が戻ってきたということは、インド洋の作戦に従事し勝利した夫たちも戻ってくる頃合いだ。真珠湾攻撃の後、年末には一度帰ってきたが、正月が終わるとすぐに、次の作戦のため慌《あわ》ただしく出港していった。今回も、帰宅して何日いられるかわからない。一日も、いや一分たりとも彼との時間は無駄にしたくなかった。

駅を目指し足早に歩いていた足が、ふと止まる。空気がざわつく。なんだろう、とあたりを見回した途端、けたたましいサイレンが鳴り響き、早苗はぎょっとした。

毎日工廠から響くサイレンにも似た、しかしもっと鋭い音。

あたりは一気に騒然とした。なぜここで空襲警報が出るのか、誰にもわからなかった。

「訓練か？」

「誤作動だろう。敵機が来るはずがない」

誰も、本物の警報だとは思っていなかった。しかし、すぐに誰かが悲鳴をあげる。

早苗の目も、凄《すさ》まじい勢いで近づく機影をとらえた。

あ、と思った時には、何かが爆発する音がした。一度や二度ではなかった。

悲鳴があちこちであがる中、早苗は逃げ惑う人々の中で棒立ちになり、空を見ていた。

はるか頭上を、大きな機体が通り過ぎていく。翼のマーキングは——アメリカだった。

昭和十七年四月十八日。真珠湾攻撃以来、連戦連勝に湧《わ》く日本本土は、この日初めて、空襲を受けた。


彼女の夫が舞鶴に戻ってきたのはその五日後のことで、早苗はいつ鷹志が戻ってきてもいいように、常に清潔にしてある家をよりいっそう磨き上げて待っていた。

帰ってきた鷹志は、玄関を開けて早苗を見ると、まぶしそうに目を細めた。

「おかえりなさいませ」

早苗は手をつき、頭を下げた。

「ただいま。留守中、何もありませんでしたか」

「はい。大勝利おめでとうございます」

できるだけ顔をあげずに鞄《かばん》を受け取ると、鷹志は上がり框《かまち》に背を向けて座り、靴を脱ぎだした。その広い背中を見た途端、安堵に涙ぐむ。家の中に、この背中があるのとないのとでは、安心感がまるで違う。

海軍の快進撃は、ラジオでも新聞でも毎日のように繰り返されていた。鷹志から身を案じる手紙も来ていたし、無事だとは信じていたが、やはり不安でならなかった。彼が乗る『利根』は、空母の盾となる重巡だという。重巡も空母もよくわからないが、盾と聞けば不安が募る。

「ありがとう、でも少し疲れました」

「すぐにお風呂《ふろ》をおたてしましょうか」

「それよりも、ふな焼きをつくってもらえませんか。もうずっと、食べたくて」

鷹志は振り向き、少し恥ずかしそうに笑った。彼が背中を向けているのに安堵して顔をあげていたので一瞬目が合ってしまい、早苗は慌てて下を向き、立ち上がる。

「はい、ただいま。お着替え、運んでおきますね」

鞄を抱え、小走りで奥へと向かう。背後で、小さくため息が聞こえたような気がした。すぐに用を言いつけてくれたのは、ありがたい。一日千秋の思いで待ってはいたが、いざ帰ってくると、どうしていいのかわからなかった。

ふな焼きは、鷹志が好きな菓子だ。メリケン粉を溶いて薄くのばして焼き、その上に黒砂糖を削って載せ、巻いて適当に輪切りしただけの、簡単なものだ。鷹志がこちらの予想をはるかに越えて量を食べると知らなかったころ、食事が終わってもまだ物足りなさそうだったので、ありあわせのもので急遽《きゅうきょ》つくってだしたところ、たいそう喜ばれた。むしろ力をいれた食事よりも喜ばれたのは複雑だったが、早苗は嬉《うれ》しかった。早苗も、九州から出てきたというばあやがつくってくれるふな焼きが、実はいっとう好きだったからだ。

熱い生地に黒砂糖を載せると、たちまち甘い香りが漂う。知らず、笑《え》みがこぼれた。結婚してからは毎日のようにつくっていたが、鷹志が出撃してからはずっと控えていた。ちょっとした験担《げんかつ》ぎだ。

「やっぱり美味《おい》しいな。艦でも一度出たんですが、これほど美味しくはなかったんですよ」

「簡単なものですし、そう変わるとは思いませんけれど」

「いや全然違いますよ。なんだろう、砂糖の量？　生地の厚さかな？」

鷹志は真剣に考え込んでいる様子だった。彼は、なんでも真面目《まじめ》に検証しようとするところがある。あまり喋《しゃべ》らず、早苗も自分からはめったに話しかけないので、家の中は静かだが、何かひっかかると、普段の寡黙《かもく》さが嘘《うそ》のように饒舌《じょうぜつ》に語り、追及してくることがある。早苗は、静かにひとり新聞や本を読んでいる夫も、ごくたまに現れる知りたがりの少年も、好もしく思っていた。

見合いの時は彼のことはなにも知らなかったし、そもそもろくに顔も見ていなかった。どうせまた断られるのだから、知るだけ無駄だと思っていた。それなのに、相手からは快諾の知らせがあり、驚いているうちに仮祝言《かりしゅうげん》を迎えた。奇跡だと、誰もが言った。早苗もそう思う。今後何があろうとも、この夫に命を捧《ささ》げるつもりだった。

「毎日つくりましょう。しばらくは、内地にいられますの」

早苗の言葉に、鷹志は嬉しそうに笑った。

「そうですね、南方作戦も終わりましたから。油田も確保できたので、当分は燃料の懸念《けねん》もないでしょう」

「予定より作戦がとても早く終わったと聞きました。本当にお強いのですね。私まで鼻が高いです」

「今回は、航空隊が実によくやってくれましたね。空からの攻撃だけで戦艦を沈められるのだと、正直驚きました」

途中までは機嫌よく喋っていたが、空からの攻撃と口にした途端、空気が変わったのを感じた。

「ですが、我々が帰る直前、空襲があったそうですね。まったく、情けない。連勝の奢《おご》りが生んだ油断でしょう。舞鶴には何もなくてよかったですが」

「ええ、私、その日たまたま皆ヶ作におりましたもので、サイレンが鳴った時は驚きました」

「皆ヶ作に？」

そこで早苗は、身内の葬儀のために皆ヶ作に帰っていたことを話した。鷹志は驚き、それから眉間《みけん》に深く皺《しわ》を刻んだ。

「なぜすぐ言わないのです。お祖父《じい》様のことも。とても大事なことではないですか。さっき、変わったことはなかったと言ったでしょう」

思いがけず荒々しい声に、早苗は肩を震わせた。隠すつもりはなく、ただ彼にとっては些細《ささい》なことだから後で伝えようと思っていただけだが、逆鱗《げきりん》に触れたようだ。小さくなって謝罪すると、鷹志ははっとしたように息をついた。

「失礼しました。どうも、艦に長くいると、声が大きくなるようで」

「いいえ。私が悪いのですから」

「悪くありません。これは、八つ当たりです」

鷹志は湯呑《ゆの》みに手を伸ばし、もうだいぶ冷めているであろう茶を啜《すす》った。早苗は、ふな焼きには珈琲《コーヒー》のほうが合うと思うが、鷹志は焙《ほう》じ茶を合わせることを好むので、今日ももちろん焙じ茶だ。

「海軍の人間として、敵機に本土への侵入を許したことは、非常に恥ずべきことです。いくら外洋で勝利を重ねようと、肝心要《かなめ》の本丸がやられてはなんの意味もない」

せっかく甘い菓子を食べたというのに、鷹志の口調は苦い。たしかにこのところ急に、軍への批判が高まっている。昨年からずっと軍を天の上まで持ち上げるような風潮だったので、あまりに急な変化に早苗も戸惑っていた。

「次がなければ、それでよいではありませんか」

「そうですね。むろん、二度目はありませんよ」

鷹志の口調がようやく元に戻ったので、早苗はほっとした。そろそろ夕餉《ゆうげ》の支度をせねばと思い席を立つと、「ああ早苗さん」と呼び止められた。

「はい」

「明日にでも、写真を撮りに行きませんか」

途端に早苗の顔が曇った。

予想はしていた。なぜか夫は早苗の写真をほしがる。長い航海には必要なのだと言うが、顔など思い出してほしくはない。

困り果てて石像のようになってしまった早苗を見て、鷹志は苦笑した。

「わかりました、また今度にしましょう」

早苗ははっと我に返り、「申し訳ありません……」とうなだれた。

「いえ、無理を言って申し訳ありません。ただ、一緒にいられる時間がほとんどありませんから、ふとした折に寂しくなりましてね。こんな軟弱なことではいけません」

口調は穏やかだったが、早苗はますます縮こまった。全身から汗が噴き出る。消えてなくなりたかった。

「申し訳ありません。あの、私……こんな顔ですので、やはりどうしても怖くて……」

「私はかわいらしい顔だと思いますが、女性の身ではご苦労があったであろうこともわかります。できれば、私の前では隠さずにいてほしいとは思いますが」

「はい……」

早苗は唾《つば》を飲み込んだ。心臓がやかましい。すでに息があがっている。震えだした手で胸を押さえ、意を決して顔をあげた。

早苗は昔から、人の目を見ると、全身から汗が噴き出し、呼吸が苦しくなる。いつ相手の顔に嫌悪《けんお》や嘲笑《ちょうしょう》が浮かぶかと思うと恐ろしくて、吐きそうになるのだ。それならばいっそ、存在を消していたほうがよい。相手に見えなければいい。幼いころからそう思ってきたが、この人にはそれはしてはならないのだ。早苗は震える体を叱咤《しった》し、顔をあげた。月光に照らされた、凪《な》いだ海のような目が早苗を見ていた。やはり怖い。他の誰よりも、鷹志に見られるのが恐ろしかった。

「……なぜ、あの見合い、お断りにならなかったんですか？」

混乱するあまり、早苗は心の奥に押し込めていたことをつい口走ってしまった。あ、と思った時には後の祭り。鷹志が怪訝《けげん》そうな顔をする。

「早苗さんは、厭《いや》だったのですか」

「とんでもありません。ですが、驚きました」

口に出してしまったことは、なかったことにはできない。もう腹をくくるしかなさそうだった。

「私、今まで何度も見合いで断られましたので……。ですからあの日も、見苦しいからできるだけ顔を伏せていろと」

「誰がそんなことを言ったのですか」

「両親です」

あんなに馬鹿《ばか》げた化粧と友禅で、早苗という人間をすっかり隠して、人形のように座敷に置いた。早苗もあんな白粉《おしろい》まみれは恥ずかしくて厭だったが、両親は痣《あざ》を見せるよりはずっとましだと考えたのだろう。それほどにみっともない娘だと思われているのだ。早く、こんな恥ずかしい時間が終わればいい。今までの見合いのように、しばらく恥を我慢すれば解放されて、あっさり断りの返事が来て、そして家でまた息を殺すようにして生きていくのだ。どんなに邪慳《じゃけん》にされても、役に立つ女中としてならどうにか置いてもらえる。

「ご両親が？　それは本当ですか」

怒気をはらんだ鷹志の声に、早苗は肩をふるわせた。

「あ、あの……両親も、後がないと必死でしたから。その、私がお嫁に行かないと、妹も、あの」

うまく口が回らなくて、早苗は泣きそうになった。怒らせてしまった。

うつむいた視界に、鷹志の足が映った。あ、と思った時には、鷹志はすぐ目の前に来ており、屈《かが》んだかと思うと、温かい手が早苗の手に触れた。

「私はすぐに、話を進めてほしいとお願いしましたよ。嘘ではありません」

宥《なだ》めるように摩《さす》る手は、穏やかな熱を伝えてくれる。この人の手は本当に不思議だ、と早苗は思う。触れられるだけで、いつも落ち着く。

「早苗さん、私は痣のことを気にしたことがありません。今この瞬間だって、あなたが言わなければ、痣の存在など忘れていましたよ」

「で、でも、痣を抜きにしても、私、見合いの席でひどい態度でしたわ。なのにどうして」

鷹志はしばらく黙って早苗の手を摩っていたが、やがてその手が止まり、そっと肩へと移動した。

「私はあの時、早苗さんに強い縁を感じたのですよ」

「縁？」

「私が養子であることはご存じでしょう」

「……はい」

「あの大地震で父が怪我《けが》をしまして、私は高等小学校を諦《あきら》め、尋常科を出ると同時に浦賀ドックに勤めるつもりでした。しかし両親が、私が兵学校に行きたがっていることを察して、永峰家に養子に出したのです。感謝しておりますが、同時に私は家族を捨てたのではないかという後悔が常にありました。とくに、妹に対しては」

そういえば、見合いが決まってから、鷹志には妹がいると聞いた。高等小学校を出て高名な彫刻師に師事し、そこで師と関係をもち追放されたという曰《いわ》く付きの女だ。だが、それもやむなしと思えるほど、美しい容姿をしているという。鷹志の同期の士官と結婚したと聞いているが、祝言には姿を見せなかった。

「私が家を出て望む道を歩む一方で、妹は夢を絶たれました。そうした一因は、私にあるという思いがずっと拭《ぬぐ》えませんでした。もし妹があのまま抜け殻として生きるなら、私は一生をかけても償わねばならぬと一時は思っておりました。今は妹も、私の同期と結婚し、幸せにやっているのですが」

「それはようございました」

「はい、本当に」

万感の思いをこめて、鷹志は頷《うなず》いた。早苗はおそるおそる顔をあげた。静かな目には、怯《おび》えたような顔の自分が映っている。そこにいる自分に、痣はない。単にそこまで見えないだけだが、彼の目に浮かぶ姿はそう悪くないと思った。

「見合いの席で早苗さんにお会いした時に、久しぶりに雪子のことを思い出したのです。似ているな、と」

「私に？」

早苗は面食らった。雪子は非常に美しい女だと聞いているのに。

「はい。何かに必死に抗《あらが》っているように見えたのです。ひどく憤《いきどお》っているような。誰かにではなく、もっと大きなものに。そういうところが、似ていると感じたのでしょう。その時に、ああこの人をお守りしたいと思いました。今度こそ、間違えてはならぬと」

——ああ、そうだったのか。早苗は納得した。

今度こそ、と彼は言った。だから鷹志は最初からやさしかったのだ。

皆ケ作で見かける軍人たちの多くは、酒が入っていることが多いせいか粗暴で、通りすがりの早苗にひどい言葉を投げかける者も少なくなかった。軍人は皆そんなものだと思っていたから、ずいぶん早苗を気遣う鷹志に戸惑うことも多かった。

ようやく、理由がわかった。この、許しを請《こ》うような不思議なまなざしも。

自分はこの人にとって、自分の手で救えなかった美しい妹の影なのだ。贖罪《しょくざい》のかたしろなのだろう。

理解してしまえば、鷹志を見るたびにひどく騒いでいた心は嘘のようにおさまった。冷たく重い石がゆっくりと降りてきて、心臓を静かに押しつぶしていくようだった。

痣など気にならなくて当然だ。彼にとっては、早苗自身はどうでもよいのだから。

「いや、これはどうも、恥ずかしい話をしてしまいました」

早苗がじっと見つめていると、どうとったのか、鷹志は今さら赤くなってはにかんだ。

「……あなたのおやさしさ、よくわかりました。明日、写真館に参りましょう」

途端に鷹志の顔が輝く。

「いいのですか」

「喜んで。でもどうか、他の方には見せないでくださいませ」

早苗は、ぎこちなく微笑んだ。はじめて笑った妻に、鷹志は驚いたように目を見開き、それから嬉しそうに破顔した。きっと彼の目には、妹の笑顔が見えているのだろう。

彼の視線の先に誰がいようと、鷹志がやさしい人物であることには変わりは無い。これ以上の幸せがあるだろうか？　同じく意思のない人形でも、邪慳にされるより、やさしく労《いたわ》ってくれるほうがよほど嬉しい。

（私は、とても幸せ）

自分に言い聞かせるように、早苗は心の裡でつぶやいた。冷え切った体の奥底で、今まで気にもとめなかった雪子という女に対し、小さな火が投じられたことを、早苗自身もまだ気づいてはいなかった。

2

妾《めかけ》の子。図体がでかいばかりの半人前。

第五航空戦隊への評価は、おおよそ不名誉なものばかりである。最新鋭の空母『翔鶴』『瑞鶴』を核につくられた部隊は、伝統ある一航戦や二航戦の航空隊からは明らかに見下されていた。

実際、昨年誕生したばかりの五航戦は、新造艦ゆえにまだ練度が及ばず、とくに航空部隊にいたっては、昨年十一月にいざ呉より出発して艦載機を収容しようとしたところ、ほとんどの機体が一度で着艦できなかったというひどい有様だった。おかげで、日支事変から活躍してきた『加賀』、南雲中将が乗艦する旗艦『赤城』を中心とする第一航空戦隊からはさんざんに馬鹿《ばか》にされ、皆ずいぶんと悔しい思いをしてきた。

それでもこの五ヶ月で着々と実戦経験を積み、インド洋で英空母『ハーミス』を撃沈した『瑞鶴』『翔鶴』艦爆隊は、命中率九十三パーセントという驚異的な数字を叩《たた》きだすまでに成長した。これは一航戦や二航戦と全く遜色《そんしょく》ないもので、五航戦はおおいに面目を施した。

が、インド洋での作戦終了後、南雲機動部隊の一員として晴れて凱旋《がいせん》するはずが、台湾まで来たところで米軍ドーリットル隊による本土空襲の知らせが入り、状況は一変した。『赤城』などはそのまま帰っていたが、『翔鶴』『瑞鶴』はすでに反転し南洋のトラック泊地へと向かえと命令が下っており、凱旋の喜びに胸膨らませていた五航戦の面々はいたく落胆した。

堅固な珊瑚礁《さんごしょう》に囲まれたトラック泊地はもともとドイツの植民地だったが、第一次大戦後日本の委任統治領となり、現在は井上成美《しげよし》中将率いる第四艦隊が停泊している。第四艦隊と言えば響きはいいが、内南洋——すなわち日本が統治する南洋群島の防御が目的なので、まず旗艦の『鹿島《かしま》』からして練習巡洋艦という、貧弱な部隊である。

井上中将は米内光政《よないみつまさ》・山本五十六《いそろく》と共に海軍三羽鴉《さんばがらす》と称される切れ者ではあるが、軍政畑を歩いてきた生粋の赤レンガ組であり、開戦まで艦隊を指揮した経験はない。指揮官としての能力は昔から疑問視されており、実際、開戦以来華々しい勝利続きの中で唯一《ゆいいつ》失敗したウェーク島攻略作戦を指揮していたのはこの井上長官である。

内地への帰投が先延ばしになっただけではなく、その第四艦隊編入という指令は、

『瑞鶴』乗員の士気を大いに下げた。

（よりによって、平和なトラックで南洋のお守りとは）

砲術科の分隊長として『瑞鶴』に乗艦している最上《もがみ》少佐は、艦橋から穏やかなエメラルドグリーンの海を見下ろし、ため息をついた。

緒戦の勝利に浮かれる中、敵機の本土侵入を許すという信じがたい失態を犯した以上、上層部は近々、米軍太平洋艦隊の息の根を止めるべく大がかりな作戦を実行するはずだ。そこで今度こそ艦隊の花形・砲術の実力を示さんと意気込んでいたのに、平和なトラックで暇な任務につくとはついていない。

機動部隊は真珠湾以来大きな戦果をあげているのは間違いないが、活躍しているのは主に航空部隊である。『瑞鶴』の砲術科ももちろん猛訓練を行い、射撃精度と速度の向上に心血を注いできたが、装備といえば十二・七センチ高角砲八基と二十五ミリ高角機銃十二基のみ。艦載機が全《すべ》て出払ってしまったら、これだけで敵機に対抗せねばならない。『瑞鶴』の高角砲は敵艦船にも充分通用するすぐれものではあるが、いかんせん砲重量が重く旋回速度が遅いため、高速で飛来する敵航空機、とくに急降下爆撃機にはなかなか照準が合わせられず、精度がいいとは言えなかった。砲術士官としては忸怩《じくじ》たる思いである。それでも対空戦にも慣れてコツも摑《つか》み、次こそはと意気込んでいただけに、第四艦隊編入はなおさら切なかった。

『瑞鶴』および『翔鶴』がトラック泊地に入港したのは、四月二十五日のことである。季節はちょうど乾期で、甲板に出ると気持ちのよい風が吹いている。珊瑚礁の海に、色鮮やかな椰子《やし》の葉が揺れる島。戦線のただなかにあるとは信じられないような美しい光景だったが、気を抜いている余裕はなかった。それまでは、ただ単に第四艦隊の指揮下に入れという命令しか受けていなかった五航戦は、ここに来てようやく重要な作戦を知らされたのだった。

今年一月より、ニューブリテン島東部ラバウル、ニューギニア島東部ラエ、サラモアと攻略してきた陸海軍は、次の攻略目的をニューギニア島南東部ポートモレスビーに定めていた。攻略の目的は、南東方面の要衝となるラバウルの防衛、およびアメリカとオーストラリアの交通網を遮断し、オーストラリアを孤立させることにある。

ポートモレスビーとラエは同じニューギニア島の南岸と北岸に位置しているものの、島の中央は険しい山岳地帯で行軍が困難なため、陸路での縦断は不可能である。よってラバウル基地より二千名の陸軍将兵を十二隻《せき》の船に分乗させて珊瑚海に下って西進し、ポートモレスビーまで渡ることになった。

しかし、輸送船団がラバウルよりポートモレスビーへ到達するのに要する時間は、最短でも六日間。のろのろと進んでいるうちに米軍機の空爆を受ければ、ひとたまりもない。

彼らの護衛には軽空母『祥鳳《しょうほう》』と重巡四隻があたり、『翔鶴』『瑞鶴』の二空母は、ポートモレスビー攻略を察知し襲来してくるであろう敵部隊を捕捉《ほそく》し、殲滅《せんめつ》させる任務を与えられた。

この新たな任務に一同はにわかに活気を取り戻した。インド洋までは一航戦も共に行動していたが、今度は五航戦だけの作戦行動である。今度こそと意気が上がった。

そしていよいよトラック泊地を出る前日、最上は夏島内の第四艦隊司令部で所用を済ませたついでに、英気を養おうと飲食店が立ち並ぶ商店街に入った。が、目当ての店に向かう途中、なにやら道が騒がしい。厭《いや》な予感がして近づいてみると、予想通り、往来のど真ん中で喚《わめ》いている一団がある。しかも皆、士官だ。

「うるせぇんだよ主計科が！　本チャンに逆らうとはいい度胸じゃないか！」

「おまえの戦闘報告が極端に遅いのを毎度尻《しり》ぬぐいしているのは誰だと思っている！指導をしてやったのに、少尉《しょうい》が中尉を殴るとは何事だ！」

「たかだか庶務の中尉が兵科の少尉を殴っていいと思っているのか⁉　おまえらとは身分が違うんだよこの下司《げす》が！」

まだそれほど近づいていないうちから、彼らの怒声ははっきりと聞こえた。見たところ五、六名の若い士官が二手に分かれ、罵《のの》り合い、殴る音がした。

なんという恥さらしか。しかし、珍しい騒ぎではない。本チャン、いわゆる兵科将校とそれ以外の将校の溝は、埋めがたいものがある。出身校が違えども、基本的にはコレスとして親しくなるものだが、本チャンであることに絶対のプライドをもち、他を見下す士官は決して少なくはない。同期だけではなく、階級が上だろうと兵科にもの申すなど言語道断というわけだ。まして酒が入れば、普段は饅頭《まんじゅう》の薄皮程度には装《よそお》っている建前が、双方一気に剝《は》がれおちる。

これは早々に止めに入るべきだろう、と判断して最上は足を速めたが、反対側から勢いよく駆けてくる男がいた。

「おまえら、何やっとるか！」

胴間声とともに影は喧嘩《けんか》の中に飛び込んだかと思うと、次の瞬間には、何かがこちらにすっとんで来た。受け身をとる間もなく地面に叩きつけられたのは、まだ二十歳をいくつか過ぎたばかりの若い士官。さらにもう一人、もう一人と続く。

「ほれほれ、かかってこい。俺の前では本チャンも庶務もなんも変わらんわ！」

さらにもう一人。最上は額を押さえて、進み出た。この声は間違いない。

囲む士官を次々投げ飛ばしているのは、案の定、『翔鶴』飛行科の佐倉中隊長だとわかった。目が合うと、佐倉は「おっ」と手をあげたので、よけいなことを言う前に大股《おおまた》で近づき、首根っこをひっつかんで喚く彼を引きずった。人気の無い小路に入るなり、最上は眉尻《まゆじり》をつりあげ友人を怒鳴りつける。

「貴様は出撃前に何をやっとるんだ？」

「いやあ、近くの店で中隊の連中と楽しく飲んでたら、外が騒がしくなってな。喧嘩だと聞いて飛び出してきた。まったく、本チャンが聞いてあきれる。あんな簡単に投げられるとは！　最近の兵学校はぬるくなったんかのう」

赤い顔で笑うと猛烈に酒臭い。一滴も飲めない最上は顔をしかめた。認めたくはないが、この佐倉は最上の同期である。それどころか兵学校時代は同じ分隊で、この佐倉が伍長《ごちょう》、最上が伍長補という関係だった。

「なぜ無関係の貴様が手を出す」

「不肖の後輩を修正するのは伍長の役目だ。まあ誰だか知らんが」

「なら主計のほうは投げなくてもよかろう」

「往来で喧嘩するほうが悪い。喧嘩両成敗だ。まったく貴様は相変わらずお堅いのう。上陸中ぐらい羽目をはずさんと早々にはげるぞ」

「問答無用で殴るなど言語道断だ。貴様また謹慎くらいたいのか」

佐倉は相変わらずへらへら笑っている。情けなくて、最上は舌打ちした。

佐倉はかつて、自慢の友人だった。文武両道で義に篤《あつ》く、同期からも慕われ、下級生からも人望があった。それがこのざまだ。卒業時の席次は最上よりも上だったのに、佐倉はいまだ大尉である。艦爆乗りとしての腕は確からしいが、彼はとにかく素行が悪い。酒癖がひどく、酔うと持ち前の正義感が暴走して相手が上官だろうとなんだろうと殴りとばす。

「ただでさえ脳と心臓に負担がかかる艦爆乗りが、そんなに飲んでばかりいては死ぬぞ」

「そんなもんは迷信だ」

口から血まじりの唾《つば》を吐き出し、佐倉は言った。

「軍医官が事実だと発表しただろうが。まあその前に貴様は、素行不良で除隊になるかもしれんがな。それで一航戦も追い出されたんだろうが」

「まあまあ、妾の子どうし仲良くやろうじゃないか。『翔鶴』『瑞鶴』は姉妹艦だしなあ」

「こんなに貴様が落ちぶれていなければ俺も嬉《うれ》しかったがな」

昔は、こうではなかった。元来大酒飲みではあったが、以前は喧嘩にも立派な理由があった。今日も、あるといえばあるだろう。彼が昔から本チャンの特権意識を苦々しく思っていたことも知っている。しかし問答無用で殴り飛ばすのはやりすぎだ。今の彼は明らかに、喧嘩が目的であり理由はどうでもいいところまで落ちている。

「言ってくれるなあ、少佐どの。明日になればちゃんとやるさ。機動部隊なんか魚雷であっというまに全滅だ。敵機が近づくことはないから、砲術の出番はないから安心しろ」

「そりゃ頼もしいな」

「ああ、だから砲術の訓練なんて無駄だ無駄。井上長官がおっしゃる通り、これからは航空機さえありゃあいいんだ。貴様らはぼうっと艦橋で突っ立ってりゃいい」

最上は息を止めて佐倉を見た。酔眼が、あからさまに嘲笑《ちょうしょう》を浮かべてこちらを見据えている。

「貴様は先見の明があるやつだと思っていたのに、まったく選択を誤ったもんだなぁ。砲術が花形だったのなんか、明治のころに終わってんだよ。そっちの艦長だって、戦闘になったら何していいかわからんだろう？」

げらげら笑う顔に、気づけば最上は拳《こぶし》をお見舞いしていた。

佐倉は逆らわず、薄汚れた壁に頭をぶつけた。痛む箇所をおさえて呻《うめ》いたのは一瞬で、すぐに彼は身を低くし最上にとびつき、投げ飛ばす。殴ってしまったことに一瞬動揺していた最上は反応が遅れ、見事に投げられた。とっさに受け身はとったが、今度は拳が降ってくる。よけきれず、よろめいた。負けじとこちらも反撃する。何度かかわされたが、とうとう佐倉の頬に入った。吹っ飛んだ佐倉はそのまま勢いよく壁にたたきつけられ、動かなくなった。

「腕が落ちたんじゃないか」

毒づいても、返事は返ってこない。佐倉は昔からめっぽう喧嘩は強かったが、さすがに酒が過ぎたのか、動きも鈍かった。

どっと疲れを感じ、最上は薄汚れた壁に体を預け、その場に腰をおろした。

佐倉が変わった理由は、わかっている。航空部隊はただでさえ死に近いところにいるが、二人組の艦上爆撃機に乗る佐倉は、立て続けに相方を失っているのだ。今の愛機は九九式艦上爆撃機だが、中国大陸で九六式艦爆を駆っていたころは、偵察員が機銃に撃ち抜かれて死んだり、大破寸前の機体でどうにか帰還したものの佐倉が降りた途端に機体が炎上してしまったりと、不幸な事件が続いた。さらに訓練でも、艦爆は戦闘機や雷撃機に比べて死亡率がずば抜けて高い。日本を出る前の訓練でも、若い操縦士が急降下に耐えられず貧血を起こしたため、パラシュートで脱出したところ、相方はパラシュートが風防の金具にひっかかって開かず、そのまま海に叩きつけられたと聞いている。

そんな彼につけられた異名は、「死神」だ。それはむしろ、何があろうとも成果を上げて生還する技倆《ぎりょう》と悪運の強さを称《たた》えるものだったが、佐倉と組みたがる者が激減したのも事実だった。孤独に追い込まれた彼が、地上では無法なふるまいをするのも無理はない。もともと、仲間の無残な死を目の当《ま》たりにする機会が多い士官操縦員は若くして達観するか、刹那《せつな》的に生きるかのどちらかだ。佐倉は刹那的であることを証明するように、どれほど勧められても今なお独身を貫いている。

くわえて艦爆は、航空神経症を病む者も多い。仲間が四散した肉塊となる様を見続けたからというだけではなく、急降下でかかる凄《すさ》まじいGが問題で、急降下の訓練を繰り返していると、心臓が肥大して白血球過多となり、心身に障害をきたすのだそうだ。佐倉は酒が入っていない時でもたいてい目が充血しているし、昔に比べて異様に短気になった。まちがいなく神経症を患っているはずなのに、陸上勤務には回されない。航空隊の者たちによれば、彼は操縦桿《かん》を握ると途端に正気に戻るのだそうだ。腕はトップクラス、どんな異常事態にも冷静に対処する。だからこそ彼はまだ空を飛ぶことを許されているのだろう。

そこまでわかっていてなぜ、あんなに簡単に自分は挑発に乗ったのか。情けない。

その理由も、わかっている。図星をつかれたからだ。

もちろん、佐倉が言うように砲術が不要ということはありえない。火力は重要だ。しかし、空母という初めての環境にいるせいか、この数ヶ月、今まで経験してきたものとあまりに違う戦闘に困惑しているのも事実だった。砲術は長らく海軍の花形で、『瑞鶴』の艦長横川大佐も生粋の砲術屋である。その大佐が、「時代は変わったとつくづく感じるよ」とインド洋での戦闘の後、つぶやいたことがある。彼もやはり、この空母という環境に戸惑っているのだ。

ようやく、頭も冷えてきた。最上は息をついて立ち上がり、佐倉を引きずり起こした。佐倉は呻いたが、起きる気配はない。このまま捨て置きたいのはやまやまだったが、連れて帰るほかないだろう。出撃前日になぜこんな馬鹿な殴り合いをしたのか、すでに後悔でいっぱいだったが、出撃前の厄落としと考えることにした。

なんとか車を拾えたので、桟橋に向かってもらう。太平楽のいびきをかいている佐倉の寝顔は、兵学校時代の面影を色濃く残していた。胸が詰まって、視線を外へと移す。

街並みだけ見れば、日本となんら変わらない。しいて言えば、街路樹やら花の色が明らかに南国のものだというぐらいだろうか。トラック泊地は、南洋での故郷そのものだ。

「……み、だ」

突然、隣からくぐもった声がした。てっきり寝ているとばかり思っていたので驚いて目を向けると、佐倉の両目はかたく閉じたままだった。

「なんだ？」

声をかけてみたが、返事はない。ただの寝言か、と再び外に目を向けると、風にかき消えるほどの小さなつぶやきが聞こえた。

「どうせ俺は、死神だ」

3

五月一日、五航戦はトラック泊地を出発した。

猛訓練を繰り返してきた艦隊には、どことなく楽観的な空気が漂っている。現在、アメリカ太平洋艦隊の空母は、南洋に一隻《せき》のみと考えられていたからだ。先月の東京空襲には『ホーネット』と『エンタープライズ』が参加していたことを考えると、残る空母は『サラトガ』一隻である公算が高い。万が一、遭遇したとしても、こちらは正規空母二隻。大きな問題にはならないだろう、と誰もが思っていた。

四月三十日にラバウルを出発し、ツラギ島に上陸していた攻略部隊が、五月四日、空母『ヨークタウン』から発進した米軍機の奇襲を受けた。

四度にわたる猛攻撃に投入されたのは、のべ急降下爆撃機七十二機、雷撃機二十三機、戦闘機四機という多さで、日本軍は駆逐艦一隻と掃海艇三隻を失った。

奇襲の知らせは第四艦隊に衝撃をもたらしたが、逆にこれだけの兵力を投入してもツラギをほとんど攻略できなかったのは米軍機の未熟さを証明するものと見なされ、本命である五航戦を含む機動部隊はまだ発見されていないと判断された。

そして四日夕方、いよいよラバウルより、ポートモレスビー攻略部隊が出撃。予定通り、護衛には軽空母『祥鳳』がついた。

七日未明、機動部隊は本格的に索敵を開始する。ラバウルからは一式陸攻が飛び、ツラギからは九七式大艇が、そして占領したばかりのデボイネからは水上偵察機が飛んだ。五航戦司令官・原少将も、『瑞鶴』『翔鶴』よりそれぞれ六機ずつ九七式艦攻を飛ばした。

『翔鶴』機より敵発見の報告が入ったのは、一時間半後のことだった。

『敵航空部隊ハ空母巡洋艦各一隻ヲ基幹トシ、駆逐艦三隻ヲ伴フ』

空母。期待通りである。

それまで押し殺したような静寂に支配されていた『翔鶴』艦内は、旗艦『瑞鶴』からの命令を受信すると、一気に動き出した。飛行長は艦橋を飛び出し、搭乗員が待機していた待機室には整列の号令が流れた。スピーカーから声が流れた途端、待機室でじりじりと待っていた佐倉はバネ仕掛けの人形のように立ち上がった。

飛行甲板にはすでに、整備を終えた全機が整然と並べられている。整備員が徹夜で整備した、零《れい》戦九機、九九式艦上爆撃機十九機、九七式艦上攻撃機十三機は、薄い朝日を浴びて、神々《こうごう》しく輝いていた。

その光景の美しさに、佐倉は目を細めた。見慣れた光景ではあるが、朝方の出撃は格別だ。

「今日こそは、五航戦が帝国海軍に名を轟《とどろ》かす栄光の日である！」

飛行長は、整列した搭乗員を見回し、力強い声で言った。

「敵はまだ我が部隊の位置を知らずにある。このまま行けば、圧倒的な有利のうちに勝利をもたらすことができよう。くれぐれも諸君の健闘を祈る」

佐倉は口の端をかすかに歪《ゆが》ませた。

栄光。健闘。

空には、何もない。ただ冷淡な死があるだけだと悟ったのは、いつだったろう。

長らく、自堕落に生きてきた。自暴自棄と称する者もいたが、そうではなかった。自棄になるほどの気力もない。佐倉にとって、死んだように眠り続けることと酒を飲み続けることは、なんのかわりもなかった。夢を見るという点、目覚めた時に苦い失望に襲われる点では全く同じだ。だからどちらでもよかったが、酒を飲んだほうが多少はよい夢を見られる可能性があったので、そうしたまでの話だ。

それ以外の「起きている」時間は、空で死んでいた。その繰り返しだった。

今日も、延々と繰り返される死の儀式のひとつに過ぎない。しかし、整列した若き搭乗員たちの誇らしそうなことと言ったらどうだろう。ああ、かつては自分もこんな顔をして、出撃前の興奮と感動を噛《か》みしめていた。

徹夜で整備してくれた整備員たちの、充血した目に浮かぶ涙の美しさときたら、どうだろう。ああ、かつては整備員ひとりひとりに感謝をし、共に愛機を我が子のように育てていた。

五航戦の栄光。それが今日、ここから始まる。寄せ集めの烏《う》合《ごう》の衆、妾《めかけ》の子とはもはや言わせない。空母部隊を、迅速に、確実に自分たちの手で沈めてみせるのだ！

彼らの喜びが、手にとるようにわかる。ここにいる者たちの心は、みな同じ。まさにこの日のために、今まで猛訓練にも耐えてきたのだ。

清冽《せいれつ》な朝日を浴びて輝くいくつもの顔、端正な航空機たち。佐倉の胸は、強く締めつけられるように痛んだ。

――こいつらは、俺に続かせちゃいけない。若者だらけの、この真新しい部隊は、今日こそ本当の意味で誕生する。その門出をより輝かしいものにするために、きっと自分はここにいるのだ。

インド洋で『ハーミス』をわずか十四分で沈めたように、とびきり景気のよい土産を。それを持ち帰れば、自分もまた、呼吸の仕方を思い出すかもしれなかった。

4

飛行長による詳細な敵状報告が終わると、いよいよ佐倉は愛機に乗り込んだ。

「緊張しているか？」

後部座席におさまった佐倉は、操縦席の森本《もりもと》二飛曹の肩がかすかに震えているのに気づき、からかいまじりに声をかけた。

「武者震いですよ。ようやく来た汚名返上の機会ですからね」

「そうだな。空母には、俺たちが真っ先にどでかいプレゼントを落としてやろう」

「はい！」

操縦員の元気のよい返事が聞こえたかのように、飛行長が信号灯を回しだした。

まずは零戦九機が次々と甲板を走り、かろやかに飛び立っていく。吸い込まれるようにすうっと空に溶けていく零戦は、美しい。

そして次が、艦爆隊の番だった。

二百五十キロ徹甲弾を抱えた艦爆が、整備員たちの感極まった顔を横に見ながら甲板を進み、舞い上がる。

無理のない離陸で、この数ヶ月で森本の腕前が劇的に向上したことを改めて知った。

あんなにも広かった飛行甲板が、みるみるうちに小さくなる。そして、大海原の中では、本当にちっぽけな存在でしかないことに否応《いやおう》なく気づくのだ。

これほど大きい空母が、たとえどんなに天気がよくとも、高高度からは全く見つからないこともしばしばある。それほどの小ささ。そこから飛び立ったもっとちっぽけな艦爆に乗った、さらにちっぽけな自分。

それがまっしぐらに、敵空母に爆弾を落とし、海に沈ませる。夢のような愉快な光景だ。

しかし、その夢はかなわなかった。

『瑞鶴』および『翔鶴』より航空部隊が飛び立って約一時間後。空母を叩《たた》かんと目を皿のようにして眼下を探していた搭乗員たちは、空母発見が誤報だったことを知る。索敵機は、上から見ると空母とよく似た形をもつ油槽《ゆそう》艦『ネオショー』を空母と誤認したのだ。

結局、この索敵のミスにより生じた二時間以上にわたるロスが、日本海軍から先手必勝の好機を奪った。報告を信じて飛び立った攻撃機は、やむなくこの油槽艦『ネオショー』と駆逐艦『シムス』を攻撃した。

さらに、この実り無い攻撃の間に、ラバウルからポートモレスビーに向かっていた陸軍輸送団のもとに、アメリカの機動部隊が殺到した。よもや位置がばれているとはちらとも考えていなかった一行は驚いたが、軽空母『祥鳳』は脆弱《ぜいじゃく》な飛行部隊と装備しかないにもかかわらず、身を挺《てい》して必死に戦った。しかし集中攻撃を受け、奮戦むなしく、撃沈された。航空母艦が撃沈されるのは、これが初めてである。圧倒的優勢に立っていたはずの日本は、一気に窮地に立たされた。

午後遅く、なんの成果もないまま全《すべ》ての機体が帰還するころには、ラバウルや他艦船からの詳細な報告が次々と届き、原少将は再度の攻撃を決断する。しかし、すでに空は薄暗かった。夜が近いだけではなく、寒冷前線が近づき天気が荒れに荒れていたからだ。

薄暮攻撃は奇襲には最適だが、危険も大きい。夜間の着陸になれているベテランだけが召集され、飛び立った。佐倉機も加わったが、今回は佐倉自身が操縦を担当することになった。ペアの森本は、まだ夜間着陸の経験がなかったためだ。

低い雲の間を縫いながら、慎重に敵空母を目指して進む。が、いよいよ目的地が近づき、ようやく雲の切れ目を見つけたと思った途端に、敵戦闘機に捕捉《ほそく》され、最悪の状況で空戦に突入した。

空戦とはいってもあちらは戦闘機、こちらは二百五十キロ爆弾を抱えた艦爆と、八百キロ魚雷を抱えた艦攻である。零戦は夜間飛行は困難だったため同行しておらず、これでは勝負になるはずがない。

「散開しろ！　雲の中に逃げ込め！」

佐倉は無線に怒鳴りつけ、一目散に雲の中に逃げ込んだ。

佐倉機は逃げ切ったが、防御力の弱い艦攻が敵の攻撃を受け、ライターのように燃え上がり、落ちていく様を見た。雲を抜け、たたきつけるような雨を受けてもなお、燃え上がる火は消えず、はるか海面へと落ちていく。

今朝がた、意気揚々と飛び立ったのが、もうはるか昔のことのようだった。

一度目の飛行は実りがないわりに七時間近い長丁場、そして二度目は空戦の時間自体は十五分にも満たなかったが心身ともに縮み上がることになった。

ぶじに『翔鶴』に辿《たど》りついたとき、佐倉は、いいと言われたらこの甲板で即座に寝られるぐらいに疲れきっていた。長時間の緊張にさらされた森本二飛曹もふらふらで、少しアンモニア臭がした。

二人は無言で、それぞれの寝床に向かった。

もう、今夜中の出撃はない。雨はますます激しくなっている。物理的に、不可能だ。

しかしこれを逃せば、もう当初思い描いていたような大勝利はありえない。わかっていたが、自分たちにはどうしようもない。今できることは、次の命令があるまで、しっかりと休息をとることだった。

この夜の間に、五航戦は北上し、アメリカ機動部隊は南下していた。

スコールの音で目を覚ました最上が甲板にあがってみると、横殴りの雨で全く視界がきかない。しかし、どうやらアメリカ艦隊がいる付近は寒冷前線の外で、快晴であると聞いて驚いた。攻撃するには、日本が有利である。天がくれたこの好機を逃してはならぬとばかりに、原少将は再びベテランの搭乗員を索敵のためにとばした。

なんでも昨日の索敵員は、新人だったらしい。本来はベテランが搭乗する予定だったが、パイナップルの缶詰を食べ過ぎて腹をひどく下したため、新人を投入したという。今度のベテラン搭乗員は、一時間後に本物の空母を発見し、正確な位置や隊形、針路などを知らせてきた。

そして九時三十分、三度目の正直とばかりに、零戦、艦爆、艦攻の編隊が飛び立った。

『瑞鶴』の防空指揮所にてその様を見送った最上は、双眼鏡を構えて周囲を探った。『翔鶴』からも同じく編隊が飛び立ったはずだが、見えない。このスコールの間に、両艦の距離はずいぶん離れていたようだった。

「佐倉、頼むぞ」

今日も戦地に向けて飛び立ったであろう友人に向けて、最上は祈りをこめて言った。十時過ぎ、指揮所はにわかに忙しくなった。敵攻撃編隊接近中の報が入ったためである。

最上は慌《あわ》てて双眼鏡をのぞいた。

北には重い雲が垂れこめているが、時々、ちらりと、雲ではありえぬものが見える

——いる。

ことがある。

おそらく、爆撃機編隊だ。しかし、一定の場所からは近づいてこない。どうやら、雲の中を旋回し、やや足の遅い雷撃隊が追いつくのを待っているらしい。『瑞鶴』はスコール降りしきる中に飛び込んだ。

それから四十分後、アメリカの攻撃隊は大編隊を組んで、五航戦への攻撃を開始した。もっとも、攻撃を受けたのは『翔鶴』だけだった。スコールの中に入り込んだ『瑞鶴』は、敵に発見されずに済んだのである。『瑞鶴』は戦々恐々としながら、敵が一刻も早く去ることを願いつつ、味方部隊の攻撃報告を待った。

「これは、ますます出番がなさそうだ」

横殴りの雨を見やり、最上はぼやいた。すると近くで控えていた若い分隊士が、安堵《あんど》したような落胆したような、複雑な表情で頷《うなず》いた。

「あれだけ訓練したのに、つまらないですね。皆ずいぶん練度もあがって自信をつけたのに」

「そもそもトラックを出てから、敵の艦船をまったく目にしていませんよ。今だって、この雨が止《や》んだとしても、見えるのは攻撃機だけです。どうも、奇妙な戦いですなあ」

ベテランの特務中尉《ちゅうい》も首を傾《かし》げた。同じことは最上も感じていた。

ずっと、敵艦船を見ていない。すでに戦闘が始まっているというのに、空母にしろ駆逐艦にしろ、実際に敵を見たのは、そこまで飛んだ搭乗員だけだ。

こちらも空母、あちらも空母。

よくよく考えてみれば、純粋な空母対決というのは、これが初めてかもしれない。

「これが新時代の戦いってやつか」

覆《おお》いに隠された砲塔を見上げ、最上はつぶやいた。

南国のスコールは、かすかな恨みをこめた声を、勢いよく流してしまった。

5

五月八日早朝、飛び立った索敵機に搭乗していたのは、ベテラン中のベテランの飛曹長である。

彼から敵発見の報告が来るまでが、搭乗員にとっては最も胃が痛くなる時間だった。艦橋下の搭乗員待機室に陣取った佐倉も、例外ではない。

昨朝の出撃、昨夜の出撃に続き、この一両日でもう三度目。昨夜《ゆうべ》帰還したのが夜の八時過ぎで、肉体は疲れきっていたが、頭が冴《さ》えてあまり眠れなかった。夜食と朝食をとりにガンルームには行ったものの、後はずっとこの待機室にいたせいで、熟睡などできそうもない。

どうやら、二回続けての失敗を受けて、艦橋では航海長と飛行長の間に一悶着《ひともんちゃく》あったらしい。そのあおりを受けてか、ガンルームにも重い空気が垂れ込めていた。皆、立て続けの出撃をねぎらってはくれたものの、視線が痛い。とても長居できる空気ではなく、他の飛行士官もみな待機室にやって来る。

佐倉は待機室を見回した。七十六名。ずいぶんと減ってしまった。機体も半数に減っている。

一日だ。わずか一日で半減。失態どころの騒ぎではない。

搭乗員たちは皆、じっと「その時」を待っている。いつもと変わらず、静かな顔で煙草《たばこ》をふかしている者もいれば、緊張のあまり顔が土気色になっている新米もいた。散った戦友を悼《いた》む余裕は、今はない。彼らにできることがあるとすれば、今度こそ必ず空母を沈めることだ。

しかし、敵は間近にいるとのことだったのに、一時間が経過してもいっこうに報告はない。二時間が過ぎ、これはいよいよ駄目かと絶望的な空気が漂いだしたころ、待ちかねた第一報がとびこんできた。

『敵艦隊見ユ。敵母艦ノ位置、味方ヨリノ方位二〇五度、二三五浬《カイリ》、針路一七〇度、速力一六節《ノット》』

昨朝の偵察とは打って変わって、詳細かつ的確な無電が矢継ぎ早に飛んでくる。艦内の空気はがらりと変わり、ただちに『翔鶴』は四戦速で南下した。予想以上に敵が遠い。昨夜のうちにずいぶんと移動したらしかった。

飛行甲板に勢揃《せいぞろ》いした搭乗員は、艦長および飛行長の訓示を受けた。やたらと勇ましかった昨日とはうってかわって、訓示はいずれも簡潔きわまりないものだった。

佐倉も、残り少なくなった中隊を前にして、ただ一言、言い放つ。

「発見したら、何がなんでも迷わず突っ込め」

それは、上官たちの簡潔な訓示をさらにまとめたものに過ぎなかったが、それで充分、部下には伝わった。

昨夜に引き続き操縦席におさまった佐倉は、垂れ込めた分厚い雲に挑むように飛び立った。するとすぐにスコールに襲われて、仕方なく列機を引き連れて迂回《うかい》し、目的地へと向かう。

一時間が経過したころには、周囲にはほとんど雲が見当たらなくなっていた。太陽の光を遮るものは何もなく、行く手には抜けるような大空と、空をうつした洋々たる海原が広がるばかり。佐倉の口元に、かすかに笑みが浮かんだ。

昨日からずっと、勝機に見放されたものと思っていたが、今日になって天は我が軍に味方した。昨晩、米軍を守っていた寒冷前線の雲は『瑞鶴』のもとに移動し、今や米軍は明るい太陽のもと裸同然。もっとも、それは同時に、彼らからもこちらが丸見えということでもある。

「敵影！」

伝声管から、後部座席の森本の引きつった声がした。言われる前に、前方の黒い点には気づいている。

一瞬、警戒が走ったが、どうやら単機のようだ。バンクしているところを見ると味方らしい。近づいてみれば、九七式艦攻である。朝に飛び立った索敵機が戻ってきたのだろう。さすがにベテランの飛曹長だけあって、さきほどの彼の報告は必要なものが全《すべ》て揃っていた。敵兵力をあれだけ詳細に知らせてくるには、危険をおかして何度も空母に近づかねばならなかったはずだ。

彼の覚悟と技倆《ぎりょう》に感謝し、佐倉もバンクをしたが、索敵機は近くまでやってくると急に反転した。故障か、と焦《あせ》ったが、先頭にまわったところを見ると、どうやら目標まで誘導してくれるつもりらしい。

佐倉は手を打ちたくなった。ありがたい。なにしろこの晴天のもとでは、先制攻撃をしかけたほうが勝ちだ。

しかし、早朝に飛び立ったならばすでに疲労しきっているだろうし、機体の燃料も——そこまで考えて、佐倉は愕然《がくぜん》とした。

「燃料だ」

ここから母艦に戻るには、最低でも二時間はかかるはずだ。燃料はぎりぎりだろう。増槽タンクがあればそれ以上飛ぶことも可能だが、彼らが出発する時点では、敵空母部隊は近くにいるという認識だった。その状態で、余分に燃料を積むことはまずしない。それよりも身軽であることを優先するはずだ。

ここから敵部隊まで誘導してから母艦に戻るとなると、確実に途中で燃料切れを起こす。

この大海原で燃料切れ——それは死を意味する。

昨夜も、闇《やみ》の中で母艦を見失い、海面に不時着した機体がいくつもあった。この時代、とくに艦攻のような薄い装甲の機体であれば、不時着は大破と同じこと。佐倉は凝然と、先頭を行く艦攻を見つめる。無線は沈黙している。しかし命を賭《と》した行動以上に雄弁なものはない。佐倉も何も言わず、ただ一度、敬礼した。

出撃から約二時間後、午前十一時過ぎ。攻撃隊はとうとう、敵空母部隊を発見する。

「今度はタンカーじゃないだろうな」

佐倉は軽く笑ったつもりが、思いがけず体が震えた。

空母『サラトガ』『ヨークタウン』。これぞ昨日から探し求めていた米軍機動部隊である。もっとも『サラトガ』は日本軍の誤認であり、実際は空母『レキシントン』だったが、日本攻撃部隊に知るよしはない。

彼らの陣容を見て、佐倉は再び笑いのような震えが走るのを覚えた。それぞれの空母を守るように、艦艇がきっちりと輪形陣を組んでいる。さながら女王を守る騎士達だ。この緊密な陣形を維持して航行するとは、感心する。

五航戦は、インド洋でも空母『ハーミス』を沈めている。しかしあれは英軍のもので、この二隻《せき》の空母に比べればずっと小さかったし、これほど見事な陣形を作ってはいなかった。

思えば、今まで当たってきたのは英軍や蘭軍ばかりで、米艦隊――まして空母とは戦ったことがない。彼らはどうやら、想像以上の実力を備えている。

昨日撃沈したタンカーも、対空攻撃は凄《すさ》まじかった。夜の追撃も執拗《しつよう》だったし、昨日は『祥鳳』も撃沈されている。彼らの実力は上層部が考えるよりはるかに高く、そして今は士気も高いだろう。今までの敵と同様に考えてはならない。

あの陣形ひとつとって見ても、対空戦に関しては日本軍よりも進んでいる。あれほど緊密に陣形をとれるのは、それだけ艦船があるからだ。日本軍でここまでひとつの空母に護衛をさくのは難しいだろう。佐倉はかわききった唇を舐《な》め、自軍の陣容を思い浮かべた。『瑞鶴』『翔鶴』の護衛についているのは重巡『妙高《みょうこう》』『羽黒《はぐろ》』『衣笠』『古鷹』の四隻と駆逐艦六隻のみ。そこに米軍の艦爆隊と雷撃隊が突入すれば、どうなるか。母艦には哨戒《しょうかい》と護衛のための零戦が何機か残っているが、索敵機の情報によれば、米軍の両空母から飛び立った攻撃隊は少なくとも三十機。攻撃は第一波だけでは済まないだろうから、倍はいくだろう。編隊の構成はわからないが、もし急降下爆撃機《ドーントレス》の数が多く、大挙して急降下を仕掛けてくれば、いかに身軽さが売りの零戦でもどうにもならない。

「そこは最上、貴様が頑張るしかないな」

あの貧弱な高角砲と機銃で、ドーントレス相手にどこまで出来るか。もし生きて帰れたならば、米軍のこの陣形を参考にすべしと上に具申しよう。

隊長機から、「突撃準備隊形作レ」の命令が下る。それまで高度三千メートルで飛行していた艦爆隊は、急降下爆撃に備え、一気に高度をあげていく。同時に、やや下方を飛んでいた十機の艦攻隊は高度をさげ、九機の戦闘機はそのまま直進し、残り九機の戦闘機は艦攻隊の援護にまわる。

米軍のグラマン戦闘機が、編隊を組んで飛来するのが見えた。

左右に分かれた艦攻隊は巧みに彼らをかわし、猛然と進撃する。が、グラマンをふりきり、左右から『レキシントン』の両腹を目指す彼らを出迎えたのは、想像を絶する対空砲火であった。

日本の艦艇とは段違いの数の砲がいっせいに火を噴き、魚雷を抱えた九七式艦攻に襲いかかる。

まだ上昇中の佐倉も、空すら破裂しそうな轟音《ごうおん》を聴き、晴れ渡っていた空が瞬《また》く間に爆煙に包まれるのを認めた。

「下、なにも見えません！」

森本が悲鳴をあげた。

「言っただろう！　何がなんでも、迷わず突っ込むんだよ！」

風上へと回りながら、爆撃編隊は高度五千メートルまで上昇した。そこから一気に、隊長機を先頭に、『レキシントン』目指して急降下に入る。

眼下の光景に、佐倉は息を呑《の》んだ。強烈なGが襲いかかったせいではない。空母を、朱色のリングが取り囲んでいる。護衛部隊による絶え間ない対空砲撃は壮絶の一言で、あまりの凄まじさに恐怖を通り越して、美しいとすら思った。

そのリングをかいくぐり、中央に座す女王を慕うように海面に細い筋が伸びている。九七式艦攻が投下した魚雷の雷跡だ。

『レキシントン』は、その巨体に似合わず素早く回頭し、魚雷を避《よ》ける。勢いよく滑降し襲いくる艦攻の攻撃を、空母は必死にかわしていた。

その隙《すき》に、全方向から一気に艦爆が突入する。

艦攻に向かっていたグラマン戦闘機はこちらに気づき、猛然と近づいてくる。が、ひらりと零戦が行く手を遮った。戦闘機乗りは血の気が多く、ともすると任務も忘れて勝手に空戦をおっぱじめる者も少なくないが、五航戦の零戦は徹底して任務に忠実だった。

艦爆隊の攻撃は、雷撃隊と零戦の直掩《ちょくえん》部隊が彼らを惹《ひ》きつけているこのわずかな時間が全てである。

佐倉は照準器ごしに目をこらした。と言っても、見えるのは白い爆煙ばかり。その中を、赤や黄金、青みを帯びた閃光《せんこう》がひっきりなしに行き交う。砲火と機銃攻撃である。

「まさか南洋まで来て、こんなに派手な花火を見られるとは思わなかったな」

まるで祭りだ。祭り囃子《ばやし》は、間断ない対空砲と機銃の乱れ撃ち。豪勢ではないか。

「当たれぇ！」

絶叫とともに、爆弾の引き金を引いた。直後、操縦桿《かん》を引いて機首を上げた。

かつて、数えきれぬほど繰り返した投下訓練。五千メートルの高さから、一気に五百メートルほどまで降下しながら目標に爆弾をぶち当てるのは、非常に難しい。距離、風速、こちらと敵艦の速度、突入角度、全てを一瞬で判断し、投下する。本当にうんざりするほど繰り返してようやく、そのタイミングを会得《えとく》することができるのだ。

佐倉は操縦は自信があったが、爆撃員としての腕はさほどでもない。

しかし、この一回。これだけはなんとしても当たってほしい！

「高度二百！」

森本の声が響く。爆弾投下とともに機首上げしても、慣性によって機体はそこから数百メートルは落下する。低空を翔《か》ける佐倉に、『レキシントン』の巨大な甲板が間近に迫った。甲板機銃陣地の兵士と目があった気がした。

「命中！」

森本の絶叫のような歓喜の声にかぶさるように、背後で爆音が轟《とどろ》き、空気が揺れた。

「やりました、中隊長やりましたよ！　当たりました！」

「わかってる、舌噛《か》むぞ！」

はしゃぐ飛曹を一喝し、佐倉は猛烈な弾幕から逃れるべく加速した。Gに翻弄《ほんろう》される。視界が歪《ゆが》む。

「中隊長⁉」

今度は悲鳴じみた声が聞こえた。どうやら、割れた風防に散る鮮血に気がついたらしい。

「大丈夫だ。耳がちょっとばかり小さくなっただけだ」

機首をあげる直前に、機銃をくらってしまった。ぐわん、と轟音が響いたのは、風防に穴が空いたせいだ。触れて負傷のほどを確認したいが、今はそれどころではない。操縦桿を握りしめたまま、忙《せわ》しく計器に目を走らせる。異常なし。燃料漏れもない。

損傷箇所は風防、おそらくは左側面の胴体にいくつか、そして操縦士。機銃攻撃は猛烈だったが、こればかりは日本が上かもな、と佐倉は不敵に口を歪めた。森本は元気に叫んでいるから、問題はなさそうだ。とにかく安全なところまで離脱だ。対空砲の弾幕から逃れるのが先決である。

その時、佐倉は異様な光景を見た。空で、人が踊っていた。爆煙と閃光うずまく中、泳ぐように舞う人間。いよいよ自分もおかしくなったのか、さもなくばあれは対空砲が機体に直撃し、放り出された搭乗員だろう。胸の内で合掌し、離脱する。どうにか対空砲火の圏外に退避し、佐倉はほっと息をつく。踊らずに済みそうだ。爆弾投下の直前に見たかぎりでは、空母の甲板はすでに傾いていた。爆音が遠い。あの艦は、遠からず沈むさだめだ。

しかし最も危険なのは、投下を終えて目標から離脱する時。次に危険なのは、弾幕から逃れた直後。それは身にしみて知っている。

「森本、後ろだ！」

彼が叫ぶのと、後部機銃が火を噴くのはほぼ同時だった。まさに背後から獲物にとびかからんとしていたグラマンの操縦席に、機銃連射が炸裂《さくれつ》する。

ちらりと顧みた視界の端に、引っ張られていくように落下していくグラマンが見えた。風防を突き抜けた弾丸が、みごと操縦士に直撃したのだろう。

「いいぞ、森本」

戦闘機どうしの格闘戦なら背後をとった時点で勝ちだが、あいにくこちらは後部機銃をもつ艦爆だ。油断して背後に近づきすぎれば相手は返り討ちに遭う。

気がつけばもう一機、右前方に迫っている。しかし、高速を誇る戦闘機のはずが、動きがひどくゆっくりと感じられた。ああ、来たな。血に染まり、荒い息を吐く佐倉の唇が、笑みの形に歪む。この瞬間は、いつもこうなる。

「たまんねえな」

グラマンの機銃から凄まじい勢いで弾丸が放たれる瞬間、佐倉はラダーを操作し勢いよく機体を横滑りさせた。機体に負荷がかかりすぎるため横滑りは禁じられているが、弾を避けるにはこれしかない。風防に穴をあけるはずだった弾丸はむなしく宙を飛んでいく。

九九式艦爆は爆弾さえ捨ててしまえば、戦闘機より多少遅い程度にまで身軽になるし、充分に格闘が出来るのだ。一ミリでも狂えば血だるま、あるいは火だるま。このぎりぎりの境界線で戦う。これ以上の喜びがあるか。たしかに地上で自分は死んでいる。だがそのぶん、ここでは他の人間の何十倍も濃密な生を生きている。戦場にも出られぬまま散っていった多くの仲間たちのぶんまで、生きている。彼らが沈めるはずだった敵艦に爆弾をぶち当てて、彼らが撃ち落とすはずだった敵機に鉛弾を存分に喰らわせるために。

ぐるりと翻《ひるがえ》り、横から機銃を喰らわせる。すさまじいGに吐き気がした。グラマンの胴体にいくつかは喰らわせたが、お返しとばかりに二度目の攻撃がくる。今度は避けきれず、防壁をぶちぬいた弾が、今度は右腕を撃ち抜いた。

被弾するとたちまち燃え上がる九九艦爆だが、幸いまだ火の手はあがっていない。さらに天の助けとばかりに、こちらに気づいた零戦がグラマンに襲いかかった。

心の中で礼を述べて、離脱する。これ以上、戦闘機との一騎打ちはさすがに分が悪かった。ようやく安全な場所まで離れたと確認した途端、傷が痛み出す。血も間歇泉《かんけっせん》のように噴き出していて、笑えない。これは早々に止血せねばならない。

「おい森本、貴様は無事……」

途中で、佐倉は口を噤《つぐ》んだ。さきほどから一言も森本が口をきいていないことに気がついた。いつから——そうだ、背後のグラマンを撃墜した時。今の格闘でも、後部機銃は一度も火を噴かなかった。

佐倉は操縦桿を握り直し、静かに笑った。

「ゆっくり休め。もうすぐ着く」

艦の対空機銃をかわし、グラマン二機に撃たれ、ここまでもったのは奇跡に近い。最初のグラマンに後ろをやられて、しかもその直後に掟破りの横滑りをやってしまった。よけるには、あれしかなかった。これをやった艦爆や艦攻の運命はたいてい同じだ。

ぶじ戦線から離脱したらしい中隊機が、隊長機を見つけてよたよたとついてくる。彼らは今、安堵《あんど》のあまり涙していることだろう。佐倉も経験がある。死地を脱して精も根も尽き果てた状態で、再び機位を算出し、航路を計算するのは非常にきつい。だが、隊長機を見つけさえすれば、ついていくだけで帰れるのだ。

佐倉はスカーフをむしりとり、片手で器用に腕に巻きつける。たちまちスカーフは真っ赤に染まる。

こいつらを全員、どうにか『翔鶴』まで連れて帰る。それまではどうか、この体から血が流れきることがないように。おそらく過負荷によって崩壊寸前であろう尾翼も、どうにかもってほしい。墜落するにしても、せめて『翔鶴』の位置がわかるところまでは。

森本、そして先に逝《い》った戦友たちよ。あともう少しでいい、母艦がどこにいるか教えてくれ。そこまででいい、どうか助けてくれ。祈りながら、佐倉は操縦桿を握った。

6

「『サラトガ』撃沈！」

攻撃隊からの報告に、『瑞鶴』は歓声に包まれた。

彼らが『サラトガ』と思い込んでいる『レキシントン』は、この時点ではまだ沈んではいなかったが、攻撃隊の猛攻によりすでに命運は尽きかけていた。同時に攻撃した『ヨークタウン』からも、次々と火の手があがる。

しかし、日本側としては、喜んでばかりもいられない。

三十分ほど前、米軍攻撃隊が現れたとき、『瑞鶴』はスコールの分厚い雲の下にいた。

そして、十二分間、視界のきかない中をさまよっていた『瑞鶴』が再び雲の外に出たときに、目にしたものは、豆粒のようなドーントレスが矢のように次々と『翔鶴』に襲いかかるところだった。

ただちに、『瑞鶴』甲板から零戦が救援に向かう。

しかし、朝方まではつかず離れずの距離を維持して進んでいた『翔鶴』は、敵部隊飛来の情報を受けて四戦速にて南下しているうちに連絡が途切れがちになり、気がつけば、ずいぶんと距離が離れていた。

再び『瑞鶴』は雲の中に突入し、ぶじ抜けたときには、さらに遠く離れた『翔鶴』から黒煙があがっていた。

「急げ！　急いでくれ！」

最上は声をはりあげた。こんなところで叫んだところで、どうにもならないことは承知の上だ。実際、『瑞鶴』はさきほどから、四戦速で必死に前進している。艦橋も必死なのだ。しかし、およそ八千メートルの距離は絶望的に遠い。

近づきさえすれば、援護もできる。おそらく第一波の攻撃で、『翔鶴』の戦闘機はもちろん、機銃や高角砲もだいぶやられているだろう。早く、早く。この日のために対空訓練を繰り返してきたのだ。すでに砲の準備は万端である。距離さえ近づけば、いくらでも助けてやれる。いや、それよりも、攻撃隊が『瑞鶴』に気づけばいい。そうすれば片っ端から撃ち落としてやれるものを。

祈るような思いは、しかしあっさりと破られる。じりじりと距離を縮めていた『翔鶴』の上空に、雲からわき出るように、いくつもの黒い点が現れた。

最上は息を呑《の》んだ。米軍攻撃隊第二波だ。見たかぎり、第一波よりも数が多い。双眼鏡の中、豆粒――ドーントレスが次々と『翔鶴』に向けて急降下するのが見えた。その直後、爆煙が噴き上がる。凄《すさ》まじい水柱に、『翔鶴』の姿が完全に隠れてしまう。間髪いれずに、まばゆい閃光《せんこう》と真っ赤な炎が、水柱の中から沸き起こる。大海原に突如現れた、光と炎の巨大な塊に、『瑞鶴』の乗組員たちは、ただ無言で立ち尽くしていた。

第二波攻撃隊は十分ほど『翔鶴』と護衛の駆逐艦や重巡を攻撃すると、再び南の空へと消えていった。最後まで、彼らは『瑞鶴』に気づかなかった。

かくして、敵発見の報告から四時間たらずで、戦闘は終結した。

そして同日、ポートモレスビー攻略作戦は延期という名の中止になったと、第四艦隊司令部より通達があった。頼みの綱である五航戦の損耗率があまりに高かったためだ。

結果的に、『翔鶴』は沈没は免れた。大破はしていたが、かろうじて自力で航行はできる状態だった。しかし飛行甲板はとても着艦できる状態ではなかったために、生き延びた航空機は全《すべ》て、『瑞鶴』にやって来た。最上はその中に佐倉の機体はないかと探したが、見当たらなかった。

傷だらけの機体と搭乗員を乗せ、『瑞鶴』と『翔鶴』は静かに呉を目指す。大本営発表では大勝利だそうだが、ほとんど病院船と化した『瑞鶴』内の悲壮な空気を見るに、とてもそうは思えなかった。とにかく、航空部隊の重傷者があまりに多い。しかし、彼らはまだ幸いだった。腕が吹き飛ぼうがなんだろうが、帰ってくることができたのだから。

そして最上はとうとう、佐倉の部下を発見した。爆撃の後、佐倉機の先導に従って帰ってきたという一飛曹は、頭と腕に包帯を巻いた痛々しい姿ながら、最上の前に直立不動で立ち、言った。

「中隊長は我々を最後まで導いてくださいました。ですが、あと少しというところで、尾翼が……」

目は真っ赤で、声が震える。それでも、必ず伝えなければという使命感に燃えているのか、彼は長身の最上を見上げて続けた。

「慌《あわ》てて近寄りましたら、敬礼なさいました。後部の偵察員はすでに死んでいましたので、全てお一人でなされていたのだと思います。我々に先に行くよう合図なさって、そのまま海に向かって落ちていかれました。ご立派な最期《さいご》でした。中隊長の先導がなければ、我々はとても戻れぬ状態でした」

「そうか。ありがとう」

最上は礼を述べ、一飛曹のもとを離れた。人を掻《か》き分け、ラッタルを登り、艦橋よりさらに上にある防空指揮所へと出る。途端に、強い風がふきつけ、よろめいた。いつもならば決してこんなことはないが、思ったよりも体から力が抜けていたようだ。

「分隊長！　何か？」

見張りが、驚いたように敬礼する。

「なんでもない、そのまま続けてくれ」

最上は、無限に広がる青い空を見た。海は無限に見えて有限だ。空は、少なくとも今の人類の認識では、ほとんど無限だ。ならば、やはり死ぬならば海がいいな、と思った。果てがないところに吸い込まれていくのは、恐ろしい。だからきっと、紺碧《こんぺき》の空から海に還《かえ》った彼も、心からやすらいだ顔をしていたことだろう。

その死を悼《いた》むと同時に、最上は、親友が羨《うらや》ましいと思う心を否定することはできなかった。彼はみごとに戦い、身も心も海軍に捧《ささ》げて戦い続けて死んだ。どんな悪評をたてられようが、最後まで部下を導き、守り、ひいては国を守った。

一方、自分は果たしてこの戦いで何ができたというのだろう？　これから自分は、佐倉のように胸を張れる戦果をあげることができるのか？　海軍士官の使命を全うし、ふさわしい死に場所を得ることができるのか。

真珠湾以来勝ち続けているはずなのに、一度芽生えた不安は、どれほど打ち消しても消えてはくれなかった。

7

大破した『翔鶴』、そして『瑞鶴』が呉に帰還して六日後、広島湾の柱島より、大艦隊が出撃した。

先陣を切ったのは、一航戦、二航戦を含む第一航空艦隊——真珠湾以降、数々の華々しい戦果をあげてきた名門、通称「南雲機動部隊」である。二日後、連合艦隊司令長官山本五十六を乗せた旗艦『大和』を中心とした主力艦隊も続々と南洋めざして出発した。真珠湾攻撃時をしのぐ兵員十万の大艦隊である。とくに、幻の巨大戦艦として長らく期待されてきた『大和』は、これが初陣《ういじん》にあたる。

鷹志が乗艦する重巡『利根』も、空母の護衛としてこの五月二十七日柱島を出発した。

昨年のハワイ奇襲から、実にめまぐるしい。真珠湾攻撃に続いて、ウェーク島攻略。

年末に一度日本に戻ってきたが呉に入港し舞鶴に戻れたのは数日だけで、正月が終わるや否《いな》や南雲機動部隊に随伴しラバウル攻撃、二月には豪州ポートダーウィン空襲、ジャワ、そしてインド洋。『利根』は尖兵《せんぺい》として水上偵察機を放ち、空母の盾として走り続けた。セイロン沖では奇襲を受けてしまい、爆弾が付近の海面に落ちてはじめて気がつくという失態を犯したが、大きな被害もなく任務を果たし続けたのは将兵の練度の高さを証明している。

それは全《すべ》ての艦に言えることであり、海軍最高の兵力が最高の士気をもって目指す先は、ミッドウェー島である。島と呼ぶもののトラック泊地と同じく環礁《かんしょう》であり、中部太平洋におけるアメリカ軍の重要な基地である。ここを攻略し米軍機動部隊を誘い出して叩《たた》く。制圧し中部太平洋の制空権を確立し、次に先月勝利した珊瑚《さんご》海《かい》を含むソロモン海域を完全に制圧し、アメリカとオーストラリアの連帯を遮断する。成功すれば、有利な条件で終戦にもちこむことができるだろう。

そのためにも次のミッドウェーでほぼ詰めの状態までもっていかなければならない。乾坤一擲《けんこんいってき》の大勝負だと誰もが知っており、この戦闘に参加できることに誇りを抱いていた。そしてほとんどの者が、日本の大勝利を疑っていなかった。

とくに彼らの士気をあげたのは、『大和』の偉容である。まさに大和魂、海軍魂の具現そのもののような、気高く美しい姿には、誰もが魅了された。これほど見事な戦艦は、世界に存在しない。しかも二番艦『武蔵《むさし》』もじき竣工《しゅんこう》予定である。米軍なにするものぞ、と将兵は意気軒昂《けんこう》、勝利を確信してミッドウェーへと急いだ。

真珠湾攻撃以来加速する一方の、この酔い痴《し》れるような空気に、鷹志はなんともいえぬ居心地の悪さを感じていた。勝利を疑っているわけではない。なにしろ、真珠湾からこちら、『利根』は常に勝利の場に居合わせていたのだ。海軍が強いことは重々承知だし、むろん勝利は非常に嬉《うれ》しい。ただ彼には、子供のころから染《し》みついている意識がある。

「喧嘩《けんか》をするなら、必ず勝たねばならない。そのためには、いつも頭を冷やしておくんだ」

「なぜ人に負けるのか、相手はなぜ勝ったのか、徹底的に分析しろ。人間、いつまでも勝ち続ける奴《やつ》なんていない。必ず負ける。その時を見極めるんだ」

かつて、宗二が言った言葉だ。兵学校以来、「喧嘩は逃げるが、最上の勝ち」を貫いてきた鷹志だが、さすがに喧嘩が始まってからはそんなことは言ってられぬので、宗二の言葉をよく思い返す。

だからこれは、癖のようなものだ。なぜ今、ミッドウェーなのかと考えてしまうのは。

　中部太平洋で米軍の勢力を削《そ》ぎ、一気に南洋に転じて油田地帯を占領したいのはよくわかる。石油を筆頭に南方資源の確保は不可欠だ。南方作戦が終了し、インド洋に転じたのは、日独伊三国同盟上の要請だろう。そこでぶじ英艦隊を叩き、再び南方に戻って米豪遮断作戦に出るのかと思いきや、第四艦隊が珊瑚海でやりあっただけで終わり、主力は中部のミッドウェーに注ぎ込む。なぜここでミッドウェーに行かねばならないのかが、よくわからない。太平洋艦隊の主力を引きずり出して叩くという説明はもっともらしいが、ならばこちらも全兵力をもって叩かねばならないだろう。今まで行動を共にしてきた『翔鶴』『瑞鶴』は珊瑚海での戦いで傷つき、現在呉で待機中である。『龍驤《りゅうじょう》』『隼鷹《じゅんよう》』はアリューシャン。こちらは陽動だろうが、ここまで戦力を分散した状態で乾坤一擲の大勝負とやらに臨むのは解《げ》せなかった。

　おそらく、この妙に急《せ》いた計画実行の底には、四月の本土空襲があるのだろう。あれで相当、海軍は叩かれた。ハワイ方面からとんでくる米軍を牽制《けんせい》し、一刻も早く、大失態を覆《くつがえ》す大戦果がほしいのだろう。

　もっとも、鷹志は自分が凡才であることは理解しており、上層部への信頼もこの時はまだ強固なものだったので、きっと自分には考えもつかない上策ゆえに動いているのだろうとは思っていた。それでたいていのことは納得できるが、どうにもひとつ解せないことがある。

出発直前、鷹志は偶然に『瑞鶴』に乗っていた最上と会った。彼は鷹志を見ると嬉しそうな顔をしたが、遠くからも目立つ長身は、いくぶん生気を欠いていた。珊瑚海での勝利への祝いの言葉を述べると、彼は鼻で嗤《わら》った。

「結果的には勝ったらしいが、初動にミスが重なった。功を焦《あせ》るあまり、タンカーを空母と見間違えたりな」

「……ああ、なるほど」

鷹志は苦い思いで頷《うなず》いた。『パネー』号の記憶が甦《よみがえ》る。人は見たいものしか見ないのだ。

「もっとも、ミスがあろうがなかろうが、俺は何もできなかったが」

「そんなことはないでしょう」

「本当に、何もだ。まあ俺が『翔鶴』か護衛艦隊に乗っていてもどこまでできたかわからんが。せめて、ミッドウェーに行って奴らの無念を晴らしたかったが」

そして表情を改めると、鷹志の肩をつかみ、声をひそめて言った。

「いいか、くれぐれも気をつけろ。米軍の機動部隊は手強《てごわ》いぞ。今までの戦いと同じようにいくと思ったら痛い目を見る。奢《おご》るな、頭を冷やして臨め。奴らは強い」

肩をつかむ指に、力がこもった。警告は、まるで父や宗二に言われているようで、連勝に知らず逸《はや》っていた頭がしんと冷える。

「ありがとうございます。心して臨みます」

最上は小さく笑い、手を離した。

「まあ永峰にかぎって浮かれて警戒を怠るようなことはないか。忠告なんぞ不要だったかな。ところでな、ひとつ聞いていいか」

「なんでしょう」

「なぜ、みな次はミッドウェーだって知っているんだ？」

それは鷹志も多少疑問に思っていたことだった。『利根』の乗組員はもちろん、出発前には早苗までもが「お次はミッドウェーなのだそうですね」と尋ねてきたほどだ。おそらく、海軍と少しでも関わりがある者ならば皆知っているだろう。

「わかりません。真珠湾の時は我々ですら単冠《ヒトカップ》湾に行くまで知りませんでしたが」

「そうだろう。この間の珊瑚海だってそうだ。トラックに行ってはじめて任務を知ったのだ。なのに、一番大がかりな作戦が民間人にまで知られているとはどういうことなんだ。帰ってきて驚いたぞ」

「ブラフなのではないですか」

出発前にかわした会話を思い出し、鷹志は眉根《まゆね》を寄せた。結局ブラフでもなんでもなく、そのままミッドウェーを目指している。

これは、連勝がもたらした奢りなのだろうか。あるいは、本土空襲をゆるすという前代未聞《ぜんだいみもん》の失態を非難する声があまりに大きく、火消しのために大がかりな作戦があると漏らさずにいられなかったのか。半年前では考えられなかったことだ。何かが、確実におかしい。

勝ち続ける者はいない。負け続ける者はいない。宗二の言葉が、不吉な響きをもって頭の中でこだまする。

そして予感通り、鷹志はミッドウェーで日本海軍崩壊の始まりの瞬間を目撃することとなってしまった。

六月五日、米空母発見の報告を受け、鷹志は『利根』艦橋の右側で注意深く見張りをしていた。そこで、信じられないものを見た。

とてつもなく長い棒が、『赤城』に突っ込んでくる。いや、あれは棒ではない。アメリカ軍の機体だ！

「敵機、『赤城』に突っ込んできます！」

叫ぶと同時に、飛行甲板に爆弾が命中する。途端に巻き上がった炎は航空機のガソリンに引火し、あっというまに『赤城』の飛行甲板は火の海となった。まさか、と思って双眼鏡をずらすと、『加賀』も同じようにドーントレスの突撃をくらい、真っ赤な火の手をあげていた。

艦橋がにわかに慌《あわ》ただしくなった中、機銃座のほうでひときわ大きな声がする。撃てという号令がしきりに聞こえるので何かと思って双眼鏡を向けてみれば、海面に救命ボートが浮いている。乗っているのは飛行服を着た米軍兵で、おそらくは『赤城』に急降下を仕掛け、撃墜された爆撃機に乗っていたのだろう。驚いたことに、搭乗員はバカンスよろしくボートの上に寝っ転がり、上空で行われる米軍機と零戦の激闘を暢気《のんき》に眺めている。肝が太いのか挑発しているのか知らないが、まったくふざけている。機銃兵は米兵をどうにか撃とうと奮闘しているようだが、高い波に揺られる救命ボートは予想以上に撃ちにくいようで、まるで当たらない。米兵もまったくこちらに注意を払おうとしなかった。

「なんだあいつ、とびきり図太いか馬鹿《ばか》かどっちかだな」

近くにいた先任も苦笑する。たしかに肝の太さもたいしたものだが、それよりも鷹志が驚いたのは、米兵に致命傷がないことだった。もっとも本人は寝転がっているので全身の様子ははっきりとは見えないが、起き上がれぬほどの怪我《けが》をしているわけではなさそうだった。

日本海軍では、艦爆や艦攻は、被弾すればたちまち火を吐き錐《きり》もみしながら落ちていく。まず助からない。幸い炎上せずとも、海上に不時着しなければならなくなった時点で大破するので同じことだ。海上なので、パラシュートで脱出することもしない。

しかしこの米兵は、機体を失っても、平然としている。少なくとも、機体の頑強さではるかにあちらに分があるようだった。

急に、肩を誰かに摑《つか》まれたような気がした。

奢るな、頭を冷やして臨め。奴らは強い。

8

「ガダカタン？」

搭乗員の一人がわざとらしく首を傾《かし》げて言うと、忍び笑いが漏れる。

「ちがう。ガダラ……いやガダルカナルだ」

江南が苦虫を嚙《か》みつぶした顔で一同を見回しても、皆、笑いをこらえた顔でこちらを見るばかりだ。

「もう一度お願いします。カダカダル？」

「山井飛曹長、わざと間違えているだろう。ガダルカナル。これから重要な土地となるから覚えておけ」

そう言いつつ、江南自身も発音があやしい。下士官たちは皆まだにやにやしている。

「ソロモン諸島で最も大きい島だ。このラボール（ラバウル）より南東に五百六十浬《カイリ》（約千キロ）。ここに飛行場を建設することとなった。これで南方での作戦も容易になる。今日の哨戒《しょうかい》では、物資を送る輸送船団の上空を通過するだろうから、心するように」

するとようやく、搭乗員たちの顔が引き締まる。目に見えて、生気が漲《みなぎ》ったのがわかった。

今月上旬、兵力十万を注いだミッドウェー攻略で米軍に大敗したという知らせが舞い込んだ時には、誰もが耳を疑った。

ここラバウル・ブナカナウ基地の第四航空隊、通称四空は、ミッドウェーに先立つ五月の珊瑚《さんご》海《かい》海戦でも一戦艦撃沈、一戦艦大破の戦果をあげたと聞かされたが、そのぶん損害も大きく、十二機出撃して戻ってきたのは六機だけだった。

その前から一貫して行っているポートモレスビー基地への攻撃も、最近は芳《かんば》しい成果がない。数ヶ月前まではこちらの圧倒的優勢だったが、連合軍は瞬《また》く間にポートモレスビーの整備を進め、対空能力を飛躍的に向上させた。彼らの高角砲は精度が高いということは、珊瑚海海戦の時にも報告があったが、江南たちはそれを厭《いや》というほど体感した。だがまだ体感を反省にいかせるだけ幸運だ。多くの搭乗員は、知った時にはもう彼岸に突入していたのだから。

苦戦の中でのミッドウェーの大敗北は、士気に甚大《じんだい》な影響を与えた。ポートモレスビー攻撃も意気が上がらず、幹部はみな苦慮している。だからこそ、ガダルカナル作戦を、江南はすぐに中隊に知らせた。

「いいか、米豪遮断作戦が中止になったわけではないんだ。むしろ、これこそが最大の反撃となる。そして作戦の中心となるのは、まちがいなくこの四空だ。一刻も早くガダルカナルの飛行場を建設してもらわねばならん。そのためにも万が一にも、米軍を近づけてはならんぞ」

発破をかけると、威勢のよい声が返ってきた。皆、久しぶりに明るい顔をしている。輸送船団のルートと哨戒ルートの確認を済ませると、搭乗員たちは愛機に乗り込み、意気揚々と飛び立っていった。

攻撃に出向くのでなければ、このあたりの哨戒飛行は、ちょっとした遠足のようなものだ。地上にいるよりは、空にいるほうがむしろ保養になるだろう。搭乗員たちにとって、任務のない日の昼といえば、椰子《やし》林の中で無聊《ぶりょう》を託《かこ》つほかないのだ。

もうもうと煙のたちこめる飛行場を、江南は目を細めてしみじみと眺めた。煙と見えたのは、飛行場に積もった火山灰である。航空機が飛び立つたびに、火山灰が巻き上がるため視界がきかなくなるのも、もう慣れたものだ。

オーストラリアの北東、三日月を上向きにしたような形のニューブリテン島の東端に位置するラバウルはオーストラリア委任統治領の首府で、豪軍が設営した大規模な飛行場と泊地があった。一九四二年一月に日本軍が占領して以来、陸海両軍における、太平洋東南方面攻撃の一大拠点となったわけだが、二月に江南がはじめて降り立ったころはそれはひどいものだった。

遠くから見た時こそ、緑につつまれた美しい島といった風情《ふぜい》だったが、近づけばやたらと煙たい。港湾部の市街地外れに位置する東飛行場は、真正面に活火山の花吹山が見える。今は噴火も多少落ち着いたが、着任したころは毎日のように爆発しては大地を鳴動させ、大量の火山灰を降らせ、目鼻が痛くてたまらなかった。もう一方の西飛行場、つまり今江南が眺めているほうは、ブナカナウという小高い山の上にあり、港からは車で荒れた山道を二時間ほど登らねばならない。東は戦闘機などの小型機が、そしてやや広いブナカナウのほうは中攻（九六式陸攻・一式陸攻）など中大型機の基地となったが、広いと言っても、椰子林に囲まれた草原の中を幅五十メートル・長さ千五百メートルの滑走路がひとつあるだけだった。むろん兵舎もなく、隊員たちは、すぐに火山灰で覆《おお》われる滑走路の傍らに天幕を張って寝起きした。水や全《すべ》ての物資は港から車で運ばねばならないが、そもそも車両自体が非常にかぎられている状態なので、何もかもが足りなかった。

しかも着任当初から毎晩のように米軍の空襲に悩まされた。高射砲ひとつない飛行場では、空襲が来れば近くに掘った塹壕《ざんごう》にとびこみ、飛行機からとりはずした機銃でほとんど意味のない抵抗をすることぐらいしかできなかった。空襲自体はだいたい単機でくるのでさほど脅威ではなかったが、不幸にも塹壕のひとつに直撃して何十名も死んだこともあった。そんな有様なので、滑走路の両側に並べている一式陸攻や九六式陸攻も頻繁に破壊されていた。夜が明けるたびに血相をかえて機体のもとに走っていってはうなだれる整備員たちを見るのは、辛《つら》いものだった。

あれから四ヶ月、ブナカナウ基地はずいぶんましになった。たよりない天幕の兵舎は椰子林の中のバラックに移動し、滑走路から林の中に引きこみ線をひいて航空機ごと掩体壕《えんたいごう》に入れられるようになったため、空襲の被害もだいぶ減った。主計長が悲鳴をあげていた食糧事情も、彼が横須賀鎮守府に再三掛け合ってくれたおかげで大型冷蔵庫が届き、劇的に改善された。

水不足だけはいかんともしがたく、とくに乾期である今は頼みのスコールもないため、もう何日も洗濯もできずにえらいことになっているが、それをのぞけばおおむね満足だ。名高いラバウル海中温泉に行きたいところだが、あいにく山の上のここから通う時間がない。

指揮所の外からしみじみ飛行場を眺めていた江南は軽く首を揉《も》み、中に戻った。街まで出れば娯楽施設もあるが、東はともかくここからでは遠い。気晴らしもままならぬ、隔離された土地。航空機が飛び立つたびにもうもうと舞い上がる火山灰。空は澄んで美しいが、空気は爽快《そうかい》さとは無縁だ。日本は今ごろ梅雨だろう。以前は嫌いな季節だったが、今は心底恋しい。大陸勤務でも水の確保は重要だったが、ここに比べればずいぶんと楽だった。

そういえば、雪子が結婚を承諾してくれたのも、この季節だった。ふとそう思い返し、頭を振る。昼の間は、家族を思い出すまいと決めている。この時間の自分の家族は、ここにいる者たちだ。

朝五時前に出発した哨戒任務機は、三時近くになって戻ってきた。何事もなく、七人とも賑《にぎ》やかに降りてくるのを認め、江南はほっと息をついた。

「なかなかデカい島ですなぁ。陸さんの輸送船には最初警戒されましたが、バンクして近づいたら喜んでくれましたよ。ああいうのはいくつになっても嬉《うれ》しいもんです」

主操縦員の香月《かづき》一飛曹は、明るい笑顔で報告を締めた。すると、一番若い電信員の奈良《なら》が「これが敵艦隊なら大戦果なのになぁってぼやいてたじゃないですか」と笑って、すかさず小突かれる。

「おまえ、もうサイダーやらんぞ」

「ええっ、あれがなかったら帰る前に干からびちゃいますよ！」

「こいつうるさいんですよ、サイダーは帰路って決まってんのに、弁当食う時にはもうサイダーサイダーって」

「そんなの分隊長に言わないでくださいよ！」

まだニキビ跡の残る奈良を周囲がからかう。小柄で年よりも幼く見える奈良と、老《ふ》け顔のベテラン香月は、へたをすると親子に見えることもある。

「サイダーは帰路まで我慢しろ。そのうち敵艦隊に好きなだけ雷撃出来るさ」

江南の言葉に、山井機長以下一同、勢いよく食いついてきた。

「その時は必ず雷撃で頼みますよ！」

「もう触接は厭ですからね！」

その必死な口調は、江南もたじろぐほどだった。

地上攻撃も悪くはないが、やはり艦隊をやりたい。それは、陸攻乗り共通の願いだろう。渡洋爆撃で数え切れないほど爆弾を落としてきた江南も、そのころは焦《こ》がれるように願っていたから、よくわかる。

マレー沖で中攻隊による果敢な雷撃攻撃で英海軍の戦艦二隻《せき》を沈め大勝を勝ち取ったのは記憶に新しい。その後も各部隊はポートモレスビーやソロモン方面の攻撃に参加し成果をあげ続けた。それもこれも、渡洋爆撃中も腐らずに、来《きた》るべき決戦にそなえ対艦船への雷撃訓練を怠らなかったためだ。

この第四航空隊は、まだそこまでの戦果には恵まれていない。先日の珊瑚海海戦でも戦艦を沈めはしたが被害も甚大だったし、それ以外はほとんど地上攻撃だ。

「飛行場が完成すれば、いくらでもある。それまで待て。それより明日はまたモレスビーへ爆撃だ。緩降下を試してみるぞ」

ポートモレスビー爆撃の際、あまりに対空砲にやられる機が多いので、最近は従来砲の水平爆撃ではなく、緩降下での爆撃でいこうと訓練を繰り返してきた。米軍の高射砲は精度がいい。とくに初弾は、水平爆撃の状態ではほぼかわせない。高射砲が発射してから命中までは数秒から十秒かかるため、発射直後に降下に移れば、弾丸は機体の後方へと行くのでかわすことができる。このタイミングを編隊で徹底させれば、被害は減る。ただし、水平爆撃よりは爆撃の精度はかなり落ちる。この問題を解消するのが、急降下して敵に迫り爆撃する艦爆だが、あいにく中攻機に急降下は無理だ。かくして江南はベテランの飛曹長たちと話し合いを重ね、降下のタイミングと照準のずれを修正する訓練を繰り返してきた。

訓練のかいあってか、翌日の爆撃は、最近では最も被害が少なくて済んだ。いつもは一機か二機は未帰還となるのに、久しぶりに——いや、初めて全機が帰還し、江南は思わず山井飛曹長はじめ、指揮官機の面々と握手して喜んだ。整備員たちも泣いて喜んだ。戻ってくれば、彼らも整備ができる。しかし戻ってこなければ、どうにもならない。ここ四空では、部隊が創設されて以来、機体が全てそろったことはない。それぐらい、損耗率が激しいのだ。

その晩、江南は久しぶりに妻へと手紙を書いた。ここのところ空襲が続き、防空壕に避難することが多かったが、今日は静かな夜である。兵舎のほうからへたくそな尺八が聞こえてくるが、サイレンよりはよほどよい。

灯火管制のために宿舎は真っ暗で、江南もかぼそい蠟燭《ろうそく》を頼りに手紙を書いていた。以前は目が辛かったが、もうすっかり慣れた。子供のころ、暗いところで本を読むと目が悪くなるとさんざん言われたものだが、あれは俗説だと確信している。今でも江南の視力はすこぶるよい。

「我が中隊の面々は神業揃《ぞろ》いで、私が指揮をつとめる必要などないとつくづく思う。複雑ではあるが、そう思えることもまた誇らしい。世間では、我々四空は死空なんぞと言われているが、皆、中攻部隊の各員がどれほどの熟練か知らんのだ。整備員も凄《すご》腕《うで》揃い、とびきりうまい甘藷《かんしょ》や、たけのこ飯に似た椰子飯を創作する主計科も天才揃い。住民たちも、みな明るく素直で、言葉は通じないがいつも笑顔で取引に応じてくれる。友好的な人たちだ。あとは、米軍の高射砲をひとつでもかっぱらってこられれば、ここは地上の天国となるだろうに」

そこまで書いて、苦笑が漏れた。せっかくこの世の天国として描写したのに、最後の最後で本音が出てしまった。いまだにここブナカナウには、まともな高射砲ひとつない。

自室の机に向かいペンを走らせる彼の斜め前には、雪子の写真が置かれている。蠟燭の光の中でぼんやりとゆらめく姿はまるで生きているようで、手紙を書いていると、彼女と話しているような気分になる。

結婚して三年。夫婦水入らずで過ごせた日など、年に数えるほどしかない。江南は新婚早々大陸の基地に飛ばされたし、その後も遠方の勤務にばかりついている。雪子は文句ひとつ言わなかったが、寂しい思いをしているだろう。覚悟はしていたが子供は生まれず、結婚に猛反対していた江南の両親と雪子の溝も修復不可能なほど拗《こじ》れている。もともと冷たい美貌《びぼう》でひどく無愛想な上に、どこからともなく雪子の過去が漏れるため、同性の友人もほとんどいないようだった。

雪子は日々、家事と畑仕事に精を出し、遠出をするのは浦賀の両親を訪ねるぐらいで、ひとり静かに暮らしているらしい。今日は芽が出たとか、どの花が咲いたとか、他愛《たわい》ない日常をいっさいの感傷をまじえず淡々と語る手紙は、じつに雪子らしいけれども、雪子以外の人間がほとんど浮かばぬ光景が寂しかった。

せめてもの慰めになればと、江南は頻繁に手紙を書く。結婚前からよく彼女には手紙を送っていたが、年を追うごとに頻度を増すのは珍しいと笑われたものだ。

しかし、なにもこれは雪子のためだけではない。雪子の手紙を読み返し、彼女の写真に語りかけながら手紙を書く。江南にとっても、これは大事な儀式だった。

「いつ戻れるかはわかりませんが、必ず私は戻ります。心配なさらないでください」最後にそう書いて、筆をおく。今日は幸いにも空襲はなく、手紙を書き終えることができた。いつも途中で邪魔が入るのでこの僥倖《ぎょうこう》に感謝してゆっくり眠り、翌日に手紙を託した。

彼女のもとに届くのは、半月は先だろう。おそらく、先週書いた手紙もまだ届いていないにちがいない。

なかなか戻れぬこの身のかわりに、紙の鳥が何度も彼女を訪れる。雪子が不安を感じる暇がないほどに。か弱い紙の鳥といえども、何羽も重ねれば、それはかつて彼女のもとから飛び立ったという鷹《たか》よりも、よほど強く大きな鳥となって、雪子を包むにちがいなかった。

9

特漉《とくすき》の粘土を、ぎゅうぎゅうと台に押しつける。横長になった粘土を縦に置き、今度は上から畳むようにしてまた押しつける。さらにまた起こして畳みこむ。同じ動作を繰り返しているだけで、汗がしとどに流れ、雪子は首にひっかけた手ぬぐいで何度か顔を拭《ぬぐ》わねばならなかった。充分に中の空気が抜けた後は、粘土を砲弾の形にまとめていく。

陶芸の基本中の基本であるこの土練りの作業が、雪子は好きだった。全身の力を使い、よそよそしい土を手なずけていく過程は、無心になれる。一日中、土を練っていても飽きないぐらいだ。

ぐいぐいと押されて粘土が吐き出す空気は、むろん目にすることはできないが、産《うぶ》声《ごえ》のようなものだ。人の手で包まれて、粘土はようやく命を帯びる。その証拠に、全力でこねているうちにうっすらと熱を帯び、手に馴《な》染《じ》んでくるのだ。

ああ、いま生まれた。そう思う瞬間が、たまらない。この感覚は、雪子にとって懐《なつ》かしいものだった。

彫刻に打ち込んでいたころ、じっと木や石を眺め、何度も触れていると、同じように突然、何かが生まれる。ただの無機物だったものの中に、掘り出されるのを待っているものが浮かび上がるのだ。

それと全く同じだ。力を注いでこねているうちに、姿が浮かび上がってくる。

もっとも、雪子ができることは限られている。まだ陶芸を始めて一月しか経《た》っていない。工房の厚意で、一から教えてもらったが、簡単な器ぐらいしかつくることはできなかった。それでも楽しくてならない。

こんなに胸躍るのは、何年ぶりだろうか。きっぱりと彫刻を断ってから、雪子は「普通に」生きてきた。このまま、ぬるま湯に浸《つ》かるように生き続け、日常の中でときどき絵を描いたりしながら、夫を待ち続けるのだろうと思っていた。

それなのに、思いがけず、雪子は新しい趣味を見つけてしまった。そう、あくまで趣味だ。今の段階では。自分にそう言い聞かせている。

陶芸の扉を叩《たた》くきっかけとなったのは、二月前の、飛行部隊の子息たちの社会科見学である。望んでも子供が生まれぬ自分が、同僚や部下の子供の引率を任されるのは悪意を感じたが、最後に立ち寄った陶芸工房で、鬱屈《うっくつ》は全《すべ》て吹き飛んだ。

雪子は子供たちと一緒に、湯呑《ゆの》みをつくった。といっても、雪子たちがした作業は、すでに形が整えられた器に絵付けをしただけで、雪子は六月だからと青い紫陽花《あじさい》を適当に描いた。子供たちに人気なのは飛行機だった。そこまではとくに何とも思わなかったが、数日後、焼き上がった湯呑みの紫陽花を見た時に衝撃が走った。

雪子が描いた紫陽花とは、まったくちがう花が咲いていた。知識として知ってはいたが、釉薬《ゆうやく》をかけて焼くと、これほどに変貌《へんぼう》するのかと驚いた。

色も違えば、そんなはずはないのに形も変わって見える。焼く前は、形は整っているがやや寂しげだった紫陽花は朝露に濡《ぬ》れていきいきと輝き、はるか頭上の太陽すら見えるかのようだった。

ここまで、変わるのか。ここまで命が吹き込めるのか。

それに、この青い色の美しさときたら、どうだろう。

この瞬間、雪子はすっかり陶芸に魅せられてしまい、翌日には再びひとりで工房を訪れた。

それからは頻繁に通い、粘土のこね方から教わり、一ヶ月経つころには、自宅で粘土をこね、手にいれた手ろくろでいくつも器をつくるようになっていた。

ただ、成形や装飾までは自宅でもどうにかなるものの、焼くとなると、さすがに工房の窯《かま》を借りねばならない。

土練りを終えた雪子は手びねりで小さな丸い花器を黙々とつくり、乾燥させている間に、昨日つくった平鉢をヘラで形を整えた。さらにその後は、絵付けだ。絵も、もう昨日の時点で決めてある。

フレンジーパニーだ。

名前を教えてくれたのは、江南である。ラバウルからの定期便に、この南洋の花の素描が同封されていた。江南は絵に自信がないとかで、絵のうまい整備員に描いてもらったのだという。

五枚の花びらは大きく、星形を形作っている。太陽を存分に浴びているためか、一枚一枚が反っており、中央部分はうっすらと黄色い絵の具で彩色してあったが、それ以外は純白だ。無垢《むく》な少女が胸を反らし、外に飛び出そうとしているかのようだった。群れ咲く白い花は、ラバウルをはじめ南洋の島々ではどこでも見られる花だという。ほかにピンクや赤、黄色があると書いてあった。

雪子が描いたのは、薄い黄色のフレンジーパニーである。江南が帰ってきたら、この皿で料理を出そうと決めていた。

この絵をつけるために、ここ数日はフレンジーパニーの描き写しばかりしていた。おかげで今は、絵を見ずとも頭にまざまざと思い描くことができる。火山灰の中、けなげに群れ咲く花は星のように輝き、えもいわれぬ芳香が雪子を包む。嗅《か》いだことはないが、雪子の中ではもうこれしかないという甘い香りだった。

土の上に、心をこめてフレンジーパニーを生み出していく。

ただ描けばいいというわけではない。焼いた後の変化を考えて、色を乗せていく。それが面白い。

彫刻では、自分の思い描いた通りに彫らなければ、気が済まなかった。しかし陶芸はそうはいかない。名人はまた違うだろうが、今の自分は、炎をくぐらせた後はいつも予想もしなかった変化を目《ま》の当たりにし、驚いている。悲しいわけではない。たまらなく楽しいのだ。

丁寧に、しかし線は簡素に、やわらかく。集中して絵付けを終えた雪子は、顔料を乾燥させる間に手紙を書くことにした。

江南からは昨日、週一の定期便が届いた。綴《つづ》られているのは、基地での他愛ない日常だ。任務についてはほとんど書かれていない。ごくたまに、ピクニックのような偵察の様子が書かれているが、景色の美しさやペアの面々の愉快な言動に紙面が割かれ、現在が戦争中であるということを示すものは慎重に排除されていた。

そして彼は最後に必ずこう書く。

「必ず私は戻ります」

面はゆいが、その言葉を見ると、いつもほっとする。

仮にも兵学校出の士官が、必ず帰ると口にすることが、どれほど勇気がいることか。手紙だから、という問題ではない。たとえ身内相手でも、怯懦《きょうだ》ととられかねぬことを漏らすのは、危険を伴う。

それでも彼は書いてくる。理由は、わかっていた。江南の律儀《りちぎ》さに、雪子はただただ感謝を捧《ささ》げた。迷ったが、手紙にはフレンジーパニーのことは書かなかった。江南が戻ってきた時に、驚かせるためだ。その時のことを想像し、雪子はかすかに笑った。

手紙が一段落つくと、雪子は絵付けをした平鉢を大切に新聞紙に包み、家を出た。電車とバスを乗り継ぎ、一時間ほどで目的地の工房へと到着する。時計を確認し、雪子は満足げに微笑《ほほえ》んだ。この時間は、窯があいている。

一見似たようなつくりの家が並んでいるが、その中に、低い垣根のむこうに古瓦《ふるがわら》や壺《つぼ》をずらりと並べている家がある。

風呂敷《ふろしき》を抱えた雪子は、「ごめんくださいまし」と声をかけた。

工房の手前は店になっているようで、店内にはところせましと焼き物が飾られている。薄暗い中でも、いずれもずいぶん色鮮やかだ。みごとな椿《つばき》や菖蒲《しょうぶ》、中には鶴《つる》や亀《かめ》が乗っている器もあった。よくできてはいるが、なにぶん装飾過剰だ。こんなところで果たしてどれほど売れるのだろう。

なんとはなしに商品を眺めていた雪子は、ある地点で、目の動きを止めた。目ばかりでなく、全身を硬直させた。

雪子の目を吸い寄せたのは、ひとつの花器だった。背が低く、ころんと丸い形の愛らしい、ごく小さな花器だ。

周囲の、装飾に埋もれたような作品の中で、その花器はなんの飾りもなく、静かに佇《たたず》んでいた。絵も描かれていない。

しかし雪子は、その花器から目が離せなくなった。店内のどの作品よりも心を鷲摑《わしづか》みにされた理由は――色である。

その花器は、浦賀のあの墓地から見下ろしたような紺碧《こんぺき》一色に輝いていた。

10

八月七日未明、ラバウルに激震が走った。第四艦隊から飛び込んできた知らせは、寝ぼけ眼を一瞬にして見開かせる効力をもっていた。

――ガダルカナル、及びツラギ島に、米軍が艦砲射撃の後、上陸中。正確な数は不明だが、相当な規模。現在も大輸送団と機動部隊が接近中。

ガダルカナルの飛行場は、まさに先日完成したばかりで、三沢空が今日進出する予定となっていた。明らかに、完成を待っての上陸である。

最近ガダルカナル周辺で米軍機を見かける機会は増えてはいたが、年内の反撃はないだろうと考えられていたために、寝耳に水とはこのことだ。

忙《せわ》しく通信が行き交ううちに、最初に電信を打ってきたツラギの横浜空からの通信は途絶え、とうとうラバウルに出撃の命令が下る。

「ガダルカナルに急行し、船団と機動部隊を叩《たた》き潰《つぶ》せ」

基地はにわかに慌《あわ》ただしくなった。

待ちに待った艦船攻撃である。今日はもともと他の飛行場を爆撃する予定だったため、出撃予定の機体には全《すべ》て爆弾を積んであるが、輸送団及び機動部隊が相手ならば、魚雷でなければ効果が薄い。爆弾は、地上を攻撃するならば、目標を多少外したところで被害は出るが、海上の艦船の場合は少しでもずれれば海に落ちて全くの無意味となる。すぐに魚雷に替えるよう命令が出たが、江南の同僚が抗議した。

「爆装のまま行くべきだ。魚雷を全ての機体に換装していたら、出撃は大幅に遅れる。到着した時には、米軍の全部隊が上陸しているだろう」

トラックでまとめて運搬できる爆弾とはちがい、八百キロある魚雷は、数のかぎられた専用車でなければ運べず、全ての機体に届けていたら昼になってしまう。

「だが爆装では、機動部隊なんぞとうてい叩けん。確実にやるなら魚雷だ」

江南の反論に、同僚は見下げるような顔をした。

「なんのために緩降下の訓練をしている？」

「あれは対地爆撃のためのものだ。艦船相手にやっても当たらん」

「ならば水平爆撃でよかろう」

「自殺行為だ」

「臆《おく》したか？　たとえ全滅しようとここで止めねば意味はないのだ。瀬戸大尉《せとたいい》も爆装で出撃し、みごと空母を沈めたではないか。我々だって成し遂げてみせる」

その一言が、決定打となった。爆装のまま出撃せよ、と司令官は命令を下す。

瀬戸大尉の名は、ここでは絶大だ。江南は、直接には彼を知らない。ここに着任する数日前に、壮絶な戦死を遂げていたからだ。

大尉が配属された直後、米機動部隊接近の報告が入り、瀬戸大尉らの十七機の中攻隊はすぐさま迎撃に向かった。まだ東飛行場に戦闘機は配備されておらず、魚雷も届いていなかったが、彼らは爆装のまま、護衛もなく迷わず飛び立ったのである。

彼らは空母とおぼしき大型艦を炎上させたが、激烈な対空砲撃とグラマンの餌食《えじき》となり、帰投したのはわずか二機だけだった。甚大《じんだい》な犠牲を払ったものの、これで米艦隊はあきらめて引き返すこととなり、ラバウルは大空襲より救われたのだった。

瀬戸大尉の遺志を無視してはならない。彼の加護があれば爆弾も必殺必中。そう言われれば、黙るほかなかった。江南としては、十五機も犠牲にして一艦炎上ではあまりにわりがあわないと考えていた。轟沈《ごうちん》ならともかく、炎上ということは、よくて中破程度だ。簡単に修理できるなら意味はない。一時は退けても、彼らはすぐにまたやってくる。

実際、前以上の兵力をもってやってきた。このラバウルではなく、ガダルカナルを目指した理由は不明だが、飛行場完成を待って上陸部隊を送ってきたならば、満を持して臨んでいるはず。前回のように、多少の損害ではすぐに引き返してくれることはないだろう。やるなら、魚雷で徹底せねばならない。

しかし江南は、この日これ以上の反論を諦《あきら》めた。日本軍の戦術の基本は先手必勝である。戦力に劣る部隊としてはそれしかない。先手必勝ならば、議論している時間も惜しかった。

結局、二十七機は爆装のまま出撃することとなった。

まず東飛行場から護衛の零《れい》戦が飛び立ち、ブナカナウから飛び立った中攻部隊と合流する。今回は護衛もあるし瀬戸部隊のような悲劇にはならぬだろうと念じつつ、江南も指揮官機に乗り、火山灰舞う飛行場を後にした。

雲ひとつない、みごとな晴天である。視界はじつに良好、しかし同時に敵からも丸見えということだ。ベテランの偵察員・山井飛曹長の報告を聞きつつ、江南は攻撃方法について考えていた。

「山井機長、君はどちらがよいと思う」

機内で遅い朝食を食べている山井に尋ねると、彼は卵焼きを丸呑《まるの》みしてから「精度をとるなら水平でしょうな」と応《こた》えた。それはわかっている。

「安心してください。緩降下でも当てる自信はあります。命は大切にしませんとな」

浅黒い顔を不敵にゆがめて笑う。江南は眉根《まゆね》を寄せて、口を噤《つぐ》んだ。山井飛曹長は、渡洋爆撃のころから飛んでいるベテラン中のベテランだ。その腕は、江南もよく知っている。年は江南の三つ下で、部下の面倒見はよいが、以前よほど厭《いや》な目に遭ったのか士官相手には含むところがあるらしい。表だって反抗してくるようなことはないが、ちらちらと見下す言動がある。自分の腕に絶大な自信をもつ者にはよくあることだし、普段は気にしていなかったが、この時は、迷いを見透かされ馬鹿《ばか》にされているようで腹が立った。

ニュージョージア島を過ぎると、ガダルカナルやツラギが前方に見えてくる。こちらの快晴が嘘《うそ》のようにその付近には雲が垂れ込めており、海面がよく見えないが、双眼鏡越しに目をこらしていた山井が「これはすごい」と感嘆まじりの声をあげた。ガダルカナル島の北部にはサボ島という小島が浮かぶ。その二つの島に挟まれたルンガ沖に、雲霞《うんか》のごとき大軍がひしめいていた。機内では歓声があがった。予想以上の大船団である。

「こんなの、見たことねえや！」「こりゃ当て放題だなあ。景気いい」

浮かれた声を耳にしつつ、江南は対岸のツラギの方角も確認した。こちらも駆逐艦らしきものがいる。

いよいよサボ島が間近に迫ると、はっきりと肉眼で敵艦が見えた。

改めて見ると、凄《すさ》まじい数だった。密集隊形をとっている船団をざっと数えると、六十近くいる。六十、とかわいた口の中でつぶやいた。

渡洋爆撃のころから、味方の上陸作戦には数えきれぬほど参加しているが、こんなに凄まじい量は見たことがない。米軍は、この島を獲《と》るためにこれほどの数を投入してきたのか。ずいぶん叩いてきたつもりだったが、これではまるで効いていないではないか？

江南は歯噛《はが》みした。果たして、爆撃でどこまでやれるか。魚雷ならば半分近くは削れるのに。だが、悔やんでも後の祭りだ。今は爆撃で可能なかぎりの成果をあげねばならない。

「攻撃目標、輸送船団」

全機に指令を出し、緊密編隊で高度六千でサボ島を通り過ぎ、爆撃針路に入る。高度六千メートルから四千メートルへ。グラマンの姿はない。

「突撃！」

編隊は一気に直進する。先頭の江南機は、船団の中でもひときわ大きな艦船が密集する中央部を目指し、位置を修正する。指揮官機の位置を目安に編隊はついてくるので、確実にしとめるには何より指揮官機の位置どりが重要である。このあたりは主操縦員香月と機長の山井のコンビネーションがものを言う。

江南は目をこらし、船団を見た。刻一刻と近づく艦船の数はあまりにおびただしく、艦型識別表を見たところで何かわからない。これは照準を合わせるのも一苦労だろう。しかし、これだけの数が集まっているならば、地上爆撃とさほど変わらないかもしれない。

そしていよいよ、九二式爆撃照準器が中央の輸送船を捕らえた瞬間、周囲を護衛する巡洋艦や護衛艦が真っ赤に染まった。いっせいに高角砲を打ち上げたのだ。

水平か、緩降下か。逡巡《しゅんじゅん》は一瞬。山井と目が合い、二人同時に頷《うなず》いた。

「緩降下！」

鋭い声とともに、機首が一気に下がる。列機もそろって機首を下げ、突入した。その直後、機体の後方上空で敵弾が炸裂《さくれつ》する。ぶじ初弾は逃れた。緩降下の加速のため、もはや照準器は使い物にならない。後は経験とカンで補うしかない。

「テーッ！」

第一弾が投下される。待ってましたとばかりに、列機も一斉に投下する。弾幕は凄まじく、黒いスコールが一気に船団を包み込んだ。その合間にも、こちらの窓の外に爆煙がたなびく。敵の対空砲火も凄まじい。上と下から嵐《あらし》のような砲弾が飛び交う中、江南は全機の着弾を見届けるべくまばたきも忘れて海面を見た。その顔に、次第に焦《あせ》りが浮かぶ。全二十七機でこれほど雨あられとばかりに落としているのに、船団からは炎はおろか黒煙ひとつあがっていない。かわりに、船と船の間に、無数の波紋が生まれている。

全身から血の気が引いた。一発も当たっていない？　視線を山井に向けると、彼も愕然《がくぜん》としていた。爆撃は基本的に機長が行うもので、山井は自他ともに認める名手のはずだった。それが全弾外すとは。

しかし、惨憺《さんたん》たる結果に放心している余裕はなかった。敵の高角砲が沈黙すると同時に、グラマンの大編隊が襲いかかってきたからだ。おそらく六十はいる。こちらは半数以下、しかも動きは鈍い。唯一《ゆいいつ》勝る火力で応戦しつつ、離脱をはかる。指揮官機の主操・香月一飛曹も歴戦の強者《つわもの》で、巧みにグラマンをかわしているが、江南の視界では僚機が次々と炎上し、墜落していった。窓越しに目が合い、微笑《ほほえ》んで敬礼していく者もいた。機体が炎上してはもうどうにもならない。江南は黙って答礼し、死にゆく仲間を見送った。

こうして落ちていく者を見守るのは、初めてではない。長く航空機に乗っている者ならば、必ず経験することだ。

江南は今まで一度も、取り乱したり、怯《おび》えた者を見たことがない。皆必ず、静かに敬礼していくのだった。

11

中攻隊、戦果なし。

わかっていたこととはいえ、こうして報告書でつきつけられると、堪《こた》えるものがあった。

共に出撃した零戦は、帰路では護衛についてくれたが、どういうわけか突入から戦闘中は全く姿が見えなかった。しかし戦果は撃墜約五十機。共に出撃した艦爆隊は輸送艦大破、駆逐艦撃沈。

その中で、中攻隊だけが戦果がなかった。中攻隊はじまって以来の失態である。今までは、どれだけ犠牲を払おうと、必ず戦果は出してきた。しかも味方の機体を六機失った。計四十二人が命を落としたことになる。

同僚は「水平爆撃で行けば撃沈できたはずだ」と土壇場《どたんば》で緩降下を指示した江南の怯懦《きょうだ》を罵《ののし》った。江南はよほど蒼白《そうはく》な顔をしていたのだろう、司令が「明日こそは雷撃だ。頼むぞ」と笑顔で励ましてくれたほどだった。

窶《やつ》れた司令を前に、江南は忸怩《じくじ》たる思いだった。四空は開設以来被害ばかりが大きく、見合うほどの戦果がない。このままでは、いずれ司令が出撃することになりかねない。司令がみずから出撃することは死を意味する。艦長が軍艦と運命を共にするのと同じだ。まっしぐらに敵地に飛び込み、最後は自爆して果てるのだ。

気がつけば江南は、飛行場に来ていた。そのまま引き込み線を辿《たど》り、愛機の掩体壕《えんたいごう》へと向かう。椰子《やし》林に入り、しばらく歩くと、ぼんやりとした灯りが先に見える。のろのろと進み、掩体壕の中に入ると、被弾した機体を取り囲んで整備員たちが必死の形相で修理している。江南を見ると、手前にいた男が帽子をとった。かまわない、と手で合図をして、痛々しい愛機を見やる。

「明日までになんとかなるか」

「はい。エンジン関係は無事ですしね。真っ先に敵陣に突っ込んでこの程度なら、やはり指揮官機の練度はずば抜けてますよ」

気を引き立たせるような言葉に、江南は曖昧《あいまい》に頷《うなず》いた。戦線を離脱しここまで帰ってくる間、機内は通夜《つや》のようだった。いつもサイダーがほしいとうるさい奈良ですら、何も言わなかった。ラバウルの近くまで来た時に、はるか眼下にガダルカナルへと向かう第八艦隊の姿を認め盛りあがったが、その後はいっそう沈んでしまった。彼らの堂々とした姿に比べて、自分たちのなんと惨《みじ》めなことだろう。今まで常に、艦隊や地上部隊を助けてきたというのに、何もできずに逃げ帰るだけとは。

「安心してください、分隊長。出発までに魚雷の投下試験まできっちり済ませておきますから」

「いつも苦労をかけてすまない。ありがとう」

江南は心から言った。整備員は、油に汚れた顔で、いえいえと笑う。明日戻ってきたら、彼らに何か差し入れでもしなければ。戻ってきたら――果たして戻ってこられるのか。

ここにいても邪魔になるだろう、と踵《きびす》を返した江南は、すぐにその足を止めることとなった。少し離れた場所に立ち、こちらを見ている影がある。木々の間から漏れる月光で、山井飛曹長だとわかった。

「分隊長、顔ぐらい洗ったらどうです。せっかくの色男が台無しですぜ」

「君こそひどい顔色だ。今日は麻雀《マージャン》はいいのか」

山井はおおげさに肩をすくめた。

「そんなことしませんよ、海軍内じゃあ御法度《ごはっと》じゃないですか」

「どの口が言うのだか」

山井が毎晩のように賭《か》け麻雀で稼いでいることは周知の事実だ。その彼がひとりこんなところにいるということは、やはり一発も当てられなかったという事実に相当参っているのだろう。

爆撃の名手と言っても、艦船相手に緩降下で仕掛けるなど初めてのはずだ。はるか上空から見れば密集しているように見えても、肉眼で確認したかぎり艦どうしの間はそれぞれ百メートルほど、しかもあれだけ数が多ければ、いかに熟練の爆撃手でも絞るのは難しいに決まっている。

微妙な沈黙が流れる。山井の顔から、いつもの笑いが消えた。

「申し訳ありません。緩降下でも必中なんぞと大見得きってあのザマだ」

絞り出すように、彼は言った。見れば、強く握った両の拳《こぶし》はかすかに震えている。

「指示したのは私だ」

「私も同意しました。あそこで水平爆撃なんざありえんと思っておりましたからな」

山井は疲れた顔で笑った。あれだけ護衛がひしめいている中で暢気《のんき》に水平に飛んでいれば、確実に編隊の半数はやられただろう。爆撃じたいは数分で終わる。その数分で編隊の半数を失っても、爆撃の成功率を優先させるべきだったのか。

「なら、いい。私は今でもあの判断は間違っていなかったと思っている」

江南は、きっぱりと言った。山井の顔が歪《ゆが》む。

「本当にそう思っとりますか」

「六十もいる艦船の一つか二つにぶち当てるために、二十七機のほとんどを失うなんざ割が合わない。癪《しゃく》だが、我々は物量では圧倒的に米軍に劣る。人数も同様。確実性の低い作戦で、貴様ら熟練の搭乗員を何十人も失うのは愚の骨頂だ」

山井は無精髭《ぶしょうひげ》のはえた顎《あご》を撫《な》で、まじまじと江南を見つめた。

「これは驚いた。本チャン出の士官からそんな言葉を聞くとは」

「効率の話だ。一人育てるのにどれだけ時間と金がかかると思うんだ。無謀な突入は、自ら勝ちの目を捨てているにすぎん。前から思っているんだがな、大和民族は偉大だとは思うが、死を美化しすぎて命を軽視するのは悪癖だ。そんなもんは、現代戦では邪魔にしかならん。生きてこそ、役に立てる」

下士官相手に何を熱く語っているのかと思うものの、一度まわりだした口は止まらなかった。こんなことは、士官室でも言えない。開戦前は、気の置けぬ友人と酒のつまみに議論もしたが、最近は迂闊《うかつ》に口走れば、臆病者《おくびょうもの》と罵られるだけならばまだしも、処罰をくらいかねない。

山井は急に声をあげて笑い出した。

「言うもんですねえ。感心ですが、それじゃ原田はなんであんな死に方をしなきゃならんかったんですかね」

はりついたような笑顔の中、目だけはぎらついた怒りを浮かべている。

「……ああ、君は原田一飛曹と親しかったのか」

なるほど、粘ついた敵意の理由がわかった。原田一飛曹率いる七名の小隊のことは、江南の中にも苦い記憶としてこびりついている。わずか三ヶ月ほど前のことだ。彼らはポートモレスビー攻撃に出向き、自爆して果てた。

そもその原因は、昨年の日米開戦まもない頃に遡《さかのぼ》る。当時、山井と同じ一空に所属していた原田はルソン島の攻撃に参加した。原田機は任務を成功させたもののエンジンをやられ、とうてい帰還できぬ状態に陥った。本来ならば自爆するところだが、出撃の際に「これからは国家の大事であるから、今までのように無闇《むやみ》に自爆してはならぬ、生きてこそ国に奉公できる」と分隊長より訓示を受けていた彼らは、山中に不時着して脱出し、さまよっているところを米軍に捕らえられたという。一月後にその地を日本軍が占領したことによって彼らはぶじ一空の進出したラバウルへと帰還を果たしたが、とっくに戦死と報告されていた七名が虜囚の辱《はずかし》めを受けて還《かえ》ってきたという事実は、部隊にとっては歓迎できるものではなかった。

「命を大事にしろと命じられ、帝国軍人たるものが自決も許されずに敵に捕らえられ、苦労して戻ってみれば、位階勲功剝奪《はくだつ》の上に降格をくらい、隔離されて罪人のような生活をさせられて、とっとと死ねと無言の圧力をかけられる。あいつは、本当にただ死ぬためだけに飛んだ。なら、生き延びた数ヶ月はなんだったんです？　彼らは全員、生きた屍《しかばね》でした。あんな日陰者に追いやるぐらいなら、なぜ最初に軍人らしく死なせてやらなかった？　あんたたち士官の言うことはいつも口先だけだ。俺は国に命を捧《ささ》げちゃいますがね、あんたたちの気分で転がされるのはまっぴらなんだ！」

途中で感情が激してきたのか、山井の声は次第に荒々しくなり、最後にはものを叩《たた》きつけるようにして吐き捨てた。

「その分隊長も責任をとって自爆しただろう」

「それで責任をとったつもりになっても困りますな。分隊長が死ぬってことは、その機の搭乗員も全員死ぬってことだ。せめて、原田たちが乗っていればよかったんでしょうが」

山井は、怒りというよりも、泣き出すのを必死にこらえている子供のような顔で江南を睨《にら》みつけていた。

ここにいる者は、命を捧げる覚悟などとうに出来ている。だが、犬死には誰もしたくはない。守るために命を捧げるのと、上の都合で命を投げ捨てるのは、天と地ほどの差があるはずなのに、仲間が次々と死の空へ放り出されているところを見ているうちに、皆どこが境目なのか次第にわからなくなってくる。

江南ら士官でも、見失うことがしばしばあるのだ。山井たちがさらに混乱するのは当然だった。彼らには、怒りのぶつけどころがない。ならば、自分が受け止めるしかないだろう。

「山井飛曹長、雷撃の経験は」

脈絡のない江南の質問に、山井は面食らった顔をした。それはすぐに、怒りにとって代わられた。はぐらかされたと思ったのだろう。

「……前に一度」

「ほう。『雷撃に二度目なし』というのに、二度目を迎えるとは貴重だ」

敵艦船に肉薄し、魚雷を投下する雷撃の死亡率は、爆撃の比ではない。とくに、同じく雷撃を行う艦攻に比べると、中攻は攻撃力が高く、航行距離も長いが、防御はゼロに近い上、大きいぶん機敏性は大きく劣る。よって、雷撃時の中攻の被弾率は百パーセントとなっている。

半端《はんぱ》な高さでのろのろ飛んでいては敵艦の砲撃を確実に食らうので、中攻は敵艦の舷《げん》より低い場所まで一気に降下してから魚雷を投下することとなる。この時点で未熟なパイロットでは海面に接触して大破することも珍しくない。ここを乗り切っても、突入と離脱の瞬間は、猛烈な機銃攻撃に晒《さら》されるのだ。

だから中攻機の場合は、突撃前に余分な燃料を捨ててしまう。燃料タンクをやられたら一巻の終わりだからだ。

それでも、雷撃を敢行した場合、半数以上の機体は確実に犠牲となる。爆破四散せずとも、帰還できぬと判断すれば、そのまま敵艦に突っ込んで自爆するのが常道である。

「中攻隊の人間は誰もが雷撃をやりたがる。だがそれは、みな経験したことがないからだ。経験者である君も、やはり雷撃を希望するか?」

「無論です。我々は艦を沈めるためにいるんです。雷撃なら、外さない。仲間の仇《かたき》を必ずとります」

外さないと言っても、ぶじに敵艦の近くまで辿りつけたらだがな、と江南は心の裡《うち》でつぶやいた。ぎらぎら輝く山井の目は、見透かすようにじっと上官を見つめている。

「分隊長は雷撃のご経験は?」

「訓練では吐くほどやったが、実戦は明日が初めてだ。だから私は、二度でも三度でも経験してみたいのだよ」

江南は、山井に向かって一歩足を踏み出した。

「つまり明日は君次第だ、山井機長。分隊長なんぞ、いざ突撃すれば用済みだからな。今日のように外すのは許されんぞ」

あえて、山井の傷を無遠慮に抉《えぐ》った。山井は痛みをこらえるように眉《まゆ》を寄せ、江南を睨みつけた。

「もちろんです。必ず成功させます」

「成功だけではない。必ず生還せよ」

江南は強い語調で言った。山井が怪訝《けげん》そうな顔をする。

「自爆は許可しない。君の腕なら可能だろう？」

「……無茶を言いますな」

「怒りがあるなら、結果で証明するしかない。私も君なんぞと心中したくはないからな」

「それは同意します」

山井の口許《くちもと》に、かすかな苦笑らしきものが浮かんだ。

「原田一飛曹の分隊長が言ったことは、正しい。そして今は、当時よりもっと切実だ。珊瑚《さんご》海《かい》、ミッドウェーで艦載機の熟練パイロットが多数死んだのは貴様も知っていよう。だから我ら中攻隊こそが、機動部隊を沈めねばならん。いいか、ガダルカナル奪還は、この戦争の分水嶺《ぶんすいれい》となるだろう」

江南は空を見上げた。椰子の葉の合間から見えるのは、満天の星。時々、星にまじって爆撃機がやってくることはあるが、美しい空だ。

明日の夜も、これを見たい。その次の夜も、また次も。見なければならない。

「あれ以上、米艦隊を近づけてはならない。だから我々は、何度でも出撃せねばならんのだ。新米が雷撃なんぞしたらそれこそ犬死にだからな。我々ペアは、満身創痍《そうい》になっても、這《は》ってでも帰らねばならん。また出撃するために」

江南が視線を部下に戻すと、山井は奇妙なものを見るように目を見開いていた。かと思うと、笑っているような泣いているような判然としない顔をし、その直後には別人のように引き締まった表情で江南を見つめた。そして、何も言わずに敬礼をした。

飛行場からバラックに戻った江南は、蠟燭《ろうそく》をつけた瞬間に、昨日の夕方雪子から手紙が来ていたことを思い出した。

慌《あわ》てて、机の引き出しから白い封筒を取り出す。丁寧に開けて便箋《びんせん》を取り出すと、懐《なつ》かしい日本の香りとともに、もうすっかり馴染《なじ》み深くなった雪子の筆跡が現れた。

夫の健康を気遣い、いつもと同じように近況が淡々と綴《つづ》られている。が、今回は今までとはちがうところがあった。

『最近、陶芸を始めました』

うきうきと跳ねるような文字が、目にとまった。

同僚や部下の子弟の引率がきっかけで工房に通うようになったそうだが、ずっと家に閉じこもっていた雪子が嬉々《きき》として出かけるようになったのは何よりだった。陶芸を語り出した途端、それまで固く整っていた文字は躍り出し、雪子の喜びを雄弁に物語っていた。今は自分で土も選ぶようになったのだ、そのうち窯《かま》をつくりたいがいいだろうか、と書いてあったのには笑ってしまった。

さすがに、単身彫刻師に弟子入りした女だ。夢中になると、他のものなど目もくれず、一直線に走っていく。

江南は、雪子の彫刻を一度も目にしたことがない。作品ももちろんだが、彫るところも見たことがなかった。鷹志によれば、彫刻をしている時には話しかけても全く反応しないほど集中しているそうだが、結婚してからこちら、雪子がそれほど一心に何かに打ち込んでいるところを見たことがない。

何かを生みだそうと奮闘している雪子は、さぞ美しいだろう。そして彼女が生み出したものは、さらに美しく、胸をかきむしられるほど切ないだろう。

彫刻は見られなかったが、このぶんでは、近いうちに陶芸は見られそうだった。帰ったら家の中が粘土だらけかもしれない、と苦笑しつつ手紙を読み進めていると、ある花器を手にいれたと記されていた。

『工房の店舗に、忘れられたようにぽつんと置いてあったのです。何度か通っていたにもかかわらず、私はそれに初めて気づきました。ころりと丸く、まるで小さな地球儀のような形をしておりまして、あまりに見事な青で見とれておりましたら、思いがけないことに、譲ってくださったのです。その花器が、店内で最も美しいものであるにもかかわらず、無造作に。私が熱心に陶芸に通うごほうび、と笑っていらっしゃいましたが、本当にこれほど美しいものを手にしていいのかと、私は思わず震えたほどです』

雪子の筆跡はいっそう大胆に躍り出す。

売れ残りの小さな花器の何がそれほど琴線に触れたのかはわからないが、雪子は明らかに興奮していた。

『あなたにもお見せしたい。うっすら緑がかって、かぎりなく澄んでいて美しいのです。なぜ、くすんだ釉薬《ゆうやく》が、炎に焼かれてこうも濁りない色になるのでしょうね。灼《しゃく》熱《ねっ》の紅蓮《ぐれん》から、この深い紺碧《こんぺき》が生まれるというのは、じつに不思議ではありますが、これを見ておりますと、私の心は燃え立ち、同時にしみじみと何かが染《し》みいるような心地になるのでございます。きっとあなたがいらっしゃるソロモンの海はこんな色をしているのでしょう』

炎から生まれた海か。まるでこのラバウルそのものではないか。

『私はラバウルに行くことはできませんが、思いがけず、あなたに繋《つな》がるものを得ることができました。あなたが見た海がどんな色か、教えてください。私はまだ焼きは許可されていないのですが、いずれもっと美しい紺碧をこの手で生み出したいと願っております。時間はかかるでしょうが、世界中の海の色を知るあなたがいれば、きっと私はつくりだすことができるでしょう』

これは、陶芸家・江南雪子が誕生するかもしれない。手紙から迸《ほとばし》る熱意にあてられ、江南は笑った。

「紺碧か」

それは海の色。空の色。明るく美しいだけではなく、底の見えぬ暗さも孕《はら》んだ色。

江南は手紙を手にしたまま椅子《いす》から立ち上がり、窓に寄った。外はすでに深い闇に覆《おお》われている。もっとも日の光が出ていたところで、ここは椰子林の中だ。海など見えるわけがない。

ラバウルは、色彩に溢《あふ》れている。島に初めて降り立った時はちょうど夕暮れで、空の美しさに茫然《ぼうぜん》としたものだ。日本で見るようなオレンジではなく、透き通るような薔薇色《ばらいろ》だったのだ。しかし、花吹山の凄《すさ》まじい噴火が、夢のような空を黒煙で覆い隠し、まがまがしい灼熱の炎を踊らせる。この世のものとも思えぬ摩訶《まか》不思議な光景で、そういえばその時も、ふと雪子を連想したことを思い出した。

「帰りたい」

無意識のうちにつぶやいていたことに、江南ははっとした。

今まで、口にしたことはなかった。心の中で願うことすら、極力避けていた。必ず戻る。そう決めてはいたが、帰りたいと願うことは士官にあるまじきことだと戒めていた。

しかし一度口に出してしまえば、どうしようもない。帰りたい。今すぐにでも日本に飛んでいき、雪子に会いたい。

日米開戦からわずか九ヶ月。この九ヶ月で、多くの同期、先輩、そして後輩が死んだ。中でも航空部隊の死亡率は圧倒的である。珊瑚海では、江南たちが四号生の時の伍長《ごちょう》・佐倉大尉《たいい》も戦死したという。その見事な死に様は、『翔鶴』に乗っていた同期から伝え聞いた。

兵学校時代、血気に逸《はや》る若者たちの多くは、戦争を望んだ。授業では、サイレント・ネイビーが理想であると諭されても、やはり大海原で敵と雌雄を決する姿を夢見ていた。

それはみごとに実現した。艦隊決戦など古臭い、これからは空の時代だという江南自身の言葉通り、主導権を握っているのは航空部隊だ。何もかもが、かつて思い描いた通り。そのはずなのに。

震えるほどの衝動を、江南は拳をかたく握ることでどうにかやり過ごした。何度か深呼吸をすると、次第に心が落ち着きを取り戻す。同時に、羞恥《しゅうち》がこみあげてきた。まさか自分が、こんな感傷にとらわれるとは思わなかった。

理由はわかっている。自分は明日、死ぬ可能性がきわめて高い。山井にはああ言ったが、雷撃で生き延びるなど、とびきりの幸運に恵まれていなければ難しいのだ。原田機のような、悲しい結末にはなるまい。死が約束されている軍人としては、幸いなものだろう。アメリカ空母を沈めることができたなら、それこそ最上の結末となる。誰もが称揚し、軍神と称《たた》えるだろう。

だが世界でただひとり、それを望まぬ者がいる。雪子には、必ず帰ると約束した。繰り返しているうちに、江南の中にもいつしか生への執着が深く根付いてしまったらしい。もとより、雪子という帰る場所を得てこそ、空の上で冷静に戦えると思って求婚したはずだ。生きたいと願うことはすなわち、軍人として立派に死ぬための必要条件にすぎなかった。

しかし、それを越えて今、自分は生きたいと願っている。これ以上の執着は指揮官としての判断を誤らせることになりかねない。

自爆は許可しない。可能なかぎり生還せよ。それは、戦術的にも正しいはずだ。いや、もはや正直に認めねばならない。明日、出撃などしたくない。せめて爆撃であってくれたらと、願っている。

山井が今日、怒りをぶつけてきたのは、指揮官の卑劣な怯《おび》えを見抜いていたからではないだろうか。

江南はふらふらとしゃがみこみ、雪子の手紙を再びゆっくりと読み返した。いつもならば、手紙を貰《もら》うとすぐ返事を書くが、今日はペンを握るつもりはなかった。

雷撃の際には出撃前にペアに遺言を書かせる指揮官は多いが、江南は命じなかった。あれをやると、良くも悪くも諦《あきら》めがよくなる。雷撃で生き残るには、相当な執念がなければならないのだ。そういう執念こそが、一撃必殺の雷撃を成功させる。

明日、戻ってきたら、雷撃の凄まじさを面白おかしく書いてやろう。そして、ガダルカナルの海の様子も克明に知らせてやろう。

ガダルカナルが安定すれば、日本へ帰還する日も早くなる。その暁には、雪子が飽きるほど海の話をしよう。一緒に陶芸をしてもいいかもしれない。

ついでに、結婚した後も、妹を案じてしょっちゅう手紙を送ってくるらしい朴念仁も呼び寄せてみようか。そういえば、兵学校時代に衝突ばかりしていた有里も、たしか南洋にいるはずだ。明日帰ってきたら、どこの部隊だったか調べてみよう。昔は喧《けん》嘩《か》しかしなかったが、今ならば穏やかに話せるかもしれない。いや、喧嘩でもいい。最近は、後先考えずに殴り合いをすることもなくなってしまった。

彼らと話をしたかった。海上で生きる彼らは、この戦争をどのように見ているのだろう。

逃げるが勝ちを信条としていた男と、良くも悪くも一本気で典型的な軍人である男は、どんな海を見ているだろう。

我々は、紺碧の果てに何があると信じていたのだろうか。

翌日、魚雷を抱えた中攻二十三機が、朝焼けのラバウルの空へと飛び立った。

帽ふれで見送る側は、昨日の仇討《あだう》ちを強く願っていたことだろう。あるいは、せめて半数は戻ってきてくれ、と切実な思いで祈っていたかもしれない。

昼を過ぎ、夕刻近くになっても、編隊は戻ってこなかった。そして空が暗くなりはじめたころ、ようやくふらふらと数機が姿を現した。片肺飛行でどうにか命からがら飛んできたのだ。一機目が帰投すると、続けて数機が飛来し、夜までに五機が帰投した。それからは、いくら待っても来なかった。

八月八日、中攻三個中隊二十三機による雷撃隊、未帰還十八機。

江南中隊長機は、猛火の中を率先して雷撃を仕掛けて成果をあげたが、全機の中で最も激しい攻撃を受け、多数被弾した。

それでもどうにか離脱し、片肺飛行でラバウルを目指したものの、とうとう燃料が尽き、帰還は絶望的となった。

江南中隊長は、反転を指示した。目指すは敵艦隊。反論する者は誰もいなかった。操縦もままならぬ機体を、それでも最後まで巧みに操る山井機長のもと、機体はまっすぐ敵空母を目指した。

記録では、この出撃に参加した中隊長三人全《すべ》てが自爆によって戦死と記されている。

前略

お元気ですか。

今年の遠泳は一位だったそうですね。母さんから聞きました。

去年の夏に会った時はあんまりにも真っ黒で驚きましたが、今年はもっとすごそうです。

来年には一号生だなんて、早いものです。ぜひ、永峰の本家が悔しがるような、立派な士官になってください。

私も鷹志さんに負けじと、修練に励んでいます。今日はお知らせがあるのです。

私が彫った習作を、先生が秋の品評会に出してくださるそうです。三年目でこんなことはめったにないのだと言われました。とても嬉《うれ》しいです。

彫ったのは鳥で、私はあまり自信はなかったのですが、皆とても褒めてくれました。自分でも怖いぐらい、順調です。でも、そのためにはいくつか、やらねばならないことがあります。

避けて通れないとわかっていても、時々、ほんの時々ですが、逃げ出したくなることがあります。

なぜ私がこんなことをしなくてはいけないのか、わかりません。ただ女というだけでこんな目に遭うのかと思うと、悔しくてなりません。

でも心配しないでください。私は負けません。

どんな苦難も耐え忍ぶ会津士魂は、私にも受け継がれているはずですから。

この鳥のように、羽ばたいてみせます。

かしこ

昭和六年九月三日

鳥を彫ったのは、本当は、帰りたいからです。

体が重い。痛い。

助けて。

第五章　紺碧《こんぺき》の果て

1

満天の星の下、船団はゆっくりと航行している。

東京湾を発《た》って六日、目指すはトラック泊地。北東の貿易風がやや強くなってきたが、航海はおおむね順調で、いたって平和的である。こんな時でなければ、雲ひとつない夜空を堪能《たんのう》したいぐらいの良い夜だ。

艦橋の艦長席に座っていた鷹志は、あくびをかみ殺し、艦橋を見渡した。当直員も、どことなく眠そうだ。時計を見ると、午前零時を過ぎている。このあたりは時差で日本より一時間早いが、時計は日本時間に合わせてある。

いつのまにか十二月八日になった。開戦二周年だな、と他人ごとのように思う。

もう二年。まだ二年というべきか。短い期間で一気にけりがつくかと思われた戦争は、日支事変の時と同じように長期化している。

先月下旬、ギルバート諸島とブーゲンビル島での航空戦において、日本の航空部隊は久しぶりに華々しい戦果をあげた。大本営発表では、撃沈だけでも戦艦三、空母十四、巡洋艦九。その他の艦船、また中破小破あわせれば大変な数にのぼり、米軍機動部隊に致命的な打撃を与えたことは疑いようがなかった。

大勝の知らせに、国内は沸きに沸いた。いよいよこれから大反撃が始まると、みな鼻息も荒いので、二周年記念式典はさぞ華やかなものとなるだろう。しかし、海上にある『維和《いわ》』には、式典など遠い出来事だった。

海防艦『維和』は、航空部隊の大戦果に沸くなか大阪で竣工《しゅんこう》され、神戸に回航ののち船団を護衛して横須賀に入港した。その次の任務が、四十隻《せき》近い船団をトラックまで送り届けることであった。むろん、敵機動部隊の勢力が削《そ》がれたことは上空からの脅威が減るので大変ありがたいことで、乗組員一同大いに喜んだが、あまりに航空部隊ばかりが持ち上げられ、大戦果と繰り返されると、多少面白くないのも事実である。何かあれば常に大戦果をあげる航空部隊に比べ、水上艦艇はここのところいいところが全くなかったし、ましてやこの『維和』が従事しているのは、輸送船で構成された船団の護衛。見敵必殺の伝統をもつ海軍の本分から外れた、じつに地味な任務である。

そもそも、護衛船として最も警戒すべきは、今は航空部隊より敵潜水艦だ。十一月には、敵潜水艦の雷撃により沈んだ艦が過去最高を記録し、戦々恐々である。船団の護衛艦は航海中、昼夜関係なく望遠鏡で雷跡を見張る。水中聴音機で敵潜水艦のスクリュー音や魚雷の発射音を探り、水中探信儀で敵潜水艦に当たった反響音を聞く。航海中、常に索敵に全力を注ぐのである。正直言って、軍艦勤務よりよほど神経をすり減らすし、過酷だと鷹志は思っている。現に、艦橋にいる彼も睡魔と戦っており、当直中の者たちの顔も一様に疲れている。

「艦長、部屋にお戻りになられては」

哨戒長の桑田《くわた》航海長が、小声で鷹志に囁《ささや》いた。あくびがバレていたらしい。

「すまん、もう目が覚めた」

「出港してから、全く艦長室で休まれていないではないですか。まだトラックまで四日あります、少しお休みになってください」

「なに、あとたかだか四日だ。どうってことはない」

「予備士官を信用できないとおっしゃるなら仕方ありませんが、万が一の時のためにも艦長には体調を万全にしていただきたいのです」

桑田航海長の口調は穏やかだったが、鷹志を見る目つきは鋭い。

「君が経験豊富な航海長なのはよく知っている。万が一に備えるのが私の務めだ。なにしろ『維和』初の外洋だからね、念を入れたい」

にこやかに伝えると、桑田はしぶしぶ引き下がった。

「了解しました。やはり、兵科士官は体力が違いますね」

航海長の桑田大尉《たいい》は、年齢は鷹志より二歳上、中肉中背で細面、目も細くやや神経質な印象が目立つ。高等商船学校の出身である。高船出身者は航海に関しては兵科士官より優秀なことも多く、この桑田大尉も例に漏れない。彼が今まで勤めてきた艦での所見でも評価は高かった。だからこそ、現在哨戒長をつとめている桑田にとっては、居座っている鷹志は目障《めざわ》りなのだろう。

艦には、三段階の哨戒配備がある。第一哨戒は戦闘配備、つまり総員配備である。第二哨戒が二直交替で、当直中の配員による応急的射撃、爆雷投下は可能である。残り半数は休憩しているが、眠れるわけではない。最後が平常配備の第三哨戒で、三直交替。当直は見張りにつき、非番は部署を離れ、睡眠をとることができる。現在、『維和』はこの第三哨戒を布《し》いている。各配備には当直員を指揮する哨戒長がつき、これは航海長、砲術長、機雷長があたるが、鷹志は誰が哨戒長になろうがたいてい艦橋にいる。これは、有事の際に哨戒長が万が一初動をあやまっても、その場に艦長がいればすぐに対処できるからで、第一・第二の際にはどこの艦でもたいていは艦橋にいる。が、平穏な第三哨戒なのになぜいるのだ、と言いたいのだろう。高い航海術をもち、兵科士官ですら一目置く優秀な桑田にとっては、いたく誇りを傷つけられる行為なのかもしれない。

しかし鷹志は、艦長室に引き揚げるつもりはなかった。むろん桑田の能力は評価しているが、対潜は一瞬の遅れが命取りになる。『維和』は新造艦であり、出発前の訓練も充分とは言えない。どの艦にも癖があり、訓練と航海をこなして馴染《なじ》んでいくものだが、いきなり過酷な外洋の護衛任務に放り出されてしまった。常に最悪を想定して備えるのは、艦長として当然である。鷹志は『維和』の前に勤めていた駆逐艦でも、数多くの護衛任務についた。その中で、非常に苦い経験をしている。だからこそ、何がなんでもこの艦と船団を守るという気概に燃えていた。

鷹志は、桑田の堅い横顔を盗み見た。彼の態度が冷ややかなのは、今にかぎったことではない。桑田の経歴における所見で、優秀の次に目立つ文字が「反抗的」である。鷹志に対しても、表だって反抗的な態度を見せることはさすがにないが、初対面の時から含むものはあった。しかも彼だけではなく、乗員全体から反感とまではいかないが、戸惑いのようなものも感じる。艦橋の当直員たちは、さきほどの艦長と航海長のやりとりには全身を耳にしていながら、我関せずといった態度を貫いていた。なんとも居心地が悪い。

原因は、兵科士官と予備士官の間にしばしば起こる軋轢《あつれき》だろう。もともと海軍は兵科至上主義で、機関科ですら長らく差別に苦しめられてきた。昨年ようやく、建前上は機関科も兵科と統合されたが、軍令承行令などでは兵科優先はかわりなく（つまり、艦長らが戦死などで指揮が執れなくなった際に、機関中佐と兵科少佐がいれば、指揮は兵科少佐が執る）、まして予備士官ともなれば、あからさまに見下す兵科士官も少なくはない。

しかし、この『維和』では、兵科士官の横暴に予備士官が食ってかかるようなことはまずないだろう。なにしろ、兵科士官は艦長の鷹志しかいないのだ。

航海長兼副長の桑田大尉は高船学校出身の予備士官、機関長の仁科《にしな》大尉はもちろん機関学校出、原砲術長と吉住《よしずみ》機雷長はたたき上げの特務中尉である。

そもそも海防艦長は、予備士官の少佐か中佐が着任するものだ。兵科士官が着任することは、非常にまれである。予備士官の少佐といえばだいたい四十前後なので、三十を過ぎたばかりの兵科少佐が着任してきた時は、桑田たちもさぞ困惑しただろう。

しかし一番困惑したのは、鷹志である。水雷畑を着々と歩いてきた鷹志は、前回は駆逐艦の水雷長もつとめたことだし、そろそろ駆逐艦艦長もあるかと期待していた。それが思いがけず、海防艦である。兵科士官に多かれ少なかれ反感をもっている予備士官だらけの艦に、艦長としてひとり放り込まれたわけだ。

この人事に含みがあるのかどうかはわからない。あるとすれば——心あたりはないでもない。とにかく、この艦で最低でも半年、おそらくは一年近く戦わねばならないことは変わりないのだ。

今いちぎこちない艦内の結束を高めるには、とにもかくにも、任務を成功させ続けることしかない。結果がなければ、人はついてはこないのだ。

突然、電探室から報告が入った。

後方に敵船らしきものを捕捉《ほそく》したという。途端に、だれ気味だった艦橋に緊張が走る。

22号対水上電探は、真後ろの三十度の範囲が死角になる。このため船団は之字《のじ》運動をして死角をカバーする。この際に、はるか後方の敵船を捕捉したらしい。

鷹志はすぐさま隊内電話で僚艦に伝え、敵潜制圧に向かう旨《むね》を告げた。

「面舵《おもかじ》四十度」

総員配置を告げる艦内のブザーが勢いよく鳴り響く。夜の静寂につつまれていた艦内が一気に騒がしくなる。まっさきに機雷科が廊下に駆けだし、砲術や他の科員が続く。配置よし、の報告が次々に舞い込み、その後はさきほどとは違う種類の静寂が訪れる。

舵のききが悪い『維和』は、のろのろと回頭し、ようやく走り出す。といっても駆逐艦の半分ほどしか速度が出ないので、歯嚙《はが》みするほど遅い。

しばらく進んだところで、見張り員が「右十度、船影、距離七千」と叫んだ。たしかに双眼鏡ごしに、黒い海面よりなお黒い敵船の姿が浮かんでいるのが見えた。

水上艦が単独で動いているとは考えにくい。おそらく浮上した敵潜だろう。砲撃すべく、こちらが発見したことを悟られぬよう原速維持で近づくが、やがて見張り員が「敵影、消えました」と告げてきた。急速潜航したようだ。

「戦闘爆雷戦！」

鷹志の号令とともに、『維和』は爆雷戦へと移行する。

「艦長より通信。船団宛《あ》て発信――我、敵影視認、『維和』は迎撃用意。艦長より水測、左右四十五度、特に艦首方向に注意せよ」

矢継ぎ早に命令を下し、速度を落として探索する。『維和』は最新式の三式水中探信儀を両舷《りょうげん》に積んでいる。従来の九三式水中聴音機よりはるかに優れているが、大きな欠点があった。五分、十分が過ぎても、艦橋のブラウン管には何も映らない。鷹志が「どうか」と促すと、

「反応ありません」

レシーバーをかぶり必死に音を探っていた水測員が、絶望の面持ちで言った。彼の腕の問題ではないのは明らかだった。

「また故障か！」

鷹志は思わず舌打ちした。三式探信儀はすばらしい性能を備えているが、訓練時にも突然反応しなくなり、至急修理をしてもらった。その時点で厭《いや》な予感はしていたのだ。電探も頻繁に反応しなくなるし、いくら最新式の機器を積んでも、結局いつも昔ながらの方法に頼ることになる。

とはいえ、敵潜の距離はそう遠くはないはず。水測員は必死に聴音機で探っていたが、十五分が経過しても、やはりなんの手応《てごた》えもない。

「おかしい。近いはずなのに」

桑田がつぶやく。もしや逃げたか、と鷹志も首を傾《かし》げた時だった。

「雷跡四本！　左前方二十度、距離二千！」

見張員が叫ぶ。いつのまにか左にまわりこまれていたらしい。

「取舵《とりかじ》一杯。爆雷投射用意！」

「取舵一杯！　急げ！」

桑田の復唱を傍らに聞き、双眼鏡を構えると、四本の雷跡がまっすぐこちらに向かってくるのが見える。しかしなおも『維和』は直進のままだ。とろい！　と桑田が喚《わめ》く。操舵員長《そうだいんちょう》は必死の形相で舵を回した。艦橋にいる者たちはみな、近づく四本の白い線を固唾《かたず》を呑《の》んで見守っている。甲板の総員も同様だろう。

初任務で轟沈《ごうちん》は洒落《しゃれ》にならんな、と覚悟を決めかけた時、ようやく艦首が左に回頭した。

「爆雷投射用意ヨシ！」

何も知らぬ後方爆雷砲台から伝令が届くと同時に、四本の魚雷が艦首右舷を通過する。誰かの大きなため息が聞こえた。

「舵戻せ、全速前進！」

艦首を魚雷発射地点に向ける。距離千を切った。鷹志は心の中で数を数える。五、四、三――

「爆雷投下始め！」

号令をかけた、その直後だった。

「敵潜、魚雷発射！　正面から来ます！」

悲鳴のような報告が響いた。艦橋が凍りつく。

「かまわん、このまま直進」

艦長の声に、今度は桑田ばかりか他の者たちも引きつった。

「回避せんのですか」

「しない」

この舵のききの悪さでは、今へたに回避運動をすれば、広い横腹を晒《さら》し、当ててくれと言っているようなものだ。まだ艦首のほうが当たらない可能性は高い。後は、武運頼みである。鷹志は自然と、防暑服のポケットに、手を添える。そこには、どうにか頼み込んで一枚だけ撮ってもらった早苗の写真と、むかし雪子にもらった小さな地蔵菩薩《ぼさつ》が入っていた。

（頼むぞ、ここで死ぬわけにはいかないんだ）

固唾を呑んで、衝撃に備える。しんと静まりかえった艦橋に、唾《つば》を飲み込む音がやけに響く。自分のものか他者のものかもわからぬ、全《すべ》てが耳となったような感覚。衝撃はやって来ない。

「——魚雷、右舷横を通過」

途端に、艦橋内でぎりぎりまで張り詰めていた緊張が緩んだ。死の側に大きく振れていた針が、一気に生へと戻るこの瞬間が、鷹志は好きだった。桑田がすかさず周囲の海面を探り、反転を指示する。一瞬たりとも油断とは無縁のようで、頼もしいかぎりだ。

反転し、だめ押しとばかりに爆雷を投下する。それでもなかなか当たらないのが爆雷戦の辛《つら》いところだが、今回は大丈夫だろうという確信があった。

駆逐艦時代、何度か敵潜とやりあった。雷撃の後、最後に正面から一本ぶちこんで来る時は、相手も後がない証《あかし》だ。こちらの爆雷投下を阻止できなかった時点で、詰みである。撃沈まではいかずとも、大破はするだろう。

目をこらしてみても、黒い油が浮かぶ様は見えない。その時、水測室から報告が入った。

「音源、消えました」

一瞬の沈黙の後、艦橋で歓声が沸く。それは瞬《また》く間に艦内に伝播《でんぱ》した。

「皆、よくやった。初任務でこれなら、『維和』は伝説の艦になるぞ」

鷹志がねぎらうと、艦橋の空気はさらに弾《はじ》けた。

すぐに退避していた船団に合流するよう告げた。本当ならば敵潜にとどめをさしたいところだが、『維和』の任務は護衛である。後ろ髪を引かれつつ、『維和』は船団へ戦闘配備はまだ解かれてはいなかったが、艦内には快い興奮が満ちていた。

鷹志もまた、顔には出さぬものの勝利の余韻に浸り、暗い海面を見つめた。さきほどよりも星あかりがまぶしい。

「お見事です」

傍らの声に目を向けると、桑田がこちらを見ていた。いつも顔色が悪い男だが、頬に赤みがさしている。

「君もご苦労だった、航海長」

「私なら、とっさに回避していたでしょう。直前の舵のききも忘れて」

「いや、本来ならば回避で正しい。だがあの時は直感というかね。爆雷投下した直後だったし」

鷹志は帽子をとり、頭を掻《か》いた。

「正直、今回は運で勝ったようなものだよ。最初から最後まで」

まず、浮上しているところを見つけられることからしてまれだ。だいたい、いきなり船団に魚雷をぶちこまれて一隻か二隻やられてから爆雷戦となるのが常である。敵潜は浮上して全速で先回りしたところだったのだろう。見逃せば、数時間後には船団は確実にやられていた。

「はい。とにかく、練度をあげねばなりません。癖が強い艦だ」

桑田は神妙な顔で言った。

「そういうほうが愛着が湧《わ》くものさ。最新技術もアテにならんようだし、やはり最後は人だ。期待しているよ、航海長」

「はい」

鋭い目は、すでに鷹志を見ていなかった。眉間《みけん》の皺《しわ》は、すでに明日からの訓練で頭がいっぱいの証だ。

鷹志は笑って、暗い海面に目を向けた。なかなか、幸先《さいさき》はよさそうだった。

2

その後は幸い敵潜に遭遇することもなく、『維和』は予定通り十二月九日にトラック泊地へと入った。

百浬《カイリ》に及ぶ珊瑚礁《さんごしょう》に囲まれたトラック泊地は、神奈川県の面積の約九割に相当する面積をもち、艦隊の全艦艇を収容できる錨地《びょうち》がある。「日本の真珠湾」とも呼ばれる、南洋における日本海軍の一大拠点だ。

七日間にわたって、魚雷に怯《おび》えつつ海を渡ってきた『維和』の面々は、美しいエメラルドグリーンの海に歓喜の声をあげた。鷹志も今まで数えきれぬほどトラック泊地には立ち寄ったが、今日ほどこの碧《あお》が美しく感じられたことはなく、指定の場所に錨《いかり》を降ろした時には安堵《あんど》の息が漏れた。長期にわたって狭い艦内で耐え続けた乗組員たちにも、ようやく上陸して休息を与えられる。さっそく半舷《はんげん》上陸を指示しようとした矢先、希望をへし折る命令が来た。

「明日、『五十鈴』『長良』の護衛をすることとなった」

司令部からの命令を伝えた途端、明るかった士官室の空気が瞬《また》く間に沈んでいくのが手にとるようにわかった。くわえ煙草《たばこ》の原砲術長が、煙を吐き出し、「一日も休みなしとは……」と遠い目でつぶやいた。この中で一番若い主計長の佐々木中尉《ちゅうい》は、この世の終わりを迎えたような顔で、すでにぶつぶつ唱えつつ何かを計算している。今日一日で補給を済ませなければならないのは申し訳ない。

「すまんが他に迎えに出られる艦がいないのだ。軍医長、病人はどうか」

「下ろさねばならぬ者は二人だけです。他は……日数はどの程度でしょうか」

軍医長の木暮《こぐれ》大尉も青い顔をしていた。この七日間、士気の高さでもってはいたが、海防艦での生活は非常に過酷なものである。舷窓は常にぴったりと閉められ、鉄壁で炙られた南国の暑熱が乗組員たちを苦しめる。当然風呂《ふろ》など入れないので、出港時は美しかった艦内も今は汚れ放題ですえたような臭《にお》いが充満し、病原菌の温床となっている。スコールでもあれば、みな石鹼《せっけん》をもって甲板に突撃して体を洗うこともできるのに、不運なことに一度も天佑《てんゆう》に与《あず》かることはできなかった。

「往復で二日だ。どちらも爆撃を受けて中破、応急修理を済ませてこちらに向かっている。行きで一日、帰りで一日。各々《おのおの》、各分隊の士気を維持するのは厳しいだろうが頼む」

暗い顔の一同を見回し、鷹志は言った。一日も休みがないということに、鷹志はむろん司令部に抗議はしたが、傷ついてさまよっている艦にあと一日待てとも言えない。

「まァ、海防艦てのは、こんなもんです」

どんよりした空気を破るように、明るい声が響く。目を向けると、黄ばむを通り越して茶で煮染《にし》めたような風体の士官たちの中で、ひときわ汚れた機関長の仁科大尉だった。

「護衛が終わったら、すぐに次。おそらく、海軍内で最もせわしないですよ。慣れるしかないんですわ」

「そうですな」

機雷長の吉住特務中尉も頷《うなず》いている。この二人は、海防艦勤務が長い。彼らの言葉は重みがあった。

かくして、不満と諦《あきら》めのいりまじった重い空気の中、『維和』は再びトラックを出発した。今回はわずか二日とはいうが、やっと解放されると思った時に追加された二日はとてつもなく長く感じるものだ。

しかし鷹志は、落胆しつつも、わずかながら心が浮き立つところもあった。なにしろ『五十鈴』である。小学生のころ、鷹志は浦賀ドックで軽巡『五十鈴』の晴れがましい出港を見送った。浦賀だけではなく横須賀に移ってからも、いくつもの進水式や出港を見送ったが、とくに『五十鈴』を覚えているのは、浦賀ドックで初めての「菊の御紋」を戴《いただ》く軍艦だったからだろうか。それとも、全《すべ》てが崩壊した大震災の直前に見た、古きよき浦賀の最後の光景だったからか。

いずれにせよ、鷹志の中で『五十鈴』は美しい艦だった。残念ながらまだ乗艦したことはないが、縁があればいつか、とひそかに願っていた。

が、一日かけて目的地にやって来て、通信通りの位置に艦影を発見し、いざ全速で近づいて無残な姿を見ると、心も萎《しぼ》んだ。

『五十鈴』は五日前、ルオットで在泊中に、米軍の爆撃に遭い、右舷後部に直撃弾三発を受け、スクリュー四本のうち三本が折損して使用不能となったと聞いている。近くには同型の『長良』もおり、こちらはクェゼリン環礁で至近弾によって発射管の魚雷が誘爆したという。いずれも少なからぬ死傷者を出し、同地にいた工作艦で応急修理をして、命からがらここまでやって来たのだ。

「米機動部隊をほぼ無力化したはずじゃなかったのか」

美しかった軽巡の無残な姿に、鷹志は思わずぼやいた。やはり、潜水艦だけではなく航空機の攻撃も充分に脅威である。

『五十鈴』に向けて、護衛につくと信号を送る。すぐに返答があった。護衛感謝するとの言葉は、本心だろう。右舷側一・五キロの位置につき、注意深く航行を再開する。目指すは、昨日発《た》ったばかりのトラック泊地。往路よりもはるかに神経を消耗する航行だった。

一日かけてどうにか辿《たど》りつき、今度こそ『維和』は上陸が許された。結局、九日間まるまる艦に閉じ込められていたことになる。半舷上陸で艦を降りる者たちの、嬉《うれ》しそうなことといったら。甲板から内火艇を見送ると、気づいた者たちが「艦長！」と嬉しそうに敬礼をしてくる。かわいいやつらだ、と思う。

「はあ、我々も早くさっぱりしたいもんですなぁ」

いつのまにか隣に立っていた仁科機関長が、しみじみと言った。四六時中すさまじい轟音《ごうおん》と重油のにおいと灼熱《しゃくねつ》地獄にさらされる機関室は、より悲惨である。そのため上陸ではまず機関科を優先させているが、仁科大尉は残った。

「今回は九日もあって、一度もスコールにあたらなかったからな。運がなかった」

「そのぶん戦闘に運を注ぎ込んだんだから、まあいいでしょう」

さすがに機関長は、あれが幸運の賜《たまもの》だとよくわかっているようだ。

「君も上陸すればよかったものを。哨戒《しょうかい》から外れているだろう」

「いやあ、艦長が残られるのでね。ちょっとお話ししたくて」

「なんだ」

「単刀直入に訊《き》きますが、なんだって本チャンの少佐どのが海防艦長に？」

いつか来ると思っていたが、直球で来た。

「私が知っていると思うか」

「ま、そうですよね。やはりご不満でしょうなぁ」

「いや、この一年以上、ずっと護衛任務だったからな。艦が代わっただけだ。最新の三式探信儀もついているし、むしろ嬉しい」

鷹志は慎重に言った。本音を言えば、不満とまではいかないが、やはり戸惑いはある。

「ただまあ、駆逐艦に慣れていたから、この遅さには戸惑うが。仁科大尉は以前も海防艦だったか」

「ええ、『占守《しゅむしゅ》』にね。北方じゃあ、魚雷くらって海に投げ出されたらほとんど即死ですし、それなら臭いほうがまだマシですかね。ま、とにかくね、艦長が来てくださって俺はこいつはありがたいと思ったんですよ」

「ありがたい？」

「海防艦勤務はキツいですよ。航行中ずっと気をはって、あんな狭苦しいところに押し込められて。船員の消耗は、他の艦の比じゃない。すぐに皆まいっちまいます。ナントカ海戦って名前がつくようなモンに出向いて敵と戦って、勝つにしろ負けるにしろとりあえずそこで目的は達成したら帰るってわけにゃいきませんから。俺たちには終わりがない。延々同じことの繰り返しだ」

鷹志は黙って頷いた。駆逐艦でもそうだった。駆逐艦は本来、戦艦や大型艦などの盾となって戦う艦である。それが、ここ一年はほとんどが護衛任務。ガ島の時などは、自ら輸送までしたのだ。こんなものは駆逐艦の任務ではない、と誰もが憤慨したものだった。

「俺ァ軍艦にも乗りましたがね、正直こっちのほうがよっぽど過酷なのに、なんで海防艦は予備士官ばっかかで本チャンは来ないんだってのはずっと思ってたんですよ。たしかに予備士官に戦艦で戦えってのも無茶でしょうが、一番キツくて危険なところを高船出の連中に任せて、自分たちは装甲も分厚くて火力も段違いのデカい艦に乗ってデカいツラしてんの、恥ずかしくねえのかってね」

「……うむ」

「だから少佐が来てくだすって、上の連中も、海防艦がどんだけ重要か、ようやくわかってくれたのかもしれないと思いましてね」

帝国海軍の兵術思想は、艦隊決戦に尽きる。ミッドウェー以降、米攻撃機と潜水艦にやられっぱなしの状態が続き、さすがに修正は加えられたが、今もその思想は根強い。まして開戦前などは信仰に近く、現に鷹志は艦隊訓練で一度も対潜訓練をやったことがない。ひたすら砲戦訓練、夜間襲撃訓練である。対潜は港湾防備の一環とみなされ、海防艦や駆潜艇がこれにあたるとされた。要するに海軍第一線の艦艇にはふさわしくない任務を任される艦艇なので、歴史も浅い。が、その海防艦が、今になって大急ぎで大量に造られている。

「海護総隊も出来たし、本腰を入れたのは事実だろう。君たちの努力が報われた結果だ」

鷹志の言葉に、機関長は顎《あご》をかいた。先月創設された海上護衛総隊は、その名の通り、通商護衛を司《つかさど》る部署である。つまり、今までは、本格的に扱う部署がなかったということだ。

「俺に言わせりゃ一年遅いですが」

「遅くとも気がついただけマシだ。私は駆逐艦ひとつで、四十の船団を護衛したことがある。その時は幸いまだ潜水艦もそれほどいなかったから無事だったが、一隻《せき》で意味があるのかと甚だ疑問だったな」

「まったくです。まあとにかく、艦長が『維和』にご不満ではないようで何よりです」

「不満なものか。対潜の歴史を『維和』で塗り替えるつもりで来たのだからな」

鷹志がふてぶてしく笑うと、機関長もじつに不敵な笑みを浮かべた。

「右十度！　潜水艦音らしきもの、感三！」

艦橋の伝声管ががなりたてると、水測員がすぐさまレシーバーをかぶり、ブラウン管を注視する。

ブザーが鳴り響き、あっというまに総員が配置につく。以前は、ブザーが鳴り響いた途端に廊下に足音が響き渡ったが、今はほとんど音もなく配置が完了する。

それもそのはずで、現在『維和』には非直というものが存在しない。哨戒直《しょうかいちょく》が廃止され、常に全直で航行しているのだ。

日を追うごとに激化する潜水艦攻撃への対抗手段として、哨戒直廃止を進言してきたのは、桑田航海長である。

初戦から一ヶ月、昭和十九年に入って間もない頃だった。すでに横須賀とトラック間を三回往復し、初任務とその復路で魚雷攻撃を受けており、初動をもっと早くできないかと幹部で苦慮しているさなかだった。

会議で「哨戒直を廃止し全直にすべきです」と桑田が発言した時には、鷹志はもちろん、幹部全員が彼の正気を疑った。が、呆《あき》れた視線を受けても桑田は動じず、冷静に続けた。

「むろん、全員起きていろという話ではありません。常にその部署にいて、その場で寝ろということです。こう敵潜が頻繁に出ますと、やはり当直人数だけで初動にあたるのは無駄が多いと考えます」

「全員その場で寝起きしろということか。それでは見張員は？」

「見張員のみ二時間交替で。二時間と区切れば、集中力も増すでしょう」

「ふむ」

故障三式はあいかわらず気まぐれなので、結局は人間の目が索敵の生命線である。たしかに二時間ならば、より集中して監視できるだろう。

「なるほど、一理ある。ではそれでいってみよう」

鷹志が許可を下すと、桑田は妙な顔をした。自分で進言しておいて受け入れられると驚くとは妙なものだが、「いいのですか、全直は規則違反にあたります」と小声で彼はつけたした。

「むろん知っているが、効率がよいほうが実戦では正しいに決まっている」

以降、『維和』は全直となった。最初は多少抵抗もあったが、一月経《た》った今では皆すっかり慣れたものである。ブザーを鳴らしても、部署で飛び起きるだけなので、時間のロスは軽減された。

「捕捉《ほそく》探知！」

水測員の報告に、鷹志は右手をあげた。

「戦闘爆雷戦！」

ピン、と艦内に緊張が張り詰める。

「八百」「六百」「ヨシ」

「第一投射法！」

「用意よし」

「第二船速。面舵《おもかじ》」

「潜水艦首近い」

「投射用意」

「用意よし」

「投射はじめ」

「送波あげ。ヨーイ、テ！」

爆雷が一斉に投下される。さらに投射場所に発煙筒および旗竿《はたざお》のついたブイを投下し、再び爆雷を投下し、制圧。

もはや、慣れたものである。よどみなく行われる爆雷戦に、鷹志は満足していた。二ヶ月前とは、えらい違いである。

もっとも、今日は特別だ。ここまでうまくいくのは、まれである。いかに各科員の練度があがろうと、一隻《せき》や二隻の護衛艦で船団を護《まも》りきるのは難しい。

前回は、突然船団の中で魚雷が炸裂《さくれつ》した。防ぎきれなかった悔しさに歯噛《はが》みしつつ、「戦闘爆雷戦！」の号令が響き、これ以上の被害をだすまいと瞬《また》く間に戦闘準備が整えられていく。

鷹志は常に、艦首より左右三十度方向に敵潜を捕捉するよう心がけていた。水測機を有効に使うためと、これが一番、いざという時に艦を最も素早く安全に対応させられるからだ。

『維和』の初戦闘でも、敵潜は最後に正面から魚雷を放ってきた。あの時は奇跡的に外れたが、さすがに二度目はないだろう。武道と同じく、常に半身の構えで臨むのが効率がいいという結論に至った。

敵潜は、よほどのことがなければこちらに攻撃をしかけてくることはない。彼らの目標はあくまで船団であり、こちらが近づけば早々に逃げてしまう。初戦がとびきりの幸運だっただけで、他の艦に聞いてみても、掃討完了と確信してその場を離れることはほとんどないという。

就役より二ヶ月、『維和』の乗組員は、当時はういういしい新兵だった者たちも含め、すでにみな歴戦の古強者《ふるつわもの》といった面構えである。規則違反である全直については、まだ司令部から怒られたことはない。乗組員の誰も、口外しないからである。

鷹志は、全直の詫《わ》びとして、上陸時には半舷《はんげん》と言わず、最低限の人数を残してほぼ全員上陸させることにしていた。

今回も、トラックに入るなり、無事に爆雷戦を乗り切った乗員たちは意気揚々と夏島に上陸した。鷹志はいつものように彼らを見送る。明後日の早朝には再び護衛で横須賀に向かうことになるので、存分に羽を伸ばしてほしかった。

つい最近、トラック上空に米軍偵察機があらわれたとかで、ここ数日は警戒が続いていたそうだが、今日は最も平穏な第三哨戒に戻っている。灯火管制もいっさいないので、楽しい夜となるだろう。

鷹志は、上陸時しか使わない艦長室に引っ込むと、机の上に積み上げられた手紙の差出人を一枚ずつ確認する。中から何通か取り出すと、棚から酒を出しグラスに注ぎ、革張りの椅子《いす》に腰を下ろす。

最初に開けたのは、早苗からの手紙だ。彼女は、家ではこちらが話しかけないと喋《しゃべ》らないが、手紙では比較的饒舌《じょうぜつ》である。しかしその内容は妙にずれている。早苗の日常はいっさい書かれておらず、鷹志の同僚の家族に起きた出来事や、鎌倉の両親の近況が書き連ねてある。

一度、周囲の近況もありがたいが、早苗自身のことも書いてほしい、と頼んだが、「とりたてて書くこともございませんので」と困った顔をされて終わってしまった。

今回の手紙も、やはり鷹志の関係者の話ばかりだった。軽くため息をつき読み進めていた鷹志は、ある箇所で眉《まゆ》を寄せた。

『雪子さんの居場所が、ようやくわかりました』

懐《なつ》かしい名に、グラスを握る手に力がこもった。

一昨年の八月、江南はガダルカナルの空に散った。その後、あの島は中攻隊・駆逐艦の墓場と呼ばれるほど膨大な犠牲を出すこととなったが、江南は泥沼のガ島戦のごく初期に、空母に突っ込んで果てたと聞いている。

知らせを受けた鷹志は、友人の早すぎる死を嘆いた。同時に、残された雪子の身を案じ、すぐさま手紙を書いた。しかし返事は来ず、三ヶ月後にようやく日本に戻れた時にはすぐ木更津に飛んだが、江南の官舎にはすでに違う家族が住んでいた。

雪子が行方知れずになったのは、江南の四十九日が終わって間もないころだという。葬儀の前後の諍《いさか》いについては、士官の妻の間でも噂《うわさ》になっていたそうだ。上品そうな老婦人が雪子に罵詈雑言《ばりぞうごん》を浴びせたとか、頬を打ったとか、果てには焼香の灰を投げつけたとか、ひどい話をいくつも聞いた。葬儀に参列した正人とフキに事実を確認しようにも、父はむっつりと黙りこみ、母も辛《つら》そうにうつむくばかりだったので、詳しく訊《き》くのはためらわれた。とにかく、江南家と一悶着《ひともんちゃく》あったのは確からしい。

葬儀の後、雪子は身の回りのものを整理し、江南が生前世話になった者たちに挨拶《あいさつ》を済ませると、忽然《こつぜん》と姿を消したらしい。誰も、行方を知らなかった。ただ、両親のもとには葉書が一枚届いた。

『ご心配をおかけして申し訳ありません。しばらく一人で今後のことを考えたいと思っております。また連絡いたします。父さんも母さんも、どうぞ息災で』

葉書には、それだけ記されていた。まぎれもない、雪子の字だった。消印は木更津のままだったが、当人は遠くに去ったことはわかりきっていた。

それからというもの、早苗は手紙のたびに、雪子について書いてくる。江南の同僚夫人に聞いた話や、雪子が通っていたという木更津の陶芸工房に出向いた話、目撃情報があれば自ら出向いて雪子を探す。早苗は、精力的に雪子を探してくれた。

『必ず、雪子さんを探し出してみせます。どうぞ安心なさってください』

早苗はいつもそう書いて鷹志を励ました。正直なところ、早苗のこの熱意は、ありがたいものの面食らうところもあった。早苗と雪子は面識がないし、それまでは家でもとくに話題に出ることはなかったはずだ。

それが今や、浦賀の両親よりもよほど熱心に探し歩いている。もちろん鷹志も雪子のことは案じているが、彼女が自分の意思で去ったとわかった時点である程度は諦《あきら》めがついた。雪子のことだ、一人でもどうにかやっているだろう。あるいは今度こそ、かつて諦めた西の彫刻師のもとへ出向いたかもしれない。それとも、最近夢中になっていたという陶芸か。

いずれにせよ、雪子は姿を消した。彼女をこちら側に繫《つな》ぎとめていたのは、江南の存在だけだ。彼が死んですぐに姿を消したということは、もう「普通の」日常とは決別したということなのだ。

雪子ももう子供ではない。自分の中で折り合いをつければ、顔ぐらいは見せるだろう。鷹志はそう思っていたが、早苗は納得しなかった。かつて、鷹志がカフェーまで妹を迎えに行ったことを持ち出して、きっと雪子は兄がやってくるのを待っていると信じているようだった。

そしてとうとう、雪子が見つかったという。もっとも、居場所をつきとめたわけではなく、雪子がふらりと浦賀に現れ、フキから早苗に連絡が行ったらしい。雪子は浦賀に一日滞在しただけで早苗は会うことは叶《かな》わなかったそうだが、フキの話によれば、元気だったらしく、鷹志は胸を撫《な》で下ろした。雪子は現在、石川の九谷にいるらしい。職人を戦争でとられた陶芸工房を紹介してもらい、今では窯《かま》も任せてもらえるようになったのだという。浦賀には、雪子が焼いたという夫婦茶碗《めおとぢゃわん》と平鉢があったそうだ。

突然、扉をノックする音がした。

「艦長、お休みのところ申し訳ございません」

桑田航海長の声だ。便箋《びんせん》を封筒に収め、「あいている」と返事をすると扉が開き、桑田が敬礼をした。

「なんだ、君も残っていたのか」

「いいえ、内火艇には乗ったのですが」

妙に歯切れが悪い。珍しく視線が泳いでいるので「なんだ」と促すと、彼は諦めたように続けた。

「桟橋で、ちょうど艦長に用があるという方と会いまして、お連れ……」

「よう永峰！　久しぶりじゃの！」

突然、桑田の背後から、鼓膜を震わせるような声とともに男が現れた。厚みがある大きな体の上に、懐かしい四角い顔が乗っている。当人は東郷元帥《げんすい》を熱烈に崇拝しているのに、明らかに西郷隆盛《たかもり》に似ているため兵学校時代からしばしば西郷と呼ばれていた顔だ。

「有里！　貴様もいたのか」

「おう、艦がちょいと魚雷を食らってなぁ、修理中なんだ」呵々《かか》と笑い、昔と全く変わらぬ毬栗《いがぐり》頭をぽんと叩《たた》く。『維和』が来たと聞いて、矢も楯《たて》もたまらずとんできた。料亭に繰りだそうと思っていたんだが、貴様は来ないというからわざわざ出向いてきてやったぞ」

「よく来てくれた。たいしたものはないが座ってくれ」

鷹志が椅子を勧めると、有里はあたりを見回し、テーブルの上に一升瓶を置いた。

「艦長、上陸されてはいかがですか。私が残っておりますので」

杯を出そうと棚に近づいた鷹志に、桑田が小声で言った。

「いや、今から行くのも面倒だ。そうだ航海長、君もつきあいたまえ」

「えっ」

「君とは一度ゆっくり話したいと思っていたのだ。うるさいのが一緒だが、いい機会だろう」

「おい聞こえとるぞ。海防艦には俺も興味があるんじゃ、航海長の話もぜひ聞きたい。座ってくれ」

まるで自分の部屋のように、有里はふんぞり返って椅子を指し示す。

桑田が困り果てている様子は手に取るようにわかったが、鷹志が「座ってくれ」とだめ押しすると、しぶしぶ腰をおろした。

前々から桑田と話してみたかったというのは、本当だ。もちろん毎日、艦橋や会議室で話はしているが、仕事を離れると桑田は途端に寡黙《かもく》になる。鷹志に対してだけではなく、誰に対してもそうらしいので性格だろうが、鷹志はもう少しこの優秀な予備士官について知りたかった。

鷹志も無口なほうなので、二人で向き合うよりは、有里のように賑《にぎ》やかな友人がいてくれたほうが、やりやすそうな気がした。

「しかしまあ、同期もずいぶん少なくなったもんだ。三日前にトラックに入ったが、知った顔がぐんと減って愕然《がくぜん》としたぞ。寂しくなったのう」

太い眉をさげてしみじみと零《こぼ》しては、杯を干す。

乾杯からまだ三十分も経っていないが、有里の杯はすでに三杯目だ。彼がもちこんだ芋焼酎《いもじょうちゅう》が尽きるのも時間の問題だろう。鷹志は、時々少しずつ飲むことを楽しみにしていた秘蔵の酒が今日ここで飲み尽くされることを覚悟しつつ頷《うなず》いた。

「減ったな。錨地《びょうち》もずいぶん寂しくなった。こんなに広かったのかと思ったよ」

トラックには数え切れないぐらい来ているが、今日は北水道から入った時に、あまりの艦の少なさに驚いた。

いつもならば、戦艦や空母、重巡といった巨大な艦の艦影が見られるのにそれがない。大きな艦影はすべて輸送艦の類《たぐ》いだった。

「ああ、それはな、俺がトラック入りした時にちょうど入れ違いに『武蔵』や大型艦がこぞって出ていったんだ」

「大型艦がこぞって？　なんだ、また大がかりな作戦でもあるのか」

「知らん。俺もそれを貴様に訊こうと思っていたのだが」

「俺も知らん。途中でトラックから来た重巡とすれ違ったが、何も言ってはいなかったぞ。航海長、何か知っているか」

「いいえ」

桑田は控えめに言った。さきほどからいっこうに酒が減っていない。

「ま、護衛勤務の俺たちにゃ、作戦があったところで関係ないけどな！　まったく、たまにはまともな海戦をやりたいもんだ」

自嘲《じちょう》気味に笑い、有里はまた酒を呷《あお》った。伊号《いごう》艦長を務める彼もまた、護衛任務に従事している。兵学校時代から血の気が多い彼は、古き良き海軍を体現しているような男だった。日支事変の際にはその勇猛さをかわれて陸戦隊の中隊長として上海呉淞《ウースン》上陸作戦に参加して、鉛玉を二つもくらって生き延び、話を聞いた同期は誰もが「さすが有里」と納得したほどだ。

「輸送護衛も立派な戦闘ではないでしょうか。軍はもとより国内の資源は我らの手に委《ゆだ》ねられていると言っても過言ではありません」

それまでずっと聞き役にまわっていた桑田が、控えめに反論した。声は落ち着いていたが、目には怒りがちらついている。鷹志ははらはらしたが、有里はまるで気にしない様子で杯に焼酎を注ぐ。

「そりゃあそうだが、こっちは潜水艦だからなぁ。まさか潜水艦で輸送をやらされるとは思わんだろ？　俺たちゃあ海中を駆け回って敵艦を撃沈するのが仕事なんだ」

そこから有里のとめどない愚痴が始まった。

彼の夢は東郷元帥のような大提督だったが、選んだのは潜水艦だった。鷹志の同期で潜水艦を選んだのは三名しかいない。ドイツあたりではUボートといえば第一次大戦の花形として活躍したが、艦隊決戦をよしとする日本では、海中深くこそこそと動き回る存在として人気がなかったために、有里が選択したのは意外でもあった。もっとも有里にとっても苦肉の策であったらしい。彼は、船酔いがひどかった。遠洋航海に出てもいっこうに慣れず、命より大事な海軍も辞めねばならないかと悩んでいたところ、潜水艦は潜ってしまえば揺れないと聞いて潜水艦に決めたのだった。いざ入ってみると、狭い密閉空間の中で生死を共にし、家族よりも強い絆《きずな》で結ばれた男の世界は、有里に合っていたらしい。

顔を合わせるたびに彼は潜水艦のすばらしさを説き、これからは潜水艦の時代が来ると力説していた。そして、航空機の時代が来ると常々言っていた江南と必ず口論になり、最後は水上艦勤務の鷹志が仲裁に入ったものだった。

たしかに、航空機の時代は来た。そして潜水艦が主役となる時代も来た。あいにく、その主役は米軍で、こちらは一方的《シーウルフ》にやられるばかりだったが。

日本の水上艦はずいぶん米軍の潜水艦にやられたが、日本の潜水艦も米軍の駆逐艦に相当沈められている。原因は、「まず、こっちの故障三式よりまともに機能する電探があるのはまちがいないとして」と有里が皮肉げに前置きした上で語ったところによると、米軍は潜水艦一隻に対し、二隻の駆逐艦で対抗してくる戦法を採っているようで、逃げ場がないらしい。何十もの船団の護衛を駆逐艦や海防艦一隻か二隻でむりやりこなそうとする日本とはえらい違いだ。こういう点でも、米軍との圧倒的な物量の差を感じるが、だからこそ資源の輸送は日本にとって何より重要なのだと改めて実感する。

「しかし、さすがに潜水艦でも輸送をやらされるとは思わんかった。まあガ島のころは駆逐艦も輸送船になっていたぐらいだからな、それもやむなしと思っていたが、まさか最新鋭の艦でもやるとは思わんじゃないか！」

愚痴っているうちに感情が高ぶってきたらしく、有里は拳《こぶし》をテーブルにたたきつけた。

「最新鋭の伊号四一艦長の内示がきた時には俺にもツキが回ってきたと、そりゃあ嬉《うれ》しかったさ。貴様知っとるか、あれは今までの潜水艦に比べりゃ月とスッポンだぞ」

「ああ、いいらしいな。水上偵察機が積めるんだろう」

「そうだとも！　横須賀からこのトラックまで来たのも、そいつを迎えにきたからだ。到着前にやられてケチがついたけどな、これから暴れ回って、米軍に目に物見せてくれようと意気込んできたわけだ。それがどうだ！」

有里は酒臭い息を吐き、吼《ほ》えた。

「また輸送作戦ってどういうことだ？　いや、まあ百歩譲って輸送作戦はよかろう。だが、十四センチ砲と予備魚雷をおろして偵察機もなしとは、あんまりだろうが。なんのための最新鋭艦だ！」

「そいつは気の毒だな。荷物を積むためには仕方がないのだろうが」

「じゃあなんのために造ったんだ。もう悔しゅうてならん。あいつら、潜水艦をなんだと思っとるんだ、本当に」

そこで有里は、酔眼を友人の顔にひたと向けた。

「貴様だって悔しくないのか、永峰。兵科士官ともあろうものが海防艦長だろ？」

「おい」

桑田を気にして鷹志は制止の声をあげたが、だいぶ酒のまわっている有里は止まらなかった。

「まったく下手を打ったもんだ。あんなことさえしなけりゃ、貴様だって駆逐艦の艦長ぐらいには――」

「よせ、有里」

今度は声を荒らげて遮ったが、遅かった。

桑田が杯をテーブルに置き、鷹志を見る。

「あんなこととは？」

「なんだ、なにも聞いてないのか。こんなもん懲罰人事に決まっとろうが。永峰は去年、上層部に殴りこみに行ってなぁ」

有里の返答に、桑田は目を丸くする。鷹志は慌《あわ》てて訂正した。

「そんなことはしていない。意見書を送っただけだ」

「何度もな。同じことだろうが。あれだけ激烈に批判すれば、干されても文句は言えん」

「……何の批判ですか？」

「本当に何も聞いていないんだな。こいつはラエ輸送作戦に加わっていたんだよ」

「作戦と言うな。あんな愚行、作戦なんぞと呼べるか」

鷹志は再び有里の言葉を訂正したが、今度は深い怒りが滲《にじ》んでいた。

ガダルカナル島から撤退した日本軍は、翌月にラエの防御を固めるため、ラバウルから陸軍歩兵七千三百人を送った。その輸送自体は必要だったにちがいないが、ほぼまちがいなく先方もそれを予測している中、さらに制空権はすでに米軍側に移行しているにもかかわらず日本側はろくに対抗策を練る時間も与えられず、上層部からのとにかく決行せよという命令に押され、輸送船八隻に駆逐艦八隻の護衛をつけて出発せざるを得なかった。そして案の定ダンピール海峡で捕まり、輸送船八隻全滅、駆逐艦四隻が沈没した。いい加減な作戦の代償は、あまりに高く付いた。

「ダンピールの悲劇、ですか。そうですか、あれに……」

桑田は乾いた声でつぶやいた。鷹志は酒を呷り、こみあげる怒りをどうにか抑えて頷いた。

「危険も顧みず救助に駆けつけてくれた僚艦も、蜂《はち》の巣にされて目の前で沈んだよ。あげく米軍の奴《やつ》ら、ご丁寧に機銃掃射で漂流している生存者を片端から撃ち殺しやがった」

「……鬼畜の所業ですな」

「だがよっぽど鬼畜なのは、こっちの参謀どもだ」

喉《のど》が灼《や》ける。頭が灼ける。

激しい怒りは身を滅ぼしかねない。だから、たいていのことは耐えてきた。だが、あの時ばかりは自制がきかなかった。今も思い出すだけで、炎が体じゅうを駆け巡る。

「作戦上の犠牲はむろん仕方が無い、俺たちとて死ぬ覚悟はできている。だが、ほぼ駄目だろうがまぐれあたりで成功するかもしれんという程度で死地に追いやって平然としていられる神経が信じられん。喧嘩《けんか》はな、勝つという確信がなければやってはならん。その上で負けたなら仕方がないが、あんなのはただのやけっぱちだ。あれで作戦と名乗れるなら、参謀なんてもんは、そのへんの犬でもできるだろうよ」

「それで意見書を送りつけたのですか」

「ああ。あの後も、駆逐艦一隻で何十隻もの船団護衛なんぞを……それも一回や二回じゃないからな。ひどいもんさ。そんなもので魚雷と飛行機が防げると思うか？　無理に決まっている。あれでは海に資源をくれてやっているようなものだ。だから、早急に海軍の方針を艦隊決戦から護衛中心に切り替えろと書いた。連中はどうしても決戦をしたいのだろうが、戦うには途方もない量の資源がいる。敵の数は明らかに増えているんだ、このままでは完全に航路を封じられるのも時間の問題だ。意見具申は当然のことだろう」

「だが毎週、分厚い封書を送り続けるのは当然ではないぞ。俺はその意見書を見てはいないが、軍令部にいる奴の話によるとな、問題点と改定案を書き連ねた紙が、これぐらいになったそうだ」

と、有里は紙の束の厚みを両手で示した。三十センチ近くある。

「そんなに多くない。だがそれぐらい問題だらけってことだ。しかもその結果、懲罰で海防艦にまわされたというのなら、連中も一番過酷な現場にいるのは海防艦だと認めているということでもあるだろう。結局あの後、馬鹿《ばか》みたいに海防艦を増産しだしたではないか」

明後日《あさって》の方向を向いた鷹志を見やり、有里は苦笑して桑田に向き直った。

「桑田大尉《たいい》、これでわかったろ。こいつは普段は腰抜けかと思うほど何も言わないが、爆発すると一番手に負えんのだ。これ以上馬鹿をやらかさんように、よく見ておいてくれよ」

「貴様に言われたくない」

鷹志はむっとして相手を睨《にら》みつけた。いったいどれほど喧嘩を仲裁させられたと思っているのか。

「はい。ですが心配はご無用でしょう」

桑田はテーブルに置きっぱなしだった杯に手を伸ばす。

「艦長は私が出会った艦長の中で、最も冷静で柔軟な指揮官ですから」

にこりともせずに言って、桑田はこの部屋に入って初めて酒を口に運んだ。

有里が『維和』を後にしたのは、日付が変わる直前だった。酒が回るにつれ桑田の緊張も解け、焼酎はもちろん、艦長室にあったスコッチも、会津の銘酒もほとんど空にされたのは少し悲しかった。

大量の酒を飲んですこぶる機嫌のよい有里を乗せたボートは、暗い海面を滑るように桟橋へと向かい、調子外れの『田原坂《たばるざか》』の歌声が遠ざかる。

「付き合わせて悪かったな」

甲板で見送っていた鷹志が口を開くと、隣に立つ桑田はなおもボートのほうを見つめたまま言った。

「いいえ、同席させていただき光栄でした。有里少佐は豪快な方ですね」

「豪快すぎるがな。昔から全く変わらん。まあ、面白い男だよ」

「おかげさまで貴重なお話が伺えました。それに、納得がいきました」

鷹志は怪訝《けげん》そうに桑田の横顔を見た。

「納得？」

「哨戒直廃止をああもあっさり許可してくださった理由です」

「有用だと思ったから許可したまでだ」

「『維和』の前に勤務した艦でも、進言したことがあるのです。その時には一蹴《いっしゅう》されましたので」

「潜水艦が脅威となったのは、ここ半年程度のことだ。その前の話ならば、仕方あるまい。今ならばきっと、耳を傾けただろう」

「いいえ、変わらないでしょう。伝統は絶対です。予備士官の進言など、いつだって嘲笑されて終わりです」

　桑田は暗い顔で吐き捨てた。彼は頭がきれるし、勤務態度も真面目《まじめ》だ。そもそも志願してきた予備士官は、国のために役に立とうという熱意が人一倍強い。それは決して、兵科に劣るものではない。桑田は、海軍のために常に考え、あれこれと案を出してきたのだろう。そしてそのことごとくが、嘲笑をもって切り捨てられてきたのだ。たかが予備士官が口を出すな。予備士官に何がわかる。繰り返し、言われてきたのだろう。

「ですが、艦長は耳を傾けてくださいました。大変ありがたいことなのですが、失礼ですが、あるいは単に日和見《ひよりみ》なのかもしれないとも思っておりました。艦長は、その、人柄は大変よいという話は聞いていたので」

　歯切れの悪い口調に、鷹志は苦笑した。逃げてばかりの腰抜けだという噂は、彼の耳にも入っているのだろう。

「もっとも、初戦の指揮ぶりを見て、それはないとはわかっていたのですが、その後はいつも静かに我々の議論を聞いていらっしゃるだけでしたので……。ですから今回、我が身を顧みず、軍を糺《ただ》そうとしたと知って、やはり思った通りの方だったと嬉しかったのです」

桑田の口はいつになくよく回る。やはりアルコールと、彼我の境をなんのためらいもなくぶち壊してくる有里の威力は偉大だな、と改めて思う。

「そんな大袈裟《おおげさ》なことではないよ。単に腹がたって仕方がなかっただけだ。だが、結果的にはそれでよかった。海防艦長になって、学ぶことも多かったからな。私は、心からこの人事に感謝している」

「少佐が上層部に喧嘩を売ってくださってよかったと、艦の者たちもみな感謝するでしょう」

「おいおい、今日ここで聞いた話は内密にしておいてくれよ」

「なぜです」

「機関長あたりは、俺が海防艦艦長についたのは、上が海防艦の任務は戦艦にひけをとらないと認めたからだと信じている。何も水をさすこともないだろう」

桑田は納得したように頷いた。

「なるほど、わかりました。では、機関長の想像が事実であると証明するような成果をあげれば問題はありませんね」

二日後、内地へ帰る人々と大量の物資を積み込んだ輸送船団とともに、『維和』は再びトラックを出発した。

そして有里の乗る伊号も、ようやく修理が完了し、翌日には輸送任務につく予定だった。

夜、部下たちと料亭に繰り出し浴びるように酒を飲み、ふらふらと艦に戻って眠りについていた有里は、耳をつんざくようなサイレンの音で飛び起きた。

前夜のうちにほとんどの荷物を積み終え、朝の出発を待つばかりだった伊号は、厳しい航海の前の一時のまどろみに沈んでいるさなかで、総員おこしより騒々しい音に、乗組員たちはみな寝床から転がり落ちた。

舷梯《げんてい》にとびつき、外に顔を出した有里は、夜明け前のはずが外が異様に明るいことに気がついた。視線を巡らせると、春島の飛行場が燃えている。その上をなぜか零戦《れい》が飛び交っており、今日は出撃でもあったかと半分寝ぼけた頭で記憶を探り、次の瞬間、血の気が引いた。零戦なものか。あれはグラマンだ。そして燃えているのは、飛行場に野ざらしになっていた味方の航空機ではないか！

「空襲だ！　退避だ！　外洋に出て潜航する！」

艦内は一気に騒がしくなった。

てきぱきと指示を飛ばしながら、有里の頭の中は疑問が飛び交っていた。あれだけ敵機が飛び交っているというのに、なぜ春島の飛行場からは一機も迎撃に飛び立っていないのか？　そういえば昨夜は、ラバウルからやってきた航空部隊の面々が、夏島の料亭で宴会を開いていたのではなかったか？　ということはまさか全員まだこちらにいるのか？

昨日は空襲警報は出ていない。どこも第三哨戒だったはずだ。飛行場だけではない、どこも警戒などまるでしていなかっただろう。

環礁《かんしょう》内に浮かんでいるのは、武装をもたぬ輸送船ばかりだ。虎《とら》の子の石油、そして内地に帰る日本人たちを多く乗せている。

春島を喰らい尽くしたグラマンは、まちがいなく次はそちらを狙《ねら》うだろう。そうなったら守る者は誰もいない。荷と人を積んで出港を待つばかりだった輸送船は、全《すべ》て海の藻屑《もくず》となる。潜水艦では、彼らのもとに馳《は》せ参じても、どうにもできない。

「くそ、せめて『武蔵』でも残ってりゃあ対空砲で……！」

思わず口をついて出た言葉に、有里ははっとした。

先日、大型艦はこぞってトラックを後にした。あの時はただ何か作戦があるのかと思ったが――ひょっとしたら、彼らは近いうちに空襲があることを予期して、出て行ったのではないか？

いや、まさか。だとしたら、輸送船や小艦艇、潜水艦にも一言あるはずだ。ここにいる者たちは、皆なにも知らない。ではやはり考え過ぎか。

「いや、ちがう」

有里は頭をふった。考え過ぎだと思いたい。だが、そんなはずはないと、長年戦ってきた軍人の理性が告げている。

今この時点で、大きな海戦などあるはずがない。それができないからこそ、自分たちは武装まで外して汲々《きゅうきゅう》と輸送作戦に従事しているのではないか。ではなぜこぞって主要艦艇が出て行った？ 偶然？ ありえない。

つまり自分たちは、彼らが逃げるための囮《おとり》として残された。結論が出た途端、有里を支えていた大きな柱が、瓦解《がかい》した。

「……そうか。永峰、貴様が言っていたことが、よくわかった」

有里は、かすれた声でつぶやいた。目には、怒りとも悔しさともつかぬ涙がうっすらと滲んでいた。

4

甲型海防艦『維和』は竣工《しゅんこう》当初は横須賀鎮守府籍で、第二海上護衛隊に編入された。第二海上護衛隊の担当は、横須賀からマリアナ諸島を経て、トラックへ至る東航路、パラオへ至る西航路となっており、一九四三年十二月の初任務以来、『維和』は何度も横須賀とトラック、パラオを往復した。たいてい一隻《せき》のみで輸送船団を護衛してきたが、被害の少なさは突出しており、海護総隊の中でも一目置かれていた。

練度と士気の高さを称揚されるたび、鷹志は「我が艦には非常に優秀な人材が揃《そろ》っている」と部下たちを褒めあげた。実際、彼はこの成果が何よりも固い結束の賜《たまもの》だと信じていた。『維和』は多忙を極め、港に入ってもろくに上陸できぬこともあったが、そういう時は士官室に下士官や兵士もなだれこみ、酒盛りとなる。海防艦はもともと他の水上艦艇と比べて結束が固くなるものだが、『維和』でも兵科と他科の軋轢《あつれき》や階級差のいがみ合いはなく、実に和気藹々《わきあいあい》と仲が良かった。

しかし乗組員たちに言わせれば、艦長の勘が尋常ではないのだという。『維和』が敵潜と遭遇する確率が他に比べてずいぶんと低いのは、艦長が頻繁に航路を変えているからだと彼らは語る。もっとも勘でもなんでもなく、鷹志は単に商船が普段使う航路は捨て、少数の船団ならば徹底した接岸航法を、多い時は大胆なほど海のど真ん中に航路をとり、その上で雷撃や敵潜発見の報告を徹底的に収拾し、敵潜がいない航路を選び抜いているだけの話だった。

かくして『維和』は、「護衛されれば魚雷も避ける」と言われる幸運艦と見なされるようになったが、その一方で、戦況は誰の目にも明らかなほど悪化していった。二月にトラックが大空襲を受けたため、東航路の終点は北マリアナ諸島のサイパンまで後退してしまった。さらに六月にはマリアナ沖で日本海軍が大敗を喫し、翌月にはサイパン島も陥落、日本艦船の航行は事実上不可能となり、第二護衛隊は解散することとなった。

『維和』は、もはや南洋航路で唯一《ゆいいつ》残されたシンガポール航路を担当する第一海上護衛隊に編入され、虎《とら》の子の油を輸送するヒ船団や、フィリピンへ大量に送られる陸軍将兵を乗せた陸軍輸送船を護衛することとなった。

さすがにこの頃ともなると、あまりの被害の大きさに海軍もわずか一隻で船団を護衛する愚を悟り、大輸送船団に複数の護衛艦をつける方法を採ったが、敵潜のほとんどがこの航路に集中することになったため、被害は大きくなる一方だった。

幸運艦たる『雑和』も、さすがに以前のようにはいかず、船団が攻撃を受けて急遽《きゅうきょ》制圧に向かう回数が激増した。輸送船や僚艦が炎上し沈んでいく様に歯嚙《はが》みし、爆雷戦を仕掛け、大急ぎで船団へと戻り、海に投げ出された人々を救助する。そんな日々でも特に印象に残っているのは、バシー海峡で待ち構えていた敵潜隊に襲いかかられ、十時間以上も海面を漂流していたという陸軍の将兵たちである。ようやく探しあてた時、救命道具だけを頼りに浮かんでいた彼らの大半は息絶えており、わずかな生存者も手をあげるのがやっとという状態だった。にもかかわらず、水を与え、重油を洗い流すと、それまでろくに動けなかったはずの彼らは指揮官の号令とともに立ち上がり、甲板に整列した。

「申告いたします！」

指揮官とおぼしき若い大尉《たいい》は、救助した時にはとくに衰弱がひどかったはずだが、敬礼は一分の隙《すき》もなく、申告する声は張りがあった。背後に並ぶ将兵も同様で、いずれも背筋を伸ばし、凜《りん》と立っている。

鷹志は不覚にも目頭が熱くなった。兵学校時代から、どうしても陸軍に対しては漠然とした反感のようなものがある。だがこの時、規律正しく整列し、海軍に感謝を述べる姿に、深く感じ入った。これほど悲惨な状況にあってもこの秩序を保つことが、どれほど難しいか。

感銘を受けたのは鷹志だけではなかったらしく、『維和』の乗組員たちは、陸軍将兵たちになにくれとなく世話を焼き、別れ際《ぎわ》にはみな涙を流した。陸の将兵たちは当初の目的地であるルソン島にそのまま向かうことになっていたが、戦車も武器も、そして食糧も今は全て海の底なのだ。丸腰の状態でも意気揚々と戦地に向かう彼らの姿に、何も感じぬ者はいなかった。

「武器がなくとも、我らには大和魂があります」

陸士出だという大尉は、若々しい顔にさっぱりとした笑みを浮かべ、部隊を引き連れ去って行った。

大和魂。その言葉は、思いがけず鷹志の胸を抉《えぐ》った。頻繁に使われる言葉ではある。鷹志にしてみれば、戦いには大和魂よりも物資のほうがよほど重要なので、安易に精神論に走る者は好きにはなれない。しかしあの規律正しさ、士気の高さを見た後では、とうてい笑う気にはなれなかった。

もし大和魂が本当に存在するならば、それだけを手に赴いた彼らを、どうか故郷に呼び戻してほしい。そう願うと同時に、決然と去る将兵たちの姿を見送りながら、鷹志は忽然《こつぜん》と悟った。

——ああ、日本はきっと、この戦争に負ける。

『維和』は他の海防艦と共にマニラを出港してほどなく、猛烈なスコールに見舞われた。

後から思えば、それは予兆だったのかもしれない。

翌日には、先にシンガポールから出発していた輸送船団と洋上で合流し、編成は輸送船が九隻、海防艦が四隻、駆逐艦一隻、駆潜艇一隻となった。『維和』は右前方を守り、船団は之字《のじ》運動を繰り返しながら一路佐世保を目指す。

シンガポールからここまでは敵と遭遇しなかったそうで、どうか佐世保まで無事であってほしいと願わずにいられなかったが、厳しいことは承知している。なにしろマニラを出た時から、敵の偵察機が頻繁に現れるのだ。

第一陣は、日付が変わった直後にやって来た。『維和』は哨戒《しょうかい》に全力を注ぎつつ進んでいたが、左前方を航行していた僚艦から突然火柱があがった。

「戦闘爆雷戦！」

号令とともに、『維和』は敵潜の捜索を開始する。激しく燃え上がる僚艦は瞬《また》く間に海中に引きずりこまれていき、そうこうしているうちに輸送船も二隻立て続けに炎上した。

血眼になって敵を探していた『維和』は、とうとう艦首方向三千メートルに浮上していた敵潜を発見し、猛然と砲撃を開始する。しかし二千まで近づいたところで敵潜は回頭を完了し、あと一歩のところで逃げられた。

米軍の潜水艦は必ず二隻以上で組んでいるので、迂闊《うかつ》に深追いはできない。『維和』はすぐにとって返し、救難作業に全力を傾注した。

この日の攻撃はこの一度きりだったが、数日後の夜、第二陣がやって来た。

「右百二十度、飛行機二機！」

見張員から報告が入る。すぐさま双眼鏡を覗《のぞ》いてみれば、雲間から忽然とあらわれたグラマンが突っ込んでくるではないか。しかも次から次へと溢《あふ》れてくる。

急遽機銃で応射したが、グラマンは『維和』を無視して飛び去り、輸送船へと突っ込み機銃を掃射する。

機銃の火箭《かせん》が飛び交う中、船団は混乱に陥った。すでに黒煙があがっている艦もある。退避する乗員の救出に向かいたいが、まずはグラマンを追い払うのが先だ。原砲術長は、ぎりぎりまで引きつけて撃つ熟練の技をいかんなく披露していたが、なにぶん数が多い。

しかも、グラマンに続いて艦上爆撃機の編隊まで現れ、それまでは冷静さを保っていた艦橋も凍りついた。爆撃機はまずい。が、グラマンへの応戦で精一杯で、編隊が船団中央に突っ込んでいくのを止めることができなかった。たちまち爆弾が命中し、凄《すさ》まじい黒煙があがる。直後、一機が反転して『維和』に突っ込んでくる。

「面舵《おもかじ》！」

絶叫とともに、『維和』が回頭する。以前よりもずっと速くなった舵は、ぎりぎりのところで左舷《さげん》側に落ちた一弾を避けてくれた。と思いきや、右舷側にすさまじい水煙があがり、底から突き上げるような震動を感じた。至近弾だ。左右両方。いずれも避けるとは、ツイている。が、追い打ちとばかりに機銃掃射が来て、甲板で何名か倒れるのが見えた。

嵐《あらし》のような攻撃は過ぎ去り、目を向ければ船団ではいくつも黒煙があがっている。それでも船団は態勢を建て直し、急いで北上する。波間を漂う人々は助けを求めているが、攻撃がこれで終わるはずがない。敵機の数から見て、近くに空母がいる。こういう場合、軍の水上艦船は人の救助はできない。心苦しいが、しばらくボートで漂ってもらうほかなかった。

案の定、第二波がやってくる。今度は三十機ずつ二編隊左右に分かれ、ひとつは前方の旗艦につっこみ、ひとつは後方から船団を攻撃する。こちらも必死に応戦するもののやはり当たらず、その間にも船団は次々と沈んでいく。

「海・五一号、沈没！」

悲鳴のような声があがった。離れて奮闘していたはずの海防艦が、火だるまになり、海に引きずりこまれるようにして沈んでいく。不運にも直撃弾が火薬庫に引火し、爆発したらしかった。

『維和』はもとより、他の護衛艦も凄まじい勢いで機銃を連射している。しかし敵機は、この弾幕の中をまったく怯《ひる》まずに突っ込んできては、同じく弾の雨を喰らわせる。火花と煙で視界が染まる。

時間にして数分にすぎない、嵐のような攻撃が終わると、編隊は素早く去っていく。この短い間に、船団はかなりの被害を受けていた。ここから最も近い場所にある輸送船も、すでに後部が沈みかけている。

「反転、救助に向かう！」

命じると、「まだ来るのでは」と桑田が青ざめた顔で言った。

「おそらくな。だがこれ以上放置はできん」

急いで現場に向かい、近づくにつれ速度を落とし、遭難者たちが漂う中で『維和』は停止した。敵機がいつ来るかわからぬので内火艇はおろさず、ロープや縄梯子《なわばしご》で収容を開始した。しかし、パニックに陥っている乗員たちを引き揚げるのは容易ではない。やむをえず内火艇を出そうとしたその時、

「左七十度！　四機です！」

見張員の声が轟《とどろ》いた。見れば、再び編隊が近づいてくる。

「作業中止！」

縄梯子とロープを引きあげ、速力をあげる。

「助けて！」「行くな、見捨てないでくれ！」

海面からは悲鳴がいくつもあがり、胸が痛んだが、やむをえない。

やって来たのは、爆撃機三機と戦闘機一機だった。すうっと離れた一機がこちらに向かって急降下する。爆弾が立て続けに落ちるのを見て、桑田航海長は壊れるのではないかというぐらいの勢いで舵を操った。『維和』はめちゃくちゃな要求にも素直に従い、なんと四弾全て回避する。『維和』のまわりで噴き上がる水煙の中、艦橋では歓声があがった。

「航海長、たいしたものだ！」

鷹志も心の底から賞賛する。桑田は額の汗をぬぐい、ほっとしたように笑った。

「正直、全て避けられるとは思いませんでした」

「『維和』の幸運のひとつは、貴様の操艦術だ」

笑い返した直後だった。

「鷹志、左だ」

耳元で囁《ささや》きが聞こえ、ぎょっとして振り向いた途端、左舷側からもう一機突っ込んでくるのが見えた。

今度はグラマンだ。猛烈な機銃掃射が艦橋を襲う。パラパラという火薬が弾《はじ》ける音につつまれたのは一瞬。側頭部と左腕に何かが叩《たた》きつけられるような衝撃を感じ、鷹志はよろめいた。

すぐに足をふんばり、あたりを見回す。わずか数秒で、艦橋は血の海と化していた。

左側にいた通信士と機雷士がそれぞれ頭と腹を撃ち抜かれて死んでいる。

「航海長！」

足下には、血まみれの桑田が倒れていた。首から噴水のように血が吹き出ている。

一目でわかる、即死だ。一瞬くらっとしたが踏みとどまり、鷹志は拳《こぶし》を握った。

「各配置、被害状況報告！」

号令に航海士が伝声管にとびつき、被害状況を確認する。機関室からも、状況説明を求める仁科大尉のだみ声が聞こえてきた。機関室は水面下にあるため、上部の被害状況が全くわからないのだ。鷹志は、ついさきほどまで桑田が操っていた舵を取った。左目が見えにくい上に、手が滑る。なぜか頭がかゆい。

「電探室、火災発生！　重傷一名！」

「防空指揮所、砲術長死亡！　他死亡三名、重傷二名！」

「前甲板、死亡十五！　重傷不明！」

矢継ぎ早に報告が入る。被害は艦橋部分と前甲板に集中している。当たったのが機銃攻撃だけなのは助かった。不幸中の幸いか、タンクや動力関係はやられていない。まだ戦える。

「艦長、止血を」

舵をとっていると、傍らで声がした。見ると、従兵の真野《まの》水兵長が蒼白《そうはく》な顔で鷹志を見ている。

「俺は問題ない、他を頼む」

笑って舵を操ろうとしたが、左手がぬるりと滑り落ちた。なぜ手が濡《ぬ》れているのだろう、と手を見てぎょっとした。手のみならず腕全てが血まみれだった。どうりで真野の声が震えているはずだ。それまでは何も感じていなかったのに、見た瞬間、左半身に焼け付くような痛みが走った。

「舵、頼む」

航海士に操艦を任せ、鷹志は艦長椅子《いす》に腰を下ろした。止血を、とまた泣きそうな声で言われたが、それどころではない。座れば、めまいはだいぶおさまった。

目を見開き、回頭の指示を出す。

「遭難者救助急げ！ 艦長より、機関四名を機銃にまわせ！」

が、いざ沈没地点に急行して啞然《あぜん》とした。

さきほどまではたしかに、遭難者たちがボートや木ぎれにつかまり、助けを求めていた。しかし今、助けを求める者は誰もいない。ただ、爆撃と機銃で無残に引き裂かれた屍《しかばね》が、重油で真っ黒に染まった海面にゆらゆらと揺れているだけだった。

鷹志は口を開いた。が、声は何もでなかった。ただ、短い息が、何度か吐き出されただけだった。

ダンピールの悪夢が甦《よみがえ》る。それから、目の前で沈んだ船たちが。炎が、煙が、血が、悲鳴が、肉片が。震える手で頭をおさえ、背後を顧みる。ここも血の海。

ふっ、と気が遠くなった。一瞬だと思ったが、次に目ざめた時には、作業服は脱がされていて左半身が包帯で覆《おお》われていた。左手は全く動かないので、右手で頭をさわると、ここにも包帯が巻かれている。脈にあわせてひどい頭痛がする。見回すと、倒れていたはずの桑田たちの姿がない。あちこちにあった血だまりも、完璧《かんぺき》にではないがある程度は拭《ぬぐ》われていた。

「艦長！」

鷹志が目覚めたのに気づき、真野水兵長が、子犬のようにとびついてきた。鷹志が目ざめた喜びで笑ってはいるものの、悲痛な様子で涙を流している。器用なやつだ、と思った。

「失血がひどかったのです。側頭部を銃弾が掠めていましたので、へたに動かすと危険だからと軍医長がこちらで処置してくださいました」

「……そうか。どれぐらい気を失っていた？」

「三十分ほどです。現在は吉住中尉が指揮を」

「よし、かわれ。敵は」

「今のところ攻撃はありません」

鷹志は頷《うなず》き、吉住から現在位置と状況を聞いた。立つのは難しいが、椅子でならば指揮はとれる。失血で気を失うとは、情けないかぎりだ。体は冷え切り、震えが止まらない。だが、腹の底は熱い。頭は異様に冷えている。我ながら、いたるところがバラバラだ。

船団はすでに北へと退避している。死者となった遭難者は救出されることはない。『維和』もまた、生き延びた船団とともにゆっくりと北上していた。

その後もしばらく警戒していたが、攻撃は来なかった。『維和』の死者は二十一名。これまで奇跡的に一人も犠牲を出さずに来たのに、今日一日で一気に失われてしまった。

『維和』は重い空気につつまれたが、任務は続く。僚艦と連絡をとり、編成を変え、いっそう慎重に進んでいく。鷹志は、痛々しい包帯姿ながら表面上はいつもと変わらず落ち着き払い、戦闘を終えた乗組員たちをねぎらった。そして死者は明日水葬に付すことを告げると、あちこちで啜《すす》り泣きが聞こえた。

今日のところは、どうかもう魚雷も何も来てくれるな。いつものように艦橋の椅子に座りながら、鷹志は祈った。本当に、今日だけは勘弁してくれ。

しかし、本気で祈ってしまうのは、おらそく長年の勘が告げていたからなのだろう。

必ず今夜来る、と。

予感は当たった。

「二千百、右三十度に雷跡発見」

回避を指示し、『維和』は重い体を揺すって魚雷から逃れる。やはり、桑田でないと『維和』は機嫌よく動いてはくれないらしかった。その後もう一度攻撃があったが、腕が悪いのか、こちらは避《よ》けるまでもなく外れた。

探信儀ではまだ感二、仕留めるならばこちらから近づかねばならないが、鷹志は放置した。船団に魚雷発射位置を告げ、針路を変えるよう依頼するにとどめる。今この状態でのこのこ出向くのは危険だ。

そしてようやく一安心、と思ったところに、今度は右舷側で吊光弾《ちょうこうだん》が投下された。

「左二十度、敵機！　一機です！」

左舷側から低空で敵機が滑り込んでくる。グラマンではない。もっと大きい。中型の偵察機だ。

「ふざけるな。何しに来やがった」

鷹志は呻《うめ》いた。右手の拳が震える。猛攻をしかけ、しかもわざわざ戻ってきて民間人に止《とど》めをさし、夜には雷撃、さらにまた空から偵察？　とどめでもさしに来たのか？

冗談ではない。『維和』は死んではいない。

左舷側の機銃手が、射撃指示を求めて叫んでいる。わずかに震えているのは、怒りか復讐《ふくしゅう》の喜びか。

「まだだ。五百まで引き付けろ」

さきほどの戦闘で、ベテランの機銃員が大勢死んだ。今構えているのは、ほとんどが機関科からの補充だ。こうした事態を予期して訓練はしてきたが、逸《はや》りがちなのは否《いな》めない。

この距離では致命傷は与えられない。

鷹志は双眼鏡ごしに、じっと敵機を見つめた。さあ来い。九百メートル。七百。六百――

「五百！」

凄まじい勢いで弾丸が飛び出した。雨のごとき掃射はみごとに命中し、敵機はたちまち炎上する。『維和』をとびこえ、右舷後部の向こうに、火だるまになって墜落した。夜空に尾を引いて落ちるさまはいっそ美しい。艦橋や甲板から、歓声があがった。

これが日本の機体なら、まちがいなく搭乗員は死んでいる。しかし、米軍機は機体が燃えていようが破壊されていようが、搭乗員が生きていることが多い。鷹志が初めて目《ま》の当たりにしたのは、ミッドウェー海戦の時に暢気《のんき》に特等席で海戦見学を気取っていたパイロットだが、あれからも何度も、ライフジャケットで海面に浮いている兵士たちを見た。

案の定、三名の搭乗員が海面に現れた。やはりライフジャケットを着ている。しかし、仰向《あおむ》けに浮いたまま微動だにしない。一見死んでいるようだが、おそらく生きている。全員仰向けというところがいかにもだ。

今までならば、こういう場ではたいてい見逃してきた。鷹志が乗艦してきた艦の艦長たちも、半分以上はそうだった。武士の情けである。

武士？　誰が？　情けをかける必要が、こいつらにあるのか？

鷹志は、死んだふりを続ける兵士たちを食い入るように見つめた。助けを求める民間人たちを嬲《なぶ》り殺しにした輩《やから》を？　家族に等しい仲間たちを一瞬にして奪った連中を？

(怒りに囚《とら》われてはならない)

頭の奥で、声がする。あれは正人か。いや、宗二のほうだったか。

囚われてはならない？　この状況で？

このまま見逃せば、必ず米軍は救助に来る。日本軍の場合は落ちればそれまでだが、米軍は驚くほど救助態勢が整っているのだ。

ここで彼らを見逃すことは、遠くない未来、同胞を殺す手伝いをしてやることに他ならない。そんな地獄を避ける方法は、ひとつしかないではないか！

激情に正当な理由を見いだした鷹志は、一度大きく息を吸い込み、口を開いた。

「爆雷投下」

吉住機雷長は、弾かれたように鷹志を見た。

「艦長……」

「復唱せよ。爆雷投下」

体の中で燃えたぎる炎に反し、声は静かだった。静かすぎるほどだった。

吉住の喉《のど》が上下する。艦橋中の視線が、鷹志と吉住に集中していた。皆、息を吞《の》み、しわぶきの音ひとつない。

「聞こえなかったのか、機雷長。復唱せよ。爆雷投下」

吉住の脂汗《あぶらあせ》にまみれた顔が歪《ゆが》んだ。充血した目から伝ったものは、ひょっとしたら汗ではなかったかもしれない。

「爆雷投下！」

悲鳴のような復唱とともに、爆発するような歓声が沸き起こる。乗組員たちは皆、復讐を望んでいた。

「間違えるな。これは復讐ではない」

爆発し、米兵たちを飲み込んで荒れ狂う海面を見つめ、鷹志はつぶやいた。

「米軍は、パイロットが落ちれば必ず救出に来る。彼らは再び我々を狙《ねら》うだろう。未来の犠牲を防いだだけだ」

誰に言っているのか、自分でもよくわからなかった。

ただ、爆雷の轟音《ごうおん》が響く中、鷹志は拳を握り、立ち尽くしていた。

5

鎌倉の永峰家は、ここ数日、人の訪れが絶えなかった。

みな沈痛な面持ちでやって来て、しめやかに挨拶《あいさつ》を交わし、線香をあげていく。

彼らに死を悼《いた》まれているのは、家の主《あるじ》・永峰宗二である。

彼は、いよいよ追い詰められた日本軍が総力を結集し、起死回生をかけて臨んだレイテ沖の海戦に重巡艦長として赴き、沈む艦と運命を共にした。先月下旬のことだ。

葬儀はすでに終わったが、その後も弔問客がひきもきらない。喪主の奈津夫人は、ひとりひとり丁寧に応対し、茶菓子でもてなし、送り出す。

彼女は表に出ずっぱりのため、奥、つまり台所は女中と早苗に一任されている。ここに来てから、早苗はひたすら料理をしている気がする。女中は清掃だ洗濯だと走り回っていたが、早苗はほとんど台所から出なかった。

「早苗さん、お疲れ様。あなたも少し休んだら」

ようやく客が途切れたのか、奈津がひょいと台所に姿を現した。

「はい、もう少しでおはぎができますので」

「あらまあ、おはぎ！　嬉《うれ》しいこと」

奈津は、作業台に並べられた色とりどりのおはぎを見て歓声をあげた。しかしすぐに怪訝《けげん》そうな顔になり、早苗を見やる。

「でも餅米《もちごめ》はなかったはずよ。どうやったの？」

「里芋です。ご飯と一緒に炊《た》きあげて、蒸して潰《つぶ》せば粘りがでるんです」

早苗の返答を聞いて、奈津は感心したようにおはぎをひとつつまみ、口に運んだ。

「あら、美味《おい》しい。料理上手な嫁を貰《もら》って、本当に幸せね。どんな欠点も覆《おお》い隠すほど偉大な才能だわ」

奈津は青ざめた顔で笑った。人前では品の良い令夫人として慕われる奈津は、実は相当な皮肉屋で、早苗もしばしば彼女の攻撃に遭ってきた。

しかし今日はさすがに、皮肉のきれも悪い。

「過ぎたお言葉です」

「……本当に、あなたが来てくれてよかったと思っているのよ」

奈津は、早苗の顔色をうかがうようにして言った。ああ、本当に義母は弱っているのだな、と実感し、胸が痛くなった。

「少しでもお義母《かあ》さまのお役にたてれば幸いです。少し横になってください。顔色がよくありません」

「でもまだお客様がいらっしゃるかもしれないわ」

「その時はお起こししますから」

重ねて勧めると、奈津はようやく承諾し、ふらふらと台所から去っていった。その後ろ姿を見て、老いをひしひしと感じた。

鷹志と結婚して三年。奈津が早苗を認めていないのは、見合いの時から知っていた。自慢の息子の妻が自分では当然だろうと納得していたから、奈津に何を言われても受け入れてきた。耐えるという発想はなかった。幼いころから罵詈《ばり》雑言《ぞうごん》に慣れていた早苗からすれば、奈津のわかりやすい皮肉など軽口程度にしか思えなかったし、奈津の心が少しでも晴れるならばそれでよい。

義父の永峰宗二は、奈津に比べると顔を合わせた回数が数えるほどしかない。戦争が始まってからというもの、男たちは一年の大半を海で過ごしているからだ。しかし彼は、ずいぶんと早苗に気を配ってくれた。最初のうちは持てあましているのがわかったが、はじめて息子の元を訪れた彼に「変わったものが食べたい」と求められ、塩焼きしてほぐした鰯《いわし》にトマトやセロリなどのさっぱりした野菜をあえたもの、うどんのトマト煮を出したところ、大変舌に合ったらしく、それからは態度がずいぶんと軟化した。

「私が言うのもなんだが、息子は見る目がある。その彼が早苗さんがいいと言ったのだ。もっと自信をもちなさい」

そう言って、後日、反物や洋服などを送ってくれた。普段から身なりに気を遣い、多数の愛人を抱えるという彼が選んだものは、なるほどいずれも趣味がよかったが、早苗からすると派手すぎてとうてい身につける気になれなかった。それでも、厚意は嬉しかった。

その義父が、死んでしまった。

知らせを聞いて、早苗はすぐに鎌倉へと向かった。奈津は、家の中では感情を隠すことはしないので、てっきり泣き濡《ぬ》れているかと思いきや全くいつも通りで、葬儀の準備も淡々とこなしていた。葬儀が終わった後も、次々とやって来る弔問客の相手をし、艦と運命を共にした乗組員たちの家族に夜を徹して手紙を書いたりと忙しく、その目に涙が浮かぶことはなかった。宗二が生きていたころよりも、彼女はよほど艦長夫人に相応《ふさわ》しい品格を備えているように見える。

玄関から、引き戸が開く音がした。また客か、とため息を殺して玄関に向かうと、小柄な老女がずだ袋を背負って立っている。早苗を見ると、疲れた顔に笑みを浮かべた。

「ただいま、早苗さん。任せてしまって悪かったわねえ」

「おかえりなさいませ。私こそ、フキさんにお任せしてしまってごめんなさい」

「台所は早苗さんに任せるのが一番。野草は私が一番。適材適所よ」

フキはずだ袋をおろし、汚れた草履を脱いだ。

「でもあんまり採れなかったわねえ。じき冬だし、最近はみんな野草をとっていくから。どんぐりも、もうあんまりなかったわ」

「充分ですよ。よくこれだけ探しだせたものです」

「どこにどういう草が生えているか、熟知しているもの。自慢にもならないけれどね。会津時代の知恵が役立ってよかったわ」

フキが開いた袋には、道ばたに生えているオオバコや、あぜ道でよく見かけるギシギシなどが詰まっていた。くせのないアオミズもある。

昭和十九年も十一月に入るころには、食糧事情が加速度的に悪化していた。配給も激減し、野菜は各自菜園をつくって摂取するよう奨励されたが、それでもとうてい足りず、最近はみな競って野草を採っている。浦賀の家を引き払い、鎌倉の家に移ってきたフキは、野草採りなら任せてほしいと言って、いつも率先して採取に行った。

夫の正人は、二ヶ月前に突然亡《な》くなった。梅雨の終わりごろにひいた風邪をこじらせ、夏の間はずっと床に伏せっていたが、九月に入ってようやく快方に向かい始めた矢先だった。死の前日は久しぶりに銭湯にも行き、明日は遠出をするからと枕元《まくらもと》に着替えを用意して眠り、そのまま静かに息を引き取ったという。

葬儀には浦賀ドックの人々はもとより、真っ先に奈津が駆けつけ、フキをよく支えてくれたのだそうだ。そしてまだ四十九日も終わらぬうちに、今度は宗二の訃報《ふほう》が届き、フキが鎌倉に駆けつけたという次第だった。

「今、奈津さんはお休みになっているんです。フキさんもどうぞ少しお休みになってください。おはぎができましたらお呼びしますから、お茶にいたしましょう」

汚れた顔と手を洗い、一息ついたフキは、台所を手伝うと言ってきかなかったが、強引に休ませた。

フキも奈津も、放っておくと一日中、忙しく動き回っている。休む間もなく働き続ける理由は理解できるが、二人とも顔色が悪い。このまま無理を続ければ倒れるだろう。

今日は、滋養のあるものをつくろう。早苗は大量の野草を洗い、あれこれ献立を考えだした。

オオバコは和《あ》え物に、ギシギシとアオミズはおひたしにしてマヨネーズを添えよう。台所で野草を洗いつつ、早苗は今夜の献立を考える。マヨネーズといってもそんな贅《ぜい》沢品《たくひん》はあるはずがなく、もちろん代用である。生大豆粉でとろりとした糊《のり》をつくり、塩と酢と油を加えてまぜたものだ。卵のたの字もない。見た目こそマヨネーズに似ているが、味はなんともいえないもので、途中の過程で溶き辛子をいれてみたら多少ましになった。

野草を多く食べるようになると、マヨネーズの類《たぐ》いは必須《ひっす》である。同じくカレー粉も大活躍だ。本家とは似ても似つかぬものだろうと、政府がマヨネーズと言えばマヨネーズなのであり、早苗はいつも代用品をどうやって美味しくしようかと頭を悩ませていた。

子供がいたらもっと大変だったのだろうな、と思うと、結婚して三年経《た》っても妊娠の兆《きざ》しがない自分が情けなくなるが、悩む彼女に、一度だけ奈津はこう言った。

「あなたたちの子供は賢いのよ。こんな時代に生まれてくることはないもの。死ぬために生まれるなんて、あんまりじゃない。だから今は、考えなくていいわ」

いつもは不妊の早苗に対してちくちく言うだけに、この言葉には驚いた。あまりに衝撃が強かったので、前後にどんな話をしていたかは全く覚えていない。しかしこの言葉で、早苗が救われたのも事実だった。

「ごめんください」

玄関から、再び声がした。

今度こそ、弔問客だろうか。

早苗は手をとめ、足早に玄関へと向かう。そして、そのまま立ちすくんだ。

玄関には、女がひとり立っていた。早苗より、いくつか上といったあたりだろうか。背は高い。大きな袋を肩からぶらさげ、背中にも大きな荷物を背負っている。

女は、肩にかけた手ぬぐいで無造作に顔を拭《ぬぐ》った。人形のように整った白い顔だった。

「あら、あなた……」

女は早苗を認め、目を瞬《また》いた。艶《つや》のある低い声。玄関の薄暗がりの中、切れ長の目がきらりと光ったような気がして、早苗は唾《つば》を飲み込んだ。

「どちらさまですか？」

たったそれだけの言葉を絞り出すのに、ずいぶんと力が要った。すこぶる美しいというのは、それだけで力がある。目の前の女は、黒っぽいもんぺを着込み、短い髪もあちこちほつれているというのに、早苗が人生で出会った中でまちがいなくいちばん美しい女だった。

「ああ、初めましてだったかしら。会沢フキの娘、雪子です。母がこちらにいると聞いて、お邪魔しました」

女は袋をおろし、頭を下げた。

ああ、やはり。一目見て、そうだろうと思っていた。

雪子のことは一度、写真で見たことがある。江南との結婚写真で、白無垢《しろむく》を纏《まと》い、こちらを見据える彼女は息を呑《の》むほど美しかった。しかし、写真の中の美しく装《よそお》った彼女よりも、目の前の薄汚れた雪子のほうが、はるかに美しい。

造作の問題だけではない。彼女の全身から立ち上る空気が、他の人間とはまるで違う。圧倒的で、苛烈《かれつ》で、しかし振り向かずにはおられぬような吸引力がある。おそらくは、その強い目のせいだろう。

雪子は、まっすぐ人を見る。いつも視線をそらしてしまう早苗ですら、目を動かすことができないほどまっすぐと。

「遠路はるばるようこそお越しくださいました。永峰鷹志の妻、早苗でございます」

魔力の塊のような黒い目からどうにか逃れ、早苗も頭を下げた。

「存じております。これ、畑でとれた野菜です」

雪子は無造作に、肩からさげていたずだ袋を雪子にさしだした。受け取ると、ずっしりと重い。蓋代わりの布を取り払うと、大根、冬瓜《とうがん》、蓮根《れんこん》、長葱《ながねぎ》といったこちらでは手に入りにくいものが入っている。早苗は感激のあまり、「まあ、こんなに！」と声を震わせた。

「背嚢《はいのう》にも入ってるわ。ここの家庭菜園も立派だけど、奈津さんと母さんのことだから、野菜も配給も共同炊事にまわしてしまうのでしょう？」

見抜かれている。早苗が曖昧《あいまい》に頷《うなず》くと、雪子は片眉《かたまゆ》をあげた。

「やっぱり。私の父も、老い先短い自分などより、食糧は若い人に回すべきだって言ってきかなくて、私が野菜をもっていっても隣組にあげてしまったの。だから滋養をつけなきゃいけない時にできなくて、死期が早まったところもあるんじゃないかと思っているのよ」

「まあ……そうだったんですか」

「母もそうだけど、自分を犠牲にすることが身につきすぎてしまっているのよ。あの二人はもともとそういう性格だけれど、今じゃどこもかしこも、どれだけ自分を犠牲にできるか競う気風が蔓延《まんえん》していて、奈津さんまで感化されてしまっているし。困ったものね」

雪子はため息をつきつつ背嚢をおろし、上がり框《かまち》に腰をおろした。固く結んだゲートルを解く指は長く、どんなものでもつかめそうだった。早苗は背嚢も運ぼうと持ち上げてみたが、こちらはさらに重い。これを石川から、あの殺人的に混雑する電車に乗って運んできたのか。早苗は、目の前の女に畏怖《いふ》をおぼえた。

江南雪子という存在は、早苗にとって喉《のど》に刺さった魚の小骨のような存在だった。似ていると鷹志に言われた日から、おそらくずっと彼女を憎んできた。そんなことはやめようと思っても、理不尽な怒りは止まらなかった。冷たく重い石は身体の中に沈んだままだった。

しかしいざ邂逅《かいこう》を果たしてみると、想像していた女とはまるで違う。もっと悪女めいた、淫靡《いんび》な雰囲気をもっているのではないかと思っていたのに。

それに、鷹志以上に寡黙《かもく》だと聞いていたが、出会い頭からよく喋《しゃべ》る。やわらかい低音は耳に心地よく、ずっと聞いていたいと思うほどだ。

ようやくゲートルをほどいた雪子は、わずかに表情を緩め、振り向いた。

「だから、早苗さんが来てくださって助かったわ。この食糧は、死守してくださいね」

「そういたします。なんとお礼を申しあげればいいのか。義母《はは》とフキさんは、今休んでおりますので、起こしてまいりますね」

「いえ、いいのよ。起こすのはしのびないわ。これ、運んでしまいましょう」

雪子は背嚢を片手でさっと持ち上げると、平然と廊下を歩き出した。早苗はずだ袋を抱え、慌《あわ》てて後を追う。

「母さんたら、あいかわらず野草に熱中しているのね」

台所に入った雪子は、洗いかけの野草を見て苦笑した。それから、つくりかけのおはぎを見て、目を丸くする。

「美味しそうね。餅米が手に入ったの？」

奈津と同じことを言う。おかしくなって、早苗は奈津に返したのとまったく同じ言葉を繰り返した。

「へえ、里芋。なるほど」

おはぎの中で一番小さいものをつまみ、雪子は口に放り込んだ。もぐもぐと口を動かした後、「美味しい」と相好を崩す。

「兄さんが手紙でさんざん自慢していた通りね。料理上手な人は、こういう工夫もうまいんだわ」

鷹志がこの美しい人にそんなことを自慢していたと知って、早苗は頬をあからめた。夫の目はおかしい。こんなに綺麗《きれい》で、自信にあふれた人のどこが、私に似ているというのだろう。まして彼女は、かつては高名な彫刻師にも認められるほど才能があり、今も陶芸に身を投じている女性だ。世間の評判など何も気にせず、自分の道を迷わず進む、強い女性ではないか。そんな相手に、おまえはいらないと言われることだけを恐れて生きてきた、つまらない自分のことを話すなんて。

「私は、これぐらいしかお役にたてませんから」

「食は全《すべ》ての基本でしょう。陶芸よりよっぽど大切だわ。これ、弔問客に出すの？」

「はい。共同炊事で子供たちのおやつにつくってみたら、大人にも喜ばれたんです。おはぎなら、だいぶおなかもふくれますし」

「共同炊事ね」雪子は肩をすくめ、途中で放置されていた野草を洗い出した。「私、あれ大嫌いだったわ。木更津にいたころ、食糧は巻き上げられるし、面倒な仕事ばかり押しつけられるし。解放されてせいせいした」

「……お気持ちはわからないでもないですが、そういう言い方はどうでしょうか」

「そうね。夫が帰ってくるのを待つ喜びがなければ、あんなところ、一日だって耐えられなかった」

早苗は息を呑んで、オオバコを熱心に洗う雪子の横顔を見た。彼女の目は、ここではないところを見ていた。手の中の鳥が、手の届かぬ彼方《かなた》へ飛び立ってしまったかのような寂しさが、端整な横顔に漂っている。

奈津、フキ、そして雪子。自分以外の女性はみな、夫を失った。

奈津と雪子は、突然知らせが舞い込んだ。フキは看病むなしく夫を病に奪われた。男たちはどんどん死んでいく。いともあっさりと。鷹志はまだ生きている。必ず帰ってくると信じている。しかし、彼ではなく、ある日電報が届いたら？

「どうしたの」

突然しゃがみこんだ早苗に、雪子はぎょっとしたように目を向けた。

「申し訳ありません。なんでもありません」

「真っ青よ。少し横になったら」

「いいえ、ちょっとめまいがしただけです。もう大丈夫です」

早苗はむりやり微笑《ほほえ》み、立ち上がった。

軍人の妻として、覚悟はしていたつもりだった。しかしその実、考えないようにしてきただけだということを思い知る。

とにかく鷹志を一瞬でも不快にさせまいと願い、彼の幸福だけを考え、生きてきた。そうすれば捨てられない。雪子の身代わりであるならばそれでいい、捨てられさえしなければと自分に言い聞かせてきた。

では、彼が突然消えてしまったら？　自分に何が残るのだろう。奈津のように、葬儀をとりしきって後始末をして――それからどうすればいい？　自分には子供もなにもない。実家は帰れるような場所ではない。

なにより、鷹志を失って、雪子のような顔をすることができるだろうか。周囲の評判では、江南は雪子の魔性に騙《だま》された、不幸な結婚だったと口を揃《そろ》えていた。醜聞を起こした雪子が、将来性のある若い士官を宿り木としたのだと。早苗も今の今まで、そう信じていた。いや、そう信じたかったのだ。

（私は、雪子さんのように、夫を想《おも》ったことがあるのだろうか）

鷹志はこの世界で一番大切な存在だ。正確には、早苗の世界が鷹志である。彼はいつも穏やかな笑いを向けてくれる。

しかし早苗はいつもうつむいてきた。私を見ないでほしい、でも捨てないでほしいと願ってきた。自分は一度も、彼と向き合ったことがない。

もしここで彼を失ってしまったら、世界はそのまま消えてしまう。鷹志はどんな想いで逝《ゆ》くことになるのか。

軍人の妻の心得は、夫が万全の状態で責務を果たせるように支えることだと教えられた。ならば、考えたくもないがいずれ鷹志が戦場で散る時には、後顧の憂《うれ》いがないようにせねばならないのに。今のままでは、夫も死ぬに死ねないではないか。

「私、何をしてきたのかしら」

早苗はつぶやいた。

盥《たらい》にためた水で野草を洗っていた雪子には、水音のせいで小さなつぶやきは聞こえなかったらしい。

「何か言った？」

振り向いた彼女に、早苗は微笑んだ。

「いいえ、なんでも。お夕飯、腕をふるいますね」

目を覚ましたフキと奈津は、雪子に気づくと驚き、喜びの声をあげた。

6

その日の夕食は、奈津の反対を押し切って、新鮮な野菜をメインに据えた。大根と冬瓜《とうがん》は蒸し煮にしてミョウガと生姜《しょうが》を加え、蒸した馬鈴薯《ばれいしょ》には南瓜《かぼちゃ》のソースをかけ、鰯《いわし》と牛蒡《ごぼう》、大豆は煮物にした。フキがとってきた野草は、今日はアオミズのおひたしだけが食卓に並んだ。

「食事が茶色くないなんて」

食卓を一瞥《いちべつ》したフキが、感動の面持ちでつぶやいた。雪子はあっけにとられて料理をひとつひとつ見ていたが、大根と冬瓜の蒸し煮を口にして、しみじみと言った。

「兄さん、でかしたわね」

その後は、食事は静かに進んだ。はじめは贅沢《ぜいたく》すぎやしないかと難色を示した奈津も、凄《すさ》まじい勢いで食べ進めたためだった。

これで少しは、奈津やフキも精をつけることができるだろうか。たんぱく質が圧倒的に足りないが、肉や魚はなかなか手に入らないので仕方がない。だが、野草料理よりはいいだろう。

いくら奈津やフキが、食糧をよそにまわしても、限界がある。野草も今では、皆が先を争って手に入れる有様だ。このまま野草しか食べるものがなくなって、その野草もとりつくしてしまったら、どうなるのだろう。早苗は、ありあわせのものでもそれなりに美味《おい》しくつくると評価されてはいるが、食べられないものはどうやっても料理はできない。

その時、自分はどうすればいいのだろう。そもそもそんな事態になったら、日本は終わりではないか。

自分の料理を無言で頬張る女たちを見て、早苗は喜びつつも、不安を感じずにはいられなかった。

「早苗さん、まだ起きてるの」

夜、早苗が居間で繕い物をしていると、すでに客間にさがったはずの雪子が顔を出した。

「ええ。眠れませんか？」

「お手洗いに起きたの。……ちょっといいかしら？」

障子に手をかけ、雪子は窺《うかが》うようにこちらを見下ろしている。どうぞ、と座布団《ざぶとん》を差し出すと、雪子は大きく障子を開き、「お邪魔します」と腰を下ろした。

その手に何かを握っているのを認め、目を向けると、雪子はぱっと指を開いた。

つるりとした表面の、青い球形のものが姿を現した。よくよく見れば、球形の一部が突きでて、口のようになっている。

「花器ですか？　きれいな青ですね」

「ええ。私、青色を出すことに拘《こだわ》っていて」

「とても美しいと思います」

「ありがとう。でも、私が出したい青は、ちがうのよ」

もどかしそうに雪子は眉《まゆ》を寄せ、青い花器を畳の上に置いた。

「理想の色が再現できたら、結婚祝いに夫婦茶碗《めおとぢゃわん》をつくってあなたたちに贈ろうと思っていたの。でも、思ったより時間がかかりそうだから、ひとまずこれを置いておくわ。一番、理想の色に近いものなの」

「頂けるのですか？　嬉《うれ》しいです。こんなにきれいな青い花器を飾れば、部屋がいつでも明るくなります。お花は何を飾るのがいいかしら」

今は花屋にもあまり花はない。飾るための花よりは、腹がふくれる花のほうがいいからだ。

野に咲く達磨《だるま》菊はどうだろうか。薄い紫は、この花器に調和する。だが少し寂しいかもしれない。白、いや黄色がほしい。

今度はフキについて、自分も野草ついでに花を探してみようか。寂しい家の中に可《か》憐《れん》に咲く花は、きっと未亡人たちの心を慰めてくれるにちがいない。

「早苗さん」

考えに沈んでいた早苗は、低い声で呼びかけられ、我に返った。雪子の切れ長の目が、じっとこちらを見ている。穴のあくほど、という表現がぴったりくるような凝視に、早苗はおおいに戸惑った。

「なんでしょう？」

「母から聞いたわ。あなた、私が木更津から消えてから、ずいぶん熱心に探してくださっていたそうね。理由を訊《き》いてもいいかしら？」

早苗は息を呑《の》んだ。

「……夫が案じておりましたので」

「それだけ？」

「はい」

雪子の口許《くちもと》が、かすかに歪《ゆが》む。

「面白い方ね。私の夫が死んでから何度か丁寧なお手紙をくださったけど、私、一度も返事を出さなかったのに」

「それはご無理もないことだと思います。それどころではなかったでしょうから」

「士官の妻としては、あるまじきふるまいよ。早苗さんなら、決してそんなことはしないでしょう？」

「わかりません」早苗は正直に応《こた》えた。「ですが、とてもお辛《つら》かったのはわかります。一人で立ち去られたのも、やむを得ないことだと」

「別に辛かったからじゃないわ。ただ、私は一人にならなければいけないと思ったから」

早苗は首を傾《かし》げて雪子を見た。一人にならなければいけない？　意味がよくわからなかった。

「かつて栄さんは、一人で私のところに来てくれた。空にも大切な家族はいるけれど、陸での家族は私たったひとりだけ。それ以外は何もいらないと言ってくれた。最後に彼は、空の家族と行ってしまったけれど……だから私は、家族も、友人ももたず、一人でいたいと思ったの。死ぬまで、ずっと」

江南がいかに熱心に雪子に求婚したかは、鷹志からも聞いている。その時はさして興味もなかったが、当人の口からその顚末《てんまつ》まで聞くと、胸を衝《つ》かれた。

「こんな言い方は不謹慎かもしれませんが、羨《うらや》ましいです」

「羨ましい？」

「はい。それほどに想《おも》い、想われて」

上昇志向が強かったらしい江南が出世の道を擲《なげう》ってでも妻にと望んだ。女の本懐ではないか。

この世の中で、自分の意思を通すことがどれほど困難か。江南はやってのけ、そして雪子も応えた。

彼女は常に、自由であることを選んだ。たとえ逆風に身をさらしたとしても。一人で立つ雪子に江南は手を差し伸べ、そして江南が消えた後は雪子は当たり前のように一人に戻った。その強靱《きょうじん》な精神力が、早苗には羨ましかった。

もし自分に、雪子の美しさか、才能か、そして強さのどれか一つでもあったなら。そうすれば自分は、もっと違った生き方ができただろうか。何かを望み、それを叶《かな》えられる喜びを一度でも知ることができただろうか。鷹志の目を、最初から見ることができただろうか。

その時、胸の中で、何かがかちりとはまる音がした。早苗は目を見開き、雪子を見た。

彼女は、不思議そうに早苗を見ている。何度見ても、美しい女だった。切れ長の目は初めて見た時は鋭さが目立ったが、今は森の奥にひっそりと息づく湖のように、ただ静かに早苗を映している。湖に佇《たたず》む自分は、ぽかんとした様子で早苗を見返していた。

長らく、この雪子という女を憎んできた。だが、今わかった。本当に憎んでいたのは、雪子ではない。雪子のように戦えなかった自分だ。

私はずっと、抗《あらが》いたかった。顔をあげたかった。私はここにいるのだと言いたかったのだ。

「あなたが私を羨ましいだなんて」雪子はじっと早苗を見つめたまま、言った。「おかしなものね。私は、あなたが羨ましくてならなかったというのに」

早苗はますます目を瞠《みは》った。

「私を？」

「ええ。皆に祝福されて、兄と家族になったあなたが、一時はとても憎らしかった」

「憎らしかったなんて、そんな」

「少し昔話をしてもいい？　私は昔から全く友達ができなくて、いつも兄の後をついて歩いていたの。兄から聞いた？」

「……はい」

「兄が手を引いてくれればどこに行っても平気だった。二人きりになっても守ってやるって言ってくれて、無邪気に信じてたわ。でもその後すぐ、兄はいなくなった。養子なんてね……考えたこともなかった」

口調は静かだったが、当時の幼い心にはどれほどの衝撃だったことだろう。早苗には手に取るようにわかった。十二歳の時にばあやが死んだ時の記憶が否応《いやおう》なく甦《よみがえ》る。ばあやは、あの家の中で唯一《ゆいいつ》早苗を可愛《かわい》がってくれた人だった。早苗の人生の困難を予想し、何でも一人でこなせるように、厳しくしつけてくれた。ばあやが死んだ時、早苗は自分の人生に光がさすことはもう永遠にないのだと悟った。

「彫刻に打ち込むようになったのは、それから。それまではただ好きで彫っていたけれど、世に認められるための手段になったの。だって、このまま家で待っていたって、兄は帰ってこない。兵学校も私は行けない。でも、兄と同じように外に出て、夢を叶えて皆に認められれば、また一緒にいられる。どういうわけか、ただ一心にそう思ってた。子供って、怖いわね」

雪子の口許が、かすかに歪む。早苗は黙って首を横に振った。

きっと雪子は、鷹志が出て行くと知っても、泣き喚《わめ》いて止めるようなことはできなかったのだろう。自分もそういう子供だったから、よくわかる。だが静かに言葉を飲み込んでも、それからの行動はまるでちがう。早苗は、ただ絶望して諦《あきら》めた。雪子は諦めなかったのだ。

「雪子さんは……」

つい呼びかけてしまい、早苗は慌《あわ》てて口を閉じた。今まで、ほんの時折、頭をかすめることはあった。そして雪子が話し始めた時、ぼんやりとした疑問は形をとりはじめ、今やほとんど確信に近づいている。だが、きっと口に出していいことではない。

「ねえ、早苗さん。あなたは幸せ?」

雪子の口調は柔らかい。早苗は、青い花器を持つ手に力をこめた。

「はい。でも……待ち続けるのは、時々、胸が潰《つぶ》れそうになります」

「そうよね。でも兄はいつも必ずあなたのもとに帰ってくる」

雪子はふと視線を逸《そ》らすと、閉め切った雨戸のほうへと顔を向けた。ただ言葉だけを投げ出したような、平坦《へいたん》な声に、早苗の胸は抉《えぐ》られた。

そっと手を開き、小さな花器を見る。閉じ込められた、青い海。これは、彼女が望んだ海ではない。しかし雪子はここにいるのだろう。美しく自由な世界で、たった一人、永遠に漂っているのだ。

「雪子さん。あの……もし、よろしければ一緒に」

「その先は言わないで頂戴《ちょうだい》」

こみあげる思いのまま早苗は口を開いたが、思いがけず強い口調で遮られた。こちらを見る目には、険が滲《にじ》んでいる。早苗は、自分の同情が雪子の誇りを傷つけてしまったことに気がついた。

「彫刻は、途中から私にとって手段になってしまった。でも陶芸は、ただ楽しい。こんなに楽しかったことって、ないのよ」

早苗を睨《にら》みつけていた目が下へと流れ、途端に和らいだ。その先にあるのは、小さな花器。

「もうちょっとなのよね。理想の色まであと一歩。それができるまで、兄さんには内緒にしていてね。彫刻の時に迷惑をかけたから、いい恰好《かっこう》したいのよ」

雪子は悪戯《いたずら》っぽく笑った。人を寄せ付けぬ冷たい美貌《びぼう》の主だが、こんなふうに笑うと、途端に無邪気な少女の顔になる。早苗もつられて微笑《ほほえ》んだ。

「わかりました。これは雪子さんと私だけの秘密。夫婦茶碗、楽しみにしておりますね」

陶芸のことはさっぱりだが、思い通りの色を出すのは大変な困難が伴うと聞いている。どれほど計算しても、わずかな温度や時間の差で、出来はまるで変わってしまう。何年、何十年、それこそ生涯を懸けることもある難事だ。

炎から青を生む。それは浄化であり、祈りである。

雪子がどんな想いで釉薬《ゆうやく》をかけ、窯《かま》に投じたか。そして再び手にした時、願いとかけ離れた色にどれほど落胆したか。

雪子と自分は、重なるところなど少しもないはずなのに、祈るように器を焼く彼女の想いが心に流れこんでくる。そうだ、これは祈りだ。兄への、夫への、雪子が関わった全《すべ》ての人への。

そして、憐《あわ》れな雪子自身への。

7

天罰というものは、やはりあるのかもしれぬ。

久しぶりに帰った鎌倉の実家には、位牌《いはい》がふたつ増えていた。真新しいそれに手を合わせ、鷹志は瞑目《めいもく》する。

「ただいま帰りました、父さん」

呼び名はひとつ、しかし自分にとって父である二人が、今そろって位牌となって目の前に佇《たたず》んでいる。

宗二の戦死は、台湾の高雄で入院中に知った。鷹志も満身創痍《そうい》の状態で帰ってきたばかりであり、まだ父の死の詳細を知る者に出会えてはいないが、おそらく艦橋で酒でも飲みつつ、都々逸《どどいつ》なんぞ歌いながら沈んでいったのではないかと思う。

しかし、正人のほうは全く予測していなかった。最後に会ったのは二年も前のことで、突然の訃報《ふほう》に鷹志は茫然《ぼうぜん》とした。

「亡《な》くなる前日には、気に入りの服を自分で用意して枕元《まくらもと》に置いて寝たんですよ。明日は海へ行くのだと言って、まるで遠足前の子供のようでした」

頭を下げて座布団《ざぶとん》から退《ひ》くと、壁際《かべぎわ》に座っていたフキが言った。

「海、ですか？」

「ええ、おかしいでしょう。毎日見ているのにね。私もそう言ったら、明日は少し遠出するからと嬉《うれ》しそうに笑っておりました。どこに行くつもりだったのだか」

鷹志の心臓が、大きな音をたてた。

『鷹志、左だ』

正人が死んだのは、奇《く》しくも『維和』が攻撃を受けた日だった。まさか、とは思う。だがあの時たしかに、聞き覚えのある声を聞いた。反応してとっさに体を引いていなければ、機銃弾は間違いなく鷹志の脳天と心臓を貫いていただろう。

鷹志は茫然と位牌を見やり、あらためて頭を下げた。父は最期《さいご》の瞬間まで、たしかに家族の防人《さきもり》であったのだ。

そして再びフキに向き直ると、同じように頭を下げる。

「大変な時に、何もお力になれず申し訳ありません」

「何を言うんです。鷹志さんはお国のために戦っているでしょう。主人も誇りにしていましたよ。お怪我《けが》はもういいのですか」

「かすり傷です」鷹志は左腕をさすって言った。「守るとはどういうことかを、教えていただいたと思っております。私は、偉大な二人の父を師と仰ぐことができて、幸せものです」

頭を下げると、フキの横に座っていた奈津が微笑《ほほえ》んだ。

「そして母二人が残っちゃったわ。困ったわね」

「お二人が一緒に住んでいるのには驚きましたが、安心ですね」

「合理的でしょう？　一人ではここ、広すぎますもの」

奈津は、位牌と遺影をしみじみと見て言った。

「主人は、あの作戦が終われば、教育局の副局長となることが決まっておりました。ここから毎日通うことになったでしょうね。でも、死んでむしろほっとしているんじゃないかしら。あの人は根っからの船乗りでしたから。地上にいるより、海上で戦って果てて本望でしょう」

「多くの士官がそう願っていると思います」

「鷹志さんも」

「無論です。それが軍人の本懐です」

「そう。本懐。早苗さんはどう思いまして？」

「奈津さん」

フキが小声でたしなめるが、奈津の視線は揺らがない。鷹志の斜め後ろから、早苗の凛《りん》とした声がした。

「お国のために尽くされるのは何よりご立派なことです。誇りに思います」

「そう」

青ざめた顔で微笑む奈津の腕を、傍らに座ったフキがさきほどからずっと摩《さす》っている。昔、この二人は険悪とは言えないが、互いに立ち位置を計りかねているところがあり、父親たちに比べると、やや疎遠《そえん》だった。母というものは難しいのかもしれない。その二人がこうして寄り添っているのは、息子としても心が温かくなるような光景だった。

早苗も鷹志が不在の間には、この二人にずいぶんよく気を配ってくれているらしく、宗二の葬儀はもとより、正人の時にもよく母を助けたという。こうして同じ部屋にいると、気心の知れた女が三人そろい、自分が部外者のような気がしてならないが、本当ならばここにもう一人いなければいけない者がいたはずだ。

「雪子はどうしておりますか」

その名を出していいものか迷ったが、案の定、空気がわずかに強《こわ》ばった。

「今日、帰ったんですよ」

言いにくそうにフキが言った。

「今日？」

「夏ごろから、月に一度、野菜を届けに来てくれているのですよ。父さんが死んで私が鎌倉に移ってからは、こちらに来ているの。昨日も来てくれて、いつもは二泊してから帰るのだけど、今日は窯《かま》が気になるとかで早々に帰ってしまったのよね」

フキのため息まじりの言葉に、鷹志は少なからぬ衝撃を受けた。今日、焼香に来ることは、昨日の時点で奈津に知らせてある。当然、雪子も知っただろう。その上で、予定を繰り上げてまで出て行ったのだ。

薄々そんな気はしていたが、雪子は自分を避けている。

「まあ仕方がないわ。雪子さん、兄にも食べさせてくださいってたくさん野菜を置いていってくれたから、ありがたく頂きましょう。いつもなら共同炊事に回すんだけれど、今日は鷹志さんが来るからとっておいたのよ」

場の空気を変えるように、奈津が明るく言った。

「それから隣の奥様から昨日、干物を頂いたのよね、それから……ああ早苗さん、どんぐりまだ残ってたかしら？」

「はい。三日前にフキさんがとってきてくださいました」

「助かるわ。最近はどんぐりもなかなか数がとれなくてねえ。みんな素早くとっていくんだもの。ふふ、鷹志さん、どんぐりパン食べたことないでしょう。なかなかのものよ。早苗さんはどんぐりパンやどんぐりうどん、なんでも作っちゃうんだから。しかも美味《おい》しいのよ」

「どんぐり……」

鷹志は思わずフキを見た。フキは困ったように笑っている。

会津にいたころ、栄養価の高いどんぐりはよく食べた。山に行って集めてくるのは鷹志の仕事で、アクの少ないどんぐりをよりわけて探してこなければならなかった。そのまま炙《あぶ》って食べることもあったし、母はどんぐり粥《がゆ》やどんぐり団子などいろいろ工夫を凝らしてつくってくれたが、米の代用だったので、お世辞にも美味しいものではなかった。

浦賀に移ってきてからは一度も食べたことはない。良家の出身の奈津の口からどんぐりパンという言葉が出るとは。しかもフキが集め、早苗が料理したものを皆で食べていたとは。

今まで一度も、そんな話が出たことはなかった。昨日久しぶりに戻った自宅ではいつものように甘いふな焼きを堪能《たんのう》したし、夕飯も鰯《いわし》に白菜の漬け物、白米に豆腐とわかめの味噌汁《みそしる》というごく普通の品目で、そういえば煮物は鶏肉《とりにく》のかわりに不思議な食感の団子が入っていたが、ひっかかったのはそれぐらいだった。配給が厳しくなってはいるが、鷹志が艦長となったことでいろいろ付け届けもあり助かっているのだと早苗にはむしろ礼を述べられた。

しかし、この戦争状態が何年も続いているのだ。日支事変の時には、デパートに並ぶ豪華な慰問袋に呆《あき》れ、少しは前線の兵士のことも考えろと憤慨したりもしたが、それも遠い過去の話。輸送船団があれほど沈められているのだから、生活など最低限のレベルですら成り立っていないに決まっているではないか。嬉しそうにどんぐりの話をしている二人の母や妻を見ていられず、鷹志は立ち上がった。

「どうしたの、鷹志さん」

驚いたように、奈津が彼を見上げた。

「申し訳ありません、急用を思い出しました」

「急用ってあなた、さっき来たばかりじゃないの」

「挨拶《あいさつ》をしておかなければならないところがあるのです」

鷹志は奈津を振り切るように玄関へと向かった。無礼は承知だが、これ以上ここにいたら、叫び出しそうだった。

「お戻りは？」

早苗が慌《あわ》てて追いかけてきて、外套《がいとう》を手渡す。

「夕飯までには戻る」

「わかりました。出かけられるのでしたら、鴨居《かもい》に寄ってはいただけませんか？」

早苗の言葉に、鷹志は面食らった。まさにそこに行こうと思っていたからだ。

「フキさんから聞きました。正人さんが、亡くなられる直前まで、気にされていたそうで。フキさんは腰が悪いのであの手の石段は厳しいでしょう。先月は私がお墓参りに行ったのですが」

「そうか。父が」

鷹志は目を瞑《つむ》った。かつて正人は、もうあそこには行くなと幼い息子を叱《しか》った。しかしやはり彼の胸の内にも、故郷への想《おも》いや誇りは根付いていたのだ。

「わかった。行ってみよう」

「お願いします。どんぐり料理、楽しみにしていてくださいね。存外、悪くないものですよ」

早苗は微笑んで夫を見送った。

最近、彼女はうつむくことがなくなった。いい傾向だが、顔を見るということは、痩《や》せた頬を目《ま》の当たりにさらすことでもある。鷹志が思わず、丸みを失った頬に触れると、早苗は目を丸くした。同時に真っ赤になった彼女を見て、鷹志もにわかに恥ずかしくなり、逃げるように外に出る。

早足で過ぎゆく街並みは、変わらない。人々の生活もさほど変わったようには見えない。しかし色が確実に消え、誰もがとても小さく見える。歓声をあげて走っていく小さな子供たちの、なんと痩せていることか。

先週、とうとう東京で空襲があったという。二年半ぶりの空襲は、以前とはくらべものにならない大編隊で、三日後にも再び東京上空に現れ、人々を恐慌《きょうこう》に陥らせたらしい。

以前はまだ健在だった艦隊も、今年のマリアナ沖、レイテ沖の海戦で壊滅した。『大和』を始め、戦艦のいくつかはまだ残っているが、南方の資源地帯との輸送もままならなくなった今、あんな巨大な艦を動かせる油を確保できるはずもなく、今や港に浮かぶ巨大な鉄屑《てつくず》となりはてている。対空砲は使えるが、回避もできぬ艦ではたかがしれている。空母もなく、本土を防衛するための航空機の絶対数もあまりに足りず、もはや国も丸裸の状態だ。空襲は激化し、ひろがる一方だろう。

暗澹《あんたん》たる面持ちで、鷹志は駅へ向かう。どうやって電車を乗り継いだかもおぼろげだったが、浦賀駅に降り立った途端、造船所から響く凄《すさ》まじいリベット打ちの音に正気に返った。人の話し声さえろくに聞こえない、耳をつんざくような音に、茫然と立ちすくむ。突然、膨大な記憶が、体の中を駆け抜けていった。

この音の中に、父はいた。父は家族を守り、生きるためにこの地に来た。そして鷹志はこの音を聞いて育ってきた。ここから出ていくたくさんの艦を見て、宗二に憧《あこが》れ、あの墓地を教えてもらった。あそこから自分の第二の人生は始まったのだ。

昔、同じ道を弾むように歩いた。右手に輝く海を見て、宗二の後をついて進んだ道を、今は木枯らしのなか体を丸め、灰色の海を横目に見て歩いていく。やがて左手の岩壁に記憶通りの石段が現れ、足早に登ると、しんと静まりかえった境内に出た。犬《いぬ》槙《まき》や柏槙《びゃくしん》も健在である。

住職に頼んで線香を購入し、桶《おけ》に水を汲《く》み、地蔵の並ぶ坂道へと進む。さらに山に踏みいり、枯れ草がしきつめられた急な斜面を登りきると、ようやく薄暗い墓地に出た。下界から切り離された高みにありながら、地の底を思わせる、この世であってこの世でない場所。唸《うな》る風もいっそう冷たく鷹志を苛《さいな》むが、その中にかすかな線香の香りを感じ、慌てて見回した。

色という色を失った光景の中で、墓石の前に淡い紫が揺れていた。すべての墓の前に、達磨《だるま》菊が供えられている。竹筒の中に咲く花はみずみずしい。以前はあった花屋がなくなっていたので花はもってこなかったが、いったいどこから調達したのだろう。あたりを見渡すが、人の気配はない。ため息をつき、線香に火をつけ、ひとつひとつ墓石の前に置いてまわる。

重い天蓋《てんがい》のように墓地を覆《おお》う枝が揺れ、葉はざわめき、行き場をなくした風が唸る。

眠る防人たちの怒りが聞こえるようだ。おまえは何をしているのかと詰《なじ》られる。その通りだ。自分は何をしてきたのか。先人に恥じぬ防人になるのだと誓ったはずが、多くの戦友を、部下をなすすべなく失い、国民を餓《かつ》えさせ、何より大切な家族にもひもじい思いをさせている。早苗など、自分が餓えてもおくびにも出さない。守るべき者たちをこれほど苦しめてまで、この戦争を続ける意味はあるのか？　敗北は恐ろしい。だが、レイテで艦隊の九割を失い、輸送も断たれた今、本気でまだやれると思っているのか？

「今こそ、あなたたちの無念がわかります。ここで私にあなたがたの無念を語った父は、軍人の本懐を遂げ、死にました。思うところはあったでしょうが、彼は幸福だったことでしょう。正々堂々戦って死ねたのですから。しかし私は……」

鷹志は口を閉ざした。背後で、草を踏む音がする。ごくごく小さな音。しかし、静まりかえった聖域の中でははっきりと耳に届き、鷹志は静かに振り向いた。

薄暗がりの中、ほとんど黒に見える着物ともんぺを背景に、溢《あふ》れんばかりの薄紫の達磨菊が咲いている。達磨菊を抱えた手から視線を上に向ければ、人形のような顔があった。懐《なつ》かしい、白い顔。

「ゆき」

こう呼ぶのも、いったい何年ぶりだろうか。

「なんでここにいるの？」

挨拶もなく、雪子はそっけなく言った。

「早苗に、寄ってくれと言われた」

「早苗さんが？　もう、あの人ったら」

雪子は眉《まゆ》を寄せて、ため息をついた。

「早苗はおまえがここにいることを知っていたのか？」

「ここに行くって伝えたから、そうでしょうね」

「そうか。早苗に感謝しなくちゃならないな。ゆきにもだ。墓守をしてくれて、ありがとう」

「父さんに頼まれたから。一年に一度でいいと言われたけど、どうせ一月に一度は鎌倉に来るし、そのついでに来ているだけよ」

「父さんも生前はよく来ていたのか」

「兄さんが士官になってからずっと」

胸を衝《つ》かれ、鷹志は苔《こけ》むした墓石を見下ろした。

「私も子供のころ、父さんと母さんにここに連れて来てもらったわ。昔渡した仏像、ここのお地蔵様を見ながら彫ったの。ここが一番御利益《ごりやく》がありそうだと思って」

「ああ、似ているもんな」

「まだもってるの？」

「もちろん。あれのおかげで、俺は今もこの通りだ。周囲でどんなに人が死のうとも」

思いがけず皮肉な口調になってしまった。案の定、雪子の顔が曇る。

「まるで、生き残りたくなかったような言いぐさね」

「そういうわけじゃない。ただ、あまりに周りで人が死にすぎた」

「でも兄さんは、何があっても帰ってこないと。これ以上未亡人だらけになったら、大変よ。女ばかりだとかしましいったらないんだから」

「今でも、俺ひとりであの家にいると肩身が狭いよ。一緒に鎌倉まで戻らないか？」

「いいえ。窯が心配だし、午後の列車で帰るわ」

そっけなく断られ、鷹志は肩を落とした。

「残念だな。久しぶりに会えたんだから、もっとゆっくり話したかった。早苗やおふくろたちとは仲良くやってるんだろう、俺だけ仲間はずれにしなくてもいいじゃないか。兄妹《きょうだい》なのに」

「……じゃあ、浦賀駅までは一緒に戻りましょうか。仲良し兄妹らしく、おてて繋《つな》いで」

「冗談だろ恥ずかしい」

「昔はよく繋いでくれたじゃない」

「小学生のころだろ！」

動揺した隙《すき》に、雪子はすばやく鷹志の右手を摑《つか》んだ。

「さ、帰りましょう」

これ以上抵抗するのも面倒で、鷹志はしぶしぶ歩き出す。気恥ずかしいが、振り払う勇気はない。せっかく雪子から歩み寄ってくれたのだ。人目もないし降りるまではいいだろう、と自分に言い聞かせながら暗い木立を進む。

「そういえば奥で何をしていたんだ？」

「海を見ていたのよ。南洋の海ってここに比べるとずっと明るいの？」

「場所によりけりだ。トラックなんかははっきりとしたエメラルドグリーンだが」

「ラバウルのあたりは？」

雪子の手を握る指に、わずかに力がこもった。雪子の反応は変わらない。

「……そうだな。あそこも、明るくて綺麗《きれい》な海だよ」

「見たかったな。海中温泉があるんでしょ。入ったことある？」

他愛のない言葉を交わしながら、兄妹はゆっくりと歩いた。手の感触は変わったがぬくもりは変わらず、長年の空白がたちまち消え失《う》せていく。

鷹志はじめて、雪子の口から陶芸の魅力を聞いた。芸術的なことはさっぱりだが、雪子が本気で打ち込んでいることが理解できたのは何よりだった。

「思ったより元気そうで安心したよ。消えたと聞いた時には江南の後追いでもするんじゃないかと」

「嘘《うそ》ね」

「嘘だ。だが心配したのは本当だ。黙って消えたのはともかく、ゆきを立ち直らせてくれた陶芸には感謝だな。大事な時に何もできず悪かった」

「軍人さんにそんなの期待してないもの。陶芸はね、私もまさかこんなに夢中になるとは思わなかった」

「彫刻は？」

「父さんと約束したもの、あれから一度も彫刻刀は握ってない。陶芸はまた違う魅力があるの。火で浄化される感じと言えばいいかしら。まるでちがうものに生まれ変わる様は、何度見ても飽きない」

浄化、という言葉が胸に深く刺さった。ならば自分の罪も浄化されるだろうか。爆雷の轟音《ごうおん》の中、米兵の体は四散した。見えたわけではない。だが、確実にばらばらになったはずだった。

「ゆき、俺はおまえを同志だと思っていると言ったよな。覚えているか」

しばしの逡巡《しゅんじゅん》の後、鷹志は意を決して口を開いた。雪子は黙って頷《うなず》く。

「聞いてほしいんだ。俺は今回、罪を犯した。戦場にいるかぎりそれは逃れられないが、今回は明白に、俺自身の意思によって犯したものだ」

雪子は足を止め、じっと鷹志の顔を見た。

「償いたいの？」

「いや。今、窯変《ようへん》の話を聞いて思ったんだが、罪を犯してみて、自分が何をしたいのかがようやく見えたような気がするんだ」

罪という業火《ごうか》に炙られて、自分は確実に色を変えた。そして怒りの熱が冷めるにつれ、「それ」は徐々に鷹志の中ではっきりとした形を持ち始めた。

いざ日本に帰ってきて家族と再会し、宗二と正人の遺影と相対した時には、背を押されたような気がした。

「だが、おそらくそれもまた戦場では罪だ。俺がすでに犯したものより、もっと重いかもしれない。今まで培《つちか》ってきたものを自ら無にすることになりかねない。だから、おまえの判断を聞きたいんだ。聞いてくれるか？」

雪子は、探るように鷹志の目を見つめていた。その中に何を見いだしたのか、兄の手を握る指に、かすかに力をこめた。

8

一九四〇年に就役した『白雨《しらさめ》』は、歴戦の勇者である。

四一年、フィリピンのレガスピー攻略で初陣《ういじん》を飾った後、ほとんど休む間もなく海を駆け続けた。そのほとんどの戦闘で傷を負い、レイテ沖海戦でも左舷《さげん》一番煙突の真下に爆弾をくらい、大破した。

艦橋より後の部分が折れ曲がった『白雨』は、一番罐《かん》室も吹き飛び、航海器機もほぼ破壊されたために、場所もわからぬ舵《かじ》もとれぬ状態で、一週間さまよった後、奇跡的に味方に発見された。そしてシンガポールで修理をし、ようやく日本に辿《たど》りついたという。

辞令を受けた鷹志が、『白雨』と対面したのは呉のドックの中だった。

すでに修理はほとんど終わっていたが、ここに戻ってきた当時の惨状は技手《ぎて》から聞いた。いかにも急造な艦首、艦橋も仮。魚雷発射管も十二・七センチ砲も、どちらも半分しか使えない状態だった。前部が沈み、後部だけが浮いている状態だったために、艦橋にいた艦長以下幹部が全滅、乗員の半数が戦死したという。鷹志は手を合わせ、瞑目《めいもく》した。海に散った前艦長たちのために、生き残った者たちを死にものぐるいで母国に連れ帰ってくれた『白雨』のために。

耳をつんざくようなリベット打ちの音が、弔鐘のようだった。もの悲しく、懐《なつ》かしい。浦賀で育った鷹志にとって、この音は故郷を思わせるものでもある。『白雨』は、命懸けで故郷に戻ってきた。苦楽をともにした家族を守るために、そしてまた故郷を守るために。

「艦長！」

弔鐘の合間を縫うように、快活な声が聞こえた。目を開き、声のほうに顔を向けると、小柄な青年士官が破顔し、敬礼する。いかにも俊敏そうな体つきに、どことなく猿を連想させる顔立ちは、記憶にあるより年をとってはいたが、すぐに誰かわかった。

兵学校の分隊の三期下、中島生徒だ。

「ご無沙汰《ぶさた》しております。この度は『白雨』艦長着任、おめでとうございます」

「着任は明後日だけどな。中島が砲術長とは心強いよ」

「永峰生……いえ、少佐とご一緒できて光栄です。精一杯勤めさせていただきます」

「頼りにしているぞ。元気そうで何よりだ」

「おかげさまで。腕の具合はいかがですか。機銃でやられたと聞きましたが」

中島は、丸い目を痛ましげに細め、鷹志の左腕を見下ろした。

「多少抉《えぐ》れただけだ。まあ勢いよく動かすと痛むがどうってことはない。しばらく操艦は全《すべ》て航海長に任せることになるだろうが」

軽い口調で返したものの、どういうわけか中島の表情はいっそう曇る。

「その航海長ですが……もうお会いになりましたか」

「いや。今日、呉に来たばかりなんだ。『白雨』と早く会いたくてな。航海長は……たしか、波多野大尉《たいい》だったか？　中島は会ったか」

「はい。私も波多野も、ブイ・ツー・ブイですので」

苦虫を嚙《か》みつぶしたような顔で、中島は言った。ブイ・ツー・ブイとは、同一港内での転勤をさす。ただ単に艦を乗り換えるだけなので、転勤手当も何もでない。士官にとっても、もっともつまらない辞令である。

「それは二人とも気の毒だったが、まあ今は贅沢《ぜいたく》は言ってられん。次は変わるさ」

「いえ、異動が不満なのではありません」

「航海長が問題だと？　まさか今時、予備士官だから気にくわんというわけじゃあるまいな。兵科が足りないんだから、予備士官がいなければもはや艦なんぞ動かせないぞ」

紅潮した顔は、図星であることを物語っていた。

記憶にあるかぎり、中島は兵学校生徒であることを最大の誇りとしていた。とりたてて優秀というわけではなかったが、素直で、友誼《ゆうぎ》に篤《あつ》い男だった。しかし、兵学校においては美質となった部分が、外に出ても同じように映るかと言えば、必ずしもそうとは言えないこともある。

「予備士官だからというわけでは……ただ、彼には著しく海軍魂が欠けているように思われます」

どうやら、すでに二人の間に一悶着《ひともんちゃく》あったらしい。

「もう何年もいるんだ、欠けているということはないだろう。まあ、仲良くやってくれ。俺はしばらくこんな状態だしな、二人には何かと助けてもらうことになる」

無事なほうの手で肩を叩《たた》くと、中島はまだ何か言いたげにしていたが、すぐに「お任せください」と言った。

誰にでも、どうにもそりが合わぬ者はいる。兵科の中でも、兵学校時代に目の敵にされていたような上級生が着任先に上官として待ち構えており地獄の一年を過ごすはめになったという悲劇などいくらでもある。中島もそれなりに場数は踏んでいるし、課業中に反感をあらわにするようなことはしないだろう。

若干の不安を感じつつ、翌々日の着任の挨拶《あいさつ》後、鷹志はすぐに訓練に取りかかった。なにしろ、不慣れな若い水兵が非常に多い。今まで多くの艦を渡り歩いてきたが、ここまで若い艦は初めてだ。海兵団がとにかく必死で新兵をかき集めているのは知っているが、この様を見るといよいよ末期だと思わざるを得ない。

南洋には熟練の下士官も少なからずいるだろうが、彼らの帰還は今のところ絶望的である。熟練兵がかぎられているならば、そのぶん猛訓練で埋め合わせるほかはない。かつては日本海軍内に多数存在していた駆逐艦も、その多くが南洋に沈み、今となっては貴重品だ。『白雨』には、沈んだ姉妹のぶんまで頑張ってもらわねばならない。

鷹志は、鬼となった。『維和』着任時は、細かいことは各分隊長やベテランに任《しょ》せ、最低限のことしか口にしないものわかりのよい穏やかな艦長で通したが、今回は初っ端《ぱな》からがみがみ言った。新兵がくだらぬミスをすれば一喝し、時には殴りとばし、きわめて厳しく鍛え上げ、分隊長たちをたるんどると叱咤《しった》した。

おかげで訓練自体は、順調に進んだ――とは、残念ながら言いがたかった。なにしろ、毎日は艦を動かすことができないのだ。日本軍にとって最大の資源地であった蘭印とのルートが現在ほぼ断絶状態にあるため油が不足し、この呉でも制限されている。しかたなしに、丸一日錨泊《びょうはく》したまま訓練を行うこともあった。動かぬ艦での戦闘訓練というのも、間抜けなものだ。

しかし、鷹志はいっさい手を緩めなかった。これで脱落してやめるならばそれでよい。陸上勤務にまわれば、生き残る公算は高くなるだろう。

訓練を耐え抜いた者たちの士気は、旺盛《おうせい》である。陸とは違い、彼らの多くは志願兵だ。本土に飛来する爆撃機の数も増えてきた今、若い水兵たちの目には、なんとしても国を守らねばという強い意志があった。

会議室を出ると、士官室付の従兵が、ばねのように跳ねて敬礼する。鷹志は軽く返礼し、艦長室に向かった。椅子《いす》に座り、机の上に積まれている書類を見やると、自然とため息が零《こぼ》れてしまう。

うずたかく積み上がった紙の半分は、申請書だ。先日提出し、却下の印と共に戻されてきたもの。

足りないのは油だけではない。鉄鉱石も天然ゴムも食糧も何もかも足りない。申請しても却下の嵐《あらし》。しかし艦内からの陳情は止《や》まない。みな、創意工夫をしてはいるが、限界はある。

「油か……」

左側頭部が急に痛み出す。手でおさえても、なかなかおさまりがつかない。

鷹志が『維和』を降りる時、乗組員たちは皆泣いた。永峰少佐以上の艦長はおりませんと言って、心から別れを惜しんでくれた。任務を全うできず、犠牲を出したことを責めぬ優しさはありがたかったが、鷹志にとってはかえって辛《つら》かった。『維和』はよい艦だ。乗組員たちのことも忘れることはないだろう。だが、この手で最後を汚してしまったという思いが拭《ぬぐ》えない。

なぜあの時、爆雷を投下したのか。あの日から、悔やまなかったことなどない。あの時は、正しいと思った。これは復讐《ふくしゅう》ではない、正当な攻撃であると。生きようと必死にあがいている非戦闘員を皆殺しにするよりも、よほど正しい戦闘行為だ。何度もそう自分に言い聞かせた。

しかし、わかっているのだ。あの時の自分は、明らかに復讐の念で動いていた。爆雷投下を命じたことで、乗組員たちもこの私的な復讐の共犯者にしてしまった。あの瞬間まで、どこに出しても恥ずかしくない立派な海軍軍人だった男たちを、一気に薄汚れた存在に引きずりおろしてしまったのだ。

常に頭を冷やせとあれほど言い聞かせてきたのに。ならぬことはならぬのに。そんな自分が、今度は駆逐艦艦長だという。油もない、動けない、もはや目的もはっきりしない艦の。

「だが、今度こそ間違えない」

鷹志はつぶやき、顔をあげた。

今は、自分がすべきことが明白にわかっている。ひょっとしたらそれは、乗組員たちにとってはひどい裏切りとなるかもしれない。それでも自分は、この道を行くと決めた。

『白雨』乗組員二百八十四名。

自分が艦を降りるまで、絶対に一人も欠けさせはしない。

9

鷹志が早苗と揃《そろ》って正月を迎えるのは、じつに三年ぶりのことである。

前回は、真珠湾から意気揚々と帰ってきた直後のことで、それ以来正月は全て洋上で過ごしていた。

今年は久しぶりに、内地の陸《おか》の上で新年を迎えることができた。喪中ではあったが、早苗は夫のために腕をふるい、彩《いろど》りはとぼしいものの、牛蒡《ごぼう》に蓮根《れんこん》、蒟蒻《こんにゃく》、金柑《きんかん》、小魚の甘煮《あまに》でおせちを詰めた。たいそうなごちそうに、鷹志は歓喜した。

久々に、静かで満ち足りた正月を楽しんでいるところに、有里は唐突にやって来た。

三が日が過ぎてすぐ、酒を片手にいつもの暑苦しい笑顔で永峰宅を訪ねてきた友人に、鷹志は目を丸くした。たしか彼は南洋にいるはずだった。

「いつ呉に戻っていたんだ？」

「それはこちらの台詞《せりふ》じゃ。よくぞまあ、あの南洋から海防艦で生還したもんだ。『維和』の伝説はこっちにまで聞こえてきたぞ」

「貴様こそ、損耗率の高い潜水艦でよく戻ってきたな」

「わはは、海防艦と潜水艦の撃沈率なんざ、目くそ鼻くそじゃ」

有里は呵々《かか》と笑ったが、その笑いはどこかそらぞらしい。

一瞥《いちべつ》した時から、違和感はあった。頬が、いくぶんこけている。目にも力がなく、全体的に覇気がなかった。どうしたのかとこちらが問う間もなく、有里は畳みかけるように言った。

「突然だが永峰、初詣《はつもうで》につきあってくれんか」

「初詣？　どこだ」

「品覚寺《ほんかくじ》だ」

　鷹志は目を見開いた。江田島は津久茂に構える品覚寺。兵学校四号生の時に、友と連れ立って訪れた、懐《なつ》かしい寺である。

「またどうして」

「貴様も駆逐艦艦長を拝命したそうではないか。俺も伊号艦長だからな、ここで互いに初心に立ち返るのもよかろうと思ったのだ。ま、単なる思いつきだな！」

「あいかわらずだな。今からか？」

「明日には大津に戻らねばならんのだ」

　太い眉根《まゆね》を寄せて、困ったように鷹志を見る。大きな目の中をよぎった焦《あせ》りを見逃さず、鷹志は頷《うなず》いた。

「まあ、よかろう。早苗、悪いが少し出るぞ」

　早苗に声をかけると、すぐに外套《がいとう》と帽子をもってきた。「お気をつけて」と丁重に送り出されて呉から船に乗り、江田島に到着すると、港は閑散としていた。有里は兵学校とは反対の方向に歩き出す。鷹志の家を出てからしばらくは、他愛ない会話が続いていたが、船に乗ってからは、まったくの無言である。これもまた大変珍しいことだった。兵学校時代、有里が口を閉じているのは眠っている時だけと言われていた。

鷹志のほうも、あえて何も話しかけなかった。

ゆるい坂道を上り、懐かしい門構えに目を細める。観海山の字は、記憶通りだ。

鷹志が久しぶりの絶景に見惚《みと》れている間に、有里はさっさと寺の隣に立つ大きな家へと向かい、応対に出た品の良い女性と話を交わしていた。記憶よりいくらか年をとってはいるが、かつて彼らを出迎えてくれた住職夫人に相違なかった。

「どうぞ、おあがりになって。なんのおかまいもできませんが」

彼女はかつてと同じように柔らかく微笑《ほほえ》み、二人を中に招き入れた。

入ってすぐの急な階段を、できるだけ音をたてぬよう注意しながら上る。先に二階にあがっていた有里は、部屋の奥の棚をあさっていた。ずらりと並ぶ和帖《わちょう》をひとつひとつ取り出してはめくり、「これはちがう」と言っては戻すということを繰り返している。鷹志は手前の文机《ふづくえ》に目を留め、その場に腰をおろした。

「津久茂帖か。懐かしいな」

文机に載せられていた最新のものを開いてみれば、墨汁の色も鮮やかな勇壮な文字が目に入る。

『七生報国』

七十三期、和田某、とある。

次の頁《ページ》をめくると、『大君ノ為《ため》、唯《ただ》大君ノ為』『至誠』。それからも延々、いかにも軍人らしい――同時に、新聞でも頻繁に見かけるような愛国の言葉が、判で押したように並んでいる。

「たしか貴様も、七生報国と書いていたな」

「よく覚えているな。あの時は江南に古臭いと鼻で笑われたもんだが、あいつが今の津久茂帖を見たらなんと言うかね。おお、あったぞ」

歓声をあげ、有里はいくぶん古びた津久茂帖を手に戻ってきた。さっそく表紙を開くと、墨も鮮やかな俳句が目に飛び込んでくる。寺からの絶景を歌った流れるような文字を見た途端、時間が急速に巻き戻るのを感じた。

「ああ、これ。懐かしいな」

「もう十六年も前だ。いや、たった十六年か」

次はと見れば、『七生報国』の黒々とした字が現れる。二人は同時に、息をつくように小さく笑った。

「最近の生徒に比べると、貴様の七生報国は実に元気いっぱいだな。悲壮感がまるでない。どうだ、初心に戻れるか？」

「艦長が生徒と同じ初心では困るんだがなぁ」

苦笑しつつ彼が頁を捲《めく》った途端、二人は息を呑《の》んだ。

『紺碧《こんぺき》の果てを見よ』

きわだって美しい筆跡で書かれた文字は、完成された絵画のようだった。

「……皆川」

その名を呼ぶのは、何年ぶりだろう。友人たちとの語らいで懐かしくその名を口にすることはあったが、戦争が始まってからは、思い出すことすらまれになっていた。

「そうか、皆川だったか。誰が言ったのか、ずっと思い出せなかったのだ」

すまんかったな皆川、と有里は津久茂帖に向かって頭を下げた。

鷹志は言葉もなく、文字に見入っていた。彼は、これが皆川の言葉だということは覚えていた。親友の最後の手紙にも、同じ言葉が書かれていたからだ。しかしこの十六年で、それはもはやただの文字のつらなりに変貌《へんぼう》してしまった。かつては、あれほど心震わせた美しい響きだったのに。

それでも、こうして彼の筆を見れば、当時の思いが生き生きと甦《よみがえ》る。茶菓子をほおばり賑《にぎ》やかに津久茂帖を囲んでいたあの日も、昨日のことのように思い出せる。

「皆川は、いいやつだったよなあ。いいやつほど先に逝《い》く。まあ江南もだいぶ早い時期に逝ったから、必ずしもこの法則は当てはまらんが、死んじまえばみな仏だ」

有里は嘆息すると、そのまましばらく瞑目《めいもく》していた。鷹志はただじっと、親友の筆跡を見つめていた。

静寂のまま、どれほど時が過ぎただろうか。有里は目を開き、鷹志を見て言った。

「永峰、生き仏を見たことはあるか」

「生き仏？」

「ああ。文字通り、生きている仏だ。俺は毎日見ている」

有里は目をぎょろりと動かし、文机の上の新しい津久茂帖を見やった。

「生きているが、もう人間じゃあないんだ。人としての願いや欲が、いっさいない。ただただ一途《いちず》に、国の勝利を祈っている。いつも静かで、穏やかで、いっさい乱れることがないなんてなあ、人間じゃないだろう。人の邪魔にならぬようそっと寄り添い、来《きた》るべき時が来れば、慈悲深い微笑みで去っていく。あれは人間ができる顔じゃない。本当に後光がさしているんだよ。仏ってのはありがたいもんだが、一緒にいるとなると、それ以上にしんどいものだぞ」

「……なんの話だ？」

「民間人を囮《おとり》に使って早々に逃げ出したり、若い連中を生き仏にしなきゃ成り立たん正義ってのは、どういうもんなのかってことさ。七度生まれ変わっても国を守る、か。俺にはもうよくわからん」

有里が吐き捨てるに至って、ようやく鷹志も理解した。

特攻か、と言いかけて鷹志は口を噤《つぐ》んだ。昨年秋から始まった神風特別攻撃隊についてはすでに知られているが、人間魚雷兵器についても噂《うわさ》は聞いている。まだ公表されてはいないが、すでに何度か実行されているのだろう。

そして、有里が指揮する艦にも、それは積まれているのだろう。ただ死ぬために生きている若者たちと共に。

「まあ何だ、艦長がこんなことではいかんだろう」

鷹志の表情が目に見えて沈んだのに気づき、有里はおもむろに咳《せき》払いをした。

「そもそも俺は悩むのが得意ではない。だから初心に返ろうと思ったのだが」

「返ったか？」

「わからん」

あっさりと有里は言った。

「だが貴様は、こんなことをするまでもなかったようだな。トラックで会った時は鬱《うっ》屈《くっ》しているようだったが、今は正月みたいな顔をしている」

「正月だからな」

「ふん、一人ですっきりしおって」

「俺も生き仏なんぞを毎日拝んでいたら、わからんさ」

『維和』の衝撃から立ち直るのにも、ずいぶん時間がかかった。今度こそ誰も死なせまいと誓った矢先、必ず死ぬと決まっている若者を乗せて、死出の旅に自ら送らねばならないと知らされたら、どうなるか自信はない。

有里は物憂《ものう》げに紙を捲り、江南のふざけた枇杷《びわ》の句を見やった。

「今となっちゃ、少し江南が恨めしいよ。あいつが乗ってた陸攻なんざ、今や特攻機を運ぶ輸送機みたいなもんだ。今あいつが生きていたら、さぞまずい酒が飲めたと思うんだがな」

「貴様らはなんだかんだ足並みが揃っていたからな」

「揃っとらん。……ああ、貴様は変わっとらんなあ」

最後の頁に目を落とし、有里はしみじみと笑った。

『ならぬものはならぬ』

我ながら、勢いのこもった字だった。当時は苦し紛れに書いたような記憶があるが、なかなかどうして悪くない。

「ああ、結局はここに戻るんだな」

鷹志は、かつての自分の志を指でなぞった。冷たい和紙の感触が、荒れた指にはふしぎと心地よい。子供のころ、父にこう言われる度に、腹が立ったはずなのに。

――俺がならんと言ったものは、ならん。それでいいじゃないか。

10

三月十九日、呉上空に突然、艦載機の大編隊が現れた。

十日に東京が未曾有《みぞう》の大空襲を受けてからというもの、名古屋、大阪が立て続けにB－29の餌食《えじき》となったが、いよいよ広島も猛烈な爆撃の洗礼を受けることとなった。

その日たまたま『白雨』は沖に出ていたが、敵機発見の知らせを受けてただちに戦闘配備につき、猛然と軍港を目指した。呉軍港には『大和』『榛名《はるな》』『日向《ひゅうが》』の戦艦をはじめ、新しい空母も繋《つな》がれている。巨大な戦艦はあまりに燃料を食うために動かせず、もうずっと繋がれているのだ。

襲い来る敵編隊を艦橋から見た時に、鷹志は一瞬、言葉を失った。今まで何度も、米軍の機動部隊を見てきた。味方の艦に、自艦に襲いかかる様を見た。数え切れないぐらい、応戦してきた。しかし、

「なんだ、あの数は」

思わず声が漏れた。響く轟音《ごうおん》で周囲に聞こえなかったのは、幸いだった。先月までは、せいぜい八十機程度の編隊だった爆撃機は、東京への攻撃から急に数百という規模に増えたという話は聞いていた。しかし、間近に迫り来る姿を見るのは初めてだった。今回は艦載機だが、数百どころではない。

まだあれほどの機体があるのか。南洋にも多く機動部隊を残しているはずなのに、あれだけの数を、しかも毎日のように飛ばせるのか。唾《つば》を飲み込み、体に走った震えをやり過ごすと、芯《しん》を通した声で砲撃準備の指示を出した。

『白雨』が猛然と迫る間にも、敵機は凄《すさ》まじい勢いで爆弾と魚雷を吐き出していく。地上及び各艦からも猛烈な反撃を浴びせてはいるようだったが、空を覆《おお》い尽くす勢い

で次々と押し寄せる敵機の勢いを押しとどめることはできなかった。編隊の数に差はあるとはいえ、南洋でよく見た光景ではあった。しかし、ここは日本。しかも、帝国海軍の心臓部とも言える、軍港・呉だ。

「準備よろし。砲撃の指示を」

伝声管から聞こえる中島の声も、怒りに震えている。艦橋の上部にある防空指揮所にいる彼は、やきもきしていることだろう。

打ち方はじめの号令とともに、右舷《うげん》の砲塔がいっせいに火を噴く。訓練の成果をこれでもかと見せつける砲撃は、大空に季節外れの花火を咲かせた。直撃炎上した機体を確認する間もなく、鷹志は取り舵《かじ》を命じる。

今度は猛然と波多野航海長が『白雨』を回頭させる。米軍は、爆弾を艦の上に落とすのではなく、ある程度離れた場所にわざと落としてくる。海面を跳ねる爆弾は、勢いづいて横っ腹にめり込み、上から落とすよりも深刻なダメージを引き起こすのだ。

喰らってなるものかと、『白雨』は右に左に激しく身をくねらせる。その間にも、砲撃はやむことなく続けられ、襲いかかる黒い影に逆に喰らいつく。

艦長の指示に波多野も即座に反応して舵を切り、中島率いる砲術科の精度もすばらしい。荒い動きながら、『白雨』は踊るように自在に動く。この艦の反応のよさは、機関科の努力の賜《たまもの》だ。

しかし、いかんせん敵の数が多すぎた。雷跡発見の声がとびこんできたのは、再び砲撃を始めようとしていた時だった。そのため一瞬、取り舵いっぱいの指示が遅れた。『白雨』は、ぐぐっと体を倒し、猛然と駆け抜ける。が、魚雷は速かった。ドン、と突き上げるような衝撃が走り、鷹志は大きくよろめいた。とっさに艦長用の椅子《いす》につかまり転倒は免れたが、艦橋にいた者の半数は転がった。

「損傷箇所確認せよ」

避《よ》け損ねたが、自分が転ばなかったということは、直撃を受けたわけではないと判断する。その間にも、こちらからの砲撃は続ける。お返しとばかりに、跳ねる爆弾が迫ってくる。

波多野は壊れるのではないかというぐらい操舵輪《そうだりん》をまわしたが、『白雨』は先ほどのようには素直に反応してはくれない。損傷はひどくはなかった。艦内の重要な箇所でもなかった。しかし、傷があれば動きは鈍るのはどうしようもない。爆弾は、間近に迫っていた。今度の衝撃では、さすがに鷹志も立っていることはできず、無様に床に転がった。

損傷が中破でとどまったのは、幸いだった。かなりの制限はあるものの航行することはできたので、自力で港へと戻る。大破せずに済んだのは、訓練の賜だろう。

『白雨』も修理が必要だったが、軍港に係留していた艦はほぼ全《すべ》てが航行不能となるほどのダメージを受けていた。あまりに多くの艦が損傷を受けたため、『白雨』のドック入りは後回しにされ、今日はひとまず応急処置を済ませ、係留することとなった。

夜、鷹志がたまりにたまった書類と格闘しているところに、士官室付の従兵がおずおずと訪ねてきた。知らせを受けた鷹志は書類を放りだし、士官室へと向かう。

扉を開けると、なんともいえぬ空気が漂っていた。テーブルについているのは波多野ひとりで、何かを一心に書いている。航海日誌のようだったが、その姿は妙に鬼気迫っていた。たしかに今日は書くことが多いだろうが、親の敵でも相手にしているようだ。

壁にもたれかかっていた中島と目が合う。彼は、非常に複雑そうな顔をして、波多野を見た。

「電報が来てから、ずっとああです。声をかけるのも憚《はばか》られて……」

ひそめた声で、彼は言った。鷹志は頷《うなず》き、波多野の傍らに立った。

「航海長」

声をかけると、波多野は弾《はじ》かれたように顔をあげた。鷹志が入ってきたことに気づいていなかったらしく、慌《あわ》てて起立する。

「いや、かまわん。もう終わりそうかね」

「は、もうしばらくかかります」

波多野の顔には血の気がなかった。

「知らせを聞いた。ご家族は、大変お気の毒だった」

彼のもとに届いた電報は、九日前の東京大空襲で妻子が死んだと伝えるものだった。

波多野は、口を開いた。しかし、唇がわずかに震えただけで、何も聞こえない。喉《のど》につかえたのか、それとも何か言おうとしてとりやめたのかは、鷹志にはわからなかった。

鷹志は彼の肩をそっと叩《たた》いた。自分も中島と同じだ。こういう時に最もふさわしい言葉を、もっていない。

「今日は休め。東京に行かせてやれず、申し訳ないが」

波多野は、ふっと息をついた。

「お気遣い頂き、ありがとうございます。これを終えましたら、休ませていただきます」

固い声で、波多野は言った。青ざめた横顔は、これ以上の会話を拒否していた。

「そうか、わかった。頼むぞ」

鷹志はもう一度肩を叩くと、他の士官たちに頼むぞというように頷き、士官室を出た。他にも、家族を失った乗員がいることを知り、鷹志は自ら出向き、慰めの言葉をかけた。

彼らにとっては、今やこの『白雨』こそが唯一《ゆいいつ》の家となってしまった。胸が詰まり、なんとしても彼らを守ってやらねばと思わずにいられない。早苗との間には残念ながら子供は生まれていないが、今ここにいる二百八十四名が、鷹志の息子たちだった。

早苗については、すでに無事は確認できている。呉の空襲は軍港に集中しており、市街地の被害はそれほどでもなかったために情報が錯綜《さくそう》してはいなかったこと、また艦長夫人ということで伝達が優先されたのだろう。妻の無事に安堵《あんど》はしたものの、波多野の家族の知らせが届くまでに一週間以上かかったことを考えると、複雑だった。

翌日、鷹志は艦長室に波多野を呼んだ。慰めにもならないが、酒でも勧めるつもりだった。幸い、先日もらった芋焼酎《いもじょうちゅう》が手つかずである。爆発の震動にも耐えたあたり、縁起が良い。

が、呼び出しに応じた波多野の左手を見て、鷹志は目を瞠《みは》った。彼もまた、しっかり酒瓶を握っている。

「それは？」

「機関長から頂きました」

「私も用意していたが、ではそちらを呑《の》もうか」

「艦長の秘蔵の酒もぜひ頂戴《ちょうだい》したいです。しかし、こちらも気になります。機関長の地元の酒だそうで。よろしければ、一杯ずつ。多めに呑める口実になります」

軽口を叩く姿は、いつもの波多野だった。鷹志はまずは機関長からもらった地酒を注ぎ、「献杯」と杯を掲げた。波多野は一瞬、神妙な顔になり、杯を静かに口に運んだ。

「申し訳ありません。昨日はとんだ醜態を」

「醜態など見た覚えはない。それに、仮に君が取り乱したとしても、それは当然のことだ」

鷹志の言葉に、波多野はわずかに目を伏せた。

「もっと強く疎開《そかい》を勧めておけば、と悔やむ気持ちはあります。まさかこれほどの空襲を受けるとは、予想していませんでしたから」

「そうだな」

三年前のドーリットル空襲の時は大騒ぎになったものだが、その後ぽつぽつと現れる爆撃機に、いつしか世間も慣れていた。むろん毎度被害は出るし、死傷者も出たが、ここまで大規模な空襲が立て続けに起こると、誰が予想しただろう。

いや、予想してしかるべきだったのだ。マリアナの大敗の時点で。

「この戦争、勝ちますか。負けますか」

波多野はテーブルに目を落とし、つぶやいた。見れば、杯の中は先ほどからほとんど減っていない。

「私は答えられる立場にないな」

気の置けぬ友人同士の雑談ならばいざ知らず、いかにプライベートの時間でも、艦長室で艦長と航海長が話していい話題ではない。しかし、波多野は引き下がらなかった。

「雑談です。他言はいたしません。どうか、艦長のお考えをお聞かせください」

目元がうっすらと赤い。ひょっとしてアルコールに極端に弱いタイプだっただろうか、と後悔したが、着任祝いの時はこんなに早く酔ってはいなかった。鷹志は渋い顔をつくり、杯を口元に運んだ。

ふさわしい話題ではない。しかし、この状態の波多野をここに呼んだのは自分だ。

鷹志は一度、目を閉じた。適当な言葉でお茶を濁すこともできる。しかし、波多野相手にそれはしたくはなかった。

脳裏に浮かぶのは、『維和』のある日の光景である。『海行かば』のラッパが響く中、白布でくるまれ、錘《おもり》をつけられた遺体は、艦尾の爆雷甲板から静かに海中へと落ちていく。桑田航海長はじめ、前夜の戦闘で命を落とした仲間たちだった。半旗にした軍艦旗が翻《ひるがえ》る中、鷹志は涙にくれる乗組員たちを見回し、壮烈な戦死を遂げた彼らは護国の鬼となり、未来永劫《えいごう》祖国を見守ってくれることだろうと説いた。決まりきった言葉のあまりのそらぞらしさに、我ながら吐きそうになった。

常に真実を語ることが正しいとは思わない。しかし、中身の無い美辞麗句を口にすることは、もうしたくはなかった。

鷹志が目を開くと、波多野は相変わらずじっと自分を見つめている。

「わからん。だが、どちらでもよい」

酒で湿《しめ》した口で、鷹志は短く言った。息を詰めて彼の返答を待っていた波多野は、目を丸くした。

「どちらでもよい？」

「そうだ。終わるなら、どちらでもよい」

「……そ、そうですか……」

その答えは予測していなかったらしく、波多野は困ったようにうつむいた。

「では、その、これはいつまで続くと思いますか」

「来年か、今年いっぱいといったところだろうか」

そう言いながら、これではまるで負けると言っているようなものではないか、と我ながら苦笑した。

「その間、本土は何度、空襲を受けるでしょうか」

「わからん」

波多野は目を閉じ、首をふった。杯を握る指が、白い。酒の表面が、かすかに波だっていた。

「申し訳ありません。艦長にこんなことをお尋ねするつもりでは」

「いや、かまわない。ここに呼んだのは私だ。さあ、呑め。俺の酒も待っているぞ」

冗談めかして促すと、波多野は笑い、杯の酒を一気に干した。新たに焼酎を注ぐと、礼を述べて再び豪快に傾ける。うまいですな、と熱い息を吐いたが、おそらく味などわかっていないだろう。二杯目が空になったところを見計らい、鷹志は真顔になって切り出した。

「ところで航海長、貴様をここに呼んだのは、内々に話があるからなんだ」

今までとは違う空気を感じたのだろう、波多野もただちに威儀を正す。

「なんでしょうか」

「うむ。貴様の腕を見込んでのことだ。実はな――」

11

それから十日も経《た》たぬうちに、第二艦隊に出撃命令が下った。

先日の空襲で被害軽微で済んだ戦艦『大和』、そして、軽巡『矢矧《やはぎ》』以下第二水雷戦隊は佐世保に回航、待機せよとの内容である。

米軍が沖縄本島に集結しているとの情報があり、海軍はこれをなんとしても阻止する必要があった。連合艦隊ももはや昔日《せきじつ》の栄光はなく、稼働《かどう》している艦をかき集めてなんとか体裁を保っているような状態だったが、この命令が伝えられると、第二艦隊の面々は沸きに沸いた。

しかし、この栄《は》えある出撃部隊の八隻《せき》の駆逐艦の中に、『白雨』の名はなかった。

『白雨』は数日前にドックに入ったばかりだった。先日の空襲でどの艦より迅速に駆けつけ、少しでも敵をひきつけようと奮戦したのが、徒《あだ》になったとも言える。

「我々は今日をもって、海護総隊に編入されることとなった」

甲板に集めた乗員に向けて告げた時、空気が凍りついたのを、鷹志ははっきりと感じた。

「諸君も海護総隊の重要性は理解していることと思う。艦の修理が済み次第、作戦に従事する。皆、よりいっそう気を引き締めて、大事にあたるように。以上」

手短にまとめて、鷹志は訓示を終えた。この場合、もっともらしいことを長々と付け足しては、逆効果だ。言えば言うほど、言い訳にしか聞こえない。

不満と怒りの気配はひしひしと感じたが、踵《きびす》を返し、その場を後にした。しかし、甲板はやり過ごせても、今後の計画を練るべく幹部を召集した会議室ではそうはいかなかった。

「納得がいきません！『白雨』は、一等駆逐艦ではないんですよ。前線で戦う能力を備えた駆逐艦です！」

会議が始まって五分も経たぬうちに、中島が爆発した。それも無理はない。

ここが南シナ海ならいざ知らず、白雨クラスの駆逐艦が海護総隊に加わることはまずない。第二艦隊の精鋭、第二水雷戦隊も、現在は稼働している駆逐艦をかき集めて構成しているぐらいだ。当然、『白雨』は戦力と見なされており、鷹志も期待に応《こた》えるべく猛訓練を課してきたのだから、中島の怒りはよくわかる。

「我々の訓練はなんのためだったのですか？　危急存亡の秋《とき》に馳《は》せ参じるためだったのではないですか！　それがこんな土壇場《どたんば》でなぜこんなことに！」

「他の駆逐艦よりも『白雨』の損耗が激しかったのだ、仕方ないでしょう」

小倉機関長が、苦笑まじりに言った。堅い表情の幹部の中で、最先任の彼だけはいつもと全く変わらぬ態度だった。

「この程度なら行ける！　もっとひどい状態でシンガポールから日本まで辿《たど》り着いた艦です。この艦には加護がある。そうでしょう、艦長」

中島は嚙《か》みつかんばかりの勢いで怒鳴り返し、鷹志に向き直った。

「加護はあるだろうが、そうしたものに最初から頼るようでは話にならない」

鷹志は普段より落ち着いた口調を心がけて言った。

「護衛も立派な任務だ。今や輸送船団が海軍、いや我が国の生命線と言っても差し支えない。だからこそ、あれほどに魚雷で沈められた。我々の使命はきわめて重要であり、ここもまた前線であることにも変わりはない」

「詭弁《きべん》です！」

中島は声を荒らげた。血を吐くような叫びだった。

「同胞が決死の覚悟で米軍を迎え撃とうとしているのです。艦長、どうかお願いします。修理を早め、我々も参加できるよう、司令部にかけあっていただけませんか。駆逐艦乗りでありながら、これでは死んでいった仲間たちにも、大艦隊の同胞にも、顔向けができません」

彼は深々と頭を下げた。その隣では、砲術士である中尉《ちゅうい》が同じように頭を下げている。

「これは分隊の総意でもあります。おそらく、他の分隊も同様でしょう。無茶は承知です、ですがどうか――」

「ばかばかしい。少なくとも、こっちは望んじゃいませんよ」

冷たい声が、中島の言葉を遮った。中島は憤怒《ふんぬ》に染めた顔を、正面に座る波多野に向けた。

「なんだと」

「砲術長、こいつがどれだけ馬鹿《ばか》げた作戦かはわかるだろう。あれっぽっちの艦隊でどうやって米軍の機動部隊相手に戦えるというんだ。マリアナとレイテの大敗をもう忘れたか？　しかも『大和』や『矢矧』なんざずっと係留されていて、乗員は訓練不足もいいところだ。そんな状態で決戦？　ただの、やぶれかぶれの特攻だ」

「ほう。なるほど。それで？」

波多野の冷笑に、中島は嘲笑《ちょうしょう》をもって返した。波多野のこめかみが波打つ。

「それでとはなんだ。貴様、わかっていて言っているなら正気を疑うぞ」

「貴様にはわかるまい。『大和』は大和魂の具現だ。海軍魂の象徴だ。燃料もなく、ただ港に繋《つな》がれ浮砲台として朽ちていくより、帝国の栄光を担《にな》う戦艦として華々しく散るほうがどれだけ幸せか！」

「だからその思想がついていけないと言うんだよ！」

波多野は冷ややかな笑いをかなぐり捨て、テーブルを叩《たた》いた。

「華々しく散りたいと言うのなら、勝手にやればよい。だが艦隊を動かすには人もいる、油もいる。おまえたちのくだらん手前勝手な美学につきあっていては、日本もろとも沈没する！」

「手前勝手だと？　我々は軍人で、国の盾となるのが使命だ。そして『大和』は海軍のものだ。軍人が軍のものを使い、敵を一人でも多く屠《ほふ》り、国を一日でも長らえさせたいと願うことの何がおかしい。その一日で、戦況は変わるかもしれんのだぞ！」

「たった一日稼いでなんになる。その一日を稼ぐために、どれだけ多くの人命と資源を無駄にするつもりだ。あの愚鈍な、無用の長物を動かすためにどれだけの油を使い、いったいどれほど海護総隊の艦艇が止められねばならないか。輸送が止まるということは、国民も飢えるということだぞ」

「愚鈍とはなんだ！」

「静粛に！」

放っておけば延々と続きそうだったので、鷹志は声を荒らげた。二人はぴたりと口を閉ざしたが、互いを睨《にら》みつける目は爛々《らんらん》と光っていた。

「第二艦隊のことはひとまず置いておけ。我々の任務は護衛である。喧嘩《けんか》ならよそでやれ。それと航海長、忌憚《きたん》ない意見をと望みはしたが、暴言を許した記憶はない。命懸けで攻撃に参加する者たちを侮辱する言葉は許さん」

波多野の頬に朱が走る。

「申し訳ありませんでした」

かすれた声で謝罪した時にはもう、彼の顔から怒りは嘘《うそ》のように消え失《う》せていた。一方、中島のほうはそうすぐには切り替えができぬようで唇を震わせていたが、艦長の手前、必死にこらえているのは見てとれた。

四月八日は、うららかな春の日射《ひざ》し降り注ぐ、気持ちのよい一日だった。『白雨』の乗員は、ようやくドックから戻ってきた『白雨』に乗り、掃海作業に勤《いそ》しんでいた。十一日前、第二艦隊が出発する際に『白雨』は備蓄していたなけなしの油を引き渡していたために、修理が完了してもなかなか艦を動かせず、先日やっと給油を受けたところだった。

艦長の鷹志は、昼前に佐世保の司令部から一通の通信を受け取った。一瞥《いちべつ》してしばし瞑目《めいもく》し、泣いている通信士に口止めをすると、一日の作業が終わるのを待って、彼は乗組員を甲板に集めた。神経を使う作業に疲れきった彼らは、不安を隠せぬ様子で艦長を見つめていた。

「昨日、第二艦隊は敵機動部隊の攻撃を受けた」

鷹志は、単刀直入に言った。ショックを和らげるような前口上も考えてはみたが、事実の前にいくら言葉を連ねたところで意味はない。だから、青ざめる彼らを見渡し、淡々と続けた。

「『大和』及び『矢矧』、駆逐艦四隻が沈没した。残りの四隻が生存者を収容し、今日、佐世保に到着したそうだ」

空母十一隻から飛び立った四百機近い米軍機が第二艦隊に襲いかかり、ひとたまりもなかったという。戦死者の数はわからない。大和だけでも相当な数だろう。『大和』は沖縄に辿りつく前に、沈んでしまった。第二艦隊は、これで完全に壊滅した。

甲板で一同そろって黙禱《もくとう》を捧《ささ》げた時には、そこここですすり泣く声が聞こえた。大和が、と涙まじりにつぶやく声もあった。

予測された結末とはいえ、やはり『大和』撃沈という事実がもたらす衝撃は、大きかった。中島が言ったとおり、『大和』はひとつの偉大な象徴だった。それが決死の覚悟で出撃し、何ひとつできぬまま、沈んだ。

戦艦ならばまだ、呉に『榛名』『伊勢』『日向』もある。横須賀には『長門』も残っている。しかし、彼女たちが再び海上にその勇姿をあらわすことはないだろうことは、誰もが知っていた。中島が言ったとおり、これが最後の出撃。『大和』が沈んだのなら、じきに日本も沈むのだ。

鷹志はちらりと中島に目を走らせた。特攻が失敗したと知って彼は荒れ狂うのではないかと思ったが、丸い目はじっと前方を向いていた。静かな表情だった。静かというよりも、何もない。

その日から、中島は完全に抜け殻になってしまった。会議でも、以前はよく見られた好戦的な発言はなりをひそめ、士官室でも波多野が上層部をこきおろすような発言をしてもろくに反応しなくなったという。案じて艦長室に呼んでみたものの、受け答えはしっかりしているが、まるで覇気は無かった。

彼だけではない。かつてはあれほど盛んだった士気が、著しく落ちている。さすがに、艦も動かぬ上にもう戦う機会はないとくれば、訓練が馬鹿らしくなるのも仕方がない。

掃海と護衛は重要な任務である、家族の飯を守りたいだろう、といささか即物的な言葉で時々煽《あお》りつつ、どうにかぎりぎりのところで士気を維持していたところ、六月も終わりになって、ようやく『白雨』にも活躍の場が与えられた。海護総隊より第七艦隊に編入され、輸送作戦に従事することとなったのである。

米軍の封鎖作戦によって、国内の食糧不足はいよいよ深刻になっている。そこで満洲・朝鮮から穀類と塩を輸送することになり、『白雨』はその護衛船団に選ばれた。ようやく、外洋に出られる。駆逐艦らしい活躍ができる。長らく戦闘から遠ざけられてきた乗組員たちは、涙を流して喜んだ。

『白雨』もろとも海の藻屑《もくず》と消えようと、穀類を積んだ輸送船は護《まも》り切る。その合い言葉のもと、着々と準備は進められ、いよいよ出立を明日に控えた日、鷹志は久しぶりに自宅に戻った。

12

「お帰りなさいませ」

玄関を開けると、すぐに早苗に出迎えられた。

きっちりとまとめられた黒髪に、ごく淡い青の紬単衣《つむぎひとえ》、その合間にのぞく白い項《うなじ》を見下ろし、鷹志は目を丸くした。

「どうした」

いつもは、国防婦人の見本のような、簡素なもんぺ姿である。以前のような和装姿など、本当に久しぶりに見た。

「久しぶりにお戻りになるので、嬉《うれ》しくて。おかしいでしょうか」

顔を伏せたまま、恥ずかしそうに早苗は言った。項と耳が、うっすらと赤くなる。

「いや、疲れも吹き飛ぶよ。立って見せてくれないか」

「はい。まずは、お鞄《かばん》を」

早苗の遠慮がちな声に、鷹志は鞄をもったまま突っ立っていたことに気がついた。

「すまない。ありがとう」

鷹志は慌《あわ》てて鞄を預け、靴を脱いだ。よく磨かれた廊下の、ひやりとした感触が、靴下ごしに心地よい。前を歩く早苗をしみじみと見つめる。なんとすがすがしく、やさしげな姿だろうか。早苗は自分の容貌《ようぼう》に強い劣等感をもっているためか、昔から自分を装《よそお》うことに全く興味がなかった。とにかく目立たぬよう、影と同化するかのように、季節を問わず暗い色合いの着物を着て、部屋の隅にひっそりと佇《たたず》んでいた。

しかし鷹志は前々から、色が抜けるように白く、たおやかなたたずまいの早苗には、淡くやさしい色合いのほうが断然似合うだろうに、と思っていたのだ。宗二も同じことを言って、実際に反物を送ってきたりもしたが、今までは全くとりあわなかったのに、これは嬉しい驚きだ。

「よく似合っているよ」

「ありがとうございます。以前、お義父《とう》様から頂いたものなんです。ちょっと、そちらでお待ちくださいましね」

早苗ははにかむように笑い、台所へと消えた。

制服を脱ぎ、用意されていた藍色《あいいろ》の浴衣《ゆかた》を着ると、強《こわ》ばっていた体がおずおずと呼吸を始める。縁側に腰をおろし、夕暮れに染まる庭を眺めれば、紫陽花《あじさい》の青が目に沁《し》みる。昨年、この家に越してきた時から早苗がせっせと庭の世話をしていたことは知っているが、かつては荒れ気味だったこの庭は、みごとに息を吹き返していた。高い垣根の凌霄花《のうぜんかずら》もちらほらと咲き始め、鮮やかな色は夏の盛りの到来を予感させる。庭には小さいながらよく手入れされた池があり、金魚が鮮やかな緋色《ひいろ》や金色の身をくねらせていた。水面にゆらめく影は、百日紅《さるすべり》の木だ。こんもりとした緑に覆《おお》われた枝の先には、じき濃い紅の花が咲くだろう。

なんと美しい光景だろう。ここには命が溢《あふ》れている。どれほど暗い影がこの国を覆おうと、花は咲く。どんなに荒れ果てても、愛情を注げば、こうして命は芽吹くのだ。

途端に、さまざまな記憶が溢れ、膺志を包みこんだ。毎日のように走り回り、飽くことなく泳いだ浦賀での少年期。恐ろしい大震災。妹を背負って走り、崩れゆく山を見た。崩れた山は数年の後に甦《よみがえ》り、焼けた街は昔日《せきじつ》の栄光を取り戻す。養子となって過ごした中学時代、江田島の兵学校での日々。その時その時で、最善の道を選んできたつもりだった。得がたい宝をいくつも得て、同じぐらい失い、そして今、こうしてぼんやりと日暮れの庭を眺めている。

揚子江を真っ赤に染め上げて沈む巨大な夕日も、南の海を黄金に染める華やかな太陽もここにはない。異国の太陽が照らし、やむことのない波がゆりかごのように揺らすのは、物言わぬ戦友の骸《むくろ》。かつては艦や航空機と呼ばれ、人よりはるかに大事にされていた鋼鉄のなれの果て。

ふと、甘い香りが鼻腔《びこう》をくすぐり、鷹志は弾《はじ》かれたように振り向いた。

「お待たせしました」

早苗が盆にふな焼きと茶を載せて、こころなし軽い足取りでやってきた。

「これは！　小麦粉、まだ残っていたのか」

「ええ、本当に少ししかなかったので、小さくて申し訳ないのですけど」

「かまわんよ、嬉しいなぁ。早苗さんも、一緒に食べよう」

「あなたの分だけですよ」

「二人で食べた方が美味《おい》しいだろう」

自分の隣をぽんぽんと叩《たた》くと、早苗は素直に盆を置き、そのむこうに腰を下ろした。箸《はし》で器用にふな焼きをわり、早苗の口に運ぶと、少しためらった後、素直に食べた。白い頬を控えめにもぐもぐさせているところを見るのは、悪くない。

かつては、食事をしている時ですら、早苗はいつも下を向いていた。今、彼女がうつむくことはない。が、次第に頬が赤らみ、早苗はとうとううつむいてしまった。

「あまり見られると恥ずかしいです」

「ああ、いや、すまん」

鷹志は慌てて目を逸《そ》らした。

垣根の近くには、葡萄《ぶどう》のような白い花房がいくつも風に揺れている。まだ若木のようだが、この庭にはいささか大きく、昨日今日植えたものではないのは明らかなのに、どういうわけか今の今まで気づかなかった。

「あんなところにアカシアがあったとは知らなかった」

「ああ、針槐《はりえんじゅ》のことですか。あれはアカシアではなく、ニセアカシアです」

「そんな名前があったのか。大連では皆、アカシアと呼んでいた」

「大連にも行かれたことがあるのですね」

早苗の声には、こころなしか羨《うらや》ましそうな響きがあった。

「演習で何度か。この季節は、壮観だ。大通りの両側は全《すべ》てこの、針――」

「針槐です」

「そう、全てが針槐なんだ。昼も美しいが、夜、ガス灯の明かりにこの白い花が浮かび上がる様は実に素晴らしい。夜桜にも負けぬ美しさだ。しかしあれはいずれも大木だったが、これもあんなに大きくなるのだろうか」

「街路樹ですもの、いずれはそうなるでしょう。私も、庭に針槐はどうかと思ったのですが、なんだかかわいそうで、そのままに」

「それがいい。せっかく伸びようとしているのだから」

「ええ。きっと私たちの次にここに住むご家族も、同じようなことを話して、伐《き》るのはためらうのでしょうね。育ったところを見られないのは少し残念ですけれど、いつか大連にも負けぬほどの花を咲かせてくれることでしょう」

早苗は慈《いつく》しむような目で、針槐を見つめている。そのまなざしの先に、鷹志は不思議なものを見た。まばたきの間だったが、そこにはたしかに幼い子供がいた。優しく、全てが伸びやかなこの世界で、少女は楽しげに笑いながら走り去っていった。

「……ここでは見られないかもしれないが、一緒に大連まで見に行けばいいだろう」

鷹志の言葉に、早苗は驚いた顔をした。

「連れて行ってくださるんですか？」

「新婚旅行に行っていないからな」

「まあ。熱海から大連になってしまったわ」

おどけて笑う彼女につられるように、手を重ねる。小さな、丸い手だった。

こんなふうに、鷹志が手を重ねた女性は多くはない。雪子の手はずっと大きく、骨ばっていた。だが同じように、温かかったことを思い出す。

「行こう。大連だけではなく、いろいろなところへ」

「ええ、きっと。楽しみですね」

早苗は体をわずかに捻《ひね》り、もう一方の手を、鷹志の手の上にさらに重ねる。

二人は微笑《ほほえ》みを交わし、静かに寄り添った。

13

白波をたてて進む船団は、見事な之字《のじ》運動を描いていた。護衛船団に囲まれた輸送船はいずれも限界まで荷物を積んでいるが、動きは機敏だ。

潜水艦対策として有効とされる之字運動はAからPまでの十六種類があり、それぞれ時間と針路の角度が決まっている。この針路を五分いったら左へ三十度とり、これを三分続け、次に右へ三十度で五分といった具合に、時間と組み合わせた表があり、船団の数と敵潜の脅威度によって臨機応変に対応するのだ。

現在、船団がとっているのは、最も複雑な運動だった。つまり、それだけ危険が大きい。

一ヶ月前まで、商船は日本海を自由に行き来していたが、この朝鮮北部を結ぶ航路は、今や必ず護衛船団がつくことになっていた。

船団は昨日、羅津《ラジン》港を出たところだった。満洲各地から鉄道で送られた穀物や塩を山と積んだため、船脚は行きよりも遅い。それでも、余裕のある往路で徹底して之字運動を特訓しつつ進んだため、統制はとれている。出発時はどうなるかと鷹志も頭を抱えたが、さすが商船の船長たちもベテランで、一、二回やればすぐ難しい動きもできるようになった。

「左三十度！　潜水艦音、感三！」

水測室からの報告に、『白雨』は色めきたつ。総員配備のブザーから配置完了までの時間は極端に短い。鷹志はここでも、『維和』で経験した全直を貫いていた。さすがに『白雨』の時は難色を示すものが多かったが、南洋と違って日数も多くないのだからと押し切った。

「捕捉《ほそく》探知しました！」

ブラウン管を覗《のぞ》いていた機雷士が叫ぶ。ここで流れは「戦闘爆雷戦！」となる。

が、いつまで経《た》っても、艦長の号令がない。砲術長兼副長の中島が、怪訝《けげん》そうに鷹志を見た。

「艦長？　爆雷戦は」

「しないぞ。航海長、航路出せ」

「了解」

命令の前にすでに波多野は航路計算に入っている。中島だけではなく、艦橋に居合わせた者たちのほとんどが、物問いたげな目を向けてくるので、鷹志は仕方なく説明した。

「奴《やつ》らが全速で追いかけてきても捕捉されない位置に船団を導くのが先決だ」

通信士に目を向け、「僚艦に通達。掃蕩《そうとう》はなし。このまま逃げ切る」と付け足した。

中島は五秒ほど放心したように立ち尽くしていたが、はっと我に返ると、食ってかかった。

「何を考えとるんですか⁉　捕捉して叩《たた》かんなどと馬鹿《ばか》な話がありますか！」

それは艦長にくってかかる副長というよりも、兵学校時代の先輩につっかかる生意気な後輩の姿に近かった。

「貴様も爆雷戦はやっただろう。当たるか？」

尋ねると、中島はぐっと詰まった。

「……ほとんどは当たりません」

「当たらん爆雷を投げるために近づいて、こちらが魚雷を打ち込まれやすい状況を作るのは無駄じゃないか？　掃蕩のために離れれば、船団の危険も増す。それなら完璧《かんぺき》に逃げたほうがいい」

堂々と言ってのけると、中島は度しがたいと言いたげに頭を振った。

「恥知らずな。さすが逃げの永峰です」

「ほう、いいあだ名じゃないか」

「兵学校のころから喧嘩《けんか》があっても逃げてばかりだったでしょう」

中島は憎々しげに言ったが、鷹志は涼しい顔で「逃げるは最上の勝ちだからな」と答えた。

「ですが制圧しなければ、潜水艦は減らない。危険は増すだけです」

「東シナ海にいた連中が大挙して押し寄せているんだぞ。ひとつふたつ減らしてなんになる。いいか、我々の任務は、積み荷をぶじに運ぶことだ。敵潜を制圧することじゃない」

それでも中島は納得がいかぬ様子だったので、鷹志は彼の肩を叩いて言った。

「航空機が哨戒艇《しょうかいてい》を突破して来たらさすがにどうにもならんから、その時は貴様に一任する。それまで、のんびり構えていろ」

中島は絶望したように天を仰いだ。

艦橋内は、微妙な空気だった。中島のように怒りを漲《みなぎ》らせているのは、水雷長の歌《うた》島大尉《しまたいい》ぐらいだが、他からも当惑がひしひしと伝わってくる。おそらくこの中で面白がっているのは、波多野大尉ぐらいだろう。聞いていれば、小倉機関長も笑ったかもしれないが。

物資をぶじに護《まも》りきる。その重要な任務の他にもうひとつ、鷹志がおのれに課している使命があった。

『白雨』の乗組員を、終戦まで一人も死なせない。

軍人として華々しく散って護国の鬼となるのではなく、仲間と生き延びるために、もてる力のすべてで逃げまわろうではないか。

呉空襲の際に、神業的な操舵《そうだ》を見せる波多野を見た時に、これはいけると思った。『維和』の桑田大尉もすばらしい航海長だったのに、一瞬で命を奪われてしまった。もうあんな光景は見たくはない。戦争だから仕方ないのだと諦《あきら》めたくはない。こんな、引き時を見失った無駄な消耗戦で大事な家族を奪われるなど、まっぴらごめんだ。

だからあの晩、艦長室に呼び寄せた波多野にだけ、こっそり打ち明けた。

「戦争が終わるまで、逃げ回る覚悟はあるか？」

あの時の波多野の顔は見物だった。最初は、意味がわからないといった目で鷹志を見つめ、次第にじわじわと眉間《みけん》に皺《しわ》が寄り、今度はその皺が口の横に移動して、最後には悪党の笑顔になった。

「なるほど。だから、〝どちらでもいい〟んですね」

あとは、『白雨』が中破したのをいいことに、『大和』特攻に加わることがないよう少し工作した。工作といってもたいしたことはしていない。中島の懇願を容《い》れて、司令部に頭を下げれば、おそらく『白雨』も特攻に随伴することとなっただろうから、何もしなかっただけだ。

油がないのは、実に好都合だった。自分たちの落ち度ではない。動かないのだから仕方がない。堂々と言い訳できる。

護衛任務につくことは予測していたので、とにかく練度をあげて生存率をあげるべく心血を注いだ。いざ任務となれば、全船団をあげて逃げ回る。そのために、比較的危険の少ない往路では、之字運動の練習を徹底させた。

『白雨』の誰も死なせるものか。俺が関わった作戦から、死者など出すものか。戦闘は最低限、卑劣と詰《なじ》られようと、逃げの一択。

この計画には、途中から小倉機関長も加わった。波多野航海長が、彼の協力がなければ無理だと言ったからだ。小倉は海軍一筋三十五年なので、怒り狂うのではないかと思ったが、あっさりと「そりゃいいね」と賛同した。よくよく考えてみれば、最先任である彼は最も『白雨』を愛する男であり、さまざまな死線をくぐりぬけてここまで生き延びた愛娘《まなむすめ》を、成果の薄い戦いで魚雷の餌《えさ》にしたいわけがなかった。

いつ戦争が終わるかなど、わからない。逃げ続けるのも、相当に苦労を強いられよう。万が一、戦争に勝てば、その後は卑怯者《ひきょうもの》の誹《そし》りは免れ得ない。負ければ、敗戦国の士官など処刑されるか奴隷《どれい》同然の捕虜生活か。どちらも、生きて迎えてみなければどうなるかはわからない。

結局その後、二度ほど潜水艦を捕捉したが、船団は一隻《せき》も欠けることなく、九州に到着した。瀬戸内海の主要港は、米軍の機雷封鎖によって使えないため、日本海側の小さい港を使うことになり、陸揚げがまた一苦労だったが、国民の命を繋《つな》ぐ食糧をぶじ運びこめたという達成感は格別のものだった。

『白雨』は、七月半ばにも再度輸送作戦に加わり、その時も魚雷から逃げ回り、無事に積み荷を届けることに成功した。しかし『白雨』はやはり海防艦などに比べると油を食うので、その後は沿岸の機雷警戒にまわされ、触雷を恐れつつおそるおそる沿岸を航行する日が続いた。

このころになると、本土爆撃も激化し、『白雨』も毎日のように対空戦闘を行うこととなり、鷹志は機銃をかき集めてきて山のように積み込んだ。経験上、駆逐艦が対空戦闘で敵を制圧するには、高角砲よりも機銃のほうが圧倒的に効果が高かったからだ。単装、連装、三連装あわせて四十八門、機銃員も倍以上増えて乗組員から文句も出たが、いざ対空戦となるとさすがに四十八門の弾幕は壮絶の一言で、ずいぶんと敵機が墜《お》ちた。

輸送作戦のころは色をなして鷹志に食ってかかってきた中島も、対空の成果に自信を取り戻し、いくらか態度が軟化した。八月に入るころには機銃員の練度は異常なまでに向上し、あとは油さえあれば日本海でも東シナ海でもどこでも行って、全《すべ》ての敵機を撃ち落としてやるのにと豪語するまでになっていた。

ポツダム宣言が出され、広島と長崎にそれぞれ新型爆弾が落とされると、いよいよ本土決戦も間近、一億総討ち死にの気運が漲り、各艦特攻の日も近いと噂《うわさ》されていた。

「誰が特攻などさせるか。騙《だま》し討ちでもなんでも、必ず阻止する」

特攻の命令を心待ちにしている中島らを尻目《しりめ》に、鷹志はかたく決意していた。波多野や小倉らと話し合い、いざとなればタカ派を拘束して制圧する計画まで練っていたが、「その日」は思ったよりも早くやって来た。

八月十五日は、よく晴れた、とにかく暑い日だった。

最も暑い正午を前に、陽炎《かげろう》ゆらめく前甲板に、『白雨』総員が整列する。どの顔も、鋭く引き締まっている。鷹志は祈るような思いで、スピーカーを見つめていた。

やがて正午となり、乗組員はいっせいに頭を垂れ、静聴した。

ラジオ放送は雑音がひどく、聞き取りにくい。最初は何を言っているのかよくわからなかったが、

「惟《おも》フニ今後帝国ノ受クベキ苦難ハ固《もと》ヨリ尋常ニアラズ爾臣民《なんじしんみん》ノ衷情《ちゅうじょう》モ朕《ちん》善ク之《これ》ヲ知ル然《しか》レドモ朕ハ時運ノ趨《おもむ》ク所堪ヘ難キヲ堪ヘ忍ビ難キヲ忍ビ以《もっ》テ万世ノ為《ため》ニ太平ヲ開カムト欲ス」

鷹志は目を見開き、背後でいくつも息を呑《の》む音を聴いた。

放送が終わっても、動く者はいなかった。真夏の暑熱にあぶられる甲板に、啜《すす》り泣きと嗚咽《おえつ》の声がさざ波のように満ちていく。

鷹志は顔をあげ、一同に向き直った。

「遺憾ながら、日本は負けた」

いっそう、泣き声が大きくなる。大の男たちが泣いている。迫り来る敵機に怯《ひる》まず

果敢に機銃を浴びせ、魚雷にも動じず海を行く男たちが。

「だが我々の役割が終わったわけではない。決して自棄になってはならぬ。恐れ多くも陛下のお言葉の通り、堪え難きを堪え、この国を守らねばならぬ。それが今日より我らの戦いであり、この苦闘に打ち勝つことができるのは諸君しかおらん」

鷹志は、ひとりひとりの顔を見渡した。うつむいている顔、ぐしゃぐしゃになった顔を隠そうともしない者、放心している者、そして鷹志を睨《にら》みつけている者もいる。

「決して一時の激情に身を任してはならぬ。陛下は、我らに生きよと仰《おお》せられた。それをしかと胸に刻むよう。解散」

鷹志は身を翻《ひるがえ》し、いちはやく甲板を去った。咆哮《ほうこう》のような泣き声を、背中に聞いた。足早に廊下を歩き、まっすぐ艦長室へと向かう。中へ入り、鍵《かぎ》をかけた。

まっすぐ伸びていた背中がたわみ、体が椅子《いす》に崩れ落ちる。もう限界だった。

「負けた」

零《こぼ》れた声は、さきほど甲板で響いていたものとは、別人のようだった。掠《かす》れて力なく、鷹志の耳ですら拾うのが容易ではなかった。

「俺たちは、負けたんだ」

現実を確かめるように、ゆっくりと言葉にしてみる。途端に、狂おしいほどの怒りがこみ上げてきた。

この戦争は負けるだろう。そう思っていたはずだった。負けでもいい、その後にどんな責め苦を負うのでもいい、これ以上無駄な死を撒《ま》き散らす前に終わってほしい。そう思っていたはずだった。

しかし終戦に安堵《あんど》するどころか、悔しさに体が震え、呼吸すらもままならない。息苦しくて涙が滲《にじ》み、慌《あわ》てて拭《ぬぐ》った。艦長が泣くなど、あってはならない。たとえ誰が見ていなくとも涙は恥だ。

『ここは水の中だから、誰にも見えないよ』

ふと、幼い声が聞こえた。鷹志は弾《はじ》かれたように顔をあげ、あたりを見回す。誰もいない。途端に、堰《せき》を切ったように涙が溢《あふ》れた。

「……ゆき。すまない」

声は、嗚咽に飲み込まれた。手で顔を覆《おお》い、それでもこらえきれずに机の上に突っ伏した。鷹志は泣いた。おそらく生まれてはじめて、恥も外聞もなく号泣した。体を震わせるこの激しい感情がなんなのかわからぬまま、ただ何度も、すまない、すまなかった、と繰り返した。

どれほどの時間が経ったのか、身のうちを吹き荒れていた嵐《あらし》は、嗚咽とともにいずこかに去っていく。頬を濡《ぬ》らしていた涙も、夏の空気に炙《あぶ》られて乾いていった。

「喧嘩はやるなら勝たねばならない」

熱をもった瞼《まぶた》を手で覆い、鷹志はつぶやいた。我ながらひどい声だった。

「頭を冷やせ。なぜ負けたかを考えるんだ」

明日からはどうなるか知れぬ身だ。艦長たるこの身は、むろんただでは済むまい。

だが死力を尽くして戦ってくれた我が子たち、そして地上の家族は何がなんでも守らねばならない。

悲嘆にくれている場合ではない。考えろ。自分たちは戦争に負けたが、それ以外のものに負けるわけにはいかないのだから。


艦長室にこもって、半時ほど経ったころだった。顔を洗い、日誌を書いていると、突然廊下から慌《あわ》ただしい足音が聞こえてきた。

「艦長、いらっしゃいますか」

ひどく動転した従兵の声に、厭《いや》な予感がして立ち上がる。

「なんだ」

「砲術長が、目を離した隙《すき》に！」

鍵を開け、扉を開けると、半泣きの従兵が立っていた。どこだと訊《き》くまでもない。士官室の前に人垣が出来ている。

「どけ！」

一喝すると、蜘蛛《くも》の子を散らすように人は散った。中は、血の海である。軍医長と分隊長が揃《そろ》っている中に、腹を鮮血に染めた中島が横たわっている。誰かが蹴《け》り飛ばしたのか、血のついた日本刀が、壁の近くに転がっている。

「中島！」

駆け寄ると、苦悶《くもん》に呻《うめ》いていた中島が目を開けた。

「か……艦長……お願いします、介錯《かいしゃく》を……」

「誰がするか馬鹿者！　軍医長、どうか」

てきぱきと止血する柚木《ゆずき》軍医長は、眉間に皺を寄せて言った。

「深くはありませんが、失血が」

「お願い……します。慈悲を……」

きれぎれの声で訴える中島の顔色は、すでに土気色だ。

「慈悲などない！」

失血のために意識をとばしかけている中島の耳元で、鷹志は怒鳴った。

「自慢の海軍魂はどうした！　犬死にするためのものか？　修羅の道を鼻歌まじりに渡っていくのが江田島健児だろうが！」

「……仲間に……顔向けが……」

「貴様が今、顔を向けねばならんのは、そっちじゃない。仲間には、じじいになるまで待てと言っておけ」

紫色だった中島の唇が、わずかに震えた。

「はは……艦長、ひどいですな……。恨みますよ……」

「好きにしろ。だが貴様がどう思おうと俺は貴様を生かす。貴様ほどの人間を喪《うしな》えば、それこそ国に顔向けできんからな」

意識を失わぬよう怒鳴り続けているうちに担架がやって来て、中島はそのまま医務室へと運ばれた。どうにか一命はとりとめたようだったが、砲術長の自決未遂は艦内に相当の動揺を与えたようだった。このままでは、第二、第三の自決が起こりかねない。

鷹志は明日に予定していた軍艦旗と書類の焼却を早めることに決め、甲板に金盥《オスタップ》を用意させた。山のような書類が次々と運ばれ、油をかけて火を放つと、あっというまに燃え上がる。全ての書類を焼き捨てたころには、もうすっかり日が沈みかけていた。

再び甲板に集合した総員は、檣頭《しょうとう》にはためく軍艦旗を見上げた。ラッパ手が『君が代』を演奏する中、敬礼に見守られ、海軍軍人の命である軍艦旗が静かに下ろされる。恭《うやうや》しく掲げられた軍艦旗をオスタップの中におさめ、油を撒き、火を放つ。誇り高く翻り続けた艦の魂は、苦しみ悶《もだ》えるように身をよじって燃え上がり、数分で燃え尽きた。

昼よりも重い沈黙が、甲板を支配する。嗚咽を漏らす者は、いなかった。正午の時は衝撃で涙した者たちも、軍艦旗が燃え尽きた今、ようやく敗北という現実に頭が追いついたにちがいなかった。

「少し、身の上話につきあってもらいたい」

一同を見渡し、鷹志は言った。いくつもの目が、ぽかんとしたように鷹志を見やる。

「私は、会津の出である。貧窮し、故郷を捨てた。おそらくは、朝敵会津の出でなければ、私は人生のごく早いうちから士官の道を望むことはなかっただろう。朝敵と蔑《さげす》まれた時代をよく知る者は、我々に昔のことは語らなかったが、かわりにこう言った。負ければ何もかも失う。決して変わらないと信じていた正義や美徳も全て奪われ、地べたに叩きつけられ、唾《つば》を吐かれる。死んだ者も生き延びた者も、未来永劫《えいごう》尊厳など失われる。それが敗北だと」

さきほどまで吹いていた風は、いつのまにかやんでいる。夕凪《ゆうなぎ》だ。世界からいっさいの音が消え、海が鏡のように冷たく鎮《しず》まる時間。何もかもが止まった中、ただ鷹志の言葉だけがそこにある。

「我々がどれほど死力を尽くして戦ったか、どれほどこの国を愛していたか、顧みられることはないかもしれぬ。私の先祖がそうだったように、むしろ我らのいっさいの努力は嫌悪《けんお》と嘲笑《ちょうしょう》の対象となるかもしれぬ。戦友の死すら侮《あなど》られる屈辱に、いっそ戦場で果てればよかったと悲嘆に暮れることもあるだろう。だが、過去、敗れ去った者たちは、常に悲嘆を力に変えて這《は》い上がった。諸君もまた、必ず困難を克服するだろう。諸君の戦いぶりを知る私は確信している。諸君は、今までも、そしてこれからも何も変わらぬ。誇り高き防人《さきもり》である。国を、友を、家族を守り育てるものである」

鷹志の目が、ふと揺れる。それまで家族の顔に据えられていた視線が、オスタップに落とされる。そこには、軍艦旗の残骸《ざんがい》が静かに横たわっていた。

「敗北せねば見えぬこともある。敗北したことで見えなくなるものもある。誰もが一度は勝ち、一度は負ける。真に人として問われるのは、負けた後のことだ。諸君、悲憤はこらえよ、復讐《ふくしゅう》は捨てよ、だが誇りは決して捨ててくれるな」

鷹志は一度、息を吸った。いくつもの目が、彼を映している。さきほどまで、様々な感情に波立ち、あるいは虚《うつ》ろだった目は今、子供のように無心に艦長を見つめていた。

「我らは、敗北を糧《かて》に立ち上がる防人である。いかなる時代にあっても、諸君よ、紺《こん》碧《ぺき》の果てを見よ」

鷹志が口を閉ざすと、耳が痛いほどの沈黙が落ちた。風も波もないと、これほどに世界は静かなのかと思う。

衣擦《きぬず》れの音がかすかに響いた。目を向けると、小倉機関長が敬礼していた。続いて波多野航海長が、水雷長が、軍医長が――。凪の中、無数の衣擦れの音が。総員の敬礼に、鷹志は頷《うなず》き、返礼する。

彼らひとりひとりの顔を見渡すも、その輪郭がどうにもぼやける。鷹志は瞬《まば》きをし、一度横を向いた。涙の晴れた目は、深い藍色《あいいろ》に沈む海を見た。

毎日飽きるほど見た海。この中で、もうずっと戦ってきたというのに。

――ああ、とても久しぶりに海を見た気がする。

永峰鷹志さま

お元気ですか。兵学校の生活はどうですか。もう慣れましたか。

ゆきは、彫刻の先生のところに行くことが決まりました。とても楽しみです。

あと、字が汚くてごめんなさい。私は作文があまりとくいではありません。手紙はきらいです。でも、お父さんとお母さんに、ちゃんと手紙を書きなさいと言われたので、がんばって書きます。

いつまでもすねているんじゃないと、怒られました。お父さんもお母さんも、なにもわかっていません。ゆきは、すねてなんかいません。

ゆきは、兄ちゃんが鷹志さんになるから、ゆきもただのゆきにならなくちゃいけないと思ったのです。でも、ずっと兄ちゃんの後をついてきたから、ただのゆきがよくわからなくて、困っていたのです。

兄ちゃんといっしょなら、ここにいるけど、出ていくから、ゆきも出ていきます。

兵学校には行けないから、ゆきが得意なことで、外に出ます。

男子よりずっと、がんばります。そしたらまた、手をつないでくれますか。

やっぱり、この手紙は出しません。手紙はきらいです。よけいなことを書いてしまうからです。

ゆきは、伝えたいことは、文字にするより、絵に描いたり、彫刻に彫ったりするほうがいいです。だから、あのお地蔵さんは大切にしてください。

これからも、手紙を書きます。でも書いた後には焼いて、海に流します。

ゆきは、ずっとここにいます。

ここから海を見る時、ゆきはいつも、兄ちゃんといっしょにいるのです。

昭和四年八月十五日　鴨居の海にて

会沢雪子

主要参考文献

『海防艦戦記』海防艦顕彰会編　原書房
『艦長たちの太平洋戦争』佐藤和正　光人社
『江田島教育』豊田穣　集英社文庫
『暁の珊瑚海』森史朗　文春文庫
『炎の翼　ラバウル中攻隊死闘の記録』関根精次　光人社NF文庫
『25歳の艦長海戦記　駆逐艦「天津風」かく戦えり』森田友幸　光人社NF文庫
『さらば海軍航空隊』奥宮正武　朝日ソノラマ文庫
『海上護衛戦』大井篤　学研M文庫
『新横須賀市史　資料編　近現代２・３』横須賀市編

その他、『戦史叢書』（防衛庁防衛研修所戦史室　朝雲新聞社）や多くのウェブ資料も参考にさせていただきました。あらためて謝意を表します。

著者

解説

末國善己

近現代史を題材に小説を書くのは難しい。日本でいえば明治以降にあたる近現代史は、一つの国を描くにしても外交関係が無視できないので史料が膨大になり、事件の関係者本人や子孫が存命しているケースもあり、常にセンシティブな問題を気にかける必要もある。何より、近現代史は現代と地続きであり、どのような視点で描いても何らかの政治、思想、イデオロギーなどにからめとられる危険性があるのだ。

須賀しのぶは、この難しいジャンルに挑んでいる作家の一人で、明治末に売れっ子の女郎になるため大陸に渡った少女の成長と冒険を追う〈芙蓉《ふよう》千里〉シリーズ、第二次大戦下のヨーロッパを舞台に、カトリック対策を担当するナチス親衛隊員と反ナチスの修道士になった幼馴染《おさななじ》み二人の人生を活写した『神の棘《とげ》』などの名作を発表している。会沢《あいざわ》（永峰）鷹志《たかし》、雪子兄妹を軸に、一九二三年から一九四五年までの日本の歴史を青春群像劇として描いた本書『紺碧《こんぺき》の果てを見よ』も、この系譜に属する作品である。

物語は、横須賀と比べると規模は小さいが、造船の町として賑《にぎ》わっている浦賀に暮らす尋常小学校六年の鷹志が、近所の子供たちと遊んだり、喧嘩《けんか》をしたりする平穏な日常の場面から始まる。鷹志の父・正人は造船ドックの腕のいい製罐《せいかん》工として信頼を集めていたが、佐幕派として戊辰《ぼしん》戦争を戦い、新政府軍に敗北した後に辛酸を舐《な》めた会津藩士の家に生まれたので、子供たちに「喧嘩は逃げるが、最上の勝ち」と諭していた。幼い鷹志には、父の真意が理解できなかった。

作中にも指摘があるが、浦賀と会津藩の関係は深い。一八一〇年に会津藩七代藩主の松平容衆は、幕府の命で、外国船を監視、牽制《けんせい》するために浦賀で海防と台場の建設にあたった。この時、一家揃《そろ》って浦賀に移住した会津藩士も多く、任務が終わった後も帰国せず、浦賀に根をおろした藩士もいたようだ。その後も浦賀は、ペリー来航の地となり、洋式軍艦建造のため幕府が日本初のドライドックを作るなど、常に日本と海外との接点であり続けた。

この状況は明治以降も変わらず、浦賀で建造された軍艦は、太平洋戦争の最前線に投入されている。つまり幕末から外交・防衛と縁が深かった浦賀は、戦争へと向かう昭和初期を描くのに最適の地だったのだ。この何気ない設定の中にも、著者の歴史への深い洞察がうかがえる。ちなみに冒頭で出港のシーンが描かれる二等巡洋艦『五十鈴《いすず》』は、先の大戦で最前線で戦い、敗戦直前の一九四五年四月、アメリカ潜水艦の魚雷を受け沈没している。そのため、近代日本の栄光と挫折《ざせつ》を追った本書を象徴する軍艦として選ばれたのかもしれない。

浦賀では、尋常小学校を卒業したら近くのドックで働く子供もいたが、成績優秀な鷹志は高等小学校への進学を考えていた。その先は浦賀ドックか、さらに難関の横須賀海軍工廠《こうしょう》の設計科へ進む夢を持っていたものの、遠縁の海軍士官・永峰宗二と話をするうち、海軍の軍人にも憧《あこが》れを抱くようになる。だが関東大震災で父が負傷し、鷹志は同級生と同じように尋常小学校を出たら働く決意を固める。そんな鷹志に救いの手を差し伸べてくれたのが、宗二だった。妻の奈津との間に子供のいない宗二は、鷹志を養子にしたいというのだ。妹の雪子を浦賀に残して横須賀に住む宗二の養子になった鷹志は、横須賀中学を卒業後、広島の江田島にある海軍兵学校に進む。

鷹志は、新潟から来た皆川謙、東京の名門・麻布《あざぶ》中出身で洒落者《しゃれもの》の江南《えなみ》栄、鹿児島出身で質実剛健を体現したかのような有里貞義《さだよし》ら、兵学校の同期と親しくなる。鷹志たちが、兵学校と聞けば誰もがイメージする理不尽な鉄拳《てっけん》制裁を受ける場面もあるが、この時期は、一九二二年締結のワシントン海軍軍縮条約によって〝海軍休日（ネイバル・ホリデー)〟と呼ばれる軍縮と平和の流れができていただけに、兵学校の中にも実戦や死は遠い世界の話といった穏やかな空気が流れていた。全国から有力選手をスカウトするようなスポーツの名門校では、今も上下関係にうるさく、上級生が下級生にきつい練習を命じることもあるようなので、鷹志たちが、連日のように激しい訓練を受け、仲間と友情を育《はぐく》み、横暴な先輩に復讐《ふくしゅう》する方法を相談するなどして成長していくところは、現代ものの青春学園スポーツ小説と変わらない爽《さわ》やかさがある。

兵学校を卒業後、造船の町で育った鷹志は希望通りに艦隊勤務になり、これからは航空機で制空権を押さえた側が勝利すると考える江南は、九六式陸上攻撃機のパイロットになるなど、同期はそれぞれの道に進む。海軍士官といえば、陸軍より洒脱で、国を守るためなら命を投げ出す清新なイメージも強い。だが実際の海軍は、陸軍より予算を獲得するため華々しい戦果を求めるただの官僚機構の一つに過ぎなかった。特に若く柔軟な発想を持つ江南は、大艦巨砲主義を批判し航空兵力を増強してもらいたいと考えているが、日露戦争の日本海海戦で強敵のバルチック艦隊に勝利した成功体験が改革のスピードを鈍らせている上層部は、聞く耳を持たない。

こうした組織の硬直化は、海軍だけの問題ではなく、現代でも日本型組織を蝕《むしば》んでいる。公務員改革に着手できない政府、得意分野だったパソコン、白物家電の生産を瞬《また》く間に新興国に奪われたメーカー、ＡＩの発達でリストラを迫られている金融機関などは、その典型だろう。その意味で、実際に配属されてみて初めて組織の問題点を知ったり、上司の命令は間違っていると思っていても口に出せない若い世代は、現場で鷹志たちが抱く戸惑いや苦悩に共感も大きいのではないだろうか。

軍人を目指しているので当時の一般的な日本人よりも愛国心は強かったのかもしれないが、鷹志たちは特別に好戦的でも、国粋主義的な思想に染まっているわけでもない。太平洋戦争後に民主主義教育を受けた現代人と変わらないほど、平和な時代に青春を謳歌《おうか》していた鷹志たちが、愛する人たちと国を守るため最前線に向かうからこそ、中盤以降の悲劇が際立っているのだ。青春小説としても、戦争文学としても秀逸な物語は、為政者が判断を誤れば、現代の若者も同じ立場に置かれる危険があるという事実を突き付けているのである。

著者は、鷹志の視点で艦隊戦や防空戦、対潜戦を、江南の視点で爆撃やドッグファイトを迫力いっぱいに描いている。ただ誰もが知る有名な戦闘――例えばミッドウェー海戦の結果であっても鳥瞰《ちょうかん》的に描くことはせず、鷹志や江南が知っている情報は読者にも伝えるが、それ以外は伏せて物語を進めている。そのため作戦の目的は何か、戦闘の勝利が何をもたらすかさえ知らされずに前線に投入され、敵の位置や動きはもちろん、味方が計画通りに行動しているのかさえ判然としないまま戦わざるを得ない兵士の恐怖が、見事に再現されている。息苦しさを覚えるほど生々しい戦闘シーンは、戦場に華々しさなどないという現実を改めて示したといえる。

敗色が濃厚になり同期や部下を失った鷹志は、ようやく父・正人がいつも口にしていた「いいか鷹志、男なら簡単に喧嘩をするもんじゃない。挑発されても耐えろ。その場で喧嘩に勝つよりよほど難しいが、一番貴い勝利になる」という言葉の意味を理解する。

鷹志が父の真意を悟るより早く、己の力で人生を切り開くことで父の言葉を実践していたのが雪子である。両親に懇願して有名な彫刻師・藤堂嵐山《とうどうらんざん》の弟子になった雪子だが、嵐山と肉体関係を持ち、妻に追い出されてしまう。その後、鷹志の兵学校の同期・江南と結婚した雪子は、陶芸に熱中し「紺碧」の色を出すことに情熱を傾ける。女性というだけで家を出ることも、自分の意思で職業を選ぶこともできない時代に、奔放《ほんぽう》に映るため男女を問わず周囲から偏見を持たれた雪子は、日本が世界を相手に「喧嘩《けんか》」をしようとしていた時代にあっても、国威発揚や愛国心を要求する世間の声に流されず、自分の道を歩んでいった。

それだけに、敗戦から学ぶことの重要性を痛感した鷹志と、どんな時代でも信念を曲げず生きようとした雪子の決意がリンクするラストには、いつの世もかわらぬ青春時代の痛切さと高い理想を目指す強さがあり深い感動を誘う。

正人は言う。「中身のない空虚《くうこ》な器はいつも見た目だけは立派だ」と。近年、日本はコミンテルンの陰謀に嵌《は》められて戦争に引きずり込まれたのだから戦争責任はないという荒唐無稽《むけい》な陰謀論を口にする知識人が登場し、東アジアの緊張に対し日本は軍備増強で立ち向かうべきだとの空理空論も広まっている。自称愛国者たちの「空虚」な言説が一定の支持を集めるようになった時代だからこそ、先の戦争を正しく理解し、敗北を踏まえて何をすべきかを問う本書のテーマは、重く受け止める必要がある。

作中に繰り返し出てくる正人の言葉から思い浮かぶのは、歴史学者で、日本人で初めてアメリカの名門イェール大学の教授になった朝河貫一《あさかわかんいち》が、日露戦争の四年後に発表した『日本の禍機《かき》』の一節である。朝河は、「支那《しな》主権の回復および門戸解放」のためにロシアと戦った日本を擁護する一方で、戦後の日本はロシアに代わってアジア諸国に「私曲」を抱くようになったと批判、この傲慢《ごうまん》な態度が続けばいずれは日米の開戦は避けられないとした。この本で朝河は、日本人は「国のためならば正義に反しても可なり」と考えがちで「この思想一転せば、一時の国利を重んずるのあまり、永久の国害を論ずる人をすら非愛国者となすの傾き」があると述べている。朝河の父は、会津藩を救うべく東北・北越諸藩が結んだ奥羽越《おううえつ》列藩同盟に加わって新政府軍と戦い、敗戦後は塗炭の苦しみを味わった二本松藩士なので、著者は、朝河の思想をベースに正人の言葉を作ったようにも思えた。

本書の単行本は、戦後七十年の節目を前にした二〇一四年に刊行された。これは偶然だろうが、文庫本は明治維新一五〇年の節目の年の刊行となった。東北諸藩を蹂躙《じゅうりん》し、貧富の格差を拡大させ、女性の権利を奪ったことなど忘れ、薩長を軸にした栄光だけの明治に注目が集まっているからこそ、戊辰戦争の敗戦と太平洋戦争の敗戦を繋《つな》ぎ、そこから何が学べるのかをテーマにした本書の持つ意義は大きいのである。

（平成三十年六月、文芸評論家）

この作品は平成二十六年十二月新潮社より刊行された。

須賀しのぶ著

神の棘（I・II）

苦悩しつつも修道士となった男。ナチス親衛隊に属し冷徹な殺戮者と化した男。旧友ふたりが火花を散らす。壮大な歴史オデッセイ。

須賀しのぶ著

夏の祈りは

文武両道の県立高校の野球部を舞台に、それぞれの夏を生きる高校生たちの汗と泥の世界を繊細な感覚で紡ぎだす、青春小説の傑作！

浅葉なつ著

カカノムモノ

悲しい秘密を抱えた美しすぎる大学生・浪崎碧。人の暴走した情念を喰らい、解決する彼の正体は。全く新しい癒やしの物語、誕生。

橋本紡著

流れ星が消えないうちに

忘れないで、流れ星にかけた願いを――。永遠の別れ、その悲しみの果てで向かい合う心と心。切なさ溢れる恋愛小説の新しい名作。

湯本香樹実著

夏の庭

―The Friends―

米ミルドレッド・バチェルダー賞受賞

死への興味から、生ける屍のような老人を「観察」し始めた少年たち。いつしか双方の間に、深く不思議な交流が生まれるのだが……。

佐藤多佳子著

しゃべれども　しゃべれども

頑固でめっぽう気が短い。おまけに女の気持ちにゃとんと疎い。この俺に話し方を教えろって？「読後いい人になってる」率100％小説。

中沢けい著
楽隊のうさぎ
吹奏楽部に入った気弱な少年は、生き生きと変化する——。忘れてませんか、伸び盛りの輝きを。親たちへ、中学生たちへのエール！

宮下奈都著
遠くの声に耳を澄ませて
恋人との別れ、故郷への想い。瑞々しい感性と細やかな心理描写で注目される著者が描く、ポジティブな気持ちになれる12の物語。

吉野万理子著
想い出あずかります
毎日が特別だったあの頃の想い出も、人は忘れられるものなの？　ねえ、「おもいで質屋」の魔法使いさん。きらきらと胸打つ長編小説。

河野裕著
いなくなれ、群青
11月19日午前6時42分、僕は彼女に再会した。あるはずのない出会いが平坦な高校生活を一変させる。心を穿つ新時代の青春ミステリ。

綿矢りさ著
ひらいて
華やかな女子高生が、哀しい眼をした地味な男子に恋をした。でも彼には恋人がいた。傷つけて傷ついて、身勝手なはじめての恋。

柴崎友香著
その街の今は
芸術選奨文部科学大臣新人賞受賞
カフェでバイト中の歌ちゃん。合コン帰りに出会った良太郎と、時々会うようになり——。大阪の街と若者の日常を描く温かな物語。

新潮文庫最新刊

藤原正彦著
管見妄語 できすぎた話
小学校からの英語教育は罪が深い。日本の国力を必ず減衰させる。英語より日本語、高い道徳はわが国の国是！ 週刊新潮人気コラム。

佐藤優著
いま生きる階級論
労働で殺されないカギは階級にある！ 資本主義の冷酷な本質を明かし、生き残りのヒントを授ける「資本論」講座、待望の続編。

野村進著
千年、働いてきました
―老舗企業大国ニッポン―
長く続く会社には哲学がある――。全国の老舗製造業を訪ね、そのシンプルで奥深い秘密に迫る。企業人必読の大ベストセラー！

下川裕治著
鉄路2万7千キロ 世界の「超」長距離列車を乗りつぶす
インド、中国、ロシア、カナダ、アメリカ……行けども行けども線路は続く。JR全路線より長距離を19車中泊して疾走した鉄道紀行。

城戸久枝著
あの戦争から遠く離れて
―私につながる歴史をたどる旅―
大宅壮一ノンフィクション賞ほか受賞
二十一歳の私は中国へ旅立った。戦争孤児だった父の半生を知るために。圧倒的評価でノンフィクション賞三冠に輝いた不朽の傑作。

はるな檸檬著
れもん、よむもん！
読んできた本を語ることは、自分の内面をさらけ出すことだった――。読書と友情の最も美しいところを活写したコミックエッセイ。

紺碧《こんぺき》の果《は》てを見《み》よ

新潮文庫　す - 27 - 4

平成三十年八月一日発行

著者　須《す》賀《が》しのぶ

発行者　佐藤隆信

発行所　株式会社新潮社

郵便番号　一六二―八七一一
東京都新宿区矢来町七一
電話　編集部（〇三）三二六六―五四四〇
読者係（〇三）三二六六―五一一一
http://www.shinchosha.co.jp

価格はカバーに表示してあります。

乱丁・落丁本は、ご面倒ですが小社読者係宛ご送付ください。送料小社負担にてお取替えいたします。

印刷・株式会社光邦　製本・株式会社植木製本所

ISBN978-4-10-126974-0 C0193